CHRYSALIDE

Federica Bosco

TUTTO QUELLO CHE SIAMO

MONDADORI

www.mondichrysalide.it

ISBN 978-88-04-65802-3

I edizione ottobre 2015

TUTTO QUELLO CHE SIAMO

A mia nonna Licia
e a CB, per avermi insegnato a non fare domande

«Ma sei sempre così triste?»
«Sempre. Perché, tu no?»

1

Chiunque vi dica che avere diciannove anni sia una cosa fantastica è un imbecille.

E lo dice perché non si ricorda com'era avere quell'età.

Non si ricorda come ci si sente a essere costantemente arrabbiati, confusi e diversi.

Sbagliati, sfigati, soli e sempre con qualcosa in meno rispetto agli altri.

No, non se lo ricorda perché dopo va anche peggio.

Dopo ci sono gli impegni, le responsabilità, il lavoro, la casa, la famiglia, persone di cui occuparsi...

Il tanto desiderato pacchetto completo del "diventare adulti".

Peccato che io una parte del pacchetto l'avessi già ricevuta prima del tempo.

E senza nemmeno chiederla.

Alcuni di noi giungono a questo mondo a bordo di carrozze dorate trainate da cavalli bianchi, atterrando delicatamente su una morbida coperta di cashmere, e il loro cammino sarà per sempre disseminato di profumati petali di rosa, altri invece ci arrivano trascinati da una mareggiata, sbattuti dalle onde contro gli scogli, e raggiungono la riva boccheggiando, coi capelli pieni di alghe e sabbia.

Devo specificare di quale gruppo facessi parte?

Non era stato sempre così.

O almeno, non era andato sempre tutto così male.

C'era stato un momento in cui mi ero sentita protetta e all'asciutto sulla spiaggia, avvolta in un poncho di spugna a fiori gialli e rossi, con una ciambella fritta in mano che mangiavo col mio sorriso sdentato.

Un momento in cui mi era permesso essere semplicemente una bambina felice e non un indefinito "qualcos'altro".

Un momento fatto di compiti delle vacanze, di giochi in cortile, di sonnellini pomeridiani e "finisci quello che hai nel piatto".

Poi, da un giorno all'altro era cambiato tutto.

Mia mamma aveva smesso di cantare e di ritagliare ricette dalle riviste e mio padre si era trasformato, dal mio eroe col mantello rosso che chiamavo "papà", in un imprevedibile estraneo.

Uno che, se mancavano i tovaglioli a tavola, era capace di scatenare l'inferno.

E io me ne sentivo orrendamente responsabile.

Perché ero straconvinta che il fatto che stessi crescendo c'entrasse qualcosa.

Non ero più quella bambina maneggevole che bastava mettere seduta per terra con un libro da colorare e avrebbe finto di non accorgersi degli insulti e delle porte sbattute, ero diventata la piccola paladina degli oppressi che si aggrappava alle sue gambe per impedirgli di picchiarla ancora una volta.

O di andarsene di casa ancora una volta.

Per questo avevo sviluppato un sistema di sopravvivenza che mi permetteva di muovermi con cautela in una realtà delimitata da un filo dell'alta tensione dove, se non stavi più che attento, rischiavi di rimanere folgorato.

Il perché del suo cambiamento non l'ho mai capito del tutto.

Ma credo fosse un insieme di cose che d'improvviso gli erano sfuggite di mano, deludendo le alte aspettative che nutriva rispetto ai suoi progetti.

La ditta non rendeva più come prima, i clienti preferivano la concorrenza, mia madre non era all'altezza della sua intensa vita sociale, e noi figli non facevamo che "pretendere" affetto da lui.

Evidentemente si era sentito travolto da quegli eventi che sfuggivano al suo controllo. E la sua reazione era stata quella di punirci tutti, per non essere come voleva lui.

Per non essere "vincenti", per non essere ambiziosi, per essere solo, banalmente, normali, e da quel giorno aveva cominciato a disprezzarci.

Di un disprezzo freddo, calcolato, assoluto.

E noi avevamo cominciato a muoverci su un terreno minato, dove un passo falso significava ritrovarsi una settimana in punizione o pieni di lividi.

Vivevamo una doppia vita: quella che cominciava quando lui usciva di casa al mattino, e quella che ci faceva accapponare la pelle quando sentivamo infilare la chiave nella toppa e il colpo di tosse secco che annunciava il suo rientro.

Nel primo caso c'era un sospiro di sollievo, la radio accesa con la mia musica preferita, la mamma al telefono con le amiche, aria fresca di primavera anche durante l'inverno più gelido, ma il suo ritorno ci trasformava in camerieri in livrea durante la visita ufficiale di sua maestà, che si affannano a controllare che sia tutto perfetto.

La cena era il momento peggiore.

Se aveva avuto una buona giornata sapeva essere divertente, ci raccontava tutto nei dettagli caricando i particolari delle scene in cui schiacciava il "nemico" senza pietà (quasi sempre un fornitore che voleva emettere fattura a novanta giorni), si complimentava con la mamma per il pollo ai peperoni, e mi raccontava qualche aneddoto sulla sua infanzia disastrata, giusto per sottolineare quanto fossi fortunata a non essere nata povera e ad avere un pasto caldo tutte le sere.

Odiavo l'espressione "pasto caldo".

Quando era di cattivo umore (nel 92 per cento dei casi) non potevamo fare altro che guardare fisso nel piatto e sperare che passasse.

Ma non passava mai così in fretta e mai in maniera indolore.

Ogni volta tentavamo di prevedere il pretesto.

Quale appiglio avrebbe scelto per ricordarci quanto fossimo stupidi, incapaci e inaffidabili?

Cosa si sarebbe inventato per scatenare di nuovo l'apocalisse? Quale immenso affronto alla sua persona era stato inflitto stavolta? La pasta scotta? Il mio 5 in matematica? La bolletta del telefono?

Aspettavamo lo scoppio della tempesta contando i lunghissimi minuti scanditi dal ticchettio dell'orologio della cucina.

E il sugo della pasta cambiava sapore. Sapeva di paura.

Un sacco di paura.

Perché lui era capace di farti davvero paura.

Era grosso, era forte, e ti urlava nelle orecchie cose orribili.

Ed era un vigliacco.

Perché era facile prendersela con noi.

Fossi stato un maschio grosso e cattivo non si sarebbe mai azzardato.

Ma ero solo io, piccola e insignificante.

Non era una vita possibile. Ma mia mamma non se ne sarebbe mai andata.

Non che non volesse, ma non sapeva come fare.

Non aveva idea di come organizzarsi, di come affrontare un divorzio, di come mantenere una ragazzina e un bambino piccolo.

Non avrebbe mai chiesto aiuto a nessuno, e comunque non era una soluzione che avrebbe mai considerato.

Le era stato insegnato che un matrimonio è per sempre, e questa era l'unica cosa che contava.

Poco male se era infelice, se era stata tradita e picchiata: un giuramento è un giuramento.

Se era stato fatto davanti a Dio, poi, non ne parliamo.

Quindi pregavo per arrivare a diciotto anni, andarmene di casa, iscrivermi all'Accademia di Belle Arti, diventare una grande artista e non tornare mai più.

Ma poi le cose si sono messe anche peggio e io sono rimasta qui, a prendermi cura del mio fratellino.

E a parte questo la mia vita andava a gonfie vele...

Non potevo non notare quanto la mia storia somigliasse a quella dell'odiosa Cenerentola.

Perché anche nel mio caso mio padre si era risposato con una stronza che mi odiava, e che gli aveva fatto il vuoto intorno senza che lui se ne rendesse nemmeno conto – fortunatamente per me però sua figlia ("la favolosa Susie") viveva col papà negli Stati Uniti e dovevo sopportarla solo per Natale e una decina di giorni d'estate.

Che poi era la durata di tempo massima che riuscivano a sopportarsi madre e figlia.

La fata madrina però non era mai venuta da me a dirmi: "Piccola mia, che capelli orribili e che mani rovinate che hai e che vestiti tristi... adesso ci penso io!" e bidibi bodibi bù, mi trasformava in Chiara Ferragni.

No, perché quando le cose nascono storte lo fanno con grande coerenza e continuano così per il resto della vita.

E giuro che non mi piaceva per niente sentirmi così, negativa, musona e arrabbiata, ma quando sei abituato a vivere sempre come se ci fosse un allarme bomba, finisci col diventare diffidente.

Specialmente se l'allarme bomba suona in casa tua.

Avevo finito il liceo artistico da un anno e mi ero diplomata con una buona media, nonostante tutto.

Il mio professore di disegno mi aveva ripetuto novemila volte che avrei dovuto iscrivermi all'Accademia, ma alla fine non l'avevo fatto.

Ci ero passata davanti praticamente ogni giorno, cercando il coraggio di andarmi a iscrivere.

Ma ogni volta che raggiungevo la soglia mi prendeva il panico e trovavo una scusa per non farlo.

E di scuse ne avevo diverse.

Mio padre che insisteva nel dire che quella artistica non era una carriera, il commercialista era un lavoro, il dentista era un lavoro, l'avvocato anche, non certo dipingere Madonne col gessetto in via Calzaioli.

A forza di ripetermi che sarei sempre stata mediocre avevo finito per crederci. Forse alla fine aveva ragione lui che mi aveva messo al mondo e vedeva cose che io non riuscivo a vedere.

Se fossi riuscita a realizzare il mio sogno sarei dovuta andarmene di casa e Filippo sarebbe rimasto lì e con gli anni si sarebbe trasformato in uno di loro e non potevo permetterlo.

Così avevo deciso di andare a lavorare, pur di non chiedere niente a mio padre, e lui non aveva fatto una piega: ci parlavamo a monosillabi da anni e non si accorgeva nemmeno più se ero in casa o no. Né tantomeno gli importava.

Per puro masochismo mi ero fatta assumere al bar di fronte all'Accademia, così potevo tranquillamente mangiarmi il fegato invidiando i ragazzi che facevano la vita che volevo io.

E siccome la paga era comunque misera, tre pomeriggi a settimana davo una mano al mio amico Dario, che gestiva uno dei negozi di abbigliamento della madre, o meglio: io servivo le clienti e lui cazzeggiava su Facebook.

Filippo era la mia vera, unica, assoluta, gigantesca soddisfazione e avrei fatto qualunque cosa per lui.

Era il bambino più intelligente del mondo, e non perché lo dicevo io, ma perché aveva una sensibilità e un'ironia veramente rari in un bambino così piccolo.

La sensibilità l'aveva ereditata senza dubbio dalla mamma, l'ironia, invece, penso che l'avesse presa da me, perché era l'unica arma che mi aveva fatto sopravvivere in quegli anni d'inferno.

Una strategia per sdrammatizzare anche i momenti peggiori, che ci teneva uniti e ci faceva sentire meno soli e più leggeri.

Una volta avevo visto un documentario sui bambini "indaco", bimbi speciali che venivano sulla Terra per insegnare a noi umani l'amore e l'empatia, ed erano molto più intelligenti e sensibili della media, e secondo me il profilo di Filippo coincideva alla perfezione.

E in ogni caso non ci sarebbe stato posto migliore di casa nostra per mettere alla prova la pazienza di un angelo, come lo chiamavo io.

Poi avevo approfondito l'argomento e alla fine era venuto fuori che quella dei bambini indaco era una specie di leggenda metropolitana, un altro modo per chiamare i bambini iperattivi.

Ma questo avevo evitato di dirglielo.

Filippo era felicissimo di essere un piccolo angelo, e perché mai non poteva esserlo?

Infatti ogni domenica voleva che lo accompagnassi a messa, anche se io non ero proprio una fan di chiese e preti.

Lui invece si inginocchiava sulla panca e rimaneva a mani giunte fino alla fine della funzione.

Poi mi dava la mano e andavamo ad accendere una candelina per la mamma. Sempre nello stesso posto, sotto il dipinto di san Francesco, un santo che ci stava simpatico e ci sembrava meno minaccioso degli altri.

Ci facevamo il segno della croce, camminavamo fino alla porta, contavamo fino a tre, ci giravamo e facevamo l'inchino insieme, poi (finalmente) uscivamo all'aria aperta, lontano da incenso e mirra.

E siccome dopo era sempre un po' triste, lo portavo a mangiare un maritozzo alla panna più grande della sua faccia.

Lo guardavo sporcarsi di zucchero a velo e panna, felice e contento, e mi salivano le lacrime agli occhi per come era stata ingiusta la vita con lui. Che non si lamentava mai e non piangeva nemmeno quando a scuola quelli di quinta lo spingevano per terra in cortile o gli rubavano la merenda.

Non faceva neppure la spia, perché diceva che non era una cosa che Gesù avrebbe fatto, e allora potevo forse non credere che fosse un angelo?

Per lui ero veramente pronta a buttarmi tra le fiamme.

E se ce ne fosse stato bisogno l'avrei fatto.

Perché almeno lui meritava una vita migliore di quella che avevamo fatto io e la mamma.

2

Quella mattina, come tutte le altre, scesi a preparare la colazione per me e Filippo, mentre Ilenia e mio padre sperimentavano l'ennesima dieta.

Ilenia era eternamente a dieta e insisteva che anche mio padre la seguisse in ogni novità che le proponeva l'estetista perché doveva essere in forma, tenere sotto controllo il colesterolo, il cuore e bla bla bla.

E lui, pur di non sentirla più insistere, finiva per assecondarla, anche se poi davanti agli amici si vantava di avere una moglie che gli faceva da personal trainer, gli contava le calorie e lo manteneva giovane.

In questo l'ammiravo davvero, perché riusciva sempre a persuadere gli altri a fare quello che voleva lei.

Tranne me.

Con me il piano era diverso: io ero il nemico e andavo eliminato.

Era stata incredibilmente gentile e materna con noi finché lui aveva accettato di sposarla, ci riempiva di regali e complimenti, piangeva per la nostra mamma (lacrime vere!) e ci abbracciava come fossimo stati figli suoi.

Ma dal giorno dopo il matrimonio aveva cambiato immediatamente registro, e fortuna che non avevamo una stalla, perché mi ci avrebbe sicuramente mandata a dormire.

Ovviamente non si dimostrava mai scostante con me davanti a mio padre, ma appena lui voltava le spalle mi dichiarava guerra.

E a nulla valevano le mie proteste, perché lei mi aveva già battuta sul tempo correndo nel suo studio a piagnucolare e a dirgli che ero cattiva, scortese e che, nonostante i suoi sforzi, non l'accettavo.

Lui allora veniva di corsa a prendersela con me, senza nemmeno chiedersi se ci fosse un'altra versione dei fatti, e mi diceva senza mezzi termini che se volevo continuare a vivere lì dovevo stare alle sue regole, che non avevo nessun diritto di complicargli la vita e che Ilenia era una persona adorabile, che si faceva in quattro per noi e che dovevo esserle amica.

Amica???

E perché mai? Perché era scritto nel manuale segreto della perfetta matrigna, ecco perché. Prima regola: ingraziarsi il nemico.

Funziona così: fanno un incantesimo a tuo padre a base di massaggi, bagni in vasca e cenette raffinate, in modo che non distingua più la realtà dalla fantasia, e poi gli resettano la mente prospettandogli una seconda giovinezza, cancellando tutto quello che c'è stato fino ad allora, figli compresi.

Quella settimana la colazione consisteva in mirtilli, bacche di goji, fiocchi d'avena con latte di soia e un bicchiere di erba di grano.

Inutile dire che aprii la dispensa e presi subito il barattolo della Nutella spalmandola generosamente su due enormi fette di pane, in attesa che Filippo scendesse.

«Sai che c'è l'olio di palma lì dentro?» mi disse con uno sguardo che intendeva: "Potrei uccidere per una cucchiaiata!".

«Ed è un male?» risposi masticando.

«Fa venire il colesterolo.»

«Non ho il colesterolo!»

«Fa diventare obesi.»

«Non sono obesa!»

«Fa venire il cancro!»

E su questa sparata, sbattei con tutta la forza la fetta di pane sul tavolo per evitare di lanciargliela in faccia e mi alzai uscendo dalla cucina, incazzata nera.

Mio padre mi incrociò sulla porta.

«Cos'ha adesso?» chiese a Ilenia.

«Le ho solo chiesto se voleva il caffè, mi risponde sempre male» si lagnò.

Salii i gradini a due a due borbottando ripetutamente: «Puttana», poi spalancai la porta di Filippo che dormiva ancora e, vedendolo rannicchiato nel letto, la furia omicida si spense improvvisamente.

«Ciccetto, sveglia!» gli dissi piano carezzandogli i capelli.

«Nooo! Stavo facendo un sogno bellissimo!» rispose stropicciandosi gli occhi.

«Dimmi che sogno» gli chiesi mentre lo aiutavo a sfilarsi il pigiama dalla testa.

«Nuotavo con gli squali!»

«Accidenti! E non avevi paura?»

«No, perché erano miei amici!»

Sorrisi. Adorava gli squali, ne aveva di tutti i tipi, di gomma, di plastica, di peluche.

«Lo sai come fanno ad avere i denti così bianchi gli squali?» gli domandai spingendolo in bagno.

«No, come fanno?»

«Se li lavano con questa pasta magica» risposi spremendo il dentifricio sullo spazzolino elettrico, inutile ed ennesimo regalo pre-matrimonio di Ilenia.

Mi guardò poco convinto e poi spinse il bottone dello spazzolino, mollandolo a me molto prima dello scadere dei due minuti programmati.

«Ti cadranno tutti i denti, vedrai!» lo minacciai inutilmente.

«Magari, così mangerò solo gelato!» rispose asciugandosi la bocca col dorso della mano.

Riuscii a malapena a persuaderlo a lavarsi la faccia con due dita, poi si vestì controvoglia e scendemmo in cucina.

Ilenia era già uscita e mio padre se ne stava andando.

Filippo gli corse incontro con le braccia spalancate e lui lo sollevò per aria.

Lo aveva fatto anche con me un secolo prima.

Credo ci fosse una foto di me piccola in un accappatoio troppo grande, in braccio a lui, che sorride all'obiettivo fiero e orgoglioso, mentre io mi succhio il pollice, e guardo pure io l'obiettivo, ma senza bisogno di sorridere, perfettamente al sicuro, serena, protetta.

Chissà che fine aveva fatto quella foto.

Ilenia l'aveva fatta sparire insieme a tutto il nostro passato.

Tabula rasa.

Seconda regola del manuale della perfetta matrigna: cancellare le tracce. Tutte.

Misi in moto lo scooter e Filippo saltò dietro di me tenendosi forte.

Sfrecciammo nel traffico mattutino per non arrivare troppo in ritardo e attirare ancora l'attenzione di tutti.

Un bimbo orfano di mamma è sempre guardato a vista dagli insegnanti, in cerca di un possibile segno di instabilità.

Come se la vita fosse qualcosa di stabile.

Come se l'equilibrio fosse qualcosa di stabile.

Oggi va tutto bene, la tua vita scorre senza troppi intoppi, aspettando di trasformarsi in qualcosa d'altro, un volo in una giornata serena, con qualche piccola turbolenza che ti fa sobbalzare ogni tanto, ma niente di preoccupante: anche se non guidi tu, ti fidi del pilota. Non hai scelta.

Poi improvvisamente un vuoto d'aria, e l'aereo comincia a perdere quota così velocemente che ti manca il respiro e non riesci nemmeno a gridare da quanto sei terrorizzato.

Le cappelliere si spalancano e fanno cadere giù le valigie. Ti stringi la cintura di sicurezza e nascondi la testa fra le braccia sapendo che non servirà a niente, e non ti ricordi nemmeno dov'è il salvagente né come va infilato. Ti ricordi solo del fischietto, perché ti illudi che in quel freddo mare nero qualcuno ti sentirà.

E poi la luce al neon che lampeggia, e le maschere di ossigeno che vengono giù e poi gli aghi, i tubi e le flebo.

E l'aereo continua a precipitare, per lunghissimi minuti, ore, giorni, mesi.

Precipita per un anno e tre mesi.

E poi si schianta.

In un lugubre e desolato martedì pomeriggio di novembre.

E quando, sennò.

Ma tu, non si sa come, sopravvivi.

Ti trascini fuori dalle lamiere contorte, devastata, lacerata, stordita, in frantumi, ma viva.

E fra le macerie vedi anche un piccoletto di sei anni con uno squalo di peluche in mano.

Allora prendi il fischietto e ci soffi dentro con tutta la forza che ti rimane nei polmoni.

E cerchi di salvare tutti e due.

Guardai Filippo correre fino al portone un attimo prima che la bidella lo chiudesse, si voltò e mi salutò con la mano.

E mi parve di vedere due alucce bianche sbucare ai lati della cartella.

Arrivai al bar in tempo per le colazioni.

A quell'ora era un delirio di cappuccini e brioche.

Sandro, il mio capo, mi aspettava dietro al bancone con la stessa ansia di un fan sotto l'albergo di Taylor Swift.

Era incapace di coordinare le mani, era lentissimo e aveva una pessima memoria, caratteristiche fondamentali per la gestione di una qualsiasi attività che preveda un servizio al pubblico, ma il bar era del padre e il massimo che rischiava erano un paio di "deficiente" e uno scappellotto dietro la nuca.

Questo fatto di essere circondata da gente che non sapeva cosa fare della propria vita, ma che era comodamente sistemata dai genitori, era piuttosto fastidioso.

Sembrava che la fortuna fosse stata distribuita a caso da un mago sadico della Disney, perché non posso credere che un dio giusto avrebbe fatto un ragionamento del genere: "Dunque, vediamo, a questo do due genitori bravi e amorevoli, amici adorabili e poi anche un sacco di soldi e di opportunità e amore e salute, mentre a questo... mmh, direi che intanto gli togliamo un genitore, l'altro glielo diamo inadeguato, soldi manco a parlarne e poi quasi quasi gli tolgo anche una gamba e vediamo come se la cava...".

Come se facesse un esperimento sui topi.

Perché è così che stavano andando le cose: chi tutto e chi niente.

E come se non bastasse mi piaceva anche un tipo che non mi degnava di uno sguardo.

Un tipo talmente alternativo che difficilmente sarei rientrata nei suoi parametri, nonostante il mio piercing sotto il labbro e l'aria da piccola ribelle con la pelle troppo bianca e i capelli lunghi e neri.

Così la mattina mi precipitavo per arrivare al bar prima delle 8.30 e potergli preparare personalmente il cappuccino bollente senza schiuma. Che detto così sembra più un caffellatte, ma lui lo voleva comunque in tazza.

Era brasiliano, si chiamava Christopher ma si faceva chiamare Christo, come la coppia di artisti bulgari; il problema era che avrebbe potuto fare la controfigura di Marlon Teixeira, e con questa precisazione non credo di dover aggiungere altro.

Aveva gli occhi verdi, le ciglia lunghe, un sorriso pazzesco fatto di labbra bellissime e morbide con dentro un sacco di denti bianchi, un velo di barba distratta qua e là che lo rendeva ancora più trasandato e tremendamente sexy, e una matassa di capelli rasta lunghi fino al sedere.

I suoi vestiti erano sempre immensamente larghi, tanto che ci spariva dentro: pantaloni col cavallo al ginocchio, camicie di flanella con le maniche così lunghe da inghiottirgli le mani, cappello di lana calato fino agli occhi, collanine di legno, anelli e la sigaretta fra le labbra.

Avrei pagato per essere quella sigaretta.

Quando entrava e mi vedeva mi riservava un sorriso immenso (o almeno io fingevo che quello per me fosse speciale), poi mi strizzava l'occhio e mi diceva: «Ciao Marina, *tudo bem*?».

Io sorridevo, arrossivo sistematicamente e abbassavo la testa.

Lui si avvicinava e io balbettavo qualcosa tipo: «Faccio... cappuccino...», e poi mi voltavo verso la macchina del caffè e chiudevo gli occhi, immaginando che facesse il giro del bancone, mi appoggiasse delicatamente le mani sui fianchi e poi, guardandomi negli occhi, mi baciasse sulla bocca, a lungo e lentamente, stringendomi forte a sé con le sue mani grandi che si infilavano fra i miei capelli, nei miei jeans, sotto la maglietta...

E di solito Sandro arrivava puntuale a chiedermi se sapevo dove fosse il detersivo o qualunque altra cosa idiota che mi spezzava il sogno in due.

Allora mi giravo e solitamente vedevo Christo già impegnato in due conversazioni con ragazze altrettanto alternative e molto più interessanti di me con cui parlava di arte contemporanea, artisti che non conoscevo e progetti totalmente inutili, ma che in bocca sua sembravano assolutamente fondamentali alla conservazione della specie.

Si tratteneva una mezz'ora, poi mi faceva un cenno di saluto, si accendeva la sigaretta e usciva insieme agli altri per andare a lezione di scenografia, grafica o scultura.

E il bar si svuotava improvvisamente piombando nel silenzio, interrotto solo dalla musica della radio che tornava a farsi sentire.

E vedevo Christo allontanarsi abbracciando una ragazza a caso ed entrare in Accademia.

Tutte le mattine così.

Da sei mesi non riuscivo a togliermelo dalla testa, dai sogni e dalla pelle.

Anche perché era l'unica cosa bella che ci fosse nella mia vita in quel momento.

«Allora, l'hai visto?» mi chiese Dario appena entrai in negozio, senza alzare la testa dal suo iPhone.

«Sì, e come sempre stessa scena» risposi senza guardarlo dirigendomi in camerino, per trasformarmi da barista scoglionata a commessa snob di una boutique in via Tornabuoni.

E non so quale categoria fosse peggiore.

«E gli hai parlato?» mi chiese.

«No!»

«Devi dirgli qualcosa» sbuffò. «Non puoi continuare così, a sospirare come una povera scema. Anche le ragazzine di dodici anni sono più sveglie di te.»

«E cosa mi suggeriresti di fare?» chiesi sistemando delicatamente sulla gruccia un abito di Cavalli da 1700 euro. «Mi faccio trovare nuda come modella al corso di disegno?»

«Grande idea!» rispose balzando in piedi e dedicandomi finalmente la sua attenzione.

«Era una battuta!» puntualizzai.

«Invece è esattamente quello che devi fare» mi rispose prendendomi per le spalle. «Devi colpirlo, devi stupirlo, quello è un artista, ci vive di provocazione, se pensi di sorprenderlo disegnando un cuore col cacao sul cappuccino stai fresca!»

«Era esattamente quella la mia idea di sorpresa...» sospirai.

«Perché sei una patetica romanticona, lasciatelo dire da uno che ti conosce bene! Ma non funziona così, non nella realtà almeno, forse nel "Segreto" sì, ma non in questo secolo.»

«E quindi che faccio?» gli chiesi scoraggiata.

«Camicetta appena sbottonata e rossetto rosso... un classico.»

«Oh!» risposi sorridendo a una cliente appena entrata. «Che originalità...»

«Sono un uomo, le conosco queste cose. Siamo visivi, ci attirano le tette e i sederi. Hai mai sentito di un uomo che si eccita per un paio di ballerine nere o un paio di Hogan? No, seriamente!»

La signora, che indossava delle Hogan blu tempestate di Swarovski, lo carbonizzò con lo sguardo.

«È la verità, signora» rispose Dario senza scomporsi. «Non mi dica che sono arrapanti perché non ci crede nemmeno lei. Lo chieda a suo marito!»

La cliente mi mollò in mano la maglia di Dior che stava guardando e uscì per sempre dalle nostre vite.

«Lo sai che sei un imbecille, vero?» gli dissi. «Tua madre uccide prima te e poi me. Le fai scappare tutte! Ma perché ti ostini a lavorare? Iscriviti a Scienze della comunicazione, tu che puoi, così le tue giornate passate su Facebook diventeranno ore di studio!»

«Mari, io lo odio questo lavoro!» sbottò. «Odio i vestiti, odio servire la gente e soprattutto odio tutte queste patetiche stronze vestite come le loro figlie che non hanno un cazzo da fare dalla mattina alla sera a parte spendere i soldi del marito che intanto si scopa la segretaria di ventotto anni che non ha bisogno del botox!» urlò fuori di sé. «Mia madre mi obbliga a occuparmi dei suoi negozi perché si crede Donatella Versace, quindi io sono la sua unica speranza di garantirsi la dinastia, capisci? Peccato che non si sia mai degnata di chiedermi cosa cazzo mi andasse di fare nella vita!»

Serrava i pugni e digrignava la mascella dalla rabbia.

«E cosa ti andrebbe di fare nella vita?» gli chiesi senza ironia.

«Non ne ho la più pallida idea» ribatté mostrandomi i palmi delle mani. «Non lo so, e questo mi fa ancora più incazzare perché mi fa sentire un idiota, e così sono ostaggio di quella donna che decide tutto per me come fossi un incapace!»

Mi appoggiai al muro accanto a lui.

«Ti ricordi quando eravamo piccoli e giocavamo a "cosa farò da grande"?»

Fece spallucce.

«Dài che te lo ricordi» lo esortai con un colpetto del gomito.

«No, non me lo ricordo» rispose di malumore, tirando fuori dalla tasca il cellulare e fingendo di controllarlo.

«Dicevi sempre che da grande volevi fare lo scalatore.»

«Non mi ricordo.»

«Sì invece, lo dicevi sempre, dicevi di voler piantare la bandiera in cima a una montagna altissima che avrebbe portato il tuo nome.»

Scosse la testa.

«Io me lo ricordo bene. Ti arrampicavi sul letto e cominciavi a saltare e ad agitare le braccia e dicevi: "Dario è arrivato in cima al mondo! Dario è il più bravo di tutti yeeeh!"» dissi con una vocina acuta.

Gli venne da ridere.

«Ero così idiota?»

«Avevi cinque anni!»

«E tu che volevi fare?»

«Io sempre la stessa cosa, lo sai.»

«Ti invidio, Mari. Tu hai sempre saputo cosa volevi fare nella vita. Io le idee chiare non le ho mai avute.»

«È perché sei un ragazzetto viziato, è questo il tuo problema» lo pungolai, «e siccome non hai nessuna necessità primaria, ti annoi subito di tutto. Io invece, che so benissimo cosa voglio fare nella vita, come vedi lavoro in un negozio per patetiche stronze arricchite!», risi.

«Che coppia di minchioni siamo!», rise con me.

Sospirai.

«Qualcosa faremo delle nostre vite, te lo prometto» mentii anche a me stessa.

A cena, Ilenia ci deliziò con i racconti dettagliati del successo delle sue ultime vendite immobiliari.

Lei era l'unica che riusciva ad autocelebrarsi più di mio padre, a infilare qua e là quei fastidiosissimi "sono la migliore" e "se non c'ero io".

Andava avanti almeno mezz'ora raccontando storie arricchite di aneddoti in cui lei riusciva a salvare la situazione in extremis, a concludere la vendita e a prendersi gli elogi del titolare (con cui, secondo me, andava a letto).

Mio padre, al solito, per i primi dieci minuti si mostrava interessato e partecipe, la incoraggiava come un fan pieno di entusiasmo con gli occhi che brillavano, le faceva mille domande e la riempiva di complimenti ma, trascorso quel lasso di tempo, ecco che la sua resistenza alla competizione cominciava a vacillare e sentiva il bisogno irresistibile e immediato di riprendersi corona e titolo di "primo in tutto" con una zampata subdola ma ben assestata, a cui Ilenia non sembrava fare troppo caso.

Io sì però. Io ci avevo sempre fatto caso, e odiavo quando doveva "rimetterti al tuo posto".

Come se il mondo crollasse se lui non era il migliore in ogni cosa, e allora eccolo che se ne usciva con un "ma come non sei capace? È facilissimo", oppure "io alla tua età avevo già un'azienda con dieci dipendenti".

Da piccola era sempre stato un "guarda i figli degli altri", "loro sono migliori di te" e "non combinerai mai niente nella vita".

Come se lo scopo di tutto fosse "combinare" qualcosa.

I colori si combinano, i matrimoni si combinano, oppure l'idrogeno con l'ossigeno, ma non la vita.

Non quella di un figlio. Come se non bastasse già il fatto di essere un figlio.

Non credere di essere venuto al mondo gratis, sei qui per darmi soddisfazione, per farmi fare bella figura.

E io li guardavo gli altri, continuamente, e cercavo di capire qual era il significato di "andare bene", e provavo a somigliare a ognuno di loro, a quelli che definiva "migliori di me", da cui avrei dovuto prendere esempio, perché evidentemente io ero "difettata", avevo qualcosa di sbagliato che andava corretto, evidentemente, ero troppo mediocre.

Così ero diventata sensibilissima a percepire i suoi gusti in fatto di figli perfetti, quelli che gli avrebbero fatto fare bella figura: non erano poi così difficili da individuare.

Erano quelli che a scuola andavano meglio di me, quelli che erano più spigliati e simpatici, che dicevano solo cose intelligenti, che suonavano meglio il pianoforte o comunque rendevano soddisfatti i loro genitori che, al contrario del mio, non si aspettavano un riscatto sociale dai propri figli e non li caricavano di aspettative, ma anzi ne approfittavano per elogiarli in ogni occasione.

Lui invece in me non riusciva a vedere una figlia e basta, ma qualcosa da giustificare, qualcosa che non riusciva a non criticare specialmente in presenza degli altri: "Sì è carina, ma... se solo studiasse di più, se solo fosse più ordinata, se solo fosse più educata, se solo, se solo...".

E nonostante gli sforzi non ci riuscivo mai, non raggiungevo mai la vetta, perché se anche facevo qualcosa che lo rendeva orgoglioso, subito ce n'era un'altra che lo deludeva, annullando la precedente.

Era come tentare di coprirsi con una coperta troppo corta.

La verità è che non sarei mai andata bene neanche se fossi stata una di loro, o un asso del tennis o dell'astrofisica perché, anzi, a quel punto sarei stata troppo brava e gli avrei dato molte più ragioni per odiarmi, per cui la formula giusta era: sii brava, ma non azzardarti a esserlo più di me.

E questo era veramente un bel casino.

Così, alla fine mi ero persa e non ero mai più riuscita a essere me stessa, che poi essere se stessi è già un concetto che non ha senso.

Nessuno è mai veramente se stesso, nessuno fa mai veramente quello che vuole, ci sono alcuni che si spingono oltre le convenzioni, ma lo fanno sempre in modo calcolato, attento alle reazioni della gente e ai like su Facebook: come Christo che faceva il fricchettone alle Belle Arti, o Dario che faceva l'alternativo coi soldi di sua madre.

Alla fine solo i pazzi fanno veramente quello che vogliono, e per questo vengono rinchiusi.

Quindi io di me stessa sapevo solo che ero brava a disegnare e che odiavo la mia vita.

Un po' misere come certezze.

Dopo cena accompagnai Filippo in camera per leggergli una storia.

Una storia a base di squali e betoniere, che erano le sue due cose preferite.

Solo che era complicatissimo ogni volta inventarsi una storia con protagonista uno squalo che guidava una betoniera o che aggiustava una betoniera o che scivolava distrattamente in una betoniera.

Fortuna che il mio piccolo angelo non era troppo esigente.

A volte però mi chiedeva di raccontargli della mamma, e lì invece diventava molto esigente, perché l'aveva conosciuta talmente poco e gli mancava talmente tanto che si attaccava morbosamente a ogni dettaglio.

"Raccontami di quando sono nato io" era la sua storia preferita.

«Sei nato una notte di febbraio, faceva molto freddo, nevicava e la strada per raggiungere l'ospedale di Fiesole era tutta ghiacciata.»

«E avete chiamato lo spazzaneve?»

«Certamente! E sono arrivati subito a spazzare tutta la neve dalla strada.»

«E io com'ero appena nato?»

«Eri minuscolissimo, perché sei nato prematuro dato che avevi molta fretta di conoscere la mamma e me, e quindi hai cominciato a scalciare e dire: "Ehi, fatemi uscire di qui!".»

Rise.

«E poi eri tutto giallo.»

«E perché?»

«Perché ti era venuto l'ittero. Una cosa che viene ai bambini che nascono prima del tempo.»

«Ero come Bart?»

«Esatto! E allora ti hanno messo in un'incubatrice, con le luci calde, come si fa con le piante, e dopo due giorni eri bellissimo.»

«E la mamma?»

«La mamma era superfelice e per uscire dalla clinica ti ha messo una tutina azzurra con degli orsetti, ma eri talmente piccolo che ci nuotavi dentro.»

«Ed ero buono?»

«Eri buonissimo e non piangevi mai.»

«E papà è venuto a prendermi all'ospedale?»

«Certo! È venuto con la macchina nuova e un sacco di palloncini.»

«E poi a casa abbiamo fatto una festa?»

«Sì, abbiamo fatto una grandissima festa, c'erano anche i nonni, gli zii e tutti gli amici e i vicini di casa. Erano tutti felicissimi.»

Si rannicchiò assonnato.

«E c'era anche la torta?»

«Una torta di tre piani al cioccolato e panna con dei fiocchi celesti di marzapane» gli sussurrai rimboccandogli le coperte e lasciandogli accesa la lucina d'emergenza. «E poi c'erano la musica e un sacco di regali...»

Non era vero neanche un decimo di quello che gli raccontavo.

Era nato sì in una fredda notte di febbraio con la neve, ed era effettivamente nato prematuro, ma tutto il resto l'avevo inventato.

Mia madre aveva avuto un parto complicatissimo, che alla fine era culminato in un cesareo alle 3 del mattino, mio padre era via per lavoro e i parenti vivevano in altre regioni, così, alla fine, in sala d'aspetto c'eravamo solo io e Sonia, la mamma di Dario, che era sempre stata una donna di polso.

Anche troppo, a detta del figlio.

Sonia aveva parlato col primario con un piglio da sergente maggiore, intimandogli di non fare errori.

Poi mi era rimasta accanto raccontandomi cose divertenti e mi aveva fatto dormire con la testa sulle sue gambe, sdraiata sulle scomode sedie di plastica della sala d'aspetto. Accarezzandomi i capelli. Tutta la notte.

L'aveva fatto quando avevo dieci anni e l'aveva rifatto a sedici.

Stesso ospedale, stessa paziente, ma esito diverso.

La prima volta eravamo tornati a casa con mia mamma, la seconda no.

Ed erano passati già più di tre anni.

Tornai in camera mia e finalmente chiusi a chiave la porta, scalciai via le scarpe, mi buttai sul letto e misi le cuffie per ascoltare i Temper Trap.

Poi presi fogli e carboncino e cominciai a disegnare.

E dopo un secondo esatto dall'inizio di *Sweet Disposition* ero ufficialmente in un altro mondo.

Un mondo in chiaroscuro, che viaggiava velocissimo, come un treno in corsa, dove tutto aveva una sua collocazione.

Tutto era possibile e logico, bello e ordinato.

Non so nemmeno come ci riuscissi.

Tutto il mondo che avevo in testa lo riportavo sulla carta, tutto quello che avevo visto o sentito o immaginato riuscivo a sistemarlo su una pagina bianca.

Anche gli odori, i sapori, i suoni.

Come un enorme mosaico in 3D, armonioso ed equilibrato.

Un diario segreto fatto di immagini.

Andavo avanti così, ora dopo ora, mescolando le mie emozioni alle facce, ai luoghi, ai desideri.

C'era il mare, e i fiori, e la musica, e Christo che mi baciava sotto le stelle, e una casa mia, e un cane goffo e ingombrante che abbaiava, e amore da scoppiare, e libertà, e nuvole, e un cavallo che corre sulla spiaggia e tramonti, e occhi e mani, e leggerezza, risate e paradiso e mia mamma felice, e Filippo felice, e io felice.

E andavo avanti così tutte le notti fino a crollare alle 4 del mattino per poi svegliarmi alle 7 con un bel corredo di occhiaie, capelli a nido di rondine e trucco colato.

3

«Ti faccio il solito?» gli chiesi con la testa piegata di lato, guardandolo da sotto la frangia come avevo provato allo specchio, mentre mi mettevo il mascara rischiando di accecarmi.

Christo si fermò un attimo a guardarmi meglio.

Anzi, sembrava che mi vedesse per la prima volta e mi regalò un sorriso speciale.

Questa volta davvero.

Il potere di un lucidalabbra, un mascara allungaciglia e, okay lo ammetto, un reggiseno push up sotto la maglietta.

«Hai fatto qualcosa ai capelli?» mi chiese aggrottando la fronte.

Scossi la testa cercando di non arrossire.

«Sei diversa!» insisté col suo accento così meravigliosamente esotico e musicale che sapeva di piedi nudi nella sabbia, brividi e mojito.

Mi strinsi nelle spalle assolutamente incapace di proferire parola, come se mi avessero incollato i denti.

«Ah, ho capito, ti sei fatta bella per il tuo ragazzo» disse con un sorrisetto. E con una erre arrotolata che mi fece vibrare tutte le vertebre.

Scossi la testa vigorosamente.

«No, nessun... ragazzo» risposi troppo in fretta.

Mi fissò serio, e mi ci volle un secondo per perdermi in quegli occhi verdi e non trovare più la via d'uscita. Tanto che

Sandro mi diede una gomitata nel fianco per riportarmi a terra e continuare a servire gli altri clienti.

«Ti senti bene?» mi chiese.

«Mmh... sì» risposi, voltandomi per preparare i caffè e massaggiandomi il fianco.

Christo si allontanò per lasciare spazio al bancone agli altri ragazzi, ma non mi mollò un momento con lo sguardo. Mi sentivo i suoi occhi addosso.

Davvero c'era voluto così poco?

Un filo di rossetto e un push up?

Ginevra mi avrebbe detto che avrei dovuto chiedere a lei e in cinque minuti sarebbe stato ai miei piedi, peccato che lei girava il mondo per creare la sua linea di profumi e non c'era mai.

E comunque Ginevra non aveva paura di nulla.

Quando fu il momento di andare, Christo non abbracciò nessuna delle sue amiche, rimase sulla soglia un secondo in più e mi salutò con la mano aperta, come se indicasse un cinque.

E io aprii la mano a mia volta.

Ero al settimo cielo.

Ma fu quando sollevai dal bancone il piattino della sua tazza vuota che raggiunsi l'ottavo.

Quando vidi il biglietto che mi aveva lasciato.

«Fammelo vedere!» ripeteva Ginevra dallo schermo del computer, eccitata come una bambina alla sua festa di compleanno, scuotendo i riccioli biondi.

Glielo mostrai di nuovo.

«C'è solo scritto il suo numero di telefono, non mi chiede di sposarlo!» le risposi.

«È un inizio» sentenziò. «E poi voglio vedere la sua calligrafia!»

«Gli fai una perizia?»

«Non si sa mai, con la gente che c'è in giro...» rispose stringendo gli occhi per mettere a fuoco.

«E che ti sembra?» la incalzai, sulle spine.

«Non lo so, sono tutti numeri» si arrese subito. «So decifrare solo le lettere...»

«Non mi sei di nessun aiuto», feci una smorfia.
«E quando lo chiami?»
«Non lo so, non pensavo di chiamarlo, gli volevo mandare un messaggino con WhatsApp!»
«Un po' di iniziativa no, eh?»
«Non è da me, lo sai...»
«Io lo chiamerei!»
«Lo so, Gi, tu delle due sei sempre stata quella che si butta di testa dal trampolino, mentre io quella che entra piano nell'acqua per sentire se è fredda, ma è il mio stile, non so fare diversamente!»
«Ma così perdi un sacco di tempo e di opportunità!»
«Si chiama corteggiamento!» risposi imperturbabile. «E poi se mi vuole chiamare lo lascerò fare a lui, non mi piace prendere l'iniziativa con un maschio, sono vecchio stampo io!»
«Quando finalmente uscirete insieme porterai la dentiera, sappilo!»
«Correrò il rischio!» le dissi, e la salutai per mettermi a scrivere e cancellare almeno trenta volte il messaggio.
Alla fine optai per un "eccomi" con due punti esclamativi: essenziale, ottimista e non appiccicoso.
Le due alternative che avevo preso in considerazione erano: "Ciao Christo, finalmente ho il tuo numero!", che suonava troppo da povera sfigata piena di aspettative, e: "Ehi! Finalmente ho trovato un momento per scriverti", che dava l'impressione che avessi di meglio da fare, cosa che non era vera dato che non ero riuscita a pensare ad altro dalle 8.22 del mattino.
E poi la prima impressione era tutto.
Appena inviato aspettai in preda a un'agitazione assurda, che avevo provato solo alla maturità, di vedere la spunta singola diventare doppia e poi blu, ma non successe né nella prima, né nella seconda e tantomeno nella terza ora successiva all'invio.
A peggiorare le cose c'era il fatto che avesse tolto l'ultimo accesso, e si sa che chi toglie l'ultimo accesso ha qualcosa da nascondere. Ma poi mi ricordai che era un aspirante artista e forse era di quelli che vanno su WhatsApp una volta al mese

perché non amano particolarmente la tecnologia, e mi chiesi se non fosse meglio mandargli un sms.

E gli mandai un sms.

Ma poi pensai troppo tardi che se avesse ricevuto tutti e due avrei fatto la figura della tipa insicura, vanificando il bel lavoro fatto col messaggio a effetto.

Guardavo il cellulare con la stessa ansia di un test di gravidanza, continuando a cliccare sul suo nome nella speranza di vederlo online.

Ma niente.

E questa faccenda mi fece piombare in uno stato di allarme assoluto.

Avevo avuto qualche storia al liceo, ma niente di importante o di serio, anche perché tutto quel periodo, che avrebbe dovuto essere il più spensierato e incosciente della mia vita, era stato assorbito dalla malattia di mia madre, e sinceramente i ragazzi erano il mio ultimo pensiero.

Così, dopo un anno e più passato a tentare qualsiasi espediente più o meno legale per lenire il dolore, mi ero fermata al piercing sotto il labbro e a due tatuaggi fatti insieme a Ginevra per onorare la vita e la nostra amicizia.

E in un attimo avevo compiuto diciannove anni e l'unica cosa stupida che ancora continuavo a fare era fumare.

Avevo smesso il giorno in cui avevamo scoperto la malattia di mia madre.

Avevo chiuso gli occhi fortissimo e poi avevo giurato al cielo che, se fosse guarita, non avrei mai più toccato una sigaretta in vita mia. Ma dato che la mia richiesta non era stata accolta, un minuto dopo che la sua mano aveva lasciato la mia per sempre, avevo domandato una sigaretta all'infermiere, ero uscita fuori nel freddo e guardando lo stesso cielo avevo sussurrato con la sigaretta tra i denti: «Vaffanculo».

E ora, a distanza di qualche anno, il mio cuore si riprendeva il diritto di battere per qualcuno di nuovo, qualcuno di sconosciuto, qualcuno che mi faceva trattenere il respiro e di cui non sapevo assolutamente niente.

Nemmeno a che ora avesse effettuato l'ultimo accesso.

Il giorno successivo tenni in ostaggio Dario tutto il pomeriggio per farmi spiegare da un professionista della fuga come mai non mi avesse risposto.

E col fatto che il sabato non lavoravo al bar, non avrei potuto saperlo prima di lunedì.

Se mai avessi avuto il coraggio di alzare di nuovo gli occhi su di lui.

«Non è un buon segno» commentò senza troppi giri di parole, mentre scriveva un prezzo su un cartellino.

«Devi per forza spiattellarmi la cruda verità in faccia?» gli chiesi. «Ti ricordo che di base non sono la persona più ottimista dell'universo!»

«Che vuoi che ti dica, che è morto?» disse, soffiando sul cartellino per far asciugare l'inchiostro.

Storsi il naso.

«Scusa, mi è uscita male» aggiunse toccandomi il braccio.

«Qualcosa di meno definitivo ma plausibile, tipo che gli hanno rubato il telefonino o che l'immigrazione si è accorta che era un clandestino e gli hanno dato il foglio di via» buttai là.

«C'era la spunta blu?»

«Merda, sì» ammisi.

«Allora non si ricorda chi sei.»

«Dài, ma così esageri!» risposi afflitta.

«Preferisco essere io a dirtelo brutalmente piuttosto che tu ti faccia troppi film. È il mio modo di proteggerti» rispose dandomi un buffetto sulla guancia.

«Quindi basta così, non gli devo scrivere un altro messaggio di conferma della conferma... della conferma...»

«La conferma che non gli interessi già ce l'hai.»

«Dario, sei pessimo! Io non ti scoraggiavo così quando Lisa ti ha lasciato.»

«E avresti dovuto, perché comunque quando quella stronza mi ha mollato hai voluto continuare a illudermi dicendomi "tornerà". Quindi lasciami fare il mio mestiere e rassegnati!»

Non aveva tutti i torti in realtà, ma no, non potevo pensare che uno che mi aveva lasciato il numero di telefono sotto il cappuccino si fosse poi dimenticato di me. A meno che non lasciasse il numero a tutte.

E questo pensiero mi fece letteralmente schizzare il sangue al cervello.

Decisi di non chiedere altro a Dario, ma come prima cosa, appena arrivata a casa, richiamai Ginevra su Skype per ricevere una *second opinion*.

«Non è che hai scritto male il numero?» mi chiese.

Ripresi il bigliettino in mano e lo osservai meglio.

«Secondo te questo è un 6 o uno 0 venuto male?» le domandai mostrandoglielo di nuovo.

Questa volta prese gli occhiali.

«Potrebbe essere uno 0, in effetti...»

«Dài, ma chi sto prendendo in giro!» esclamai scuotendo la testa. «L'ha ricevuto e non mi ha risposto e basta, devo farmene una ragione!»

Ginevra mise una mano aperta sullo schermo.

«Vieni qui» mi disse, «fatti dare una carezza!»

Avvicinai la guancia al computer con il muso triste.

«Lo so che ti piaceva tanto questo tipo, e magari ha anche avuto le sue ottime ragioni per non rispondere, ma lo sai come funziona...»

«... Se non risponde entro mezz'ora non gli interessi...»

«Che ha detto Dario?»

«La stessa cosa!» sbuffai.

«Due su due...»

«... È una statistica!» tagliai corto. «Quando torni da Parigi?»

«Fra dieci giorni, sto cercando di creare una nuova fragranza con un estratto triplo di ambra, ma è piuttosto complicato e non riesco ad accedere alle informazioni di cui ho bisogno. Il profumiere, qui, è piuttosto restio a darmele...»

«Immagino! Con il tuo tatto proverbiale gli avrai detto: "Senta, perché non mi dà le chiavi del laboratorio e se ne va fuori dalle palle?".»

«Ho fretta!» rise. «E non ho mica tempo di stare a bottega fino a che il gran maestro in punto di morte decide che è giunto il momento di istruire l'allievo! Ho il naso assoluto, e voglio sfruttarlo adesso e a mio esclusivo vantaggio!» disse toccandosi la punta.

«Allora uccidilo e torna qui a dare del filo da torcere a Lorenzo Villoresi e a tutti i profumieri famosi che oseranno mettersi sulla tua strada!»

«Esatto sorella!» mi salutò soffiandomi un bacio con la mano.

Un po' la invidiavo.

Invidiavo la sua libertà e il suo entusiasmo incrollabile. La possibilità che aveva di prendere, andare e pensare solo a se stessa.

Era stata educata così: a uscire di casa e afferrare la vita, senza paure, senza domande, senza esitazioni, con la salda fiducia nelle sue idee e l'appoggio indiscusso dei suoi, che avrebbero fatto il tifo per lei anche se avesse deciso di diventare un'incantatrice di serpenti.

Ginevra avrebbe avuto successo in ogni campo e non mi sarei stupita se da lì a un paio d'anni fosse riuscita davvero a creare la sua linea di profumi.

La voce di Ilenia che gridava: «Si cena!» mi distolse dai miei pensieri deprimenti e soprattutto dalla mancata risposta di Christo che, adesso più che mai, nella mia testa stava diventando un'imprecazione.

Mio padre stava già mangiando e Filippo mi fece un grosso sorriso al ragù.

Ilenia invece era troppo concentrata a contare le calorie sul suo telefonino per accorgersi di me.

«Un etto di pollo fa 110, ma il curry?» chiedeva continuando a far scorrere il dito sul display, molto vicina a un attacco d'ansia.

Mio padre sospirò.

«Tre?» proposi.

«Non si può essere vaghi quando si segue la 5:2» mi ammonì. «Il successo sta tutto nella precisione assoluta!»

Sospirai anch'io.

Due volte a settimana non dovevano ingerire più di 500 calorie nell'arco della giornata, pena il fallimento della dieta più trendy del momento, consigliatale da "favolosa Susie" che, in quanto nullafacente It Girl, era un'autorità in materia.

In serate come quella mi sembrava di galleggiare in un'altra realtà.

Come potevamo essere arrivati a tanto?

Com'era stato possibile un tale stravolgimento dei piani?

Nostro padre si era risposato, d'accordo, ma poteva aver azzerato tutto quello che c'era stato prima?

Poteva aver dimenticato che non avremmo mai accettato che un'altra donna prendesse il posto di nostra madre, sostituendola come si fa con una domestica?

Per lui era facile: morto un papa, se ne fa un altro, letteralmente.

E poi, certo, come faceva un "uomo da solo" a occuparsi di un'adolescente arrabbiata, di un bambino confuso e di una casa intera?

Era inconcepibile. Così com'era stato inconcepibile chiedere il nostro parere.

La portò a casa una sera a cena e basta.

«Questa è Ilenia» ci disse, e continuò come nulla fosse. Così, a freddo, senza una frase, un'introduzione, un tentativo di spiegazione.

E a niente erano valse le mie proteste: mi aveva guardato come fossi una povera pazza, una ragazzetta egoista e gelosa che non voleva la felicità di suo padre.

Il posto era stato riassegnato e fine della discussione.

Quindi cos'erano stati tutti quei bei discorsi di un secolo prima sull'importanza della famiglia unita e, soprattutto – concetto per lui fondamentale –, il rispetto reciproco?

Roba letta in qualche manuale? Frasi buone per ogni occasione?

O qualcosa che valeva solo per lui.

Perché se vacillavano i concetti base che ci aveva inculcato fin dai primi giorni di vita come i dieci comandamenti, allora cos'era vero e cosa no? Cos'era giusto e cosa sbagliato se chi ci aveva messi al mondo poi faceva il contrario di quello che ci aveva insegnato?

Se alla fine tutti erano sostituibili sulla superficie del nostro cuore, allora, che senso aveva amare?

E adesso guardavo quella nuova "famiglia" come se fossi stata un'invitata non gradita, cercando di tenere insieme i pezzi di un mosaico che non aveva più un disegno.

Finii di cenare, giocai un po' con Filippo e poi uscii per andare a casa di Dario come tutti i sabati.

Abitava nel palazzo accanto al mio e ci conoscevamo da quando eravamo piccoli, quando le nostre mamme si erano incontrate ai giardini di Coverciano, dove ci portavano col passeggino.

Sonia e mia madre diventarono molto amiche sebbene fossero caratterialmente opposte.

Mia madre era tendenzialmente una fatalista sognatrice, che si sentiva realizzata nella famiglia, Sonia una donna estremamente pratica e determinata, che aveva trasformato la ditta di abbigliamento ereditata dal padre e prossima al fallimento in un outlet di élite, cui erano seguiti due negozi, uno dei quali veniva grossomodo gestito da me e Dario.

Sonia mi era stata molto vicina durante la malattia della mamma.

E i suoi modi schietti e diretti erano esattamente quello di cui avevo bisogno. Non mi serviva la pietà, avevo bisogno di sapere cosa dovevo fare per andare avanti, per crescere in fretta e non piangermi addosso e lei me lo aveva insegnato, come avrebbe fatto una leonessa con un cucciolo orfano, senza sconti, perché la giungla non è disposta a fartene.

Le volevo bene quasi quanto ne volevo alla mamma e se mio padre si fosse risposato con lei non avrei avuto niente in contrario, questo nel caso non fosse sufficientemente chiaro che non ero una "ragazzetta egoista e gelosa che non voleva la felicità di suo padre", ma semplicemente non volevo una stronza arrivista bilancia-dipendente per casa.

E poi comunque Sonia un marito ce l'aveva, anche se nessuno gli aveva mai visto sollevare il naso dal giornale.

Dario invece la odiava.

Diceva che era troppo esigente e inflessibile, che lo comandava a bacchetta e che non concepiva che lui potesse avere un proprio pensiero, infatti litigavano moltissimo e furiosamente.

E potevo capirlo.

I genitori degli altri ci appaiono sempre migliori dei nostri. Proprio perché non ci trattano come figli loro.

«Ciao Mari!» mi accolse Sonia abbracciandomi stretta con il suo corpo giunonico e la selva di capelli rosso fuoco freschi di shampoo. «È di là!» aggiunse indicando la camera di Dario.

Bussai leggermente alla porta e infilai la testa dentro: Dario era sul letto, totalmente assorbito da una partita alla Play che non interruppe certo per causa mia.

Aspettai pazientemente che finisse fumando una sigaretta alla finestra e finalmente si tolse le cuffie con un: «Andiamo?».

Uscimmo di casa in silenzio, e quando Sonia ci fece le solite raccomandazioni di rito lui non la salutò nemmeno.

«Perché sei così odioso con lei?»

«Perché mi rompe i coglioni.»

«Vabbè dài, è tua mamma...»

Fece spallucce.

«Cazzo me ne frega. Non ha nessun diritto di trattarmi come un suo dipendente» rispose chiamando l'ascensore.

«Qual è stata la causa scatenante questa volta?»

«La barba troppo lunga. Dice che sono l'ultimo hipster rimasto a Firenze, che non è di classe, e che fa trasandato.»

«Be' oddio, una spuntatina te la potresti anche dare» gli dissi tirandogliela.

«Invece più me lo dice più me la faccio crescere, ti giuro. Finché non mi si vede più la faccia!»

«Dài, lo sai che ci tiene, falla contenta per amore della pace, almeno finché vivi in casa sua...» azzardai.

«Mari, che palle, non ti ci mettere anche tu! È un patto, del cazzo, ma è pur sempre un patto: io lavoro per lei e vivo qui, perché non ha senso usare quei tre soldi che mi dà per pagare una stanza di merda con quattro studenti fuoricorso, no? Solo che lei si dimentica che sono anche suo figlio e così l'orario di lavoro mi diventa di ventiquattro ore!» disse spalancando la porta dell'ascensore con un calcio ed entrando.

«Evviva, Dario!» esclamai premendo il bottone con la T. «Sono proprio felice di passare questa serata con te e la tua gioia incontenibile! Che ne dici se andiamo a spaccare le vetrine del negozio con dei mattoni e poi passiamo la notte in questura, eh?»

Sorrise.

«Okay, hai ragione, basta!» disse alzando le mani. «È sabato sera e non ci pensiamo più. Ti ha risposto Gesù?»

«Si chiama Christo! E no, non mi ha risposto!»

«Che coglione!» rispose andando a slegare la catena del motorino e porgendomi il casco che estrasse dal bauletto.

«Sì. Boh. Anche a me sembra strano, ma magari ha avuto da fare...» risposi un po' delusa, allacciandomi il casco.

Mi guardò come fossi scema e poi mi venne sotto il naso con il dito indice.

«Ricordati, bella, che se ti interessa una non hai MAI niente di meglio da fare! MAI! Capito?», e mise in moto.

Salii dietro di lui senza dire altro.

In scooter con Dario mi passava la paura dell'aereo.

Guidava bene ma correva come un matto, tanto che per evitare di essere disarcionata a ogni curva stringevo le ginocchia contro le sue cosce così forte che alla fine mi diventavano bianche.

I nostri sabati erano sempre molto tranquilli, un paio di birre seduti sul parapetto dell'Arno a San Niccolò o a sentire un po' di musica in qualche locale, mentre quando c'era Ginevra erano serate infinite in cui si passava da una discoteca all'altra fino all'alba, dato che lei era sempre in lista da tutte le parti.

E io non ero proprio tipo da discoteca.

A vedermi sembravo più una di quelle attiviste che dormono fuori dalle ambasciate per protestare contro il governo.

Pantaloni neri, maglietta nera, un enorme parka verde appartenuto a mia madre e tanti capelli lunghi e neri con la frangia.

Sembravo un manga giapponese.

Dario e Ginevra erano le uniche persone con cui riuscivo a stare davvero bene e a sentirmi a mio agio.

Al liceo frequentavo anche altra gente, ma poi si sa come vanno le cose: quando cambi strada finisci per perdere tutti i contatti, e al massimo ti incontravi in qualche locale e, come a Firenze accadeva molto spesso, fingevi di non conoscerti.

Con loro due invece potevo semplicemente essere me stessa, senza vestirmi per l'occasione, senza sorridere per forza, e senza dover essere simpatica a tutti i costi.

Gli amici servono a questo: a farti sentire a casa.

Ci fermammo in un bar all'aperto, che di lì a poco sarebbe stato preso d'assalto da turisti e fiorentini in cerca di un po' di tregua dalla calura estiva, ma la primavera tardava ad arrivare, per essere fine aprile era ancora piuttosto freddo e in pochi osavano sedersi fuori.

Dario prese una birra per me e un bicchiere con qualcosa di ambrato per sé, poi mi raggiunse a uno dei tanti tavolini vuoti.

«Dario, dimmi che non è whisky!» lo pregai coprendomi gli occhi con le mani.

«No, figurati! È tè alla pesca!», rise e lo buttò giù d'un fiato.

«Ti conci da buttar via ogni volta che bevi, lo sai!»

«Reggo come un camionista, stai tranquilla.»

«Se fossi un camionista intanto lavoreresti davvero, e poi saresti finito in un burrone da un pezzo!»

«Dài, Mari, di madri che mi scassano ne ho già una.»

Era una delle sue serate no e sapevo come sarebbe finita: con me che lo riportavo a casa in motorino o, nella peggiore delle ipotesi, io che riportavo a casa sua il motorino e lui che mi seguiva in taxi con la testa penzoloni fuori dal finestrino.

Ogni volta che litigava di brutto con sua madre doveva trovare qualcosa di estremo o di estremamente stupido da fare per sfogarsi.

E non so se lo facesse per punirla o per farle dispetto, il problema è che mi metteva sempre in mezzo e, anche se avrei voluto lasciarlo in mano a un gruppo di scalmanati ex galeotti del calcio in costume, alla fine tornavo sempre a recuperarlo per pietà.

E anche per non dover dare spiegazioni a Sonia che, spesso e volentieri, faceva paura anche a me.

«Allora Mari, ho deciso cosa voglio fare nella vita!» mi annunciò sfregandosi le mani, sostenuto dal whisky.

«Sono tutt'orecchi!» gli risposi, anch'io sfregandomi le mani.

«Credo che mi piacerebbe girare documentari.»

Scoppiai a ridere.

«Davvero?»

«Cazzo ridi!» rispose ridendo pure lui. «Dico davvero!»

«Ah, bene» dissi, cercando di stare seria. «... No, mi dicevo che forse per girare documentari bisognerebbe prima di tutto saper usare una telecamera e poi sapere cosa filmare... dico per dire... a te cosa interessa?»

«Mah... non so, gli animali, la natura, quella roba là!» rispose guardando altrove.

«Leoni e gazzelle...?» lo stuzzicai. «... O sei più tipo da deserti, tramonti, e popolazioni indigene... anzi no, ho trovato!» esclamai battendo le mani. «L'Alaska! Una cosa alla *Deadliest Catch*, ti ci vedrei sei mesi su una nave rompighiaccio a meno trenta gradi a pescare granchi blu insieme a dei bifolchi cocainomani!»

«Che palle!» rispose. «Te l'ho detto perché mi incoraggiassi, non perché mi smontassi tutto!»

«Sono solo realista!»

«Non capisci niente, proprio niente... neanche tu, come mia madre... siete uguali!» Poi vide passare una ragazza. «Ehi! Sei stupenda, lo sai? Non te ne approfittare, però!»

La ragazza lo guardò storto, poi si mise a ridere.

«Dario, sei pessimo, e sei già ubriaco dopo due dita di whisky» gli dissi accendendomi una sigaretta. «Come pensi di diventare amico degli aborigeni quando andrai a girare in Australia?»

Mi guardò sprezzante e fece cenno alla cameriera di portargliene un altro.

«Allora dài, parlami dei tuoi documentari» lo incoraggiai. «Forza, cos'hai in mente?»

Scrollò le spalle per cambiare argomento.

Come se improvvisamente gli fosse passata la voglia.

Lo capivo. Cercava in tutti i modi di trovare se stesso, cercava ardentemente quel fuoco sacro che lo facesse alzare la mattina con la voglia di cambiare il mondo, la passione che lo avrebbe definito come persona, il poter dire "io sono questo" con orgoglio.

Era terrorizzato all'idea di rimanere a lavorare nel negozio di sua madre per sempre, in un posto che odiava, a fare qualcosa che odiava, per gente che odiava.

Sognava solo il momento in cui avrebbe potuto sbattere la porta e dirigersi verso la sua vera vita.

Così, praticamente ogni giorno, si entusiasmava per un'idea nuova e si proiettava totalmente in quella dimensione.

Si immaginava nei panni di un famoso chef stellato a cui affidavano programmi televisivi, o di un fotografo che girava il mondo con lo zaino in spalla, o ancora decideva di trasferirsi a New York e iscriversi all'Actors Studio, ma tutti i suoi sogni di gloria si infrangevano sistematicamente contro il muro della dura realtà nel giro di ventiquattr'ore.

Perché Dario non era in grado di pelare una patata, non gli erano mai piaciuti gli zaini, e in quanto alle sue doti artistiche, non era mai stato nemmeno capace di imparare a memoria le battute per la recita scolastica.

Sua madre lo sapeva benissimo. E non perdeva occasione per ricordarglielo.

Allora tornava ogni mattina alle 9 ad aprire il negozio sognando di dargli fuoco fino all'ora di chiusura.

Eppure ogni volta sembrava quella buona. Ogni volta che aveva un'idea nuova gli brillavano gli occhi e ci credeva, ci credeva davvero.

Ma quando si trattava di concretizzare, si perdeva completamente. Non sapeva da che parte cominciare e si demoralizzava subito.

E credergli ancora iniziava a diventare difficile.

Per me invece disegnare era sempre stata la massima espressione della vita, ma mio padre mi aveva inculcato nella testa che non era un vero lavoro, che i veri lavori erano altri, e allora cercavo di considerarlo un passatempo e facevo appunto altro per guadagnarmi da vivere, ma poteva essere giusta una cosa del genere?

Perché nel Medioevo, quando la vita media non superava i quarant'anni, il pittore, il poeta o il giullare erano considerati mestieri, mentre nel 2015 la pittura, la danza, il teatro o la musica venivano considerati carriere alternative, e il commercialista, l'avvocato o l'impiegato a 1100 euro al mese invece erano lavori seri?

Non riuscivo a spiegarmi come mai eravamo obbligati a infilarci a forza in un ruolo perché qualcuno aveva deciso per noi che fosse giusto così.

In nome della "sicurezza". Come se esistesse una sicurezza.

Avevo visto mia madre spegnersi giorno dopo giorno nel vano tentativo di tenere insieme la famiglia, invece che trovare il coraggio di chiudere e cercare di essere felice altrove, e avevo visto mio padre giorno dopo giorno diventare un altro uomo per rimanere all'altezza del suo ruolo sociale a discapito di tutto quello in cui aveva sempre detto di credere. Alla fine non era rimasto più niente, solo ricordi confusi e sfumati della cui esistenza cominciavo a dubitare io stessa.

Forse era giusto così, in fondo: sopravvivere, senza aspettarsi niente di più.

Certo che avere pensieri del genere a soli diciannove anni faceva veramente schifo.

Dario si scolò il secondo whisky e poi si alzò di scatto in piedi.

«Dài andiamo!» disse lasciando i soldi del conto sotto il bicchiere, e si avviò verso lo scooter.

«Andiamo a piedi?» proposi a mani giunte.

«Nooo! Ma che, sei matta? Motorino!»

«Non voglio morire sfracellata contro un palo» protestai.

«Dài, poche storie!» mi disse. «Ho fatto di peggio!»

«Lo so benissimo, e ti potrei citare a memoria tutti gli ultimi dell'anno in cui abbiamo rischiato la vita.»

«Con me sei in una botte di ferro, Mari!» disse picchiandosi un pugno contro il petto e poi dando un colpo col casco contro il mio che mi fece rimbombare la testa.

Salii a malincuore e mi feci trasportare in un altro bar e poi in un altro, finché, alcoltest alla mano, lo obbligai a camminare per tutto il centro per smaltire.

Aveva come al solito importunato almeno una decina di ragazze, soprattutto turiste americane, ubriache il doppio di lui, riuscendo a far colpo quasi su tutte.

Con la faccia tosta che si ritrovava, se solo avesse avuto voglia di impegnarsi un minimo sarebbe riuscito a vendere involtini primavera ai cinesi!

Gli volevo un bene dell'anima, ma cavolo quanto era inaffidabile.

Pensai a Christo, che probabilmente a quell'ora era seduto davanti all'Accademia a bere, fumare e raccontare aneddoti insieme alla sua cricca.

E mi venne una voglia irresistibile di passare "casualmente" di lì. Così, approfittando dello stato parzialmente confusionale di Dario, arrivammo in via Ricasoli senza che nemmeno se ne rendesse conto.

«Ah, ma siamo sul luogo del delitto!» disse dandomi una gigantesca pacca sulla spalla.

«Lo sai che adoro questo posto» risposi sperando non facesse uno più uno.

«E allora perché non ti iscrivi!» mi disse con la mimica esagerata tipica degli ubriachi.

«Lo sai perché!» risposi guardando per terra. «Non posso, ho bisogno di soldi, non ho un posto dove stare e c'è Filippo. Le solite cose. Banali, ma sempre quelle. Lasciami solo stare qui un attimo a sognare.»

Ci appoggiammo al muro davanti ai portici dell'Accademia per fumare e mi immaginai uscire da lì coi miei compagni di corso e la cartella degli schizzi sottobraccio: commentavamo le lezioni, inventavamo progetti e sognavamo le nostre mostre personali al Guggenheim.

Finché Dario mi rifilò una gomitata colossale nel fianco.

«Ehi, ma non è per caso quello il rastone che ti piace tanto?»

«Ahia, cretino!» feci appena in tempo a rispondere, mentre vedevo Christo avvicinarsi insieme a un gruppo di ragazzi e sedersi sulle scale a pochi metri da noi.

Deglutii.

Indossava un paio di occhiali scuri nonostante fosse mezzanotte passata e aveva un'aria concentrata, come se avesse le visioni.

«È lui o no?» insistette Dario.

«Zitto! Sì, è lui. Parla piano però.»

Non potei non notare che i dread, da seduto, strusciavano giù dal marciapiede in una non ben definita pozzanghera.

Anche Dario se ne accorse.

«Cioè, tu andresti a letto con uno che tuffa i capelli nel piscio dei cani?» Cominciò a ridere. «Secondo me ci trovi di tutto lì dentro, mozziconi di sigaretta, stuzzicadenti, gomme masticate...»

«Dài idiota!» gli intimai mettendomi a ridere mio malgrado. «Che poi ci sente!»

«E che ci senta! Anzi, ora che ci penso vorrei proprio che mi sentisse!» dichiarò, e si diresse verso di lui.

«NO! Dario, fermati, è un ordine!» lo pregai inutilmente trattenendolo per un polso come una formica cercherebbe di trattenere un alano per la zampa.

«Senti coso!» gridò, avanzando a grandi passi.

Christo alzò la testa e rimase interdetto con la sigaretta mezza rollata in mano.

Dario, che era già parecchio alto, stando in piedi lo sovrastava di un metro buono.

«Ora, io capisco che voi extracomunitari non siete avvezzi alle buone maniere» esordì nella sorpresa generale, «e tu in particolare non mi sembri uno che ci tiene molto al rispetto delle convenzioni e, se mi è concesso dirlo, anche all'igiene personale, ma questo non è un problema mio. Se ti va di pulirti il culo coi capelli o col tuo cane puoi farlo benissimo. Diventa un problema mio nel momento in cui la mia migliore amica ti scrive un messaggio carino, perché tu le hai dato il tuo numero, e poi non le rispondi perché evidentemente hai di meglio da fare» proseguì indicando prima lui e poi me. «Ecco. È questo che mi fa incazzare, vedi? Perché trovo veramente difficile da credere che tu abbia qualcosa di meglio da fare. E non mi piace che lei, che è la migliore ragazza di questo mondo di merda, ci sia rimasta male per colpa di uno che non tocca una saponetta dal 2003!» terminò con i pugni sui fianchi.

Tutti si voltarono verso di me, che cercavo con gli occhi un tombino in cui infilarmi e sparire per sempre.

Christo si tolse gli occhiali scuri e mi guardò serio. Poi si alzò per raggiungermi.

«Marina!» mi chiamò con un tono che non riuscii a decifrare. «Mi devi perdonare!» disse con quell'accento illegale. «Sono un idiota. Ho cominciato questo progetto e ci sono entrato talmente dentro che non ho potuto davvero risponderti!»

«Seee! Raccontalo a queste due!» rispose per me Dario indicando le sue groupie. «A proposito, come vi chiamate?» chiese loro sedendoglisi accanto.

«No... non ti preoccupare Christo, sta scherzando... fa sempre così quando beve... figurati se ci sono rimasta male» balbettai paonazza.

«Tu hai ragione a esserci rimasta male invece, perché ho sbagliato» mi disse appoggiandomi le mani sulle spalle e interrompendomi il flusso di sangue al cervello.

«Sto lavorando a un progetto per i non vedenti» disse serio. «Voglio creare un'esperienza virtuale vibrazionale che possa trasmettere loro delle sensazioni che riproducano i colori, e per farlo sto cercando di calarmi nella loro realtà, devo capire cosa prova un cieco. Ecco perché ho questi occhiali di notte» proseguì mostrandomeli, «e quindi non ti ho risposto perché non potrei leggere il messaggio se fossi veramente cieco!»

Ci fu un attimo di silenzio, poi Dario esplose in una risata galattica.

«AHAHAHAH!!! TU SEI IL MIO I-DO-LO! Credimi!» si alzò e venne a battergli il cinque. «Senti, Ziggy. Ti posso chiamare Ziggy? Credimi, pensavo di essere io il peggior cazzaro in circolazione, ma voi in Brasile siete un pezzo avanti! Ah, e complimenti per la proprietà di linguaggio! Ti credevo analfabeta, invece te la cavi bene!»

Christo lo guardò davvero sbalordito questa volta e le due ragazze vennero a sostenerlo.

«Guarda che è vero!» disse una delle due. «Sono tre giorni che lo accompagniamo ovunque, risponde solo alle telefonate, ma non legge i messaggi né li scrive, perché è come se non potesse!»

«Già, ma può!» continuò Dario mentre si segnava il numero di cellulare delle ragazze.

«Sì, posso, ma evito di farlo» continuò Christo veramente intenzionato a spiegarci il suo progetto. «Sto cercando di utilizzare gli altri sensi per percepire la realtà attorno a me, è molto complicato ed è vero, ho sbagliato a non dirtelo. Mi dispiace Marina, scusami.»

«Nessun problema!» minimizzai, desiderando ardentemente picchiare Dario col casco e darmi alla fuga.

«Posso invitarti alla festa di sabato prossimo per farmi perdonare?»

«Alla festa?» ripetei confusa.

«Sì, c'è una festa pazzesca all'Accademia» fece eco una delle ragazze. «Perché non vieni pure tu?» chiese a Dario.

«Certo che veniamo!» rispose anche per me, che ero a secco di saliva e di argomenti. «Dress code?» chiese nel silenzio assoluto. «Come non detto» proseguì, «ma se Marina ti telefona o ti manda un messaggio o un piccione viaggiatore, credimi che ti conviene risponderle.»

«Lo farò!» disse solennemente Christo stringendo la mano di Dario.

Mi baciò sulle guance tenendomi il viso fra le mani e mi salutò con la mano aperta, come faceva sempre.

«Non so se ucciderti o abbracciarti» dissi a Dario mentre camminavano in fretta, «ma propendo fortemente per la prima!»

«Dopo, Mari, dopo...» rispose correndo a vomitare in un cestino.

4

La mattina dopo Filippo venne a svegliarmi, come ogni domenica, fissandomi in silenzio finché non percepivo la sua presenza.

E non c'era sveglia peggiore che essere fissati in silenzio da un novenne.

Era capace di stare fermissimo a dieci centimetri dalla mia faccia anche mezz'ora e, se proprio dormivo come un sasso, cominciava a canticchiare in loop una canzoncina su una pecora che gli avevano insegnato a lezione di inglese.

E solitamente al terzo round di "Baaa baaa black sheep" mi alzavo.

«Andiamo a messa?» mi chiese entusiasta, mentre cercavo di recuperare le mie funzioni vitali.

L'idea mi sorrideva come quella di farmi una maratona, ma una promessa era una promessa. Al mio angelo, poi.

«Certo che andiamo!» risposi come se non vedessi l'ora. «Non vedi? Sono pronta!»

«Ma sei in pigiama!» rise tirandomi un lembo dei pantaloni.

«Questo non è un pigiama, ma una tuta magica... vedrai che in pochi minuti si trasformerà nei miei vestiti per uscire!» risposi scomparendo in bagno.

«I vestiti neri?» mi gridò lui.

«Certo!» risposi. «Noi ninja non possiamo vestirci con altri colori!»

«Però saresti bella colorata!» mi disse quando uscii, ovviamente vestita di nero.

«Un giorno. Te lo prometto!», e lo portai giù in braccio per partecipare alla colazione domenicale tutti insieme, come voleva Ilenia perché faceva tanto "famiglia felice", ostinandosi a cucinare pile di pancake che non piacevano a nessuno, ma che erano permesse dalla dieta Dukan che seguiva quella settimana.

Mio padre era in uno dei suoi giorni apparentemente buoni, e si offrì di portare Filippo al Museo Stibbert, quello con le armature e le armi da guerra antiche, perché secondo lui gli sarebbe piaciuto.

Ma Ilenia gli ricordò il pranzo in campagna con i loro amici e così rimandò alla settimana seguente.

In realtà a Filippo, che era il bambino più pacifico del mondo, le armi proprio non interessavano, ma pur di passare un po' di tempo col padre avrebbe accettato anche un invito in una fabbrica di scarpe.

Avevo un lungo elenco di promesse non mantenute nei miei ricordi passati.

Quando ci proponeva qualcosa – una gita, un viaggio, o anche un cinema –, lo faceva sempre con il massimo dell'entusiasmo, ma poi, quando arrivava il momento, c'era sempre una serie di impegni improrogabili: lavoro, riunioni, telefonate importantissime.

E avevo passato troppi sabati pomeriggio seduta sulla sedia fuori dal suo studio, pronta per essere portata fuori anche solo per un gelato. Con mia mamma che provava a convincerlo, lui che ripeteva: «Dopo. Ora non ho tempo. Dopo», io che mi andavo a togliere il cappottino, tornavo in camera e mi mettevo a raccontare alle bambole del bellissimo pomeriggio che avevo passato col mio papà.

Durante la messa non smisi un attimo di pensare a Christo (l'altro) e al suo invito alla festa, a come mi aveva preso il viso fra le mani, a come mi aveva salutata andando via e a come era stato carino con me, nonostante l'assalto di quello psicopatico di Dario.

Guardavo il suo profilo WhatsApp con la foto del mare e mi chiedevo se davvero riusciva a prendere sul serio un progetto così complesso e allo stesso tempo così vago.

L'idea di trasmettere la sensazione dei colori ai non vedenti era talmente bella e allo stesso tempo talmente surreale da far sì che ci volesse quasi un mago per realizzarla. E questo ai miei occhi lo rendeva ancora più stupendo, talentuoso e generoso.

Era un tipo strano, è vero, ma gli artisti sono così: cani sciolti senza padrone.

Senza uno status, un gregge o un "dress code", come avrebbe detto Dario, e li prendevi così o niente.

E a me sarebbe andato benissimo così. Trasandato, distratto e geniale.

«E se ti portassi alla Specola?» dissi a Filippo dopo il nostro solito inchino sulla porta della chiesa.

«Quella con gli scheletri dei dinosauri?» mi chiese supereccitato.

«Proprio quella!»

«Sìììììì!» gridò con i pugni in aria.

«E Specola sia!» gli dissi facendolo salire dietro di me sullo scooter.

Era talmente facile far contento un bambino. Talmente facile, mi dicevo.

Bastava solo volerlo.

Mandai un messaggio a Dario, ma dalla spunta solitaria ne dedussi che stava ancora dormendo e probabilmente sua mamma stava cercando di buttare giù la porta a colpi di fucile.

Io e Filippo girammo per tutte le sale imparando un sacco di cose sulle piante, i minerali, il corpo umano e gli animali.

Filippo era estasiato e avrei pagato perché si sentisse così per il resto della sua vita, che era già partita così svantaggiata.

«Poi a casa mi disegni un dinosauro?» mi chiese.

«Certo! Come lo vuoi?»

«Voglio uno di quelli con le spine sulla testa!»

«Il triceratopo?»

«Sì, quello!»

«Okay, e non vuoi anche un tirannosauro?»

«Quale, quello scemo con le manine e il testone?»

«Sì, quello.»

«Preferisco uno squalo!»
«Okay, ti faccio uno squalo!»
Amavo quel piccoletto.
«Ti ci portava la mamma qui?» mi chiese di punto in bianco.
«Sì» dissi stringendogli la mano. «Mi ci portava lei quando ero piccola.»
Rimase pensieroso un istante.
«Quindi se mi stai facendo fare una cosa che ti faceva fare lei è un po' come se lei fosse qui con noi, no?»
«Proprio così» gli dissi con un magone tremendo che mi saliva in gola, inginocchiandomi davanti a lui. «Quello che io ho vissuto con lei lo trasmetto a te, perché è quello che avrebbe fatto se ne avesse avuto il tempo.»
Guardò per terra, poi di nuovo me.
«Mi manca la mamma» disse pianissimo.
«Lo so» risposi con gli occhi pieni di enormi lacrime invadenti. «Ma adesso dobbiamo per forza andare a prendere un gelato gigante perché è così che si fa ogni volta che si viene alla Specola, sai? È una tradizione!» gli dissi in fretta per non permettere al dolore di farsi strada di nuovo in quel cuoricino indifeso, e lo trascinai fuori quasi di corsa per comprargli un cono gelato così grande che faceva fatica a tenerlo in mano.
E di nuovo guardai il cielo e scossi la testa mimando con le labbra: «Un giorno io e te facciamo i conti».

«Ti ha invitato a una festa?» trillò Ginevra su Skype.
«Non a una festa, a LA festa!» la corressi.
«Oddio! Sarai elettrizzatissima! E che ti metti?»
«Ci penserà Dario, se fosse per me lo sai...!»
«Che invidia, vorrei tanto esserci! Invece sono sempre ostaggio del profumiere che non si decide a dirmi niente di quello che voglio sapere!»
«Torturalo!» proposi.
«Ci sto pensando seriamente!» rispose lei.
«Torna presto che mi manchi e non posso gestire Dario tutta da sola!»
Chiusi il computer e presi i fogli.

Ma il suono di un messaggio su WhatsApp mi fece sobbalzare.

Che fai bella Marina?

ODDIODDIODDIODDIO!!!
Era Christo che stava scrivendo proprio a me!
A ME!!
Cercai di respirare.
Poi riaprii il computer e richiamai Ginevra.
«Mi ha scritto!» strillai.
«Cosa? Cosa? Cosa?» rispose battendo le mani.
«Che fai bella Marina!» lessi.
«È un messaggio aperto!!! Ottimo! Che hai risposto?»
«Niente! Non mi viene in mente nulla!»
«Aspetta un attimo che sennò crede che stai col cellulare in mano ad aspettare lui.»
«E non è vero?» risposi perplessa.
«Sì, ma non devi farglielo capire. Fingi di avere una vita!»
«Okay, e ora che ho finto che cosa gli scrivo?»
«Mmh... prova con "aspettavo il tuo messaggio..."»
«E non è troppo?» ribattei incerta.
«No no, fidati, va benissimo!»
Digitai la risposta e dopo pochi secondi lo vidi online.
L'idea che in quel preciso istante lui fosse lì a fissare lo schermo per parlare con me era magica e assurda.

Mi ha fatto molto piacere vederti ieri sera
Anche a me tantissimo
Scusami se non ti ho risposto prima
Non ti preoccupare so che avevi da fare col tuo progetto

«Allora? Che ti sta dicendo?» mi interruppe Ginevra.
«Dopo, dopo! Adesso non posso!» risposi chiudendo il computer di scatto.

Sì, ma sono distratto e quando lavoro non riesco a pensare alle altre cose importanti
Perdonato! ☺
Ci sei domattina al bar? Sennò non ci vengo

Certo che ci sono!
Maravilhoso! A domani bella
Ok baciooo!!

Mi girai sul letto a pancia in su con un sorriso esagerato sulla faccia.

Poi presi i fogli e questa volta non riuscii a disegnare altro che Christo e i suoi occhi trasparenti, le sue ciglia lunghissime e l'espressione intensa, concentrata su qualcosa di inafferrabile.

Ma appena cominciai a disegnare i capelli scoppiai a ridere e infilai fra i dread stelle marine e diamanti, perché mozziconi, stuzzicadenti e cicche masticate mi sembravano di cattivo gusto.

E poi immaginai per me un abito da indossare alla festa, una cosa alla Audrey Hepburn, semplice e liscio, con un corpetto di raso senza spalline, rigorosamente nero e lungo fino ai piedi.

Forse giusto qualche strato di tulle per la gonna con una manciata di strass qua e là per dare luce.

A questo punto aggiunsi una scalinata da cui scendere lentamente e con grazia, e lui che mi aspettava in fondo porgendomi il braccio per fare la nostra entrata trionfale.

Ecco, alla fine c'ero cascata anch'io nel cliché del Principe Azzurro.

"Che palle" pensai mentre appallottolavo il foglio.

Stavo diventando una rammollita.

Più tardi Dario mi scrisse un messaggio: "Vieni qui e parlaci tu con mia madre perché altrimenti domani mi leggi sul giornale!".

Scesi di corsa e mi precipitai a casa sua, ma appena entrai sua mamma non mi lasciò nemmeno il tempo di dire "ciao Sonia" che già mi aveva investito con una valanga di parole, le più ripetibili delle quali erano "quell'imbecille del tuo amico".

«Non so cosa abbia intenzione di fare nella vita quel debosciato, a parte uscire a ubriacarsi e dormire fino alle 4 del pomeriggio!» urlava. «Mi sono fatta un mazzo gigantesco per fargli avere una vita comoda, che se era per suo nonno e tutti i debiti che c'ha lasciato eravamo tutti in mezzo alla strada! E questo deficiente che fa? Perde tempo a cazzeggiare in giro e a vomitare anche l'anima!»

Stavo lì a prendermi tutta quella sgridata come se fosse un acquazzone, con la faccia seria e la testa bassa, annuendo ogni tanto, quando in cuor mio avrei pagato perché mia mamma fosse ancora lì a potersi arrabbiare con me perché avevo fatto tardi.

Dario non capiva che fortuna aveva e quanto gli sarebbe mancato tutto questo un giorno.

«Hai ragione, Sonia, ma era sabato sera, se non può rilassarsi almeno un giorno a sett...»

«Quello è nato rilassato!» mi interruppe. «Non fa mai niente! Lavora perché lo obbligo io e perché la mattina lo butto giù dal letto a calci, altrimenti vivrebbe sul divano finché le unghie gli diventerebbero così lunghe da non riuscire a cambiare canale! Ecco quant'è pigro mio figlio! Cosa mi potevo aspettare da uno nato il primo di maggio, e per giunta di domenica!»

Mi veniva da ridere, ma non potevo proprio contraddirla.

E gesticolava così tanto che ebbi paura che desse una sberla anche a me.

Dario, nel frattempo, si era barricato nel bagno e non mi aprì finché non gli assicurai che Sonia era uscita di casa.

Quando finalmente si decise ad aprirmi la porta per poco non mi venne un infarto.

«Allora? Abbastanza corti?» disse passandosi la mano sul cranio rasato.

5

Lunedì mattina ero in fibrillazione.

Filippo era in ritardissimo e più lento di sempre.

Riflettei un momento sulla necessità o meno di truccarmi, dato che Christo, in quanto non vedente, non avrebbe dovuto prendere in considerazione questo dettaglio, ma poi mi dissi che comunque ci vedeva benissimo e quindi tanto valeva giocarsela al meglio.

Una volta accompagnato Filippo a scuola percorsi i viali a trecento all'ora rallentando solo davanti agli autovelox, cosa che avrebbe fatto impallidire pure Dario.

E arrivai giusto in tempo per non perdermi la sua grande entrata, sempre scortato dalle solite groupie, che avevo poi scoperto essere le sue coinquiline.

Non sapevo se ridere o no mentre lo osservavo avanzare verso il bancone con le mani avanti e gli occhiali neri, però non potevo non apprezzare la coerenza e la testardaggine.

«Ciao Christo!» gli dissi, già abbondantemente emozionata.

«Marina!» mi rispose appoggiando una mano sulla mia, cosa che mi fece venire i brividi. «Che bello rivederti» disse. «... Sì, insomma...»

Scoppiai a ridere.

Gli preparai il cappuccino e gli misi in mano due bustine di zucchero di canna, dato che da cieco non le avrebbe potute trovare.

E lo osservai girare meticolosamente il cucchiaino nella

tazza. Fermo, con la testa inclinata da una parte per cogliere meglio le voci e i suoni.

Sarei rimasta a guardarlo tutto il giorno, e mi venne l'istinto di prendere foglio e matita.

Poi però mi assalì anche un dubbio atroce.

«Posso chiederti una cosa?» gli dissi.

«Certo» rispose continuando a guardare un punto nel vuoto.

«Anche alla festa sarai cieco?»

Sorrise.

«No, non lo sarò. Sennò come faccio a vedere come sei bella e a ballare con te tutta la notte?»

Sentii il cuore fare cinque carpiati e tuffarsi in un mare di panna montata.

Dovevo assolutamente farmi aiutare da Dario.

Più tardi entrai in negozio e per poco non gli chiesi chi fosse, tanto non riuscivo ad abituarmi alla sua nuova faccia.

Ovviamente si era tenuto il barbone, ma senza i suoi bei capelli neri faceva davvero uno strano effetto e mi veniva voglia di disegnarglieli sulla testa.

Sonia dallo shock non gli parlava più ed era esattamente il risultato che lui voleva raggiungere, motivo per cui era di ottimo umore.

«Dobbiamo trovare un vestito per te» mi anticipò. «Non ti ci mando alla festa conciata come una black bloc.»

«Sono nelle tue mani!» risposi. «Non opporrò resistenza.»

Passai il pomeriggio a provare vestiti costosissimi, talmente delicati da sembrare fatti con ali di farfalla.

Mi vietò tassativamente di vestirmi di nero e insistette per un vestito vintage color rosa antico, lungo fino al ginocchio, allacciato dietro al collo che lasciava le spalle nude.

Il problema vero erano i tacchi, perché ero incapace di camminarci.

«Mari, fai pietà, sembri zoppa, io ci riuscirei meglio di te. Ma possibile? Non te le provavi le scarpe della mamma, come tutte le bambine?»

«No. Ammazzami, dài!» risposi, tentando di fare più di tre passi senza sembrare ubriaca.

«Ce n'è di lavoro da fare da qui a sabato! Non so mica se ci riusciamo. Ci vorrebbe un miracolo!» disse schifato, scuotendo la testa.

«Sì, va bene che sono impedita» risposi esasperata, «ma la fatina non rompeva mica le palle così a Cenerentola!»

«Ma lei ci sapeva camminare con le scarpette di cristallo, per te ci vorrebbero le Hogan di cristallo!»

«No, le Hogan no...» mormorai.

«Su dài» mi rincuorò, «se ti impegni forse ce la puoi fare.» E mi consegnò un paio di Louboutin tacco 12 con il plateau.

«Io non ci posso camminare con queste!» gli risposi atterrita, restituendogli la scatola come se scottasse.

«Se impari con queste, dopo tutto il resto sarà una passeggiata di salute. Nel vero senso della parola.»

Tornai a casa piuttosto scoraggiata.

Possibile che non ci fosse il benché minimo barlume di femminilità in me?

Possibile che non mi fosse mai venuta voglia di un bel paio di scarpe coi tacchi? O di un vestito rosa? E perché avevo sempre e solo disegnato in bianco e nero?

La risposta la sapevo: perché la vita era così, bianco o nero. Vivi o muori. I colori erano per femminucce e ingenui sognatori che credevano agli oroscopi e ai biscotti della fortuna.

Nonostante tutto mi misi d'impegno per cercare di raggiungere un'andatura quantomeno stabile e un portamento sicuro, seguendo i consigli di Dario che, quando voleva, sapeva il fatto suo, checché ne dicesse sua madre.

«Testa alta e spalle dritte qualunque cosa accada!» era stata la sua ultima frase prima che uscissi dal negozio, insieme a: «Le scarpe sono di mia madre, se le sciupi sono cazzi tuoi!».

Ilenia e mio padre tornarono più tardi del solito e, dalle porte sbattute, mi parve di capire che non tirasse una buona aria.

Era raro che litigassero di brutto perché lei sapeva sempre quando era il momento esatto per chiudere la discussione se si accorgeva di non riuscire a spuntarla.

Cosa che a me non era mai riuscita e in questo, in effetti, avevo solo da imparare.

Ma è giusto usare delle strategie quando si tratta della tua famiglia?

È giusto manipolare le persone che ami?

Per come la vedevo io no, ecco perché non riuscivo mai a tenere chiusa la mia boccaccia.

Ma urlare, ribellarmi, dire come la pensavo non era servito mai a niente, mi ero soltanto messa di più nei guai, perché con lui vigeva il regime e non c'era speranza di democrazia.

Non potevi semplicemente pensarla in un altro modo, se lo facevi eri stupido, ignorante o presuntuoso.

E alla fine non ti restava che piegarti alle regole del sistema, se non volevi "ritrovarti in mezzo a una strada", che era un altro dei suoi evergreen ai tempi di mia madre.

«Voi senza di me morireste di fame», e lo diceva con orgoglio e crudeltà. E ripetendolo come un mantra ci aveva convinte.

Mia madre aveva smesso di lavorare quando ero nata io perché lui aveva voluto così e perché così avevano fatto sua madre e la madre di sua madre.

Ma il dover formulare costantemente la domanda: "Mi dai i soldi?" a poco a poco si era trasformato in una subdola forma di controllo.

«Te li ho già dati l'altro giorno. Che ci hai fatto?», «Ho pagato la bolletta del telefono, ho fatto la spesa...», «Io per voi non sono altro che un portafoglio!» tuonava compiacendosi dell'effetto che faceva su di noi, certo che lei avrebbe chiesto scusa, e solo dopo una lunga e minuziosa descrizione di tutte le spese della settimana, finalmente mosso a compassione, si sarebbe degnato di dargliene altri.

Così anch'io, crescendo, avevo cominciato a sottostare allo stesso gioco umiliante del "Che cosa ci devi fare?" e morivo dalla voglia di rispondere: "Mi ci compro il fumo", ma sapendo che l'ironia non era una cosa ben vista, anch'io snocciolavo la lista che giustificasse la paghetta settimanale.

Era una forma molto sottile ma efficace di prostituzione: "Tu sii gentile, e lui ti dà i soldi".

Una figlia deve fare questo? Deve essere "carina" col padre perché dia i soldi alla famiglia per mangiare e vestirsi?

È questo l'amore?

Se mia madre non si ribellava doveva essere così che funzionava.

Ma per quanto mi riguardava sentivo un disagio spaventoso dentro.

Un nodo viscido allo stomaco. Duro, unto, sabbioso.

E strisciavo da lui per ottenere il "perdono" con la voglia di vomitare.

E purtroppo funzionava. Non subito, ma funzionava, perché ancora una volta ci era riuscito.

Era riuscito a convincere prima mia madre e poi me che non saremmo mai state in grado di farcela da sole.

Incapaci, inette, inadeguate. Misere, stupide, femmine.

E solo lui, magnanimo e generoso, avrebbe potuto occuparsi di noi, a patto che ci fossimo "comportate bene".

Altrimenti ogni ribelle sarebbe stato punito in maniera esemplare.

Perché io e mia madre eravamo le uniche cose che potesse controllare.

Poi la morte si era messa di mezzo, cogliendo di sorpresa anche lui che non aveva previsto di dover affrontare tanto dolore tutto insieme, dolore che obbligava i suoi confusi principi a mettersi da parte in favore della feroce realtà che richiedeva chemioterapia e dosi di morfina sempre più elevate.

E il dolore aveva finito per cambiarlo. Come aveva cambiato tutti noi.

Ma non in meglio.

Era solo diventato un po' meno intransigente, ora che il suo regno era stato smantellato.

Il carattere non si cambia in ogni caso, questo l'avevo capito molto bene.

Sei come sei per tutta la vita: o tendenzialmente buono o tendenzialmente cattivo, e di certo dipendeva da come eri stato cresciuto.

E mio padre era stato sempre maltrattato, per quel poco che ne sapevo.

Ma non provavo pietà per lui ed ero determinata a spezzare la catena e facevo l'impossibile per non somigliargli, anche a costo di sforzarmi moltissimo, e questo mi rendeva ancora più estranea ai suoi occhi.

L'entrata di Ilenia nelle nostre vite per fortuna aveva distolto la sua attenzione da noi due figli, e questa era stata l'unica nota positiva.

Anche se, per quanto mi riguardava, dovevo sottostare ancora alle sue condizioni.

«Dài, non fare così!» lo sentii dire con una voce sdolcinata, mentre lei sbatteva con violenza delle cose sul tavolo.

Quando si sentiva in colpa, ma non lo voleva ammettere, tendeva a prenderti in giro per le accuse che gli muovevi, insistendo con "Io? Ma figurati! Hai capito male!", minimizzando le ragioni per cui eri offeso e facendoti sentire ridicolo.

Ilenia però si arrabbiava raramente e solo se lui l'aveva contraddetta in pubblico o se l'aveva fatta ingelosire.

E quello per cui stavano litigando era evidentemente il secondo motivo.

«Te l'avevo già detto l'altra volta, non mi piace il modo in cui le parli!»

«Ma io non ho fatto niente!» rispondeva sornione cercando di avvicinarla, o almeno era quello che intuivo seduta a origliare sulle scale del piano di sopra.

«Ti pare? Non mi piace nemmeno!», detto con una voce che faceva intendere tutto il contrario.

«E se ti piaceva che facevi? La invitavi a cena?»

«Ora non esagerare, su, stavamo solo parlando!»

«In camera sua?»

«Mi stava facendo vedere dei documenti!» rispose ridendo, sulla difensiva.

«Che documenti?»

«Ma niente... un contratto... roba di lavoro!» insisteva a minimizzare.

«E da quando fai il consulente del lavoro, tu?»

Ed ecco che qui scattò puntualissima la zampata, perché a lui non si poteva dire che non sapeva fare qualcosa, soprattutto se incidentalmente la sapeva fare.

E il bisticcio, da recuperabile, si tramutò in uno stizzito:

«Signorina, si dà il caso che io conosca a menadito le leggi italiane, e nessuno sa meglio di me come funzionano i contratti di lavoro. Non sto mica in giro tutto il giorno a fare vedere gli appartamenti, io!».

Ahia! Questa era bella grossa come zampata.

Mi dispiaceva anche un po' , perché ovviamente Ilenia, anche se era una zoccola arrivista, solitamente lo rimetteva a posto e in questo modo vendicava anche me.

«Ma lo sai che sei proprio uno stronzo quando fai così?» disse concitata. «Guarda che anche il mio è un lavoro, anche se non ai vertici del potere come il tuo!»

Immaginai le virgolette sulle parole "vertici del potere".

Lui rise di quella tipica risata a metà fra il "sei simpatica" e il "vorrei spezzarti le ginocchia", e l'aria si fece tesa e irrespirabile.

Da duello.

«Allora? Non hai intenzione di scusarti o di spiegare?» insisteva lei.

«No nella maniera più assoluta. Non ho proprio niente da spiegarti!» dichiarò secco.

Che solitamente è la frase che uno dice quando dovrebbe spiegare tutto.

«Ecco, allora puoi anche dormire sul divano per quanto mi riguarda!»

Puntai un 10 a 1 mentale che mio padre sarebbe riuscito a farsi perdonare con una delle sue promesse-miraggio.

E poi lo sentii pronunciare a bassa voce: «Ma lo sai che amo solo te. Che sei la donna della mia vita e che nessuna è degna nemmeno di allacciarti le scarpe...», che mi provocò un moto di rabbia-vomito perché veniva da mio padre e un "nondarglirettascema" di solidarietà femminile.

Ma non rimasi ad aspettare la fine della puntata.

Non ne valeva la pena. Quello che contava era che, di nuovo, il lupo aveva perso il pelo ma non il vizio.

Per come lo conoscevo io aveva sicuramente fatto l'imbecille con l'amica di Ilenia, un po' perché era la sua natura, un po' perché non sopportava l'idea di invecchiare e perché, vabbè, l'aveva sempre fatto.

E qui entrava in gioco la mia idea dell'amore.

Completamente confusa e infantile, rubata alle favole, ai film e ai libri.

Con qualcuno che si innamorava di te e ti proteggeva dalla pioggia e dai tuoni, con dolcezza, rispetto e musica, circondandoti le spalle con il braccio. Per sempre.

Qualcuno che diventava il tuo eroe, qualcuno con cui non sentirti mai più sola, che fosse capace di alleggerire la tua tristezza quando diventava troppo pesante, qualcuno con cui ridere, con cui combattere, qualcuno per cui valeva la pena stare al mondo.

Ma intorno a me non avevo mai visto una cosa del genere, né in casa né fuori.

E io stessa, ogni volta che mi ero innamorata, avevo sofferto moltissimo.

Troppo, credo.

In maniera sproporzionata, assurda, patetica.

Perché avevo imparato che l'amore era una merce di scambio.

E se qualcuno era disposto a darmi un po' di attenzione, allora io ero disposta a dargli il mio cuore.

Così finiva che se un ragazzo manifestava interesse per me, me lo facevo piacere anche se non era esattamente il mio tipo. E quando mi lasciava (perché un giorno mi lasciava) la vivevo come una vera tragedia.

Una tragedia assoluta.

Fosse stata una storia di tre giorni o tre mesi non importava.

Era il perdere quel poco di attenzione e di affetto conquistati a rendermi impossibile respirare.

Era tornare a essere invisibile dopo che qualcuno aveva per un attimo puntato il riflettore su di me, facendomi sentire importante, desiderata, speciale. Amata.

Era essere gettate di nuovo giù nella botola buia, sapendo che nessuno sarebbe venuto a salvarmi.

Dario diceva che mi comportavo come i cani salvati da un canile: con una dedizione assoluta nei confronti del mio salvatore che, se fosse stato per me, probabilmente non avrei mai scelto. E forse era vero, ma sarei stata disposta a qualunque cosa pur di non essere abbandonata di nuovo.

E piangevo, piangevo e sentivo i vetri rotti dentro che mi tagliavano tutto e allora urlavo, urlavo perché era sempre la stessa cosa ogni volta.

Una perdita. Una perdita di sangue. Il mio.

E allora disegnavo. Fino a consumarmi le dita.

Poi il tempo passava, le ferite più o meno si rimarginavano e io credevo di essere guarita.

Finché qualcuno dimostrava di nuovo attenzione verso il cane abbandonato.

E la storia ricominciava.

Per questo l'improvviso interesse di Christo nei miei confronti mi stava preoccupando.

Perché fino a quando era stata una storia che vivevo solo nei miei sogni potevo spingermi oltre, senza rischiare la pelle, ma ora che passavamo le giornate e le nottate a scriverci su WhatsApp, sapevo che se qualcosa fosse andato storto non sarei stata in grado di proteggermi il cuore.

E temevo che mi sarei fatta molto male.

Ma a quel punto l'unica scelta era quella di chiudermi in convento.

Non riuscivo a fare niente in maniera leggera.

Per me era sempre tutto una questione di vita o di morte.

6

«Girati, girati, fatti vedereeeeee!» squittì Ginevra dal computer.

Ruotai lentamente su me stessa.

«Quel vestito è uno spet-ta-co-lo!» disse coprendosi la bocca con le mani.

«L'ha scelto Dario!» risposi cercando di stare dritta sulle Louboutin.

«Sei proprio bella. E dovresti profumare di fiori bianchi. Fiori bianchi e zagara.»

Mi annusai l'ascella e scoppiai a ridere.

«Christo ti adorerà» aggiunse.

«Mi basta che questa volta mi veda davvero.»

«Certo che ti vedrà!» esclamò. «È mica cieco!»

Risi di nuovo.

«No, non dovrebbe. Non stasera!»

«Poi mi racconti tutto, vero? A qualunque ora!»

«Giuro!» le assicurai appoggiando il palmo della mano sullo schermo.

Mi diedi un'ultima occhiata allo specchio e decisi che stavo davvero bene.

Anche se non mi sentivo propriamente a mio agio, né particolarmente disinvolta sui tacchi, ma almeno ero femminile.

E visibile.

Passai a salutare Filippo in camera sua e ci trovai Ilenia che gli provava la febbre.

«Che succede?» chiesi allarmata, inciampando e aggrappandomi alla maniglia della porta.

«Ha 38 e 8!» rispose.

«No!» esclamai andando a inginocchiarmi vicino a lui.

Era sudato e teneva gli occhi chiusi respirando piano.

«Ciccetto! Come ti senti?» gli chiesi posandogli una mano sulla fronte.

Non mi rispose, e notai che non aveva nemmeno il suo squalo di peluche con sé, segno evidente che stava proprio male.

Mio padre comparve sulla porta.

«Ha sicuramente preso freddo in motorino!» annunciò lapidario. «Non voglio che ce lo porti mai più.»

Mi sentii tremendamente in colpa e del tutto fuori luogo vestita così, con Filippo che quasi delirava.

Mi passò completamente la voglia di andare alla festa.

Tornai in camera mia a cambiarmi e a chiamare Dario.

«Che cazzo dici che non vieni?» urlò.

«Non posso, c'è Filippo con il febbrone, non lo posso mollare.»

«Ma non è mica da solo, c'è Ilenia!»

«Sì lo so, genio, ma lei non è sua madre!»

«E nemmeno tu lo sei!»

«Ma sono quello che le si avvicina di più!» risposi irritata.

«Aspetta che si addormenti e vieni!»

«E se si sveglia nella notte e non mi trova?»

«Si gira e si riaddormenta come fanno tutti i bambini! Dài, devi venire!»

«Ti dico che non posso!»

«Che palle che sei quando fai così!» sbottò. «Guarda che fare la crocerossina non serve a niente. Non è che Filippo te ne sarà grato per sempre!»

«Ti ricordo che hai dormito con la luce accesa fino a quattordici anni!»

«Questa è una cazzata che ti ha raccontato mia madre!»

«L'ho visto coi miei occhi!»

«Seee ciao! Io intanto vado, ti chiamo più tardi per raccontarti che ti perdi!»

Riattaccai con un misto di delusione e tristezza.

Poi mi infilai la tuta e tornai in camera di Filippo.

Gli toccai la fronte che scottava e guardai Ilenia con apprensione.

«Gli ho dato una Tachipirina, fra un po' scenderà.»

Lo guardavo tutto rannicchiato nel lettino, indifeso e piccolissimo, e mi si strinse il cuore.

Se c'era qualcuno che avrebbe voluto con lui in quel momento a dargli la Tachipirina e leggergli una storia non eravamo certo né io né Ilenia.

«Non vai alla festa?»

«Non mi pare il caso» le risposi senza guardarla.

«Ci sto io con lui.»

«Ti ringrazio, ma preferisco non lasciarlo, e poi non mi divertirei sapendo che sta male.»

«Se vuoi possiamo fare a turno, tu stai fino a mezzanotte e io rimango con lui dopo.»

Non ero abituata alla gentilezza di Ilenia, ma evidentemente aveva visto dalla mia faccia che c'ero rimasta male, e provava a non infierire.

«No, grazie davvero, preferisco così.»

«Come vuoi» rispose alzandosi e uscendo.

Mi sdraiai accanto a Filippo e mi accoccolai contro di lui cantandogli pianissimo *Stella stellina*, la ninna nanna che ci cantava sempre nostra madre quando eravamo malati.

Ma non fu una grande idea perché di lì a un attimo si mise a piangere.

Mi diedi dell'idiota almeno trenta volte, mentre tentavo di consolarlo facendolo pensare ad altro.

«Voglio la mamma!» mi disse fra le lacrime.

E non trovai altro da rispondere che: «Lo so tesoro, la vorrei anch'io».

Rimanemmo così, abbracciati e in silenzio, finché la notte ci avvolse e ci addormentammo.

Più tardi Ilenia venne a controllare come stava.

La febbre era scesa e lui dormiva profondamente.

«Dài, vai alla festa!» mi esortò.

Mi stropicciai gli occhi intontita dal sonno.

«A quest'ora?»

«Nessuna festa comincia veramente prima di mezzanotte!» rispose lei. «Susie non va mai in discoteca prima dell'1!»

Tornai in camera e trovai cinque chiamate di Dario e una

fila di messaggi WhatsApp che recitavano tutti più o meno: "Dove cazzo sei? Qui è bellissimo!", con una sfilza di pollici in su e faccine con le lacrime.

Che odiavo.

E poi un messaggio di Christo che diceva: "Sto cercando la mia principessa, ma non la vedo".

Mi rivestii di corsa, infilai le scarpe e, traballando, andai a salutare Ilenia.

«Allora io vado, ma se hai bisogno chiamami e arrivo subito!»

«Vai tranquilla!» rispose. «Non succede proprio niente se te ne stai via qualche ora!»

La ringraziai ancora.

«Belle scarpe!» mi disse mentre chiudevo la porta. «Susie ne ha un paio uguali!»

Scesi a prendere lo scooter e mi resi conto che non avrei mai potuto guidare con un tacco 12. Né tantomeno mettere il cavalletto.

«Al diavolo!» dissi. Me le tolsi e le misi nel bauletto, poi partii sparata (e scalza) verso l'Accademia.

Non sapevo assolutamente cosa aspettarmi, ma ero ufficialmente emozionata oltre ogni limite possibile, mentre sfrecciavo per le vie del centro.

Parcheggiai, infilai le scarpe, sistemai i capelli e il trucco nello specchietto e mi incamminai barcollando verso l'entrata.

La loggia era strapiena di gente e la prima cosa che mi saltò all'occhio fu che il mio dress code era decisamente troppo ricercato, dato che la maggior parte delle ragazze era vestita esattamente come la mattina a lezione.

Come è giusto che sia a una festa di artisti.

Io ero perfetta per il ballo di gala della Croce Rossa.

E mi venne voglia di strangolare Dario.

Entrai nel salone principale, mi accesi una sigaretta e mi misi in un angolo ad ascoltare il gruppo scalmanato che suonava indie rock.

Tutti fumavano, bevevano, ridevano, chiacchieravano e avevano l'aria di divertirsi un mondo, e mi sentii terribilmente sola e fuori posto.

Avevo immaginato Christo che mi aspettava sulla porta e mi faceva fare il giro della scuola presentandomi a tutti i suoi amici e raccontandomi storie meravigliose sull'Accademia, ma la realtà in qualche modo trova sempre la via per deluderti.

Forse dovevo smetterla di crearmi così tante aspettative.

Provai a chiamare Dario ma non mi rispose, così mi misi a girare per i corridoi e a curiosare per le sale.

Era un posto che adoravo, e che mi stregava.

Invidiavo profondamente tutti i ragazzi che potevano frequentarla, e che venivano da ogni angolo del mondo.

Pensavo a come sarebbe stata la mia vita se avessi avuto una famiglia normale, di quelle che incoraggiano i tuoi talenti invece di mortificarli, e che ti spronano a provarci e non arrenderti finché non hai realizzato i tuoi sogni.

Doveva essere bello avere una vita leggera, pensavo guardandoli ridere.

Salii lentamente la lunga scalinata che portava alle aule di scultura, pittura e arti figurative, dove gli allievi studiavano e creavano le loro opere in assoluta libertà.

E sentii una grande frustrazione dentro.

Avrei davvero voluto farne parte, più di ogni altra cosa sulla faccia della Terra.

Poi mi voltai e lo vidi.

Chiacchierava con una ragazza vicino alla porta dell'aula di fronte e non mi aveva visto.

Mi prese il panico, e senza pensarci nemmeno un secondo corsi giù dalle scale.

Ma quelle cazzo di scarpe di quel cazzo di stilista sadico mi punirono al terzo gradino di pietra.

E volai senza grazia alcuna giù dalla scalinata cinquecentesca, dove erano transitati Cosimo dei Medici, Michelangelo e Galileo che, ne avevo la certezza, stavano ridendo di me.

Christo e la sua amica si precipitarono a vedere come stavo e quando alzai la testa e me lo vidi davanti avrei voluto solo sprofondare nelle gole dell'inferno e non fare mai più ritorno.

«Marina!» esclamò sorpreso con la mia Louboutin in mano.

Se Cenerentola avesse fatto una figura di merda simile dubito che quella storia avrebbe avuto tanto successo!

«Ti sei fatta male?» mi chiese preoccupato.

Avevo le ginocchia sbucciate, mi facevano male il polso e la caviglia destra, ma l'unica cosa irrimediabilmente rotta era il mio orgoglio.

Mi aiutò ad alzarmi, mentre la sua amica mi porgeva un bicchiere d'acqua.

Se avessi sbattuto la testa e fossi andata in coma almeno avrei evitato tutto questo.

«Sei sicura di star bene?» mi domandò lei.

«Sì...» balbettai imbarazzata.

«Dài, ti accompagno in un posto tranquillo dove puoi sederti» mi disse Christo prendendomi delicatamente il braccio e accompagnandomi nella sala disegno.

«Avevo immaginato un incontro diverso» gli dissi zoppicando accanto a lui e tenendo in mano le Louboutin. Maledette scarpe assassine.

«Invece ti sei buttata giù dalle scale appena mi hai visto» sdrammatizzò. «Le donne fanno sempre così con me!»

Mi misi a ridere.

Era strano essere lì con lui in carne e ossa e tutto per me.

Avevamo chattato per ore tutta la settimana e avevo riletto le nostre conversazioni mille volte, anche per controllare se fosse ancora online dopo che mi aveva dato la buonanotte.

Ma per fortuna non era mai successo.

Certo che se lui avesse fatto la stessa cosa, avremmo probabilmente passato la notte a spiarci e credere che stavamo parlando con altri.

Che, a pensarci bene, è da squilibrati.

Nei messaggi era divertente e sensibile, mi faceva ridere, e ogni tanto scivolava in qualche errore di grammatica che trovavo delizioso.

Ma ora che ero con lui mi sentivo tremendamente in imbarazzo, volevo fare bella figura a tutti i costi, volevo essere carina e dire cose spiritose e intelligenti, col risultato che non mi veniva in mente niente ed ero rigida come un manico di scopa.

Entrando in sala disegno per fortuna mi passò improvvisamente ogni dolore, tanta era la gioia di essere lì fra cavalletti e colori, e corsi scalza a guardare tutti i lavori degli allievi appesi ai muri.

«È qui che disegnate?» chiesi emozionata come davanti a una megatorta di compleanno.

«Sì» rispose sorpreso del mio entusiasmo.

«Sai, è il mio sogno poter frequentare questo posto e imparare a disegnare con dei grandi maestri» dissi mentre ammiravo incantata le opere.

«E perché non ti iscrivi?»

Di nuovo quella domanda a cui non avevo più voglia di rispondere.

«È una lunga storia, piuttosto triste. Te la risparmio» risposi con un sorriso.

«Allora ti racconto la mia storia, se hai voglia!»

«Certo!» risposi mettendomi a sedere su un tavolo.

«Io vengo da Quixadá, una delle città più povere e pericolose del Brasile» disse venendo vicino a me. «Mio padre non l'ho mai conosciuto, e mia madre fa tre lavori e cerca di crescere i miei cinque fratelli.»

«Oh, mi dispiace!» dissi mortificata.

«No, non è questa la parte triste» fece lui seriamente. «La parte triste è quando mi sono rassegnato a vivere lì senza speranze spacciando, rubando e ubriacandomi tutte le sere.»

«E cos'è successo poi?»

«È successo che la polizia mi ha beccato. Sono scappato, ma mi hanno inseguito, preso a botte e mi hanno messo dentro. Mia madre è venuta a prendermi la mattina dopo e mi ha riempito di schiaffi davanti a tutti.»

Risi.

«Mia madre è così, non ha mezze misure e ha delle braccia che sembrano dei tronchi d'albero, mi ha girato la testa dall'altra parte. Poi quando ha finito di suonarmele mi ha detto di farmi venire in mente cosa avrei voluto fare nella vita, perché se mi ribeccava a spacciare ci avrebbe pensato lei a togliermi dal mondo.»

«E tu che hai fatto?» chiesi incuriosita dondolando le gambe nel vuoto.

«Ho fatto finta di non essere un povero che viveva nel Paese più povero del mondo e ho pensato a cosa avrei voluto fare se ne avessi avuto la possibilità. Mi sono ricordato che, per quel poco che ero andato a scuola, l'arte era l'unica cosa che mi piaceva veramente e mi sono messo a cercare il posto più bello e più lontano da lì dove studiare.»

«E tua mamma?»

«Lei ha detto subito: "Vai e torna solo quando sarai l'artista più famoso del mondo". Abbiamo dovuto chiedere prestiti a tutto il paese per comprare il biglietto aereo e abbiamo pianto tantissimo quando sono partito. Ma quando sono arrivato qui ho capito che non volevo essere in nessun altro posto. Adesso le mando regolarmente i soldi dei lavori che riesco a vendere e lei è felicissima.»

«È una storia a lieto fine!»

«Sì, ma siccome so che la mia storia è la più triste di tutte, la racconto per tirare su di morale gli altri.»

«Mia mamma è morta» dissi tranquillamente. «Mi sa che ho vinto io.»

«Oh cazzo!» rispose dandosi una pacca sulla fronte. «Mi dispiace, sono un idiota.»

«Non potevi saperlo.»

Mi abbracciò di slancio stringendomi forte.

«Scusami» mi sussurrò.

«Non ti preoccupare» lo rassicurai persa nel suo abbraccio e nel suo profumo irresistibile.

Avrei voluto morire lì fra le sue braccia forti, con la testa appoggiata alla sua spalla e i rasta che cadevano giù.

Protetta per sempre.

Poi mi guardò negli occhi e appoggiò le labbra sulle mie.

E mi persi definitivamente.

Un bacio intenso, caldo e passionale, esattamente come era lui.

Con le sue mani che mi stringevano e mi cercavano e non mi facevano capire più niente.

Era tutto talmente sensuale, libero e selvaggio che riuscivo a percepire la sua personalità dal modo in cui mi baciava, da come mi teneva la testa fra le mani, mi strapazzava i capelli, e da come mi mordeva le labbra.

Lo faceva come se volesse mangiarmi, come se non dovesse chiedere mai il permesso di fare quello che l'istinto gli diceva.

Ma appena fece scivolare le mani sotto il vestito mi irrigidii.

Perché io ero assolutamente il contrario di lui. E mi facevo problemi in continuazione.

«Che c'è?» mi chiese perplesso.

«Io non... cioè non vorrai... proprio qui?»

«Perché no?»

«Be'... tipo perché... potrebbe entrare qualcuno!»

«E se entra qualcuno gli diciamo di tornare dopo.»

«No... no... Christo, senti... io proprio non me la sento...» gli dissi con un po' di ansia mentre continuava ad armeggiare sotto la mia gonna.

«Rilassati! *Não te preocupes!*»

«Mi preoccupo invece, e non sai quanto!» risposi scendendo dal tavolo e sentendomi una bacchettona pazzesca, per niente libera e selvaggia come lui.

Mi guardò stranito, e pensai che forse non gli era mai capitato che una ragazza lo fermasse sul più bello.

E neanch'io lo avrei fermato se non fossimo stati sul tavolo dell'aula di disegno.

Si rabbuiò e smise di parlarmi. E fui immediatamente presa dal panico.

Il solito panico da abbandono che mi faceva sentire sola e disperata e pronta a qualunque cosa pur di non farmi lasciare.

«Andiamo da te?» tentai.

«No, da me non si può, c'è troppa gente» rispose senza guardarmi.

L'incantesimo si era spezzato. La magia era finita. Puf.

Mi prese la mano e la baciò.

«Sei piccola Marina» mi disse. «Sembri adulta e forte, ma sei un cristallo e io non voglio ferirti», e questa frase mi fece più male di un pugno in faccia.

Voleva dire ancora una volta: tu non sei quello che credevo, sei solo una bambina, non sei all'altezza, torna a giocare con le bambole, il mondo dei grandi non ti appartiene.

E mi fece malissimo.

Era tutto finito quindi? Improvvisamente non gli piacevo più? Non gli interessavo più?

Mi sentii invisibile, stupida e ridicola e infinitamente diversa da tutte le altre che invece sapevano stare al mondo, e conoscevano le regole perché evidentemente qualcuno gliele aveva insegnate.

E io invece non le avrei mai imparate e sarei sempre rimasta in panchina a guardare gli altri giocare davvero.

Uscimmo dall'aula e scendemmo le scale, distanti, e lui raggiunse subito un gruppo di ragazzi ignorandomi completamente.

Lo guardai mettersi a chiacchierare e ridere come se io non mi fossi mai neanche affacciata nella sua vita. Con la stessa facilità con cui si toglie un'amicizia sgradita da Facebook.

Buttai giù un groppo di lacrime, determinata a non piangere.

E mi rassegnai al mio posto nelle retrovie.

Poi un grido sorpassò la musica di svariati decibel.

«LA MIA MIGLIORE AMICA!!!» urlò Dario trascinandosi dietro una ragazza giapponese come fosse un fantoccio. «GRANDEEEE!» disse e mi abbracciò.

Poi mi guardò meglio.

«Sei reduce da una gang bang eh, vecchia maialona?»

«Ti prego» dissi abbassando la voce, dato che Christo era ancora a portata di orecchio.

«NOOOO IL MIO MIGLIORE AMICOOO!» gridò appena lo vide. «GRANDEEE!!!»

Dio uccidimi ora, senza pensarci troppo, un colpo secco e via!

Christo rimase paralizzato vedendo Dario andargli incontro completamente scoordinato e dargli tre pacche sulle spalle.

«Allora? Avete fatto roba, eh?» chiese fregandosi le mani. «Grandiiiii!!! Dammi il cinque, Ziggy, e viva l'ammmooore! Peace! Love!» disse cercando di picchiare il palmo contro il suo, inutilmente.

Christo si allontanò con la scusa di andare a bere e io rimasi lì a braccia incrociate a fulminare Dario con gli occhi, immaginando di camminargli sulla faccia con le Louboutin di sua madre.

«Che ho detto?» chiese con le mani aperte.

«Che ho detto?» ripetei facendogli il verso. «Mi ha appena scaricata! Puoi immaginare l'imbarazzo?»

«Ziggy ti ha scaricata? No! Ma è scemo? Ora ci parlo io!»

Si voltò a cercarlo urlando: «Oh! Capelli alla cazzo! Vieni qui che ti devo dire due paroline!». Fortunatamente feci in tempo ad appendermi al suo braccio con tutto il peso.

«Se gli dici qualcosa ti ammazzo! Hai capito?» Ero seria.

«Ma ti volevo difendere!»

«E come? Dicendogli cosa? "Perché non ti piace la mia amica?" Che abbiamo, dodici anni?»

«Ma cosa è successo? Che gli hai fatto? No aspetta! Cosa *non* gli hai fatto?»

«Ecco, nulla, non ho voluto fare nulla e lui si è stranito e fine della storia.»

«No Mari, che delusione, sei veramente una pischella! Ti prenderò per il culo per il resto della vita!» Cominciò a ridere.

«Cosa ridi, scemo? Ti pare che scopavamo in sala disegno?»

«Ah, perché tu scopi solo in sala scultura?» disse continuando a ridere sempre di più.

Venne da ridere anche a me.

«Dài, sei un cretino! Ci sono rimasta male, volevo solo un po' di magia, di romanticismo. Ci avevo fantasticato per mesi, così mi faceva tristezza!» gli dissi col musino.

«Piccolaaa! Non fare quella faccia da coniglio nano che mi fai piangere!» disse, e mi abbracciò fingendo di piagnucolare.

«Non chiamarmi piccola, me l'ha detto anche lui e non mi piace.»

«Ma è vero, sei minuscola, viene da proteggerti, è così, fattene una ragione, non sarai mai una mangiauomini!»

«Che palle!» risposi ancora più scoraggiata.

«Se vuoi faccio io sesso con te! Non hai che da chiedere!»

«NOOO CHE SCHIFO!» risposi mimando due dita in gola.

«A quattordici anni non ti faceva schifo!» rispose fingendo di fare l'offeso.

«Siamo stati insieme una settimana e abbiamo pomiciato due volte, già allora ci sembrava un incesto!»

Mi guardò sospettoso.

«Io comunque una bottarella te la darei!»

«Voi ragazzi siete delle bestie!»

«Eh sì, ma vi piacciamo proprio per questo» disse leccandomi una guancia.

«Dario, fai schifo! Ora vomito!» strillai pulendomi.

Scoppiò a ridere e si voltò a cercare la giapponese, che nel frattempo era sparita tra la folla.

«E pazienza!» disse facendo spallucce. «Vado a cercare qualcuna da amare. Se cambi idea mi trovi nell'aula disegno, eh?» disse facendomi l'occhiolino e urlando a qualcuno: «EHI, GRANDEEEE!».

Passai l'ora successiva seduta fuori sul muretto della loggia, a fumare ininterrottamente insieme a un gruppo di studenti turchi che progettavano di fare una riproduzione del Ponte Vecchio interamente di hashish.

E la cosa mi fece molto ridere finché non vidi Christo uscire con una ragazza. L'idea che sparisse per sempre mi risultò più intollerabile di ogni altra cosa al mondo.

La mia vita sembrava sempre una porta girevole dove tutti entravano e uscivano subito senza sostare mai più del necessario.

Dovevo dimostrargli a tutti i costi che non ero la "piccola Marina", la bambolina di cristallo che non conosce il mondo e va maneggiata con cura per non sbriciolarla.

Scesi dal muretto e cominciai a camminare dietro Christo e la ragazza.

Ridevano e ogni tanto lui le metteva un braccio attorno alle spalle.

Mi sentivo morire, ma soprattutto mi sentivo una stalker.

Arrivarono alla macchina di lei e finalmente la parte sana di me decise di farsi sentire. Udii distintamente una voce nella mia testa che diceva: "Fermati, cretina, e torna a casa".

Ma durò pochissimo e la parte malata di me, quella molto più potente e fuori controllo, decise sì di tornare indietro, ma per seguirli in scooter.

Non c'era strada di Firenze che avesse segreti per me, non c'era scorciatoia che non conoscessi, e in dieci minuti mi trovai sotto casa di lui, nascosta dietro un bidone della raccolta differenziata.

Le voci nella mia testa continuavano a battibeccare senza sosta, palleggiando fra "torna indietro" e "non ti muovere".

E io sapevo benissimo che "torna indietro" era il bene e "non ti muovere" era il male, ma noi esseri umani siamo forse fatti di buon senso?

Aspettai una mezz'ora buona, temendo che fossero finiti a casa di lei, finché i fari della macchina apparvero all'orizzonte e li vidi parcheggiare, scendere e mettersi a pomiciare appoggiati allo sportello.

La botta di gelosia fu immediata.

Eh no, eh. Era con me che doveva pomiciare, era a me che aveva detto che gli piacevo troppo, e che moriva se non mi vedeva.

Perché allora stava baciando un'altra?

Questa cosa mi pungeva dentro rendendomi ancora più confusa e arrabbiata.

Poi lei risalì in macchina e ripartì.

E il cervello mi si spense ancora una volta.

Gli corsi dietro e riuscii a fermare il portone un secondo prima che si chiudesse.

La faccia di lui quando mi vide era indescrivibile.

Se avesse visto Marina Abramovich non sarebbe stato altrettanto sconvolto.

«Che ci fai tu...» fece appena in tempo a dire, prima che gli prendessi il viso tra le mani e cominciassi a baciarlo senza pietà.

Lui rimase frastornato per alcuni secondi prima di reagire e portarmi su quasi di peso.

La casa era completamente al buio, ma l'odore era un misto sgradevole di fumo e piatti non lavati da giorni.

Urtai contro cose che non riuscii a riconoscere, ma che difficilmente dovevano stare in un corridoio, e dopo una decina di metri mi trovai in camera sua: una luce fioca illuminò un letto singolo, un tavolo strapieno di fogli, disegni, modellini, penne, e tazzine vuote di caffè dove galleggiavano mozziconi, portacenere colmi e vestiti sparsi per terra.

Un poster con la bandiera del Brasile era l'unica forma di arredamento.

Di nuovo non era come me l'ero immaginato, ma a questo

punto non potevo tirarmi indietro, volevo dimostrargli che non ero una ragazzina e lo avrei fatto.

Mi spinse sul letto, cominciò a infilarmi le mani ovunque e questa volta lo lasciai fare.

Non avevo il coraggio di dirgli di fare piano, o in un altro modo, lo lasciavo fare e basta. Del resto era lui quello che aveva più esperienza.

Disse qualcosa in portoghese, ma non riuscii a capire.

Poi mi chiese se prendevo la pillola.

Gli dissi di no e si alzò a prendere un preservativo dal cassetto.

Quando fu dentro di me il tutto durò non più di qualche minuto.

E poi rimase fermo a corpo morto schiacciandomi col suo peso per quella che mi sembrò una sgradevole eternità.

Solo ora mi accorgevo che sapeva di birra, fumo e sudore, solo ora mi rendevo conto che tutto in quella camera faceva schifo, e quanto ero stata stupida. Non doveva andare così.

Mille volte mi ero immaginata quella scena, in cui lui mi faceva ridere, mi coccolava, era gentile e premuroso e mi trattava con delicatezza e amore, non come un pezzo di carne.

Ma di certo me l'ero cercata.

Mi alzai spostandolo e mi resi conto che il vestito era in uno stato pietoso: solo un miracolo avrebbe potuto riportarlo alla decenza.

E le scarpe erano ancora peggio.

Lo salutai e uscendo evitai di andare in bagno, sicura che avrei trovato l'esatta riproduzione della sua favela in Brasile. Lui si era già addormentato e non mi rispose nemmeno.

Tornai all'Accademia per cercare Dario che erano quasi le 3, morta di freddo e di tristezza.

Lo trovai seduto in cerchio con i suoi nuovi amici, intento a raccontare la trama di *Mad Max*, decantandone ogni singolo fotogramma.

Quando mi vide sembrò davvero in preda a una visione mistica.

«Marina! Amore mioooo!» gridò sbracciandosi.

Gli altri applaudirono.

«Dimmi che quello non è il vestito che ti ho prestato e quelle non sono le scarpe di mia madre.»

Non ebbi il coraggio di rispondere, si sarebbe incazzato anche se gli avessi raccontato che mi avevano aggredita e stuprata.

Mi strinsi nelle spalle.

«Ma sì! Che ce ne frega, vero amici?» proseguì. «Sono solo oggetti, no? Oggetti inutili! Sostituibili, solo l'amore non si può sostituire, l'amore è tutto, è la vita, è la felicità!»

Di nuovo applausi.

Mi avvicinai e mi accucciai davanti a lui per guardarlo bene negli occhi.

«Ti sei calato di nuovo l'MDMA eh, cretino?»

Mi sorrise.

«Lo sai che sei la donna più bella del mondo?»

«Sei senza speranza!» risposi alzandomi. «Ci sentiamo domani pomeriggio» dissi, e mi allontanai zoppicando.

«Ti amo!» mi gridò dietro.

Alzai il dito medio.

«Mari!» chiamò di nuovo.

Mi voltai.

«Cosa vuoi ancora!»

«Il vestito era fatto così o è tutta la sera che vai in giro con le mutande fuori?»

7

Appena tornata a casa sgattaiolai in camera di Filippo, che dormiva beato e senza quasi più febbre.

Mi avvicinai al suo orecchio e gli sussurrai: «Guai a te se da grande diventi uno stronzo rasta che fa innamorare le ragazze e poi le usa e le getta come fazzoletti, capito? Guai a te, perché se lo fai ti levo dal mondo con le mie mani».

Poi mi trascinai in camera mia e stramazzai sul letto in un sonno pesante, freddo e cupo.

Rimasi a letto fino a tardi, per niente intenzionata ad alzarmi.

Mi faceva male il ginocchio, ma soprattutto mi faceva male il cuore.

Sentivo ondate di nausea stringermi il petto, quando fino a poche ore prima provavo solo gioia e voglia di sorridere.

Riguardavo la serata in tutti i suoi fotogrammi senza capire come fosse stata possibile una catastrofe simile.

E per farmi più male continuavo a rileggere la nostra chat al cellulare, sperando di non vederlo online, e mi chiedevo se la persona fantastica con cui avevo parlato per giorni era la stessa che mi aveva sbattuta sul letto per cinque squallidi minuti di sesso.

Com'era possibile annullare da un momento all'altro quello che dicevi di provare per una persona?

Dimenticarla, cancellarla, fingere che non ti fosse mai interessata e passare alla successiva.

Come un macellaio al bancone che dice "il prossimo".

Ero delusa, disgustata e volevo a tutti i costi capire perché certi ragazzi si accendono e si spengono a comando.

E perché io non li riconoscevo mai in tempo per mettermi in salvo.

Poi Filippo venne a chiamarmi.

«Hai la febbre anche tu?»

«No tesoro, ma ho fatto tardi ieri sera.»

«Sì lo so, Ilenia si è arrabbiata perché sei stata fuori troppo e mi hai lasciato solo!»

Mi sedetti di scatto.

«Io non ti ho lasciato solo, me l'ha detto lei di andare!»

Si strinse nelle spalle.

«Io dormivo, non lo so! E poi sono piccolo!»

«Che stronza!» dissi pronta a correre giù per dirgliene quattro.

«Mari, senti!» mi disse Filippo fermandomi sulla porta. «Cos'è un rasta?»

«Ah, finalmente la principessa si è degnata di scendere!» ironizzò mio padre con il suo tipico tono di quando voleva farti sentire in colpa, nemmeno si fossero alzati tutti alle 4 per raccogliere il cotone.

Per lui chi si svegliava dopo le 8 era un perdente.

Anche la domenica.

«Ero a una festa» risposi. «Ho fatto tardi!»

«Bella vita» commentò picchiettando le dita sul tavolo. «Io alla tua età...»

«Perché hai detto a Filippo che l'ho lasciato solo?» chiesi a Ilenia interrompendo quel viale di ricordi del cazzo.

«Io?» rispose candida. «Figurati se gli dicevo una cosa del genere.»

«Così dice lui, dubito che se lo sia inventato, o vuoi dire che è un bugiardo?»

«Paolo, lo vedi come mi parla?»

«Su, ora basta con queste storie» tagliò corto. «E comunque, sia chiaro: non voglio mai più vedere Filippo sul motorino.»

Guardai Ilenia con disprezzo, e tornai su in camera piena di rabbia e di rancore.

Arrivata in cima alle scale la sentii di nuovo piagnucolare: «È cattiva, mi odia, mi odia!».

E allora la diga si ruppe.

«Sì ti odio!» urlai di rimando. «TI ODIO perché sei una stronza, arrivista, falsa e ipocrita, non te n'è mai fregato un cazzo di noi, tu stai con lui solo per i soldi! Mi fai schifo!»

L'adrenalina di quelle parole mi diede un'euforia inaspettata, tanto era il dolore che provavo per tutto quello che stava accadendo e per quanto mi sentivo impotente.

Ma sapevo che era questione di secondi.

Mio padre uscì dalla cucina con gli occhi dilatati dalla rabbia e la vena del collo che pulsava.

E io rimasi paralizzata.

Avevo dodici anni la prima volta che mi picchiò forte.

Non volevo stare a tavola, tutto qui.

Non volevo semplicemente stare a tavola.

Avevo dodici anni e non avevo più fame, volevo andare in camera mia a scrivere sul diario segreto, o a sentire la radio o forse niente, forse non volevo fare niente, volevo solo alzarmi da tavola.

E non gli avevo chiesto il permesso.

Mi ero alzata di mia iniziativa.

Sentii i suoi occhi gelidi su di me, come quelli di una bestia sadica che sta decidendo se farti a pezzi o risparmiarti.

E ci fu un attimo, velocissimo, in cui lo guardai, di sfuggita.

Lui lo chiamava "lo sguardo di sfida", come se una ragazzina di dodici anni potesse veramente sfidare un uomo di quarantatré.

Che avrei mai potuto fargli? Spezzargli le sigarette? Rigargli il disco dei Beatles? Infilargli della carta igienica bagnata nelle scarpe di Ferragamo?

Eppure "lo sguardo" gli dava fastidio. E io lo sapevo.

E allora lo facevo di proposito, perché in quell'attimo in cui diventava la belva sentivo che provava qualcosa per me.

Provava odio.

Ma era meglio di niente.

Quell'odio io me lo sentivo sulla pelle. E me la bruciava molto prima degli schiaffi.

Ma almeno era qualcosa di caldo.

Presi il mio piatto.

Mia madre mi guardava senza dire niente, come sempre.

Filippo seduto nel seggiolone non capiva ancora.

Dissi solo: «Io vado in camera mia».

E mi alzai, fiera e spavalda con la mia scodellina piena di minestrone, che lentamente e goffamente portai nella mia stanza cercando di non farla cadere.

Come una "spastica", come mi ripeteva sempre ogni volta che sporcavo.

A ogni passo mi sentivo più forte e a ogni passo più perduta.

Sapevo perfettamente di averlo provocato e sapevo perfettamente che sarebbe successo qualcosa, la bestia mi sarebbe saltata al collo per farmi a pezzi.

E sarei stata sola ad affrontarla.

Aspettò che arrivassi in camera per regalarmi l'illusione della salvezza e poi mi piombò addosso. Non feci nemmeno in tempo a vederlo arrivare.

Vedevo solo la mia testa sbattuta ripetutamente contro la testiera del letto. Lo stesso letto da principessa che aveva costruito per me e decorato con una foglia d'oro.

E il minestrone che colava sulla carta da parati verde.

Fu allora che mia madre si riebbe dalla trance e intervenne sollevando mio fratello a mo' di scudo davanti a lui.

Che si calmò.

Improvvisamente.

Come un cane impazzito richiamato all'ordine.

E quella fu solo la prima di un'infinita serie di volte.

Corsi a chiudermi in camera, spostando il cassettone davanti alla porta, e mi rannicchiai in un angolo tremando come una foglia.

«Basta botte» mormoravo dondolandomi, «basta botte.»

La sensazione di essere in trappola non mi aveva mai più mollato.

Ero in trappola in quella casa e sarei stata in trappola anche lontano da lì, perché ero intrappolata dentro.

E ovunque me ne fossi andata lui mi avrebbe raggiunta, e riportata lì per i capelli.

Per il gusto di dimostrarmi che non valevo niente.

Urlò per un quarto d'ora insulti di ogni genere picchiando con tutta la forza contro la porta: disse che non voleva più vedere la mia faccia, che dovevo andarmene, che ero una figlia di merda, che avrebbe buttato la mia roba in mezzo alla strada e tutto il repertorio a cui mi aveva abituato negli anni con mia madre, ma che ultimamente sembrava aver dimenticato, distratto dalla novità che Ilenia rappresentava.

Ma il lupo perde il pelo e basta, come si dice.

Mi tappavo le orecchie e canticchiavo *Elastic Heart*. Non so perché ma mi dava coraggio, immaginavo di essere la bambina bionda che riusciva a uscire dalla gabbia passando attraverso le sbarre, mentre l'adulto rimaneva dentro.

Ma una volta fuggita mi chiedevo se sarebbe mai più rientrata in quella gabbia o se ne avrebbe costruita un'altra altrove.

Adesso quello che era successo con Christo mi sembrava lontanissimo.

Forse non era neanche mai accaduto.

Un altro uomo che prima mi calpestava e poi mi dimostrava indifferenza.

E forse era giusto così.

Si vede che mi meritavo quello.

Quando smise di urlare e lo sentii scendere sapevo che era passata solo la prima parte della tempesta.

La meno pericolosa.

Perché lui era vendicativo e, se non riusciva a colpirti direttamente, lo faceva trasversalmente, umiliandoti con le persone che conoscevi, sequestrandoti il motorino, o in maniera ancora più subdola togliendoti i soldi, motivo per cui avevo deciso, appena mi era stato possibile, di lavorare a qualunque costo.

Non sarei mai più andata a strisciare da lui, come mi aveva insegnato mia madre, a chiedere scusa per qualcosa che non avevo fatto in modo da evitare l'embargo.

Eppure non potevo andarmene e lasciare Filippo lì da solo.

La mia vita faceva schifo.

E mi venne voglia di fare una cosa orrenda che avevo fatto quando mia mamma era morta, una cosa schifosa di cui mi vergognavo in un modo che non so descrivere, ma che mi aveva dato un sollievo momentaneo.

Come se un dolore esterno per un attimo potesse coprire un dolore interno.

La notte in cui era morta avevo preso un coltellino e avevo cominciato a tagliarmi le braccia e le cosce.

Piccoli tagli profondi, paralleli, che mi facevano uscire grosse gocce di sangue denso e scuro, e che stranamente avevano il potere di distrarmi da tutto l'orrore che mi stava travolgendo.

Non so neanche come mi venne in mente, non conoscevo nessuno a scuola che lo faceva, so solo che in quel momento mi sembrò l'unica cosa sensata da fare.

Sentivo il dolore della ferita, ma era un dolore sopportabile che, per un istante, superava in urgenza l'altro dolore, quello lacerante e inaffrontabile della perdita di mia madre.

Ero devastata.

Seduta per terra in camera mia fissavo il sangue che mi colava sulla pelle come se il mio corpo non mi appartenesse, chiedendomi se piano piano sarebbe uscito tutto e io non me ne sarei nemmeno accorta.

Avevo letto che morire dissanguati era piuttosto piacevole: ci si addormentava e si passava dal sonno alla morte.

Non potevo immaginare una vita con mio padre, ma l'idea di Filippo che perdeva mamma e sorella in un colpo solo, quello no, quello era troppo.

Allora mi ero alzata, avevo preso un pennello e con tutto quel sangue ci avevo dipinto un quadro.

Un quadro che rappresentava un cuore umano con dentro mia madre e mio fratello.

E l'avevo appeso.

Poi il giorno dopo ero andata a farmi fare il piercing sotto il labbro.

Così mi sarei ricordata del dolore fisico.

Era atroce sentirsi continuamente così male. Non riuscire

a intravedere nessun tipo di speranza o di possibilità. Non riuscire a pensare che un giorno tutto sarebbe passato.

E non era una questione di depressione o roba simile, era solo consapevolezza.

La consapevolezza che l'estate era finita per sempre, insieme a tutti i miei sogni di adolescente.

E nessuno mi avrebbe mai più protetta e amata così com'ero.

Mi alzai lentamente e mentre l'adrenalina calava sentii una fitta terribile al ginocchio destro: era gonfissimo.

Chiamai Dario che mi rispose con la voce ancora impastata di sonno.

«Portami al pronto soccorso, ho un ginocchio rotto!»

8

Dario arrivò mezz'ora dopo.

Lo aspettai fuori di casa per evitare che citofonasse.

Scesi le scale lentamente, col sudore gelato lungo la schiena.

Finché non fui fuori dalla porta continuai a temere che mio padre mi avrebbe afferrata per le spalle come le aquile coi capretti, per finirmi da qualche altra parte.

Non mi sarei mai liberata da quella sensazione di pericolo imminente.

Stare in quella casa sarebbe stato per sempre come vivere a Guantanamo.

«Allora, che hai fatto?» mi chiese Dario con la faccia stravolta di uno che aveva un down spaventoso.

«Un volo dell'angelo andato male per l'audizione del Cirque du Soleil» risposi, arrotolandomi i pantaloni per fargli vedere il ginocchio.

«Oh Madonna!»

«E fa anche parecchio male.»

«Sarebbe meglio andare in macchina, se ti ingessano non ho idea di come portarti in motorino» disse mentre chiamava Sonia al cellulare per avvertirla, urlando, che avrebbe preso l'auto e che non gli interessava se serviva a lei.

Aspettammo nella sala d'attesa del pronto soccorso per più di quarantacinque minuti: Dario continuava a fare dentro e fuori fumando e chiedendo quando toccava a noi.

«Se ci sono delle emergenze è ovvio che una radiografia al ginocchio passi in secondo piano» gli dissi.

«Che cazzata! E se hai battuto anche la testa?»

«Non l'ho battuta!»

«Ma se l'avessi battuta?»

«Sarei morta, problema risolto, e ti ricordo che è tutta colpa tua e di quelle fottute scarpe!»

«Non è colpa mia se sei impedita. A proposito, in che condizioni sono?»

«Cambiamo argomento...»

«No cazzo Mari, quella mi ammazza» mi disse mettendosi le mani sulla fronte.

«Non pensavo di dover affrontare un rave.»

«Sì, in effetti non era proprio la festa di Pitti» commentò. «E del rasta? Nessuna notizia?»

«Niente» risposi, e automaticamente diedi un'occhiata al cellulare nell'assurda illusione che mi avesse scritto.

«Be', guardala dal lato positivo: almeno non gliel'hai data. Oggi saresti stata peggio!»

Abbassai lo sguardo.

«Magari...» mormorai.

«Eh? Vuoi dire che ci sei stata? Ma quando? Dove?», si agitò scuotendomi per la spalla.

L'infermiere uscì dalle porte basculanti chiamando il mio nome e io alzai subito le braccia per indicargli dov'ero.

«Tu non vai da nessuna parte se non mi racconti di quando hai scopato col rasta!» mi intimò.

«Eh Dario, purtroppo adesso non posso!» gli dissi fingendomi mortificata. «Come vedi sono richiesta», gli sorrisi mentre l'infermiere mi faceva sedere su una sedia a rotelle e mi portava via.

«Tu hai dei segreti con me che sono il tuo migliore e unico amico? Sei una stronza!» mi gridò dietro. «Io ti ho sempre raccontato tutto!»

«Ora lo racconta a me del rasta!» gli rispose di rimando l'infermiere con un sorriso.

Una volta dentro mi fecero aspettare il mio turno in una

sala insieme ad altri infortunati: una signora anziana con un femore rotto e un ragazzo con un polso ingessato.

Ora che tutta l'agitazione di quell'orribile fine settimana stava calando, mi sentii tremendamente sola e vulnerabile.

Non avevo idea di cosa mi avrebbero fatto, né cosa avrei dovuto chiedere.

E poi mi faceva paura stare in ospedale.

Non succedeva mai niente di buono in un ospedale.

«Menisco rotto?» mi chiese il ragazzo del polso.

«Oddio spero di no!» risposi allarmata.

L'idea di un'operazione, di un'ingessatura e una riabilitazione a casa di mio padre e Ilenia con tutto il casino che ne sarebbe derivato era inimmaginabile, e mi fece andare letteralmente nel panico. Non avrei potuto fare niente da sola, non avrei potuto occuparmi di Filippo e nessuno sarebbe stato carino con me.

E cominciarono a scendermi lacrime gigantesche che non riuscivo a fermare. Sembravano sapere che non avevo un fazzoletto, e più le asciugavo, più loro si facevano strada fra naso e guance.

Singhiozzavo col viso fra le mani, senza sapere assolutamente cosa fare.

«Mi dispiace, non volevo infierire!» disse il ragazzo del polso andando dalla signora del femore a chiedere un fazzoletto. «Era per fare un po' di conversazione, sono qui da tre ore e volevo solo fare due chiacchiere», mi sorrise porgendomi il fazzoletto di carta, un gesto che mio padre faceva spesso quando, da piccola, mi sbucciavo le ginocchia giocando al parco: bagnava il suo fazzoletto, soffiava sul ginocchio e poi ce lo appoggiava sopra per pulire la ferita.

Perché poi era andato tutto a rotoli?

«Non è niente» risposi asciugandomi gli occhi, «sono solo stanca e non mi sento bene, e l'ultima cosa di cui ho bisogno è un menisco rotto!»

«Magari non è rotto, te lo siringano soltanto!»

«Che fanno?» urlai.

«Mi è successo almeno tre volte, tolgono il liquido con una siringa, ma non fa tanto male... cioè, insomma.»

«Ti offendi se ti dico che non mi sei di nessun aiuto?»

«Sì, scusa, è che io qui ci sono praticamente di casa, vedi?» disse mostrandomi il gesso. «... Ginocchia, polsi, mento...»

«Sei uno stuntman?»

«No, è lo skate, e poi a volte mi arrampico in posti dove non dovrei... sai, per i graffiti...»

«Street art?» chiesi.

«Esatto!» rispose entusiasta. «Un paio di volte scappando dai vigili sono scivolato e mi sono rotto tutto, ma ne valeva la pena alla fine, guarda!», mi sorrise tirando fuori dalla tasca dei pantaloni la foto di una coloratissima foresta di funghi giganti.

Era una psichedelica esplosione di follia, conigli e fate che danzavano, gufi che volavano storti, folletti morti dal ridere. Era un graffito bellissimo e complicatissimo, e in ogni punto in cui guardavi c'era un dettaglio minuscolo e accurato: il muschio, i bruchi, le gocce di rugiada. Sembrava quasi di sentire l'odore del bosco.

«Sono funghi allucinogeni!» mi disse ridendo. «Per questo fanno tutti festa!»

Sorrisi.

«Marina!» gli dissi tendendogli la mano.

«Nicholas» rispose porgendomi la mano ingessata, «ma mi chiamano tutti Nic.»

Aveva una faccia incredibilmente simpatica e solare, e a differenza degli altri writer che conoscevo non sembrava tirarsela per niente.

L'infermiere venne a prendermi.

«Andiamo, signorina, vediamo un po' cos'è successo.»

Mi si chiuse lo stomaco.

«Che mi fate adesso?»

«Ti facciamo una lastra, ma mi sembra proprio che questo ginocchio vada siringato!»

«NO!» dissi mettendo le mani sulla rotula, «per favore!»

Nic si grattò la testa.

«Non fa tanto male, sai?» disse. «Solo quando entra l'ago!»

«Vuoi finirla?» sbottai. «Mi stai terrorizzando!»

«Mario, senti, posso entrare con lei?» chiese all'infermiere, che evidentemente conosceva benissimo. «Almeno le tengo la mano!»

Mario non poté fare a meno di ridere.

«Dài, proprio perché sei tu, che ormai hai l'abbonamento!»

Mi portò in una stanza e un medico mi esaminò il ginocchio.

«Mmh sì, questo è proprio un versamento. È pieno di liquido.»

Fulminai Nic, che mi guardò come a dire: "Te l'avevo detto".

Poi il medico prese una siringa e il disinfettante e mi disse: «Fa un po' male, ma solo quando entra l'ago».

Guardai di nuovo Nic, stavolta con odio puro, e poi mi sdraiai per evitare di vomitare.

È vero, non faceva molto male, faceva malissimo.

Il medico strizzava il mio ginocchio come fosse stato una palla di pasta della pizza e con l'altra mano aspirava il liquido con la siringa.

Nic nel frattempo mi raccontava di tutte le sue cadute epiche e dei suoi disegni nei posti più assurdi.

Poi, quando niente sembrava più funzionare tanto stavo male, prese un pennarello dal suo zaino e mi chiese di scrivere qualcosa sul gesso.

«Non ce la faccio, ti giuro, non ce la faccio» gli dissi con le lacrime agli occhi.

«Sì che ce la fai! Non vorrai lasciare questo bel gesso tutto bianco!» insistette con dolcezza. «Su! A te l'onore di essere la prima a scriverci sopra. Qualunque cosa, anche le parolacce!»

Mi feci coraggio, mi tirai su sui gomiti, presi il pennarello e disegnai una caricatura di me che strillavo con i capelli dritti, mentre un dottore sadico e senza denti mi infilava una siringa enorme nel ginocchio e Nic saltava sopra il lettino con lo skate.

Ci misi tipo tre minuti. Forse meno.

Nicholas mi guardò allibito.

«Ma sei una disegnatrice?»

«Disegno, ma per conto mio, è come se cantassi sotto la doccia o ballassi in salotto» risposi rimettendomi giù.

«E io che ti ho fatto una testa così con i graffiti!»

«Meno male, pensa se mi parlavi di pannelli fotovoltaici o di sistemi binari!»

Rise.

«Ecco fatto, signorina!» disse alla fine il medico. «Adesso devi tenerci sopra il ghiaccio, e prendere degli antidolorifici. Per dieci giorni niente sforzi, e devi mettere un tutore.»

«Il tutore? Niente sforzi?» chiesi perplessa. «Ma io lavoro in un bar!»

«Ti dovrai mettere in malattia, non puoi stare in piedi a lungo e non puoi portare pesi, ti si può rompere un legamento e dopo sono guai.»

«Nic ti prego» lo anticipai con la mano avanti, «non raccontarmi di quando ti sei rotto il legamento!»

«Okay, te lo risparmio allora! Ma se hai voglia ti offro un gelato, così conciati magari ce lo regalano anche!»

Lui e il dottore mi aiutarono a scendere dal lettino e mi accompagnarono fuori.

Il fatto che due sconosciuti si occupassero di me solo per il piacere di farlo mi commosse.

Appena si aprirono le porte, una bella ragazza bionda, magra, elegantissima e preoccupata a morte andò incontro a Nicholas tempestandolo di domande, accarezzandogli il viso e baciandolo come fosse appena tornato dal fronte, avendo cura di pulirgli il lucidalabbra che gli aveva appiccicato.

Dario invece chiacchierava fitto fitto con un'infermiera e non mi degnò di uno sguardo nemmeno quando gli fui seduta accanto.

Per oltre cinque minuti.

Quanto avrei voluto che qualcuno mi regalasse un palloncino o dello zucchero filato.

La ragazza bionda non smetteva di ripetere quanto si fosse spaventata, che i suoi erano disperati e che doveva finirla di fare lo spericolato e mettere la testa a posto, mentre Nic guardava per terra con la mano in tasca, senza risponderle, annuendo di tanto in tanto.

«Ah eccoti!» mi disse Dario appena entrai nel suo campo

visivo. «Allora? Cosa ti hanno fatto? Pensi di riuscire a giocare il campionato o devo diramare il comunicato stampa che per te la stagione è finita?»

«Mi hanno bucato un ginocchio!» mi lamentai. «E tutto per colpa tua.»

«Questo è niente in confronto a quello che ti farà mia madre quando vedrà le scarpe.»

«Non puoi essere solo un po' carino con me? Ne avrei tantissimissimo bisogno» mugolai.

«Ma certo piccolina, vieni qui» rispose abbracciandomi stretta.

Sentii Nicholas dire alla ragazza in modo gentile ma fermo: «Dài Isa, adesso andiamo», e poi ci passarono accanto uscendo.

«Ciao Nic!» gli dissi svicolandomi da Dario e facendogli un gesto con la mano. «E grazie per il supporto morale!»

«Figurati! Sei stata proprio coraggiosa!» rispose sventolando il gesso.

Rimasi a guardare quelle due figure che si allontanavano. Lei disinvoltissima su un paio di tacchi vertiginosi, i capelli biondi che ondeggiavano compatti come nella pubblicità del Pantene, e lui con i jeans larghi, le scarpe distrutte e i capelli sconvolti come in una pubblicità di Garnier.

"Gli assortimenti, a volte" pensai.

Però vederlo uscire così dalla mia vita senza esserci mangiati quel gelato un po' mi dispiacque.

«Vieni, ti porto a casa!» disse Dario prendendomi in braccio.

Mi lasciai trasportare fino alla macchina, ero stanchissima.

«Come stai?» mi chiese preoccupato posandomi sul sedile.

«Male» risposi triste, «mi sento proprio uno schifo.»

Mi scostò una ciocca dietro l'orecchio.

«Vuoi che più tardi ti porti a mangiare una pizza? O vuoi venire da me? Dimmi tu, qualsiasi cosa.»

«No grazie, voglio solo andare a letto» risposi, e appoggiai la testa al vetro del finestrino guardando fuori.

Il cielo stava diventando scuro.

E mi resi conto che avevo paura di tornare a casa.

La solita vecchia paura di un tempo che credevo si fosse dissolta. Ma che invece era tutta lì, ancora sigillata.

Era come sapere di dover entrare nella gabbia del leone, sperando che avesse già mangiato.

«Chi era quello?» mi domandò Dario dopo un po'.

«Un ragazzo» dissi. «Mi ha fatto compagnia mentre mi massacravano.»

«Però ti guardava...»

«Almeno lui mi guardava, tu invece mi hai fatto fare la fila col bigliettino in mano.»

«Lo sai che non resisto quando vedo un'infermiera.»

«Invece quando vedi una barista, una commessa o una vigilessa resisti, eh?»

«Resisto solo a te!» rispose dandomi una pacca sul ginocchio e facendomi ululare.

«Scusa, ero sovrappensiero!», rise.

Arrivammo davanti a casa mia.

«Sei sicura di non aver bisogno di niente?»

«Sì, stai tranquillo, devo solo chiamare Sandro e dirgli che per qualche giorno non potrò andare a lavorare. Ne approfitterò per riposarmi un po'.»

Mi guardò con tenerezza e venne a darmi un altro abbraccio.

«Fai la brava, eh? E non andare a ballare sui cubi!»

«Ci provo!» risposi sorridendo.

Salì in macchina e io infilai la chiave nella porta.

Poi mi voltai un attimo prima che ripartisse.

«Posso dormire da te?» gli gridai. «Mio padre ha cambiato la serratura!»

9

«No, Sonia, non puoi parlargli tu!» le dissi mentre radunavo il ragù col pane.

«Sì che lo posso fare! Anzi, lo devo fare! Anche se non sei più minorenne non può mica lasciarti così in mezzo a una strada!» rispose agitandosi sulla sedia. «Ma io dico, come si fa a comportarsi così con una figlia? Che poi nemmeno tu fossi una delinquente, e anche in quel caso non è giusto che se ne lavi le mani!»

«Non gli piaccio e basta. Non sono come mi voleva, ed è il suo modo per farmelo capire» risposi triste.

«È sempre stato uno stronzo quell'uomo, uno stronzo e basta, anche con tua madre... un grandissimo stronzo!» commentò sbuffando il fumo, che salì verso la lampada.

«Una volta non era così» risposi.

«I figli si amano e si proteggono tutta la vita, non si mollano mai, sennò non si fanno proprio! Non è che se non sono come tu li vorresti si cambiano, o si dimenticano! Capito?» disse con rabbia, e assestò uno scappellotto sulla nuca di Dario, che era impegnatissimo a chattare su WhatsApp.

«Mamma! Le mani te le devi mettere nel culo!» rispose lui alzandosi e andando in camera.

«Non ti azzardare a parlarmi così!» gridò lei alla porta che si chiudeva.

Poi sospirò.

«Non so come fare con lui! È una battaglia persa!»

«Non ho risposte, Sonia» dissi.

Andai a letto e non riuscii a chiudere occhio per il dolore al ginocchio e la preoccupazione.

Non potevo smettere di pensare a Filippo e il pensiero di affrontare mio padre l'indomani mi terrorizzava.

Avrei dovuto di nuovo umiliarmi, strisciare ai suoi piedi, chiedere scusa per come avevo parlato a Ilenia e promettere che non sarebbe mai più successo.

Il tutto per poter riabbracciare mio fratello che era diventato merce di ricatto.

Mi sentivo mancare il fiato, ero disperata e non vedevo nessuna via d'uscita.

Ero sola, con pochi soldi, e senza una casa dove stare.

Mi rannicchiai in preda all'angoscia.

Un'angoscia che non si dovrebbe provare mai, quella del sentirsi perduti e senza speranze.

Quella notte sognai mia madre.

Non mi capitava molto spesso, e non erano mai sogni memorabili o che mi lasciavano un buon sapore in bocca.

Era sempre tutto buio e confuso: mi svegliavo con una malinconia infinita e l'assoluta certezza che la morte fosse una cosa stronza e definitiva. Non c'erano né angeli né fantasmi a proteggerti e vegliare su di te da lassù o da qualunque altra parte.

Nel sogno, mia madre era seduta sul bordo del mio letto e diceva una frase che mi aveva ripetuto spesso: "Devi imparare a essere più diplomatica".

"Diplomatica" era sinonimo di "paracula", e il tutto era sempre riferito al rapporto con mio padre.

«Se tu lo fai contento poi vedrai che ti dà quello che vuoi.»

"Anche l'affetto?" pensavo ogni volta.

Poi mi ero accorta che quello non lo avrei mai ricevuto gratis, me lo sarei dovuto guadagnare, cercando di emulare un irraggiungibile ideale di perfezione, decifrandolo dai suoi messaggi contraddittori.

Impresa impossibile.

Forse ci sarei riuscita in un'altra vita.

Il mio inconscio comunque mi stava spingendo ad abbassare la testa e andare a scusarmi, ricevere il perdono ed essere reintegrata nel ruolo di figlia problematica e sbagliata.

L'avevo fatto tante di quelle volte che ormai avevo perso il conto.

Ma non mi abituavo mai. Ogni volta era più difficile e degradante.

Ogni volta mi facevo marchiare virtualmente col fuoco.

Presi l'autobus col ginocchio dolorante e raggiunsi il suo ufficio, dove aspettai composta in anticamera dopo essermi fatta annunciare come "la figlia del dottor Righi" e non come "la figlia di Paolo", perché lui non voleva.

Lo status prima di tutto.

Mi accolse come fossi stata una cliente dicendomi: «Accomodati, cara», e io entrai in ufficio cercando di zoppicare il meno possibile per mantenere un brandello di dignità.

«Cosa ti sei fatta?» mi chiese, più preoccupato di quello che voleva dare a vedere.

«Sono caduta.»

«E perché non me l'hai detto?» disse in un tono che cercava di camuffare un leggero senso di colpa.

«Avrebbe cambiato le cose?»

«Non essere sempre indisponente» mi ammonì.

Abbassai la testa.

Se il mio stato lo aveva reso più mansueto, avrei dovuto giocarmi la carta "piccola fiammiferaia". Le strategie di sopravvivenza erano diventate il mio pane quotidiano.

«Dovevi chiamarmi, ho un sacco di amici medici, lo sai, ti avrebbero visitata subito.»

«Mi hanno visitata subito.»

«Ma potevi anche dirlo che stavi male» continuò con un misto di preoccupazione e rigidità che non mi faceva affatto sentire protetta come invece avrei voluto.

Era lo stesso uomo che ventiquattro ore prima stava fracassando a pugni la porta di camera mia per venire a darmi una lezione, e che per punirmi aveva anche cambiato la serratura.

Eppure adesso era in pensiero per la mia salute.

Molte volte mi ero chiesta se mio padre fosse affetto da una forma di schizofrenia.

A volte era capace di incredibili slanci di generosità, e un momento dopo ti disintegrava con una parola o uno sguardo, poi resettava tutto e negava di aver detto o fatto qualcosa di sgradevole in modo così convincente da farti dubitare di quello che avevi visto e sentito.

E sono certa che lui ci credeva davvero.

E allora forse avrei dovuto crederci anch'io.

Del resto tutti gli credevano, perché con gli altri era affascinante e carismatico, mentre con noi era dispotico e autoritario.

Ma se avessi dovuto testimoniare contro di lui in un tribunale, sono certa che sarebbe riuscito a convincermi a dare un'altra versione dei fatti.

Toccava a me la prima mossa.

«Mi dispiace per quello che ho detto a Ilenia» iniziai, ma sapevo che non sarebbe bastato, dovevo aggiungere qualcosa di più al pentimento, una mortificazione personale.

«Sono stata irrispettosa.»

«Molto» confermò, «e irriguardosa nei confronti di una persona che si fa in quattro per te e Filippo, che tiene a posto la casa e si occupa di tutto» ricominciò a caricarsi. «Una persona che vi vuole bene e che fa un sacco di sacrifici per voi.»

Poi fece una pausa a effetto.

Era un mago nel creare suspense.

«Poverina, ha pianto tutta la sera per quello che le hai detto. Era disperata. Dovresti vergognarti.»

Era tutta la vita che mi vergognavo, era uno dei primi sentimenti che avevo conosciuto.

Ed era il sentimento più viscido e bastardo di tutti, che superava anche la paura, che ti avvolgeva l'anima come catrame bollente e ti faceva abbassare la testa.

Chissà se lui se ne rendeva conto.

E pensai che se avessi avuto un figlio non avrei mai voluto che si sentisse come me, non avrei mai voluto che si vergognasse, che si sentisse indegno e diverso.

E gli avrei creduto a prescindere.

Mentre lui non aveva mai dubbi che in torto fossi io. Da sempre.

E non essere creduti dal proprio padre era la cosa più dolorosa e crudele che potesse esistere, soprattutto quando la controparte era la tua matrigna, che fingeva di piangere con l'unico scopo di toglierti di mezzo.

«Mi dispiace» ripetei.

«Non capisco perché ce l'hai tanto con lei, sei grande ormai, questa guerra sta diventando ridicola e non sono più disposto a tollerare simili angherie.»

Sulla parola "angherie" immaginai un fumetto di me che tiranneggiavo la povera Ilenia manomettendo la sua bilancia, così che pesasse venti chili di più.

L'idea mi fece sorridere involontariamente.

Al momento sbagliato.

«Ti faccio ridere?» disse con un tono improvvisamente glaciale, cambiando espressione e facendomi rabbrividire.

«No, no, per niente» risposi, come di fronte a un plotone di esecuzione. «Scusa, non volevo mancarti di rispetto. Di nuovo.»

Parve calmarsi, ma era comunque contrariato.

Mi ero sempre chiesta se quello fosse un rapporto normale fra padre e figlia, se anche i miei coetanei sperimentassero una tensione simile in famiglia, camminando costantemente sulle uova e rischiando di rompere il delicato guscio dell'equilibrio a ogni passo.

Sapevo che la risposta era no, ma il problema è che io non avevo mai conosciuto nient'altro.

Per me quella era la drammatica quotidianità.

E quando mi capitava di vedere Ginevra o Dario prendersi in giro con i loro padri, discutere per opinioni diverse o anche litigare senza dover correre a barricarsi in camera per paura delle botte, ecco, rimanevo disorientata.

Perché se improvvisamente anche lui, a seguito di un incantesimo, si fosse comportato normalmente, io non avrei saputo cosa fare.

Vivevo in trincea da sempre.

Si accese una sigaretta e sovrappensiero me ne accesi una anch'io.

Mi osservò per alcuni attimi senza far trapelare alcuna emozione.

«Le donne che fumano sono volgari» mi disse infine, sprezzante.

Al che mi affrettai a spegnere la sigaretta nel portacenere, scusandomi ancora.

Forse avrei dovuto semplicemente scusarmi di esistere.

«E vorrei anche sapere cosa aspetti a toglierti quel chiodo dal labbro.»

Avrebbe dovuto strapparmelo dalla faccia.

«Me lo toglierò» lo rassicurai.

E ora dovevo solo aspettare la punizione esemplare. Quella non poteva mancare mai.

Prese il telefono, digitò un numero e lo sentii dire in tono neutro: «Tesoro, ti passo una persona che vuole parlarti».

No, quello no.

Quello era troppo.

Scossi la testa sperando capisse che non mi meritavo una mortificazione simile.

«Ho già chiesto scusa a te, non ti basta?» lo pregai.

«È a lei che devi chiedere scusa!» insistette irremovibile, passandomi la cornetta. Con una punta di compiacimento che gli fece arricciare il labbro.

«Pronto?» mormorai.

Dall'altro capo del filo ci fu silenzio, il silenzio aggressivo della soddisfazione.

«Mi dispiace per ieri sera. Non volevo. Scusami.»

L'umiliazione e l'imbarazzo mi ovattavano la testa, non riuscivo più a sentire niente, volevo solo scappare di lì.

Mi sembrava di essere una cavia sottoposta a un esperimento, ma almeno la cavia dopo sarebbe stata soppressa, io con quel senso di vergogna ci avrei dovuto convivere per sempre.

Riattaccai sentendomi schiacciata come una formica.

Mio padre amava dare punizioni, e le impartiva sadicamente, con l'inflessibilità di un sergente dell'esercito. Come a dire: "Vorrei non doverlo fare, ma è per il tuo bene".

Una volta mi aveva raccontato che suo padre lo aveva sorpreso a rubare delle mele sull'albero del vicino.

L'aveva tirato giù di peso, si era sfilato la cintura e l'aveva frustato a sangue.

Me lo aveva raccontato per spiegarmi la ragione che lo aveva spinto a non parlargli più per anni, e anche per farmi sentire fortunata. Ma io non mi ero sentita fortunata. Solo ancora più in pericolo.

Quella era stata la sua educazione, ma invece di provare a porvi rimedio aveva semplicemente seguito quelle orme violente.

E per me questo era il vero fallimento, non un mancato 100 alla maturità.

«Hai bisogno di soldi?» mi chiese dal nulla.

«No» mentii.

Mi guardò con quella faccia che mi irritava orribilmente, quel sorrisino furbetto e complice, come se di colpo avesse deciso di essermi amico.

Il mio migliore amico.

«No, davvero» ripetei guardandomi le mani.

«Dài, su» disse prendendo il portafoglio dalla tasca ed estraendone diverse banconote da cinquanta euro.

«Ti ringrazio, ma io...»

«Su, niente storie» tagliò corto, «prendili e basta.»

Mi guardò mettere i soldi in borsa, compiacendosi del suo ruolo di "educatore" e per essere riuscito a farmi fare quello che voleva lui.

Adesso era in pace. Adesso si sentiva veramente il mio migliore amico.

«Ci vediamo più tardi a casa» mi disse allegramente, dandomi una copia delle chiavi, «e non sforzare troppo quella gamba.»

Ecco, era successo di nuovo, pensai uscendo.

Mi ero prostituita.

La catena non si sarebbe mai spezzata, lui mi avrebbe sempre manipolata in quel modo subdolo e odioso e io sarei sempre caduta in trappola perché ogni volta mi illudevo.

Mi illudevo di potermi fidare.

«Non vedi qualcosa di strano?» mi disse Ginevra su Skype.
«Capelli nuovi?»
«No!»
«Rossetto nuovo?»
«Acqua!»
«Non lo so, aiutami!»
«Ma dài, non te ne accorgi?» disse indicando tutto intorno. «Non vedi dove sono?»
«Ma è camera tua!» gridai. «Sei tornata!»
«Sììì!» gridò anche lei.
«E allora perché non vieni qui? Io non posso muovermi con questa gamba, e poi ho un sacco di cose da raccontarti!»
Un'ora dopo eravamo sul mio letto a chiacchierare fitto fitto.
Ginevra era la mia migliore amica dal primo giorno di liceo.
Ero entrata in aula guardandomi in giro per individuare un banco defilato e Ginevra, che era già seduta, mi aveva preso per la manica e mi aveva detto: «Tu siediti qui».
Non ci pensai due volte: essere stata scelta era già una bella fortuna.
Più tardi le chiesi perché aveva scelto proprio me, e mi confessò che temeva di dover dividere il banco con una che puzzava di sudore da far schifo.
Ginevra era ripetente, indisciplinata e irresistibile. Studiava pochissimo, usciva con un sacco di ragazzi, andava a mille feste e conosceva tutti.
Accanto a lei, che era una ragazzona alta, bionda e spigliata, sparivo letteralmente, ma mi piaceva starle vicino, un po' perché vivevo della sua luce riflessa, un po' perché lei mi proteggeva davvero.
Diventammo grandi amiche, lei c'era sempre quando avevo bisogno e aveva un modo di sdrammatizzare le cose che riusciva davvero, almeno per un attimo, a farmi vedere la vita sotto una luce diversa.
Quella della luce, appunto.
Lei la vergogna non sapeva nemmeno cosa fosse, semplicemente perché non la considerava un sentimento reale, ma solo un meccanismo inventato per soggiogare le masse che funzionava con chi, come me, era più sensibile.

E dato che lei riteneva la sensibilità un fardello, era facile immaginarsi quanto potesse farsi dei problemi a dire le cose in faccia agli altri.

Ed era una cosa che apprezzavo moltissimo.

Perché Ginevra viveva pienamente la vita, godendola ogni secondo, e non poteva immaginare una serata passata a casa da sola a guardare la televisione: per lei era tempo perso per sempre, e quindi un peccato mortale.

Non rimuginava, non portava rancore, non temporeggiava, non utilizzava strategie, non cercava di piacere a tutti i costi, ma era schietta, diretta, leale ed estremamente pratica.

Dal momento in cui decideva una cosa, preparava un piano di azione e la portava a termine.

E non accettava mai un no come risposta.

Era forte, determinata e molto decisa. E non si perdeva mai in cazzate.

Un sacco di uomini, spesso molto più grandi, si erano innamorati perdutamente di lei, probabilmente nel tentativo di domarla.

Ma Ginevra era uno spirito libero e cavalcava sempre per conto suo, al massimo li lasciava correre accanto a lei per un po', ma mai più di qualche mese.

Aveva sempre un milione di progetti di cui occuparsi, amici che la cercavano, eventi a cui partecipare, nuove passioni, e con lei il tempo sembrava non bastasse mai.

Era una specie di uragano biondo.

Ed era una gioia starle accanto.

«Ci stai ancora male per il brasiliano?» mi chiese al suo massimo livello di empatia.

«Un po' sì» risposi sdraiandomi sul letto. «Era talmente, ma talmente fico e carino e dolce, che non mi sarei mai aspettata cambiasse così da un momento all'altro.»

«Succede un sacco di volte. E tu hai fatto bene ad andare da lui, almeno ti sei presa quello che volevi!»

«Oddio Gi, non è stato proprio come me l'aspettavo.»

«Non è mai come ce l'aspettiamo» rispose laconica. «Non ci sono mai la musica, le stelle e le lenzuola profumate.»

«Già, più spesso aliti puzzolenti e nemmeno un po' di romanticismo.»

«Non ti sembra sopravvalutata questa storia del romanticismo?» mi chiese sedendosi sul letto di scatto.

«Ma scusa, il romanticismo è quello che ci distingue dagli animali!» protestai. «Altrimenti ci accoppieremmo tutti per la strada e via!»

«Ma proprio per quello invece» ribatté. «Il romanticismo è solo una convenzione, è una roba ottocentesca, superata e non realistica. Se smettessimo di aspettarci fiori e cioccolatini, sai come vivremmo meglio?»

«Io ci tengo ancora ai fiori e ai cioccolatini» confessai.

«E fai male!» proseguì. «Se tu non ti fossi fatta un filmone infinito sul brasiliano e ti fossi aspettata solo quello che poi è successo, ovvero che ti si voleva fare in aula come nella più classica fantasia erotica maschile, saresti rimasta delusa?»

«Be'... no» ammisi.

«Vedi che ho ragione?»

«Ma così addio amore, addio dolcezza e addio tutto!»

«Ma l'amore non è romantico!» insistette. «L'amore è una complicata acrobazia, è insicurezza costante, è dubbio, è compromesso. E nessuno ha voglia di avere a che fare con questa roba, quindi se fossimo onesti non perderemmo tempo a ingannarci l'un l'altro dicendo che cerchiamo l'amore, ma solo la parte bella, il sesso e le risate, e sarebbe tutto più facile.»

Aggrottai la fronte.

«E l'amore vero?»

«Quello se deve arrivare arriva, ed è come un treno in faccia.»

«E il resto sono tutte cazzate?»

«Esatto. Per cui fai bene a divertirti e a prendere quello che ti spetta.»

Vista in questa prospettiva non faceva una piega.

«Hai cancellato la chat?» mi chiese a bruciapelo.

Scossi la testa.

«Mari!!!» mi rimproverò. «Lo sai che quando è finita bisogna cancellare ogni traccia e voltare pagina.»

«Lo so» le risposi. «Lo volevo fare, ma poi mi dispiace perché se lo cancello... insomma, lo cancello...»

«Lo so, ma se ti tieni la chat nel telefono, la prima sera che sei ubriaca la rileggerai e gli scriverai delle robe patetiche di cui ti pentirai amaramente, poi continuerai a controllare se è online la sera e ti farà incazzare da morire pensare che sta chattando con un'altra e vorresti intervenire scrivendo "chi cazzo è quella" ma non puoi perché sennò fai la figura della sfigata totale, e comunque è come se ti tenessi un'ancora in tasca pronta a bloccarti ogni volta.»

«Hai ragione» le dissi, arresa.

«Su, cancella!»

«Adesso?»

«Adesso.»

Sospirai e presi il telefono.

Scorsi la lista e mi posizionai sul nome di Christo.

«La posso rileggere un'ultima volta?» piagnucolai.

«No!» rispose categorica.

«Okay» dissi, e premetti a malincuore su "cancella".

Senza dirle, ovviamente, che mi ero già inviata la chat via mail.

«Ora devi dirmi di Parigi» le chiesi per cambiare argomento.

«Be'» esordì, «ho creato delle fragranze strepitose mentre ero là. Ma mi mancava sempre qualcosa che Monsieur Bernard, il profumiere, mi nascondeva. Sai, i piccoli trucchi del mestiere sulla distillazione e la conservazione, che se non li sai ti fanno perdere un sacco di tempo. E insomma, lui traccheggiava e poi era lento e borioso e alla fine, l'ultima sera, gli ho proposto di andare a bere qualcosa...»

«Ma è un vecchio decrepito!»

«Mari! Non stare a sottilizzare tanto, avevo uno scopo preciso. Comunque avrà avuto una sessantina d'anni!»

«Gi, non voglio sentire!» gridai tappandomi le orecchie.

«Invece devi sentire tutta la storia!» mi disse con gli occhi che brillavano. «Dunque, comincio a lusingarlo e adularlo come tu sai che sono capace di fare, e gli esprimo tutta la mia ammirazione, la mia stima e gli rivelo pure le incertezze sul mio futuro, il tutto facendolo bere come un dannato!»

«Perfida!» esclamai divertita.

«Monsieur Bernard beve e beve e beve e comincia a raccontarmi cose che non credo abbia mai detto nemmeno a se stesso. Mi parla di tutta la sua carriera, delle sue fragranze, mi spiattella tutti i segreti, insomma, mi apre il suo mondo.»

«E poi?»

«Poi mi dice di andare da lui perché vuole farmi vedere una cosa.»

«Ahia...»

«Saliamo nel suo appartamento. Un posto pazzesco, vicino a Saint-Germain-des-Prés, lussuosissimo e pieno di mobili pregiati. Un mausoleo, e insomma mi porta in camera sua...»

«Gi, non credo di voler sapere di te e del vecchio...» la fermo.

«Aspetta! Si dirige verso l'armadio, digita un codice su una tastiera, il pannello si sposta e davanti a me si schiude la più grande collezione di essenze mai vista al mondo. Centinaia di minuscole boccette con dentro ogni singola fragranza che sia mai stata distillata da essere umano dai tempi degli Egizi. Orchidee rarissime portate dalle isole del Pacifico, spezie ormai introvabili, olii essenziali, addirittura un flacone di Aqua Mirabilis, insomma il pa-ra-di-so!»

«E lui?»

«E mentre io sono lì completamente rapita che annuso tutte queste preziosissime meraviglie, sento due mani che mi afferrano il culo!»

Scoppio a ridere.

«Nooo, la mano morta!» rido.

«Non era morta proprio per niente! Era viva e vegeta!»

«Continua, ti prego!»

«E allora io mi volto e gli dico seria e scandalizzata: "Monsieur Bernard! *Mais qu'est-ce que vous faites!* E lui: "Suvvia Mademoiselle, che sarà mai!". E io: "È il mio culo, Monsieur!" e poi lo spingo via, solo che con i tacchi perdo l'equilibrio, cado all'indietro e atterro sulle essenze!»

«Gli hai distrutto la collezione?»

«Una catastrofe, sono scappata via, mentre piangeva in ginocchio dicendo: "*Mes enfants, mes enfants!*". Ho fatto le valigie e sono tornata subito a casa! E gli ho pure rubato una boccetta!»

«Chi di culo ferisce...»
Ridevamo un sacco. Ero così contenta che fosse lì. La mia ventata di aria fresca.
Sentimmo bussare alla porta.
Si affacciò Ilenia.
«Rimani a cena con noi, Ginevra?» chiese.
Ginevra mi guardò.
«Volentieri!» rispose.
«Ottimo, allora apparecchio anche per te! Stasera orecchiette alle cime di rapa!», e uscì chiudendo la porta.
«Lo vedi che è una stronza?» le dissi a bassa voce.
«Ma no, è così carina!» rispose lei.
«Carina un paio di palle! Lo fa solo per arruffianarsi anche te, così io sembrerò una psicopatica gelosa!»
«Vabbè dài che te ne frega, lasciala fare!» disse con una scrollata di spalle.
«No Gi, non è così facile come credi. Lo direi anch'io se avessi avuto una famiglia come la tua, ma in questa casa è guerra fredda. Non ti far incantare dai sorrisi e dalle orecchiette alle cime di rapa.»
Mise una mano sopra la mia.
«Mari, hai una vita sola, ricordalo.»
«Me lo ricorderò.»

Mio padre tornò a casa di ottimo umore e Ilenia ci chiamò per la cena.
Sembravamo il ritratto della famiglia felice.
Filippo corse ad abbracciare Ginevra, che lo sollevò e gli fece fare la giravolta.
Il mio Ciccetto la adorava e lei adorava lui.
Insomma, tutti adoravano Ginevra.
«Il mio super ometto!» gli disse. «Sei cresciutissimo dall'ultima volta!»
«È perché ho avuto la febbre un giorno!» rispose fiero.
«Quando diventi alto così io ti sposo, ricordatelo!» disse lei alzando il braccio appena oltre la sua testa.
«Ma tu sarai vecchia!»
«Screanzato!» rispose Ginevra stampandogli un bacio col

rossetto sulla guancia. «Non si dice vecchia a una donna, si dice matura, casomai!»

«Allora sarai marcia!» rise lui, e scappò.

Poi fu la volta del benvenuto da parte di mio padre, che andò a prendere una bottiglia di prosecco dal frigo per festeggiare.

Non ci voleva un genio a capirlo: Ginevra era la figlia perfetta, quella che avrebbe voluto avere.

Io ero stata l'errore genetico.

Con lei aveva un rapporto alla pari, la trattava da adulta, ci discuteva di politica, di lavoro, di viaggi, chiedeva le sue opinioni e rispettava le sue idee anche se dissentiva.

Mentre io non venivo nemmeno presa in considerazione.

E se improvvisamente mi fossi messa a recitare l'intera *Divina Commedia*, mi avrebbe interrotta dicendomi che anche una scimmia con buona memoria sarebbe stata capace di farlo e comunque che lo facevo solo per darmi delle arie.

Davanti a lei invece era rapito.

E lo capivo.

Perché quando sai di non poter accedere a certi livelli, perché ti è stato assicurato con totale certezza che non li raggiungerai mai, diventa quasi confortante.

Non si entra più in competizione, non si combatte, non ci si arrabbia col destino.

Diventa solo un dato di fatto da accettare.

Ilenia invece era ambigua nei confronti di Ginevra, rideva con lei, faceva l'amica e lanciava frecciatine contro gli uomini, ma si capiva che la teneva d'occhio.

Quando se ne fu andata, infatti, fece cadere distrattamente un paio di commenti al vetriolo all'indirizzo della mia amica.

«Non ti sembra ingrassata?»

«A me no» rispose mio padre, mentre l'aiutava a sparecchiare.

«Se non sta attenta quella a quarant'anni diventa come Sonia.»

«Sonia pesa più di cento chili» dissi. «Ginevra al massimo ne peserà sessanta, e poi è così alta!»

«Si vede che ha la tendenza a ingrassare e che non fa attività fisica, è flaccida» aggiunse caricando la lavastoviglie.

«Secondo me sta benissimo» rispose mio padre tranquillamente.

«Anche secondo me è bellissima!» rincarai la dose, un po' perché lo pensavo, un po' perché mi faceva godere troppo infastidire Ilenia.

«E poi è troppo aggressiva, agli uomini non piacciono le donne così, si sentono minacciati!»

«È una ragazza in gamba che sa quello che vuole» rispose lui. «E poi che ne sai tu di cosa vogliono gli uomini?» proseguì intuendo dove voleva andare a parare e cominciando a prenderci gusto a stuzzicarla.

«Ne so abbastanza, cosa credi?» ribatté cercando di nascondere l'irritazione crescente.

«Ah sì? E cosa sai per esempio?»

Ed ecco che il terreno si faceva scivoloso, e una sola parola avrebbe trasformato "l'innocente" punzecchiarsi in una litigata colossale senza esclusione di colpi.

Bassi.

«So benissimo come siete fatti. Siete tutti uguali, siete sempre in caccia.»

«Uh! Senti senti...» rispose lui incrociando le braccia e appoggiandosi al tavolo, ancora sul confine tra il far rientrare l'allarme o esplodere. «... E quindi io sarei come gli altri.»

Eccoci qua.

Le stava servendo l'assist, se lei ci cascava era la fine.

Se c'era una cosa che non sopportava era l'essere considerato "uno dei tanti".

Una volta mia madre, quando ero piccola, ebbe la sciocca idea di dirgli, in uno di quei rari momenti in cui il leone si lasciava grattare la pancia, che anche lui era un essere umano come tutti e che non doveva pensare di essere superiore o migliore degli altri.

Lui cambiò faccia e la incenerì dicendole che era solo una povera cretina e che non doveva azzardarsi a mancargli di rispetto con tutto quello che faceva per lei, che avrebbe dovuto rimanere con quel perdente del suo ex fidanzato assicuratore, e che se gli girava l'avrebbe lasciata col culo per terra.

Altra sua frase feticcio.

Lei, come al solito, non trovò parole per ribattere, ma non gli disse mai più cosa pensava, né tentò ancora di esprimere un'opinione.

E così feci anche io.

«Non sei diverso» disse incautamente Ilenia, che aveva troppa voglia di aggiudicarsi il match. «Appena vedi una gonna corta non capisci più niente.»

"Ah Ilenia, Ilenia" pensai defilandomi, "e io che credevo fossi furba..."

«Quindi sarei un povero pervertito?» esplose. «Un demente che non è capace di tenerselo nei pantaloni? Un maniaco che tocca i culi sugli autobus? No, rispondi!»

«Non intendevo dire questo» balbettò lei in difficoltà. «Ma di certo sei sensibile alle altre donne!»

«Guarda Marina, mi hai già rotto i coglioni per stasera! Non ho proprio voglia di stare a sentire le tue cazzate!»

La chiamava spesso col mio nome quando si incazzava di brutto.

Era probabilmente una cosa freudiana, ma non ho mai avuto voglia di indagare.

Andai a letto e mi misi subito a controllare se Christo fosse online. Ovviamente, c'era.

E come aveva previsto Ginevra, era frustrante sapere che era lì col cellulare in mano, ma stava chattando con qualcun'altra.

Scrivergli sarebbe stato un po' come interromperlo mentre faceva sesso con quella, materializzandomi accanto a lui.

Spensi il telefono e lo appoggiai sul comodino.

E dopo tre minuti lo riaccesi e ricontrollai WhatsApp.

E porca miseria era sempre online!

Spensi di nuovo e provai a dormire, ma il litigio al piano di sotto impazzava e questo mi fornì la scusa per riaccendere il telefono con il pretesto di vedere che ore fossero.

E di nuovo quello stronzo era online.

Mi alzai, presi un foglio e disegnai Christo, una ragazza e me tutti dentro al suo letto che chattavamo fra noi col cellulare.

Mi venne da ridere.

Ma poi ripresi il cellulare.

Online.
Cazzo.
Il cervello cominciò ad arrotolarsi su se stesso in cerca di qualcosa di carino da dire o meglio da non dire, finché optai per una stupida faccina.

☺

E non successe niente per molti secondi e molti minuti.
Le spunte rimanevano grigie e lui era sempre online, segno che aveva visto di sicuro il mio messaggio, ma non si era nemmeno degnato di aprirlo.
E ora stavo malissimo.
Ma perché non esistevo più per lui? Perché ero scesa in decima posizione?
In fondo non lo avevo più cercato da due giorni dando prova di grande autocontrollo.
Non era questo che volevano sempre i maschi dalle ragazze? Che non fossero appiccicose? Che non li stressassero?
Ero andata a casa sua, avevo fatto sesso con lui ed ero sparita. Meglio di così!
Continuai ad aprire e chiudere WhatsApp per almeno un'ora e mezzo, poi finalmente, il suono di un messaggio.

E dormi scema che tanto non ti scrive! Gi

10

Tornai al lavoro una settimana dopo e trovai Sandro disperato.

Aveva cominciato a prendere lo Xanax perché l'ansia lo stava mangiando vivo: suo padre lo cazziava in continuazione, non riusciva a fare gli ordini e mancava sempre tutto.

«Meno male che sei tornata» mi disse quasi con le lacrime agli occhi. «Io non sono capace, non so fare gli ordini, non sono capace!» ripeteva.

«Tranquillo, penso a tutto io» lo rassicurai. «Tu magari solleva le cose più pesanti che io non posso ancora sforzarmi troppo.»

Mi guardò con una gratitudine infinita e per un attimo credetti che mi volesse baciare sulla bocca. E mentre eravamo lì a fissarci come due fidanzati scemi, una voce alle mie spalle con uno strano accento disse: «Posso avere un cappuccino bollente senza schiuma?».

Mi voltai e il sangue schizzò alle mie guance facendomi diventare color porpora.

«Te lo faccio subito» risposi, e mi girai verso la macchinetta del caffè svuotando all'infinito il filtro pur di non dovermi girare di nuovo, tanto mi tremavano le mani.

«Come stai bella Marina?» mi chiese mentre montavo il latte, che ormai aveva raggiunto il grado di fusione del piombo.

«Bene» risposi guardando in basso e posandogli la tazza davanti. «Ci vuoi il cacao?»

«No grazie» mi rispose continuando a fissarmi.

Ero completamente nel pallone e mi misi a pulire il bancone con la spugnetta come se ne andasse della mia vita.

«Mi sei mancata» mi disse.

MISEIMANCATA?

"Ma che cazzo dici?" pensai. "Mi hai dimenticata. Scaricata. Ignorata."

Pulivo un punto imprecisato del bancone con tanta foga da rischiare di consumarlo.

«Ah sì?» risposi.

«Sì.»

Mi strinsi nelle spalle.

«Ti ho pensata molto.»

Continuai a non rispondere e mi rivolsi a un altro cliente.

«Tu sei speciale» continuò. «Non sei come tutte le altre ragazze, sei dolce, ma sei anche molto determinata.»

Mi fermai a guardarlo con la spugnetta in mano e la testa inclinata da una parte.

«Che cosa mi stai dicendo?»

«Che mi piaci.»

Un tuono. Sentii un tuono. Giuro.

«Mi piaci tanto.»

Avevo bisogno di sedermi, e in fretta.

«Mi sembrava di no» risposi fingendo indifferenza.

«Sono stati giorni un po' caotici, ho dovuto consegnare il progetto... ma ora ho tempo.»

Evitai di dirgli che la sera di tempo ne aveva eccome per chattare con le altre, ma pensai che finché stava al telefono almeno aveva le mani occupate.

E poi che ne sapevo io? Magari parlava con sua madre in Brasile, e lì c'era il fuso orario.

«Ci vediamo domani sera?» mi chiese sorseggiando il cappuccino.

Diedi un colpo di tosse.

«Domani sera? Io e te?»

«Sì. A meno che tu non ti sia fidanzata!»

«No no, figurati!» risposi ancora una volta troppo in fretta, pentendomene all'istante.

Rise furbetto.

Possibile che fosse ancora più bello? Che avesse gli occhi ancora più verdi, i denti ancora più bianchi e le labbra ancora più morbide, che non vedevo l'ora di baciare di nuovo?

Maledetta attrazione fisica.

«Ci vediamo all'Accademia?»

«Certo» risposi.

Mi guardò a lungo e poi, una volta sulla porta, aprì la mano per salutarmi come faceva sempre.

Lì mi sciolsi. Irrimediabilmente.

«Allora, se ti chiede qualcosa delle scarpe tu non ne sai niente.»

«E cosa le dico?»

«Niente! Non le hai viste, ti ricordi vagamente, ma non hai idea di dove siano!»

«Dario, tua madre ha una memoria fotografica assoluta, si ricorda anche la data esatta di quando ho perso i denti da latte.»

«Mari, o facciamo così o ci tocca lavorare gratis per sei anni, che dici?»

«Scarpe? Quali scarpe?»

«Brava!» mi disse con una pacca sulla spalla di contorno. «Notizie dal Brasile?»

«Nessuna!» mentii.

«Bene, meglio così, almeno ti passa prima! E poi lasciatelo dire, sei veramente una polla, ma che fai, ti innamori? Sei un animale in via d'estinzione!»

«È un po' il concetto che ha usato anche Ginevra» dissi spolverando una mensola.

«Ecco, Ginevra dovrebbe essere la tua life coach. Dovresti fare tutto quello che fa lei e in due minuti saresti felice!»

«Eh sì!» risposi. «Vorrei vedere Ginevra a vivere in casa mia!»

«Con rispetto parlando, a vivere in casa tua non ci manderei nemmeno il mio peggior nemico» disse.

Dario capiva.

Era questa la differenza tra loro due.

Lui capiva quell'estrema fatica del doversi destreggiare fra i cambi d'umore e gli sdoppiamenti di personalità di mio padre.

Quello stare costantemente sul chi vive, cercando di essere sempre accondiscendente per evitare scoppi d'ira e tragedie.

E finivi per dubitare del tuo giudizio sul prossimo, perché se non potevi fidarti della tua famiglia, come potevi poi fidarti degli altri?

Alla fine eri sempre attratto da chi ti faceva stare sulle spine, da chi ti mancava di rispetto e da chi ti faceva sentire inferiore, perché era l'unica cosa che conoscevi bene. Era davvero tutto un maledetto casino.

«Ho pensato a un progetto» disse poi Dario uscendo a fumare sulla porta del negozio.

«Wow, dimmi» risposi tenendo in tasca il cellulare con la vibrazione nel caso Christo mi avesse scritto.

«Penso che vorrei fare musica.»

«Musica!» esclamai cercando di ricordarmi quando mai l'avevo visto suonare. «Che genere di musica?»

«Voglio produrre. Produrre gruppi emergenti» rispose con espressione estremamente concentrata.

«Ah certo, bello!» feci, senza riuscire a trovare qualcosa di intelligente, di stimolante o di costruttivo da dire.

«Mi è venuto in mente guardando "The Voice" ieri sera» proseguì bruciando un filo dei jeans con la sigaretta. «Indovino sempre chi passerà il turno. Sempre, ogni volta. Bam! E questo mi ha fatto capire che ho fiuto per quello che funziona nel mercato musicale. So cosa vuole la gente.»

Pensai che scrivere in un curriculum, alla voce *ragioni per cui dovreste assumermi*, "indovino alla prima puntata chi vincerà 'The Voice'" fosse un po' misera come referenza, ma perché no? Da qualche parte si doveva pur cominciare.

«Solo che ho bisogno di soldi, sennò come faccio a produrre?»

Evitai di chiedergli quale altra competenza avesse in quel campo, perché mi avrebbe subito dato della disfattista come tutte le altre volte, e quindi andai dietro al suo ennesimo delirio.

«Pensavi di chiedere a Sonia?»

«Non certo a una banca!»

«E di che cifra stiamo parlando?»

«Mah... ho fatto due conti, io dico che 80.000 euro per cominciare bastano.»

«OTTANTAMILA?» gridai. «Ma non te li darà mai!»

«Le dirò che è un anticipo sull'eredità.»

«Perché non la uccidi direttamente, già che ci sei?» risposi aprendo la porta a una cliente che voleva incautamente entrare.

Dario gettò la sigaretta sul marciapiede e mi seguì sbuffando fumo, ignorando completamente la signora e continuando a parlare.

«E allora le dirò di darmi i soldi invece di comprarmi la macchina.»

«Ma non ti vuole comprare la macchina, dice che tanto le sfasci tutte.»

«Ohi ohi, che palle! Allora un mutuo, va bene così? Facciamo finta mi apra un mutuo sulla casa.»

«Ma da quando vuoi comprarti casa?»

«Marina, cristo santo, ma sei scema o ci fai? Ti sto dicendo che è simbolico, è come se...»

«Scusate, posso chiedervi una cosa?» ci interruppe gentilmente la cliente.

Le sorrisi con entusiasmo e aprii appena la bocca per dire: "Certo, di cosa ha bisogno?", quando fui battuta sul tempo da Dario che le rispose: «Ma non lo vede che stiamo parlando?».

Non tentai nemmeno di trattenerla, tanta fu la velocità con la quale si precipitò fuori.

Rimasi a fissarlo con le sopracciglia alzate.

«Dicevi?»

Ginevra aveva subito ripreso possesso della città e gli inviti alle feste e agli eventi stavano già fioccando.

Per lei, libera professionista senza orari, era facile poter fare le 4 tutte le mattine.

«Stasera andiamo alla festa alla Leopolda, poi c'è un party privato di un mio amico al Piazzale, e andiamo a mangiare le paste in un posto nuovo a Novoli aperto tutta la notte.»

La guardavo mentre provava e gettava montagne di vestiti sul letto.

«Ma io stasera non posso...» dissi a un volume quasi non udibile.

«Come non puoi? E dove vai, di grazia?» chiese piazzandosi minacciosa davanti a me, con i pugni sui fianchi.

E dove andavo, di grazia?

«Ho promesso a Filippo che sarei rimasta a casa a guardare *Shaun, vita da pecora*. Mio padre e Ilenia escono.»

«Ah, ma noi usciamo dopo, non ti preoccupare!»

«Preferirei non farlo innervosire, lo sai com'è, ci mette niente a farmi dormire sullo zerbino.»

«Ci parlo io con Paolo, tranquilla, sai che non mi dice mai di no.»

Dio, quant'era testarda quando ci si metteva. Mai che qualcuno potesse decidere di fare un'altra cosa.

«Okay dài» cedetti. «Passami a prendere dopo.»

Non avevo idea di cosa inventarmi per vedere Christo senza farglielo sapere, altrimenti mi avrebbe fatto una predica infinita e poi lo avrebbe detto a Dario che mi avrebbe urlato in mezzo alla strada cose tipo: "Ma che sei cretina ad andare ancora con quello lì che ti attacca i pidocchi e le zecche?". E non avevo la forza di sopportare niente di tutto questo.

Volevo dargli un'altra chance, o forse volevo averne un'altra io.

Non lo sapevo, sapevo solo che avevo una voglia pazzesca di rivederlo.

Avevo bisogno di calore umano e contatto fisico e qualcosa che mi facesse sentire viva, e lo volevo da lui.

Tante storie cominciavano col piede sbagliato e poi si aggiustavano strada facendo.

Quello che immaginavi era sempre completamente diverso dalla realtà, perché il copione lo scrivevi nella tua testa, ma poi gli altri non recitavano mai le battute come le avevi scritte tu.

E dovevi imparare a adattarti ed essere flessibile.

Come se sul set del tuo film fosse arrivato un altro regista e tu fossi obbligato a lavorare con lui.

Mi sentivo abbastanza fiduciosa, in fondo mi aveva invitata lui, e anche se ero in imbarazzo all'idea di rivederlo dopo quel sabato, adesso le cose erano diverse.

Non era più un primo incontro al buio, ora conoscevo

un po' il territorio e comunque era lui che aveva voluto riconquistarmi.

Avevamo appuntamento verso le 9 all'Accademia, mentre Ginevra sarebbe passata da me a mezzanotte e mezzo.

Sarei riuscita a fare tutto senza destare sospetti.

Naturalmente quella sera pioveva a dirotto.

«Esci con questo tempo?» mi chiese Ilenia vedendomi aprire la porta avvolta nella cerata.

«Mi devo vedere con Ginevra» dissi. «C'è una festa, e sai com'è lei, se non fai quello che vuole...»

«Lo so, lo so...» mi rispose con uno sguardo d'intesa. «Conosco il tipo...»

Ammiccai approfittando di quell'attimo di complicità e uscii di corsa a testa bassa sotto l'assurda pioggia battente, ripetendomi che era da deficienti affrontare un monsone simile e che avrei dovuto rimanere a casa con il plaid sul divano a guardare la tele, ma la sola idea di rivedere Christo mi faceva correre ancora più in fretta.

Perché quel minuscolo istante in cui dalla fantasia passavi alla realtà valeva una vita intera.

Arrivai sotto gli archi dell'Accademia che ero da strizzare.

Il parka pesava sette chili da quanto era fradicio e avevo i calzini bagnati dentro gli anfibi, il che la diceva lunga su come veniva giù.

Mi accesi una sigaretta, ma poi pensai che non volevo puzzare di fumo, allora la buttai e mi misi una gomma in bocca.

Erano le 8.45.

Come al solito ero arrivata con un anticipo incredibile. Era una cosa che sia Dario sia Ginevra mi avevano sempre rinfacciato: dicevano che li mettevo in ansia perché sapevano che ero già lì ad aspettare.

Ma io odiavo dover aspettare, e mi sembrava normale arrivare all'ora stabilita, altrimenti tanto valeva darsi un appuntamento a caso fra le 8 e le 10.

Aspettai dieci minuti, poi venti, ma di Christo nessuna traccia.

Pensai che avesse avuto qualche problema col traffico, ma

se ce l'avevo fatta io in scooter, avrebbe potuto benissimo farcela lui che abitava a dieci minuti a piedi.

E quel dannato buco nero al posto dell'ultimo accesso mi faceva diventare pazza.

Verso le 9.20 cominciai a preoccuparmi e gli scrissi un "io sono qui" che non ebbe risposta.

Tra la fantasia e la realtà c'era sempre un grosso dislivello, ma se questo dislivello veniva riempito dalla delusione era orribile.

Era come se il principe anziché a mezzanotte fosse arrivato alle tre del mattino dicendo: "Scusa sai, ma c'era un traffico incredibile nel bosco!".

E rimanere sola ad aspettare uno che ti piaceva e che non arrivava aveva il potere di farti sentire incredibilmente stupida.

Christo arrivò alle 9.45 camminando con passo lento, come se fosse su una spiaggia di Fortaleza.

Senza fretta alcuna, cosa che mi deluse moltissimo anche se non glielo diedi a vedere.

«Bella Marina!» esclamò allargando le braccia. «Scusami tanto, mi hanno trattenuto.» Nemmeno fosse stato il CEO di Amazon.

«Non fa niente!» risposi. «È una serata tremenda!», sorrisi perdonandolo anche se non se lo meritava.

Ma era così bello e così in pace con se stesso che capii all'istante che, se avessi voluto avere anche una sola possibilità con lui, non avrei dovuto lamentarmi.

E poi è così che fanno le ragazze toste: se ne fregano di dettagli come la puntualità, i regali o i complimenti.

Mi abbracciò e fu esattamente come lo avevo immaginato.

Mi fece sentire speciale e unica e amata. Semplicemente avvolgendomi con le sue braccia.

Ci voleva talmente poco...

Un gruppetto di suoi amici lo vide e venne a salutarlo. Si scambiarono alcuni "cinque" e qualche tiro di canna e lui sorrideva, abbracciava tutti come se fossero i suoi migliori amici. Si prendevano per il pollice e si passavano le birre.

Io stavo in disparte e sorridevo senza sapere cosa dire e fare, desiderando soltanto che lui mi dicesse: "Andiamo via".

Ma non lo fece.

E la gente continuava ad arrivare di corsa sotto la loggia, sfidando la pioggia torrenziale, ridendo e salutandosi, come fosse una festa improvvisata.

Così feci buon viso a cattivo gioco e rimasi accanto a lui come un'amica qualunque, senza però essere un'amica e nemmeno la sua ragazza.

Ero senza titoli.

Il temporale si intensificava ogni minuto di più, la grandine cadeva giù con grossi sassi di ghiaccio e i tuoni facevano tremare le mura settecentesche, e tutto questo creava un'incredibile eccitazione collettiva.

A ogni lampo tutti gridavano e battevano le mani aspettando il boato e urlando come sulle montagne russe.

Guardavo Christo che sorrideva e faceva gli onori di casa totalmente immerso nel suo ambiente, come se quelle persone le avesse invitate lui. Ogni tanto mi stringeva un fianco e allora lì mi sentivo l'eletta, la prescelta, la favorita.

Ma ogni volta durava un attimo, perché immancabilmente c'era qualcuno che veniva a salutarlo e a proporgli un progetto o un'idea o una birra.

E allora dovevo tornare nel mio angolo ad aspettare di nuovo il mio turno.

Ormai erano le 11 passate e di lì a poco me ne sarei dovuta andare a casa ad aspettare Ginevra.

La pioggia non cessava di cadere e l'idea di salire di nuovo in motorino non mi sorrideva per niente.

L'atmosfera era goliardica e rilassata, le voci si accavallavano sempre più alte, e più che mai avrei voluto che quello fosse anche il mio ambiente, che avrei potuto frequentare tutti i giorni e dove, girandomi, avrei incontrato i miei migliori amici.

Scrissi e cancellai due volte un messaggio a Ginevra e alla fine andai a salutare Christo, intento a dare lezioni di vita a un docente, per dirgli che me ne sarei dovuta andare.

«Dove vai, bella Marina?» mi chiese stupito mettendomi un braccio intorno alla vita e stringendomi a sé. «Tu stai con me, stasera noi due abbiamo un appuntamento.»

«Sì, lo so» risposi impacciata, «ma speravo di stare soli, e poi piove e insomma, io devo tornare a casa che è tardi... e...»

Mi guardò così intensamente che temetti l'autocombustione, poi mi mise le mani fra i capelli e avvicinò il suo viso al mio.

«Rimani con me. Andiamo via subito.»

«O... okay» balbettai.

«Fammi solo salutare un paio di amici e andiamo.»

Il "paio" di amici risultò essere un'ottantina di persone a cui sembrò promettere degli organi interni, tanto era il trasporto con cui si separavano abbracciandosi, baciandosi e stringendosi le mani.

Ci riparammo sotto i cornicioni tenendoci per mano e anche a distanza percepivo gli sguardi di odio delle altre ragazze, che avrebbero voluto essere al mio posto.

E la sensazione di privilegio che provavo a essere lì con lui era indescrivibile.

Ginevra mi scrisse un messaggio: "10 min e arrivo!".

Non sapevo cosa fare.

Non avrebbe suonato il campanello per non svegliare i miei, ma mi avrebbe cercata comunque al cellulare e si sarebbe preoccupata a morte.

Non avevo scelta se non dirle che non mi sentivo bene, ma conoscendola sarebbe venuta a vedere come stavo e avrebbe mobilitato la Protezione Civile.

Solo che io volevo stare con Christo e non glielo potevo dire, e soprattutto avevo appena visualizzato il suo messaggio.

Fottute spunte blu!

Arrivammo a casa sua.

Salimmo le scale baciandoci di continuo come non avessimo fatto altro in vita nostra ed entrammo da lui.

L'odore questa volta era più gradevole e non inciampai nei cartoni della pizza.

E poi il fatto di essere già stata in quella casa me la rendeva meno ostile.

Mi condusse per mano in camera sua che, al contrario del resto dell'appartamento, era il solito immane casino, e poi mi baciò con molta più passione e attenzione della volta precedente.

Stavo impazzendo, le gambe non mi sostenevano più: avrebbe potuto chiedermi qualsiasi cosa e giuro che l'avrei fatta.

Facemmo l'amore sul suo letto e fu molto più intenso della volta prima.

Mi parlava in portoghese, mi chiamava per nome, mi accarezzava, e io ero felice e mi sentivo una parte di lui.

Anche se di lui non sapevo niente né avevamo parlato un solo minuto, ma i nostri corpi avevano una sintonia assoluta e non poteva essere un caso.

Ridevamo e ci baciavamo ed eravamo una cosa sola.

Non riuscivo a muovermi di lì. Non potevo muovermi di lì.

Ed era tardissimo.

Quando *No More Sorrow* dei Linkin Park mi ricordò che Ginevra mi stava cercando, vigliaccamente lasciai squillare finché non si arrese.

«Il tuo fidanzato ti cerca» mi disse Christo alzandosi a cercare una sigaretta.

«Non ho fidanzati» risposi, un po' dispiaciuta da quella frase.

«Ma chissà quanti ti stanno dietro, bella come sei» rispose tornando a sdraiarsi accanto a me.

«Nessuno, davvero» confermai.

«Dài! Di' la verità!»

«Te la sto dicendo», ero un po' a disagio.

«Nemmeno il tuo amico Dario?»

«No, io e Dario siamo come fratelli.»

Mi guardò sornione. «Fratelli un ragazzo e una ragazza? Impossibile.»

Il telefono riattaccò a squillare.

Mi alzai per rispondere.

«Ma dove sei finita? Sono sotto casa tua e non ci sei, e non vedo nemmeno il tuo motorino!»

Cazzo il motorino! Ginevra avrebbe potuto lavorare tranquillamente nei servizi segreti.

«Sì, io... adesso... arrivo!» dissi guardando Christo che si alzava di nuovo e andava in cucina.

«Arrivi? E da dove, si può sapere?»

«Un'emergenza... al bar» dissi rendendomi conto che non aveva senso.

«A mezzanotte?!»

«Sì, sai che Sandro ha il terrore di suo padre e si è incasinato con gli ordini e l'ho aiutato a fare... l'inventario!»

«L'inventario di sabato notte?»

«Ginevra, che palle!» sbottai. «Ti ho detto che arrivo, non rompere!» Riattaccai.

Christo comparve sulla soglia porgendomi una tazza di caffè.

«Ginevra!» disse. «Allora non hai un fidanzato, hai una fidanzata!»

«Ma no!» esclamai. «Ginevra è come fosse mia sorella!»

«Fratelli... sorelle...» canticchiò allusivo.

Mi rivestii con un senso di fastidio addosso. Non capivo cosa intendesse. Era geloso di me o non gliene importava niente?

Speravo tanto mi trattenesse, mi chiedesse di restare, avrei chiamato Ginevra e le avrei raccontato un'altra balla, ma invece sbadigliò e mi diede un bacio.

«Allora ci... sentiamo?» dissi uscendo.

«Certo che ci sentiamo» rispose guardandomi scendere le scale e salutandomi con la mano aperta.

Ero delusa.

Speravo di essere speciale, invece ero ancora più confusa di prima.

Gli piacevo, ma quanto? E con quante altre andava a letto oltre a me? Avrei dovuto chiederglielo, morivo dalla voglia di saperlo. Ma in verità non volevo saperlo.

Salii in motorino e corsi a casa. Aveva smesso di piovere, però il traffico era ancora tutto bloccato.

Ginevra era in macchina che mi aspettava sotto casa con un diavolo per capello.

«Sono qui da più di mezz'ora, si può sapere che hai fatto?»

«Te l'ho detto dov'ero!» risposi a muso duro. «Te lo devo mettere per iscritto? Scusami se stavo lavorando!»

«Sì, okay, hai ragione» rispose. «È che mi hai fatto preoccupare!»

Meditai per un istante di dirle la verità, anche perché avevo un bisogno assoluto di parlarne con qualcuno e avere un'altra opinione, ma il buon senso mi frenò la lingua.

Durante tutto il tragitto non feci che controllare il profilo WhatsApp di Christo con il terrore fisico di vederlo online.

Poi mi feci coraggio e gli scrissi: "È stato proprio bello prima" con un cuoricino.

E aspettai visualizzazione e risposta, ma niente. Meglio, era segno che stava dormendo.

Poco dopo eravamo in fila insieme ad altre mille persone per entrare alla Stazione Leopolda, io morivo già dal sonno e non smettevo di controllare il cellulare.

«Con chi chatti?» chiese l'agente segreto.

«Nessuno» risposi punta sul vivo. «Guardavo se mi aveva scritto Dario.»

«Giusto! Dov'è lui stasera?»

«Una festa, amiche sue, non ho idea» tagliai corto.

«Perché non lo chiami? Ho voglia di vederlo!»

Lo chiamai, ma non mi rispose.

Sicuramente aveva di meglio da fare.

Ma dopo cinque minuti mi richiamò.

«Grandeeee!» mi urlò nell'orecchio con un sottofondo di tamburi. «Dove sei a fare danno?»

«Alla Leopolda con Ginevra, tu? In Australia a filmare gli aborigeni?»

«Anch'io sono alla Leopolda!!!» urlò ancora più forte. «Dove cazzo siete?»

«In fondo, vicino al bar» risposi.

«Io sono all'Alcatraz, arrivo subito!»

Questa era una cosa che dimenticavo spesso: quando c'era un evento a Firenze, c'era sempre tutta la città.

Tre minuti dopo mi sentii sollevare da terra e mi trovai a penzolare dalla spalla di Dario come un sacco.

«Dài, mettimi giù, scemo, che non ci voglio tornare al pronto soccorso.»

Mi diede due sculaccioni, poi mi riappoggiò per terra e andò ad abbracciare Ginevra.

«Eccola, la donna della mia vita!» le gridò strapazzandola. «Sei ancora più fica di quando sei partita!»

«Amore mio!» gridò lei di rimando, abbracciandolo. «Rasato sei ancora più bello!»

«Quand'è che ci sposiamo io e te?» gli chiese lui dandole due baci sulle guance.

«Appena guadagno il mio primo milione di euro vengo a chiederti la mano! Promesso!»

Erano effettivamente una bella coppia, a vederli insieme, ma non credo avrebbero resistito più di dieci minuti, agitati com'erano tutti e due.

Si misero a parlare fitto fitto e a salutare e presentarsi l'un l'altra decine di persone.

Anch'io non smettevo più di stringere mani, ma dopo che avevo detto "piacere" e "cosa fai nella vita" non sapevo davvero più cosa dire, e questo non mi rendeva certo la regina delle pubbliche relazioni.

Ecco perché quando queste stesse persone mi incontravano da sola non mi salutavano nemmeno.

Ero l'amica che ti porti dietro per non andare da sola nei locali e che non ti avrebbe certo rubato la scena, ero una buona spalla.

Poi partì *Tsunami* e Dario cominciò a saltare come un pazzo, trascinandoci a ballare.

E mentre ero lì che cercavo di evitare i gomiti di Dario che si muovevano pericolosamente all'altezza della mia testa, lo vidi.

Era lì, al bancone, che parlava con una ragazza, rideva e ogni tanto le toccava il braccio o il viso.

Ma non doveva essere a letto?

E perché non aveva risposto al mio messaggio?

E chi era quella?

Mi sentii salire il sangue al cervello, lo stomaco si contorse e il cuore si incrinò in più punti.

Volevo piangere, volevo andare lì a dirgliene quattro, volevo andare lì a dirgliene quattro e baciarlo, volevo andare lì a dirgliene quattro, baciarlo e scappare con lui.

Poi si voltò e mi vide.

Ci mise qualche secondo a riconoscermi, anche per lui doveva essere strano vedermi lì.

Disse qualcosa alla ragazza e venne verso di me, con la solita falcata alla "yo man".

Ebbi la sensazione che tutto si fermasse, un flash mob dove tutti erano immobili nella luce verde tranne noi due.

Lui che lentamente si avvicinava, i dread che ondeggiavano al ritmo della musica, e il suo sorriso pazzesco, ipnotico, favoloso.

Quel tipo mi mandava completamente in tilt.

Volevo scappare, sparire, rendermi invisibile.

Ma di nuovo le mie stupide ginocchia si rifiutavano di obbedirmi.

E feci l'unica cosa sensata da fare.

Mi voltai e baciai Dario.

11

«Ma che, sei scema?» mi urlò mentre lo trascinavo fuori dalla pista.

«Zitto, dopo ti spiego!» risposi. «Fai solo finta che stiamo insieme.»

Non se lo fece ripetere due volte e ne approfittò subito per afferrarmi il sedere con le mani.

«Ho detto finta!» gli urlai dandogli un pugno sulla spalla.

Christo era rimasto impietrito a guardarci, poi si era voltato ed era tornato dalla ragazza.

«Allora spiegami! Mica mi dirai che ti sei innamorata di me e che vuoi che ci fidanziamo, lo sai che non sono il tipo io! Cioè ti voglio bene e tutto, ma in coppia io proprio non...»

«Zitto, demente!» lo bloccai. «C'era il rasta, era lì con una e mi ha fatto incazzare... e niente, ti ho baciato!»

«Ziggy è qui?» disse guardandosi intorno. «Dove? Dove?»

«Era al bar, ma ora non lo vedo più, se ne dev'essere andato» risposi, già pentita di quello che avevo fatto.

«Tu mi stai ancora nascondendo qualcosa, vero?»

«No, Dario, non ti nascondo nulla, giuro.»

Alzò il sopracciglio.

«Ci sei andata un'altra volta, ci butto cento euro!»

«Le hai perse» risposi guardandomi sempre intorno.

«Se non mi dici la verità non ti reggo più la parte e poi lo racconto a Ginevra che ti fa un culo così!», mimò il gesto.

«No dài, a Ginevra no» lo pregai. «Lei mi sfinisce!»

«Allora sputa, forza!»

«Ci sono stata stasera, ecco!» gli dissi di malumore. «Sono stata a casa sua e poi pensavo che fosse andato a letto, invece eccolo qui!»

Mi guardò con tenerezza.

«Ma quanto sarai scema, Mari, eh?» mi disse pizzicandomi le guance. «Scema e romantica, non ci capisci un cazzo di uomini, lo sai, vero?»

Feci spallucce. «Lo so, ma ho avuto solo dei cattivi maestri. E lui mi piace, e un sacco, che posso farci?»

«Te lo dico io che puoi farci!» rispose facendomi scivolare le mani in fondo alla schiena e dandomi uno di quei baci che nemmeno in *Twilight*.

Tanto che per un attimo mi girò la testa.

Si staccò e mi fece l'occhiolino. «Questo è il trattamento speciale, per le amiche speciali, non prenderci l'abitudine», e sparì salutando qualcuno.

Rimasi sola senza sapere dove fosse Christo e con la sensazione di essermela veramente giocata malissimo.

In fin dei conti stava venendo verso di me per dirmi qualcosa, forse per spiegarmi perché era lì, magari ce l'avevano trascinato le sue coinquiline, e io mi ero messa a pomiciare con Dario per fargli vedere che anch'io ero capace di avere altre storie.

Ma quanto ero cretina?

Lo cercai per tutto il locale, peccato che fosse grande circa quattromila metri quadri.

E dopo un po' mi arresi.

Aprii WhatsApp e gli scrissi: "Scusa".

Visualizzò e non rispose.

Passai una notte insonne controllando ogni minuto se per caso avesse risposto e io non avessi sentito, cosa umanamente impossibile dato che il telefono era a venti centimetri dal mio orecchio.

Volevo a tutti i costi che mi rispondesse, che mi perdonasse e che dimenticasse l'accaduto. Non poteva farmi stare sulle spine così.

Ma mi rendevo conto che stavo diventando patetica e niente affatto interessante.

Che poi era esattamente il contrario di quello che avevo voluto fare baciando Dario.

Scrissi a lui che era l'unico al corrente.

Ho fatto una cazzata irreparabile. Ora mi odia
Probabile. Pazienza
Come pazienza? Sei pazzo? Che posso fare?
Qualunque cosa meno scrivergli
Gli ho già scritto
Sei una sega
Non ho resistito
Allora fa bene a non risponderti, sei penosa
Non vuoi sapere cosa gli ho scritto?
No
Dài! ☹
Vuoi perdere anche la mia stima?
Mi stimi ancora?
Sei ai minimi storici
Okay lascia stare
Brava
Gli ho scritto "scusa"
Nooo sono diventato cieco!!!!

Anche il mio unico alleato aveva abbandonato il campo.

Dovevo solo cercare di dormire e sperare che Christo non cambiasse bar.

Lunedì svegliai Filippo per accompagnarlo a scuola in autobus, dato che il motorino ci era stato proibito. L'operazione risultò immediatamente complicatissima, intanto perché Filippo non aveva assolutamente voglia di alzarsi tre quarti d'ora prima, e poi perché dalla sua scuola avrei dovuto andare fino al lavoro in autobus e tanto valeva partire alle 5 del mattino.

Ma non guidando e non possedendo una macchina non avevo scelta se volevo continuare ad accompagnarlo, e ci tenevamo entrambi moltissimo.

«Ce lo porto io Filippo a scuola» mi annunciò Ilenia a colazione. «Tuo padre e io abbiamo deciso così.»

«Perché?» chiesi, anche se la mia domanda suonava abbastanza strana.

«Perché è più comodo.»

«Sì lo capisco, ma tu sei sempre in ritardo e non voglio che lui entri per ultimo in classe, senza contare che voglio accompagnarlo io!» mi impuntai.

«Non è il caso di andare in autobus» insistette controllando il cellulare. «Sono troppe fermate e dovete cambiare due volte.»

«Ma non è un problema tuo, partiamo prima, come fanno tutti.»

«No, no» intervenne mio padre entrando in cucina. «Lo accompagna Ilenia, fine della discussione.»

Perfetto. Erano riusciti a togliermi anche quel privilegio. Adesso ci mancava solo che mi impedissero persino di accompagnarlo a messa.

«Filippo, mi dispiace» gli dissi a bassa voce. «Non ti posso accompagnare a scuola.»

«Uffa, ma io volevo andare col motorino» mi disse col faccino triste.

«Lo so, ma in effetti potresti ammalarti di nuovo, e se ti accompagna Ilenia con la sua bella Volvo, farai un figurone a scuola.»

«Io non voglio fare un figurone, io voglio andarci con la mia sorellona!» mi rispose abbracciandomi le gambe.

Mi si strinse il cuore e mi arrivarono di corsa le lacrime in gola.

Lo staccai delicatamente dalle mie gambe guardando in alto.

«Non è per sempre, te lo giuro» gli dissi con un grande, finto sorriso. «È solo per un pochino, quando finisce la scuola ci faremo delle gite bellissime e poi fra qualche anno mi ci porti tu in giro in scooter!»

Mi guardò, per niente convinto.

Potevo capire che non si fidassero a mandarlo in motorino con me, del resto non si fidavano quasi nemmeno a farmi apparecchiare la tavola, ma toglierci quel rituale era davvero l'ennesima cattiveria gratuita.

Che solo una matrigna poteva architettare.

Non dissi nulla e lo accompagnai fino alla macchina, dove mi salutò dal sedile posteriore fino a che sparì dietro la curva.

Mi rattristò moltissimo vederlo andare via così, un'altra delusione, un'altra perdita per lui.

Per noi.

Mia madre non ci aveva insegnato l'ansia. Non si preoccupava di tutto quello che poteva capitare come invece aveva sempre fatto mio padre, per il quale ogni cosa rappresentava un potenziale pericolo, e ci impediva di vivere e di fare delle esperienze.

Gli autobus erano ricettacoli di microbi, le strade brulicavano di balordi, le fughe di gas facevano saltare in aria le case, e poi c'erano i ladri, i pirati della strada, gli incendi... la lista era infinita.

Pensava che con il proibizionismo sarebbe riuscito a rendere la vita igienica.

Quando Ginevra, alcuni anni prima, aveva trovato i biglietti per il concerto di Madonna, io ero pazza di gioia all'idea di andarci, ma mia madre, come ogni volta, mi aveva detto di chiedere il permesso a mio padre.

E questo voleva dire soltanto una cosa: un no categorico.

Impossibile convincerlo in alcun modo, non voleva nemmeno perdere tempo a spiegarti, se mai ci fosse stato un perché.

Quando terminava di ascoltarti, se mai ti faceva finire di parlare, aveva già preso la sua decisione, e la sintetizzava in un semplice "è pericoloso" che non veniva mai motivato.

E poi ti liquidava in fretta, perché lo disturbava l'insistenza di una quindicenne delusa.

Inutile era poi correre da mia madre, che sapeva solo guardarti impotente.

Così, quella volta, con Ginevra avevamo escogitato un piano a nostro parere perfetto, per poter assistere al concerto e tornare a casa in tempo con la scusa di aver studiato fino a tardi.

Che per me dovevano essere le 23.30 al massimo.

Saremmo andate col suo motorino (io ne avrei avuto uno

solo a diciotto anni), lo avremmo lasciato strategicamente all'uscita dello stadio, saremmo uscite un po' prima e poi saremmo corse a casa.

Mia madre era al corrente del nostro piano ed era terrorizzata che facessimo troppo tardi, ma il nostro entusiasmo era talmente fuori controllo che non ebbe il coraggio di opporsi.

Non sapevo ancora che era già malata, altrimenti avrei evitato.

E mi sento ancora uno schifo per averla fatta preoccupare così tanto inutilmente.

Una volta uscite dallo stadio, felici e su di giri, ci accorgemmo che il motorino non c'era più. I genitori di Ginevra erano via per lavoro, non ci restò che chiamare mio padre e farci venire a prendere in macchina.

Ricordo ancora la sensazione di vergogna e paura mentre salivamo in auto, senza nemmeno osare parlare. Lui ci accolse in un silenzio crudele e gelato che continuò a riservare a me e mia madre per un mese intero.

Dopo avermi fatto scrivere un decalogo dei motivi per cui l'avevo deluso da appiccicare sul frigorifero.

Dovevo trovare un modo per portare via mio fratello.

Uscii di casa per andare al lavoro e mi accorsi che sul muro vicino al cancello, in basso a destra, c'era un piccolo murales che non avevo ancora notato.

Uno gnomo con un buffo cappello colorato che spuntava da dietro un fungo e salutava con il braccio ingessato.

Lo stile mi sembrava familiare, ma non ci riflettei troppo perché avevo altro per la testa. Partii in direzione del bar col cuore in gola all'idea di incontrare Christo.

Alle 8.30 i ragazzi cominciarono ad arrivare, ma di lui nessuna traccia.

Nemmeno alle 9, né alle 9.30, e iniziai ad agitarmi.

In realtà ero più agitata all'idea di vederlo e non sapere come comportarmi che al pensiero di non vederlo mai più.

Finché alle 9.45, quando ormai avevo perso ogni speranza, entrò e mi fece un sorrisetto furbo strizzando gli occhi.

Ma non feci in tempo a dirgli niente perché vidi due mani

avvolgergli i fianchi e lui girarsi e baciare la proprietaria delle braccia (naturalmente sulla bocca) e poi farmi segno con le dita di prepararagli due cappuccini.

Mi sentii rodere dalla gelosia.

Ero impacciata e imbarazzata e triste come se avessi preparato una bellissima torta e poi l'avessi distrutta con le mie mani.

Preparai i cappuccini e, anziché sputarci dentro, aggiunsi una spolverata di cacao in segno di resa.

Lei aveva la faccia di una che è stata svegliata con un cornetto caldo che al posto della crema conteneva un anello di diamanti da quindici carati, e lui la faccia di quello che gliel'aveva comprato.

Non si staccavano gli occhi di dosso e non smettevano di sussurrarsi cose all'orecchio ridendo.

Davanti a me.

E io fingevo di non guardarli, ma in realtà avrei spinto via lei e mi sarei messa subito al suo posto.

Finirono il cappuccino, lui mi salutò con la mano e uscì con il braccio attorno alle spalle di lei.

Avevo quattro secondi per fare qualcosa.

E non mi venne in mente altro che lanciargli con tutta la forza un budino di riso che lo prese in pieno sui dread, esplodendo in una nuvola di zucchero a velo e briciole che si sarebbe tenuto addosso fino al prossimo solstizio.

Si girò verso di me con una faccia talmente sbalordita e incazzata che dalla paura mi abbassai sotto il bancone coprendomi la testa e ripetendo: «Scusami scusami scusami».

Lui bofonchiò qualcosa in brasiliano e poi si affacciò al bancone guardandomi dall'alto.

«Ma sei impazzita?»

«Un po'...» dissi pianissimo.

Scosse la testa.

«Mi dispiace per l'altra sera con Dario, era uno scherzo...»

«Marina, tu puoi fare quello che vuoi, a me non interessa!» rispose con una durezza inaspettata, come se fossi riuscita a tirare fuori il peggio di lui.

Altra mia specialità.

Poi rivolgendosi alla ragazza disse: «Andiamo, dài!», e uscì con lei che cercava di ripulirlo dallo zucchero e dalle briciole.

«Non li puoi mica trattare così i clienti!» mi ammonì Sandro, che fino ad allora era rimasto a guardare impotente.

«Oh, ti prego, non cominciare anche tu adesso!»

Mi sentivo veramente a terra.

Tutta l'euforia di poche ore prima era svanita nel nulla, e solo per colpa mia che non ero mai capace di cogliere semplicemente l'attimo.

Il pomeriggio in negozio con Dario lo passai quasi totalmente in silenzio.

«Che c'hai?» mi chiedeva lui ogni tanto alzando il naso dal cellulare.

Rispondevo con un'alzata di spalle.

«Sempre per colpa del rastone? Ora hai rotto le palle però!»

«Eddài mollami, per pietà.»

«Bisogna che ti spieghi una cosa, Marina, che forse ancora non ti è chiara» mi disse guardandomi dritto negli occhi. «Se ti piace uno che esce con tre ragazze al giorno, viene a letto con te e non ti richiama, cosa ti aspetti? Una proposta di matrimonio? Te la farebbe solo se rischiasse il rimpatrio! Io ti voglio tanto bene, ma davvero a volte dubito della tua intelligenza!»

«Ma cos'ho io di sbagliato?» chiesi sfinita. «Che nessuno si innamora mai di me, che nessuno mi vuole, che non sono mai abbastanza?»

Mi guardò serio.

«Ti sbagli di grosso! Non è vero che non c'è nessuno che si innamora di te, sei tu che cerchi sempre quelli sbagliati, quelli che non ti daranno mai niente e che ti faranno solo piangere, l'hai sempre fatto!»

«No, non è vero» mi difesi.

«Sì, è vero e lo sai, appena incontri qualcuno che ti ignora, ti tratta male o ti umilia ti innamori in cinque minuti, se c'è qualcuno che ti rispetta e ti vuole bene lo ignori tu, o dici che è uno sfigato.»

Rimasi in silenzio. Scioccata da quelle parole.

Era così che mi comportavo?

«Sai cosa credo?» proseguì. «Tu pensi di non meritarti di essere amata per quello che sei perché credi di essere sbagliata dentro, di conseguenza tutti quelli che si innamorano di te devono essere sbagliati anche loro. Per questo vai solo a cercare storie con chi ti rifiuta, che non fanno altro che confermare il tuo sentirti sbagliata.»

Mi crollò addosso una stanchezza infinita.

E una coltre di vergogna e imbarazzo, come se facessi cose assurde che tutti vedevano tranne me.

Mi sentivo un alieno, completamente diverso da tutti, senza nessuna speranza.

Vedevo ragazzi come Dario, Ginevra e Christo muoversi con disinvoltura per il mondo, sicuri di sé, alla pari nelle relazioni con gli altri, che chiudevano una storia appena questa non li faceva stare più bene, e passavano oltre senza rimpianti, mentre io mendicavo affetto da chiunque, specialmente da chi mi faceva sentire inadeguata.

Dario aveva colto in pieno.

Abbassai la testa sentendomi morire.

«Dài Mari, non rimanerci male adesso, te lo dovevo dire» mi disse con una goffa pacca sulla spalla tornando al suo telefono.

Credeva di avermi detto una cosa da poco, invece mi aveva demolita.

«Senti, ti dispiace se esco prima?» gli chiesi. «Ho mal di testa, e ho bisogno di sdraiarmi.»

«Sì... figurati... non c'è problema... ma è per quello che ti ho detto? Guarda che non è mica una cosa tremenda... io...» balbettò impacciato.

Scossi la testa mentre mi mettevo il parka.

«Ti chiamo dopo» dissi andandomene.

«No dài Mari, ma sei arrabbiata?» mi gridò dietro mentre uscivo.

Camminai per chilometri senza sapere nemmeno dove stavo andando.

Mi sentivo oppressa, in gabbia, la mia gabbia.

Quella fatta dal mio passato, che non mi avrebbe mai mollata.

Ero destinata a essere sempre una persona insicura, infelice e sola, che avrebbe fatto scelte sbagliate, che avrebbe cercato conferme negli altri e che sarebbe stata usata e gettata senza tanti complimenti.

Tornai indietro a prendere il motorino e andai fino al cimitero di Settignano, dove era sepolta mia mamma.

Negli ultimi tempi c'ero andata sempre meno.

Non era una cosa facile, mi angosciava l'idea che lei fosse là sotto, sotto la terra, dentro una cassa, sotto una lapide.

Tutta l'idea della morte era una merda, ma così lo era ancora di più.

Le fotografie, i lumini, i fiori finti rendevano tutto ancora più raccapricciante, ancora più privo di speranza.

Poi era inutile raccontare la storiella del paradiso e dell'aldilà se già nell'unica parte dove c'erano delle certezze si decideva di inchiodare un'anima in una bara e gravarla con tanto peso, come temendo che potesse davvero volare via.

Ai funerali si dovrebbe cantare canzoni allegre, ballare e poi non lo so, cospargere di fiori la bara e magari legarla a un milione di palloncini in modo da farle raggiungere prima il cielo, non bloccarla là sotto.

Mi sedetti accanto a lei.

Non avevamo mai avuto un grande rapporto, tanto negli anni si era fatta succube di mio padre.

Non ero mai riuscita a capire le sue scelte, forse perché ai miei occhi non erano nemmeno state delle scelte, ma un lento e inesorabile arrendersi giorno dopo giorno.

E senza una guida mi ero trovata ad andare per tentativi.

Tentativi costantemente falliti.

Come si faceva a distinguere il bene dal male?

Come si faceva a diventare sicuri di sé, a fare le scelte giuste, ad attirare persone positive?

Nessuno me lo aveva mai insegnato e nessuno me lo avrebbe più insegnato.

«Magari lì dove sei adesso le cose sono diverse» dissi. «Magari c'è qualcosa che mi puoi dire. Mi sarebbe tanto d'aiuto. Tanto di conforto.»

E le lacrime mi scesero giù come un torrente.

Non mi ero mai sentita più sola e abbandonata.

E il suo silenzio confermò la mia sensazione.

Tornai a casa, mi chiusi in camera e disegnai fino a sfinirmi.

Catene. Catene che s'intrecciavano all'infinito, e pesi e lucchetti e tentacoli.

Poi mi chiamò Ginevra.

«Vieni a cena da me? Ho proprio bisogno di parlarti!»

«Okay» risposi pensando che mi avrebbe distratta da tutto quello schifo di giornata.

Lasciai un biglietto in cui avvertivo che non ci sarei stata per cena, sapendo che a Filippo sarebbe dispiaciuto un sacco non vedermi, ma avrei cercato di tornare presto per raccontargli una favola.

Magari con un lieto fine.

Salii in motorino e vidi che sul muro, oltre allo gnomo ingessato, era stato disegnato anche un unicorno a scacchi bianchi e neri con lunghe ciglia.

Sorrisi e partii alla volta di casa di Ginevra, un miniappartamento soppalcato in Borgo Pinti regalatole dai suoi genitori.

Appunto.

Mi accolse un intensissimo profumo di fiori che stava evidentemente facendo macerare nell'olio: l'enorme tavolo di legno grezzo era cosparso di petali e alambicchi.

Mi venne incontro scalza, con una fascia legata fra i capelli e un lungo abito azzurro.

«Siediti in salotto, ti porto l'aperitivo» mi disse sparendo in cucina.

La sua casa era un'armoniosa fusione delle sue passioni e dei suoi viaggi: mobili indiani, tavolini bassi, cuscini, stoffe colorate, libri e riviste di moda per terra, dischi in vinile, bambole, boccette di profumi e oggetti d'argento che collezionava.

Non potevi non sentirti a tuo agio.

Mi tolsi le scarpe e mi buttai sul divano acciambellandomi come un gatto bagnato in cerca di protezione.

Tornò portando un vassoio con due bicchieri di vino bianco, noccioline, lupini e tartine.

La osservavo sistemare i bicchieri e muoversi canticchiando.

Lei era già una donna, io ancora una bambina.
E chissà se sarei mai riuscita a essere come lei.
«Allora, di che mi volevi parlare?» le chiesi sorseggiando il vino.
«Ho conosciuto uno» mi disse buttandosi a sedere accanto a me e allargando le braccia sulla spalliera del divano. «Lo amo, mi sa» si mise a ridere.
«Racconta, dài!» la incitai, sinceramente desiderosa di sentire belle storie.
«L'ho conosciuto l'altra sera alla Leopolda. È bello da morire.»
«Dettagli, su!» dissi battendo le mani. «Nome, età, lavoro, rapidità nel tirare fuori il portafogli, tempo di reazione nel capire le battute, fisico, disinvoltura nel ballare e distanza dai genitori.»
«Si chiama Tommaso, lavora per una grande azienda farmaceutica, è molto generoso, e anche incredibilmente simpatico, è alto e sportivo, corre tutte le mattine e fa pure yoga, viaggia spessissimo e vive da solo.»
«Ottimo!» esultai. «E quanti anni ha?»
Si coprì la bocca con le mani.
«'nta» disse.
«Eh?» le chiesi togliendole le mani.
«'ntaue.»
«Trentadue?» esclamai sbarrando gli occhi.
«Ehm... quarantadue» sussurrò.
«QUARANTADUE? SEI PAZZA? MA È UN VECCHIO!» urlai rovesciandomi il vino addosso.
«No dài... abbiamo solo vent'anni di differenza.»
«Solo? Potresti essere sua figlia, ci hai pensato?»
«No, cioè sì... lo so, ma che importa, anche mia mamma è molto più giovane di mio padre, ma ora che sono vecchi non si nota più tanto!»
Odiavo fare il grillo parlante, ma io non ci avevo mai creduto a questi colpi di fulmine da film dove dopo dieci minuti i due capivano di essere anime gemelle e passavano il resto della vita insieme.
Finiva sempre con tribunali, avvocati e orribili maledizioni.

Mi ributtai contro la spalliera, decisa ad ascoltarla senza giudicare.

«Okay scusa, cancella tutto quello che ho detto e fammi sognare.»

Si aprì in un sorriso gigante.

«Allora, ci siamo conosciuti alla festa dopo che tu te ne sei andata, e ieri sera mi ha portata a cena fuori!»

«Di già? E io non ne sapevo nulla!»

«Non avresti approvato!»

«No, infatti!» dissi pensando che era lo stesso motivo per cui non le avevo detto di essere andata da Christo.

«Mi è venuto a prendere e mi ha portata a cena al Winter Garden del St. Regis, dove abbiamo mangiato benissimo e chiacchierato tutta la sera bevendo champagne, poi siamo usciti e abbiamo passeggiato per il Lungarno mano nella mano fino al Ponte Vecchio», si accese una sigaretta. «Ma hai idea di quanto sia romantica questa città?» disse sbuffando il fumo di lato. «Vivendoci non te ne rendi conto, ma ora capisco perché gli americani impazziscono. C'era anche la luna piena, non puoi capire quanto fosse meraviglioso.»

«E poi?» le chiesi impaziente.

«E poi ci siamo baciati» mi sorrise con gli occhi a cuore.

«Dio che bello!» dissi battendo le mani e pensando, con una punta d'invidia, a Christo che mi mollava sulla porta sbadigliando.

«Poi siamo andati a casa sua. Ha un appartamento incantevole in Costa San Giorgio, con le travi a vista, il cotto per terra e delle splendide nicchie con delle Madonne del Cinquecento.»

«E l'avete fatto?»

«Se l'abbiamo fatto?» esclamò. «Tre volte!»

«Eh?» risposi sconvolta. «Ma a quell'età avrà usato per forza il Viagra!»

«Scema! Te l'ho detto che è in formissima, prende un sacco di integratori, ha gli addominali scolpitissimi e tutti i capelli in testa, è messo molto meglio di Dario!»

«Anche un profugo è messo molto meglio di Dario» commentai.

«Insomma è stato sensazionale, bellissimo, dolce, eccitante, tutto! È stato per-fet-to!»

«Wow, sono felicissima per te!» le dissi, ben attenta a non rovinare tutto col mio solito pessimismo cosmico. «E come siete rimasti?»

«Ci vediamo settimana prossima, è partito per il Belgio per lavoro e io comunque devo lavorare come una matta per preparare tutte le essenze per l'evento di Torino dove devo incontrare un sacco di gente» disse con un gesto drammatico.

L'ammiravo ogni minuto di più. E capivo mio padre che avrebbe voluto una figlia così: determinata, coraggiosa, intraprendente.

E in effetti la mia ridicola storia con Christo non reggeva minimamente il confronto con la sua.

«Be', mi sembra perfetto, non vi annoierete mai» dissi addentando una tartina col tonno. «Altre cose che dovrei sapere?»

«È già stato sposato.»

«Divorziato?»

«Sì.»

«Figli?»

«No.»

«Allora non ci sono problemi!» sentenziai. «Ora voglio solo vedere la sua foto e dopo avrai la mia benedizione.»

Tirò fuori il telefono e mi mostrò il loro selfie sul Ponte Vecchio.

Era veramente bello come diceva: abbronzato, con un gran sorriso, capelli neri, e dei profondi occhi scuri. Certo, si vedeva che non aveva vent'anni, ma per essere bello era bello.

«Lo sai che non ha mai smesso di scrivermi dall'altra sera?»

«Davvero?»

«Mai! È un continuo farmi complimenti e scherzare, c'è una sintonia fortissima tra noi.»

E qui la botta d'invidia fu più che mai intensa. Perché va bene essere felici per le persone che ami, ma c'è un limite a tutto!

«Tu invece hai novità?» mi chiese.

«Niente di che, solite cose.»

«E il brasiliano? Più sentito?»
«No» risposi. «Più sentito.»
«Meglio così.»
«Già.»
E restammo in silenzio, lei con la sua gioia incontenibile e io con la mia tristezza infinita, insieme sullo stesso divano.

Tornai a casa in tempo per mettere a letto Filippo, che mi aspettava sveglio con la lucina del comodino accesa.
«Mi racconti una storia di uno squalo e una medusa?»
«Che si innamorano?»
Ci pensò su.
«No, preferisco che lo squalo mangi la medusa.»
«È un po' brutale, non credi?»
«Ma tanto l'amore non esiste» disse incrociando le braccia.
«E tu che ne sai?»
«Lo so e basta» disse facendo spallucce.
«E chi te l'ha detto?»
«Nessuno, l'ho capito da me!»
Lo guardai negli occhi e gli accarezzai i capelli.
«C'è mica di mezzo Alice per caso?» gli chiesi.
«Alice non mi piace più.»
«Ma se la settimana scorsa eravate fidanzati.»
«La settimana scorsa, ora lei si è fidanzata con Piero della quarta A.»
«Aaah, ecco perché!» risposi. «E come mai ti ha lasciato?»
«Non me l'ha detto.»
«Che cattiva! E tu che le hai risposto?»
«Che era libera di fare quello che voleva e che a me non importava!»
Mi ricordava la risposta di qualcun altro, ma in bocca a un bambino faceva molto più effetto.
E un cuore spezzato a nove anni era davvero qualcosa di orrendo, soprattutto un piccolo cuore che era già stato irrimediabilmente frantumato dalla morte della mamma.
E che stava imparando che tutti quelli a cui ti attaccavi ti avrebbero lasciato.
Rischiando di diventare un accattone emotivo come me.

«La conosci la favola del Piccolo Principe?»
Scosse la testa.
D'improvviso mi ricordai che era la storia più maledettamente triste che fosse mai stata scritta e che ogni volta mi faceva singhiozzare come una disperata.
L'avrei ammorbidita.
«Il Piccolo Principe era un bambino della tua età che viveva su un minuscolo pianeta lontano lontano e tutto da solo, insieme a tre vulcani e una rosa.»
«Quanto piccolo?»
«Piccolissimo, per veder tramontare il sole gli bastava spostare la sedia!»
«Non è possibile!»
«È una favola!» sorrisi. «Bisogna crederci. Il Piccolo Principe era immensamente innamorato di questa rosa, che però era capricciosa e scortese.»
«Come Alice?»
«Sì, come Alice. Qualunque cosa lui facesse, per lei non era mai abbastanza, lei non era mai contenta e continuava a chiedere di più.»
«E lui?»
«E lui che le voleva bene cercava di renderla felice, ma non ci riusciva.»
«E allora?»
«Allora un giorno partì dal suo pianeta perché stare lì lo faceva soffrire molto e andò in cerca di amici nella galassia.»
«E li trovò?»
«Trovò un sacco di persone diverse e un po' strane che gli insegnarono tutte delle cose, finché arrivò sulla Terra e qui conobbe una volpe.»
«Una volpe?»
«Esatto. Questa volpe gli spiegò una cosa molto importante, e cioè che le persone vanno addomesticate.»
«E cioè?»
«Vuol dire diventare speciali l'uno per l'altro, creare dei legami, così che quella persona che prima non era che una fra le tante, da quel momento diventa unica per noi e ci fa battere il cuore.»

«E io ho addomesticato Alice?»

«Esatto!» dissi. «Lei non lo sa ancora, ma tu le hai dato il tuo cuore, ti sei preoccupato per lei, le hai regalato la tua merenda, sei stato con lei durante l'intervallo invece di uscire a giocare a pallone, hai fatto tante cose e un giorno se ne accorgerà.»

«E tornerà da me?»

«Questo non lo possiamo sapere ancora, ma quello che è certo è che sarete sempre speciali l'uno per l'altra. E come dice la volpe: "Tu diventi responsabile per sempre di quello che hai addomesticato!".»

Mi guardò come se avesse ricevuto un'improvvisa illuminazione. Con uno sguardo da ometto.

«Allora adesso dormo, se non ti dispiace!» mi disse mettendosi giù.

Lo baciai sulla fronte.

«Non mi dispiace affatto» gli dissi alzandomi e uscendo.

Ma una volta sulla porta mi chiamò.

«Mari, senti, ma poi il Piccolo Principe ci torna dalla rosa?»

«Te lo racconto un'altra volta!»

12

Tre mattine dopo Ilenia era già in ritardo per portare Filippo a scuola e io ero verde di rabbia.

«Ma che saranno mai venti minuti?» disse piastrandosi i capelli.

«Venti minuti nel mondo reale equivalgono a un licenziamento! Pensa se i piloti degli aerei ragionassero come te!»

«Fai sempre una tragedia per tutto!» rispose senza guardarmi.

Mi morsi la lingua per non risponderle o non picchiarla con la piastra.

Poi scesi di corsa per bloccare mio padre sulla porta prima che uscisse.

Sapevo che almeno sulla scuola non transigeva.

«Puoi dirle per favore che Filippo non deve entrare a scuola in ritardo?»

«Stamattina ci siamo svegliati tardi perché la sveglia non ha suonato. Succede.»

«Non a me!» risposi seccata. «Le sveglie suonano sempre, se non suonano è perché non sono state puntate e io non me lo dimentico mai!»

«Adesso escono, stai calma!» mi rispose chiudendomi la porta in faccia e mollandomi lì a meditare un omicidio.

Pur di non dare ragione a me avrebbe negato qualunque evidenza e io avrei perso sempre e comunque.

Me ne andai per non dover ancora vedere Ilenia con quel suo sorrisetto falso e soddisfatto e raggiunsi il bar dove, su idea di Sandro, appena Christo fosse entrato io mi sarei dovuta chiudere in bagno.

E se non lo avessi fatto mi ci avrebbe chiusa lui.

Avevo esagerato, d'accordo, ma come diceva il Piccolo Principe, se addomesticavi qualcuno poi non lo potevi lasciare andare così, no?

O sì?

«Senti, mi puoi restituire il favore dell'altro giorno?» mi chiese Dario nel tardo pomeriggio.

«Vuoi uscire prima?»

«Sì, c'ho da vedere una, e dopo non poteva, tanto chiudi tu, no?»

«Per me non c'è problema» dissi. «Magari è la volta che vendo qualcosa» risposi mentre prendeva il casco e usciva.

Mi misi a sistemare le vetrine; dopo una mezz'ora circa la porta si aprì e io mi voltai sorridendo per accogliere la cliente, che si rivelò essere Sonia in tutta la sua mole. Non aveva mai messo piede in negozio da quando ci lavoravo io.

Il sorriso mi si paralizzò sulla faccia.

«Ciao bella, dov'è lo sciagurato?»

Continuai a sorridere aspettando che la slot machine nel mio cervello si fermasse su un jackpot con una risposta vincente, che però non mi venne.

«È uscito un attimo a prendere un caffè» risposi. «Te lo chiamo?» mi affrettai a proporle tirando fuori dalla tasca il telefono.

Ci fissammo come due cowboy fuori dal saloon con in mano i cellulari invece che le pistole e il dito sul tasto "chiama" invece che sul grilletto.

Deglutii.

«Lascia stare, faccio io!» mi disse lei scuotendo la criniera rossa. «È staccato!» disse guardandomi torva. «Ma hai detto che è uscito a prendere un caffè, quindi sarà questione di poco.»

«Sì... cinque minuti... al massimo» continuai a sorridere anche se la mia faccia non aveva più intenzione di collaborare.

I minuti passavano inesorabili e lei non si muoveva da lì.

«Avevi bisogno di qualcosa in particolare?» le chiesi cautamente. «Stamattina Dario ha venduto due borse Pandorine e...»

«Le mie scarpe Louboutin» mi interruppe.

«Che scarpe?» risposi sbiancando.

«Le mie preferite, quelle con il plateau, non le trovo più e devo metterle stasera per la cena al Rotary, assolutamente.»

«Ma hai guardato bene nel tuo armadio? Le avrai spostate» dissi non sapendo dove tenere le mani.

«Il mio armadio delle scarpe è come il caveau della Banca d'Italia, ci entro solo io e tutte le scarpe hanno la foto sulla scatola, da lì non possono essere uscite da sole.»

Sentivo il sudore colarmi lungo la schiena.

«E pensi che Dario sappia dove sono?»

«Altrimenti le ha prese l'Erminia, ma avendo ormai sessantaquattro anni ne dubito fortemente.»

Provai a chiamarlo anch'io e a mandargli un messaggio con scritto "emergenza Louboutin tua madre", ma non lo lesse.

«In quale bar è andato?»

«Ehm, di solito questo in cima alla strada, ma a volte va anche da Giacosa, dice che lì il caffè è più buono...»

Strinse gli occhi e cercò subito il numero di Giacosa, dove la conoscevano benissimo, e le assicurarono che il figlio non si era visto.

«Ho i miei informatori» rispose riattaccando e guardandomi con un sorrisetto.

Non avevo mai avuto un attacco di panico, ma sapevo che ci ero molto vicina, avevo le palpitazioni e sudavo come fossi stata chiusa in una macchina sotto il sole d'agosto in Calabria.

Sonia si avvicinò alla mia faccia.

Era alta ed era enorme, ebbi la certezza che se avesse aperto la bocca mi avrebbe ingoiato tutta intera.

«Dov'è andato quel deficiente di mio figlio» pronunciò lentamente.

Scossi la testa.

«Non... non... non lo so.»

Mi venne ancora più vicino.

«Ho detto. Dove. È. Andato. Quel. Deficiente. Di. Mio. Figlio» scandì lentamente.

«È uscito con una ragazza!» dissi d'un fiato coprendomi gli occhi.

«Ah! In orario di lavoro!» esclamò.

«No, ma non è mai successo, te lo giuro su chi vuoi, gli ho restituito il favore che l'altro giorno mi sentivo poco bene e...»

«Come l'ho messo al mondo ce lo levo!» disse col suo pesante accento pratese che di solito gestiva bene, ma non quando era incazzata nera.

Mia madre mi leggeva spesso *Pinocchio* da piccola e io ero terrorizzata dalla figura di Mangiafuoco, che immaginavo come un uomo enorme con gli occhi fiammeggianti e pieno di capelli.

Ecco, in quel momento ero certa che fosse lì davanti a me.

«Dove sono le mie scarpe» disse subito dopo.

«Non ne so nulla te lo giuro!»

«Giura su quello che hai di più caro, giuralo su Filippo!»

«No, su Filippo no!» protestai.

«Se non ne sai nulla, non hai nulla da temere!» rispose sorniona.

«Ti devi fidare!» insistetti.

«Giura su Filippo che non sai dove sono le mie scarpe!»

«Sei scorretta!»

«Giuralo!»

«Non giuro!»

«GIURALO!»

«No!»

«Dove sono le scarpe!»

«Non lo so!» piagnucolai stremata.

Prese a fissarmi così intensamente che cominciai a sentire puzza di bruciato.

«Tu lo sai e non me lo vuoi dire! Ma ci scommetti che te lo tiro fuori a forza?»

«Non puoi estorcermi un'informazione che non ho, nemmeno sotto tortura!»

«Certo che posso, sai che sono capace di questo e altro!»

«Sonia, ti prego!»

«Dimmi che ne avete fatto delle mie scarpe!»

«Non lo so!»

«Non dirglielo!» gridò quell'idiota di Dario spalancando la porta.

Mangiafuoco afferrò il figlio per un orecchio e lo agitò finché non gli disse la verità.

Poi ci mise tutti e due in punizione trattenendoci dalla paga cinquanta euro al mese fino a risarcimento danni e ci obbligò a fare le pulizie tutti i giorni fino a nuovo ordine per averle mentito.

«Quanto sei cretino!» gli dissi una volta rimasti soli. «Ce l'avevo quasi fatta.»

«Non pensavo avresti resistito, nessuno le ha mai resistito.»

«Tu non hai mai vissuto a casa mia dove il terrore è nel menu!» risposi seria. «Figurati se mi lasciavo intimidire da un paio di urlacci!»

«Ti devo un favore!» mi disse mentre finalmente abbassavamo la saracinesca.

«Me ne devi molti di più» risposi avviandomi per la mia strada.

Ma solo noi in Italia eravamo così succubi della famiglia? Leggevo sempre su "Vice" di storie di adolescenti che avevano fondato start up di successo e che inventavano trend che li rendevano ricchissimi, Taylor Swift aveva venduto cinque milioni di copie a diciassette anni, Miley Cyrus gestiva personalmente la sua immagine, per non parlare del clan delle Kardashian, che avevano fondato un impero sul nulla.

E allora perché eravamo tanto smidollati da stare ancora lì a piagnucolare perché il babbo e la mamma erano cattivi? Il mondo andava avanti, e noi rimanevamo pericolosamente incatenati al Paleolitico.

Mentre riflettevo su tutto questo ferma al semaforo a due passi da casa mia, qualcuno si sedette dietro di me sulla sella e cominciò a urlarmi: «Vai! Vai! Vai!».

Il cuore mi balzò in gola e di riflesso girai la manopola dell'acceleratore e partii a tutta velocità.

«Corri! Corri! Sennò mi beccano!» diceva il tipo dietro di me.

Guidai all'impazzata per alcune centinaia di metri prima di realizzare che ero diventata la complice di non so chi che aveva fatto non so cosa, ma che poteva anche aver rapinato una gioielleria o scippato qualcuno.

Mi infilai nella prima stradina disponibile e frenai.

«Ma chi cazzo sei, si può sapere?» dissi inchiodando e togliendomi il casco. «Tu?» urlai riconoscendolo.
«Ciao Marina!» mi disse con la faccia colpevole.
«Che ci fai qui? E soprattutto, da chi stavamo scappando?»
«Oh, solo dai vigili, sai, i murales, non dovrei, ma quando vedo un bello spazio bianco, mi prende la voglia e allora...»
«Mi hai fatto crepare dalla paura, scemo!» gli urlai dandogli una botta sulla spalla.
«Ahi!» gridò. «Picchi duro, eh?» disse massaggiandosi.
Lo guardai storto.
«Allora sei tu che hai disegnato l'unicorno davanti a casa mia!»
Annuì sorridendo.
«Come hai fatto a sapere dove abito?»
«Me lo sono fatto dire da Mario l'infermiere. Sono parecchi giorni che giro da queste parti sperando di vederti.»
Mi misi a ridere.
«Tu sei un pazzo, Nic!»
«Eh, un po' sì, mi sa!» rispose. «Dài, ora però ti porto a mangiare il famoso gelato che ti avevo promesso l'altro giorno! Guido io!»
«Ho un casco in più nel bauletto, penso che ci farà comodo!» dissi prendendolo e salendo dietro di lui.
Indossava una felpa verde col cappuccio e aveva le mani piene di vernice, lo avrebbero beccato in cinque minuti se avessero voluto. Ma per fortuna non c'erano pattuglie in giro.
Mise in moto e guidò fino a piazzale Michelangelo.
Adoravo le morbide curve che dolcemente giungevano fino a quella grande piazza.
Era una bella serata fresca e limpida e da lassù avevamo la città ai nostri piedi.
«Scusa se ti ho spaventata prima» mi disse parcheggiando. «Ma è stato un colpo di fortuna riuscire a incontrarti. Ti cercavo da giorni.»
Sorrisi e abbassai gli occhi un po' imbarazzata.
Mi ero quasi dimenticata della sua faccia simpatica e dei suoi capelli arruffati.
«Ti hanno tolto il gesso, vedo!» dissi per cambiare argomento.

«Sì, ora è tutto a posto... insomma, fino alla prossima contusione, almeno. Il tuo ginocchio va meglio?»

«Sì, direi di sì. Ogni tanto mi fa ancora un po' male, ma il peggio è passato» risposi piegandolo.

Rimanemmo di nuovo in silenzio.

Non ero abituata a stare con qualcuno con cui non dovevo stare in tensione e stranamente non sapevo cosa dire.

«Bene, adesso il gelato!» esclamò, e mi accompagnò in una gelateria dove mi obbligò a prendere una coppa gigantesca con tutti i gusti possibili, poi ci andammo a sedere sul muretto a guardare la città.

«Io ci vengo spesso qui la sera» disse. «Guardare Firenze dall'alto mi ripulisce la mente, mi dà chiarezza, è tutto troppo caotico altrimenti...» Lasciò la frase in sospeso.

«So cosa vuoi dire» risposi guardando davanti a me. «A volte è come se non avessi scelta, come se stessi vivendo la vita di qualcun altro.»

«Esatto» disse lui. «Fai tutto in funzione di quello che gli altri si aspettano da te e poi ti dimentichi di cosa volevi tu e del perché e alla fine è troppo tardi.»

Rimanemmo ancora in silenzio.

«Ti è piaciuto il gelato? Se non ti basta ne prendiamo ancora!» scherzò.

«Ho fatto fatica a tenerlo con due mani!» risi.

Si voltò nella penombra del lampione e mi sorrise.

«Dài, ti porto in un posto ancora più bello.»

Di nuovo salimmo in motorino e tornammo giù a Firenze.

Fortunatamente Nic non correva come Dario e con lui mi sentivo al sicuro, anche se era un perfetto sconosciuto.

Strano come a volte siamo disposti ad affidarci molto di più a qualcuno mai visto prima solo perché l'istinto ce lo suggerisce.

«Scommetto che non conosci la Biblioteca delle Oblate» urlò nel vento.

«Mai stata» urlai di rimando.

«Ti piacerà, vedrai» mi disse e guidò fino in via dell'Oriuolo, a due passi dall'Accademia, dove sorgeva questo spettacolare ex convento trecentesco su tre piani, adibito a biblioteca pubblica con immensi spazi all'aperto sotto i loggiati e un chiostro meraviglioso all'interno del quale troneggiava una magnolia gigantesca. Dalla caffetteria della terrazza si godeva di una vista mozzafiato sulla cupola del Brunelleschi.

C'erano un sacco di ragazzi che studiavano ai tavoli sotto le logge, con il loro computer, chiacchierando e leggendo, e turisti che semplicemente bevevano qualcosa al bar.

Un'atmosfera incantata.

«Possibile che non ne sapessi niente?» gli chiesi stupita.

«È tipico di noi fiorentini dimenticare quante cose belle possediamo!»

Sorrisi ripensando alla battuta di Ginevra in giro per i Lungarni col suo nuovo fidanzato.

«Potresti venire qua a disegnare!» mi disse lui.

«Oh, ma mi basta camera mia!» risposi.

«Ma qui sai quanta ispirazione avresti? Se te ne stai chiusa in camera tua ti perdi tutto questo» disse facendo un cenno verso il cielo, le luci e la cupola. «La vita è fuori di noi. Nel mondo insieme alla gente. Più rimaniamo chiusi qua dentro a combattere con i fantasmi, più perdiamo il senso di ciò che veramente siamo» aggiunse indicandosi il petto.

«Sei uno studente di Filosofia?» gli chiesi.

«Ah no!» rise. «Sono solo uno che pensa troppo!»

Ci prendemmo una birra e ci mettemmo a sedere per terra in un angolo del chiostro.

Nicholas mi infondeva tranquillità e sicurezza, sembrava uno in pace col mondo, che prendeva le cose per come venivano, senza tragedie. Ma senza la superficialità di Ginevra o il disfattismo mio o di Dario, sembrava uno che comunque si metteva in discussione.

«Come sta la tua fidanzata?» gli chiesi.

«Isabella sta bene» rispose guardando davanti a sé.

«State insieme da molto?»

«Otto anni. Dal liceo.»

«È un sacco di tempo!» constatai.

«Già...» confermò girandosi la bottiglia fra le mani. «... Un sacco di tempo. E quel tipo che abbracciavi al pronto soccorso è il tuo ragazzo?»

«Dario? Ah no, è il mio migliore amico!»

«Sembra che ti voglia un gran bene!»

«Sì, ce ne vogliamo molto. Siamo cresciuti insieme.»

«È bello avere qualcuno che ti conosce così intimamente.»

«Sì, è vero. Siamo come fratello e sorella, litighiamo spesso, ma non ci giudichiamo mai.»

«È una bella fortuna» sospirò.

Di nuovo rimanemmo in silenzio.

Era strano, c'era qualcosa che ci univa anche se non ci conoscevamo. Una specie di connessione sotterranea che non avrei saputo spiegare.

«Sai cosa mi ha colpito di te l'altro giorno al pronto soccorso?» mi chiese dopo un po'.

«No.»

«I tuoi occhi» disse. «Sembrano laghi pieni di tristezza e paura e ho avuto subito voglia di conoscerti. Io credo che chi ha sofferto allo stesso modo si riconosca tra la folla.»

Questa frase mi mise a disagio.

Mi sentivo di nuovo nuda, alla mercé di questo ragazzo sconosciuto che riusciva a decodificare i miei stati emotivi attraverso i miei occhi.

I miei stupidi occhi neri.

«Magari mi sbaglio» proseguì, «però ti sento molto affine a me. Ma se sono stato inopportuno dimmelo pure. A volte sono troppo diretto, me lo dicono sempre», sorrise.

Volevo rispondergli che sì, era stato inopportuno, che la mia vita non erano affari suoi e che si era messo in testa delle strane idee sul mio passato, ma lo disse in un tono talmente dolce e mite che non riuscii a fare altro che raccontargli di me, di mia madre, di mio padre, di Filippo con i suoi squali e dell'assurda e irrisolvibile situazione in cui mi trovavo.

Mi ascoltò serio con uno sguardo così empatico e comprensivo che non riuscii a smettere di parlare.

Mi sembrava di essere ipnotizzata, mi sembrava di non aver mai parlato prima di allora e, soprattutto, che nessuno mi avesse mai veramente ascoltata prima di allora.

«Anch'io ho perso mia madre» mi disse appena ebbi terminato. «Era la mia migliore amica, e da quel momento è stato tutto confuso e inutile.»

Sapevo cosa voleva dire essere lasciati in mare aperto senza salvagente né braccioli, con qualcuno che ti urla in malo modo da una barca: "Se vuoi sopravvivere nuota!".

E tu nuoti, a caso, sperando di vedere la terra o che passi una nave qualunque disposta a trarti in salvo.

«Ma poi in un modo o nell'altro ce la facciamo, no?» disse indovinando i miei pensieri.

«Sì» risposi solo con la testa mettendo a tacere il cuore. «Sì, in qualche modo ce la facciamo sempre.»

Mi accarezzò una guancia ed ebbi l'impressione che stesse per dirmi qualcos'altro, ma non lo fece.

«Ti porto in un altro posto!» disse alzandosi e porgendomi la mano. «L'ultimo per stasera, prometto!»

Gli diedi la mano e mi tirò su senza fatica.

«Sei una piuma!» mi disse.

«Mia mamma mi chiamava "il giunco"!»

«Aveva ragione, sei flessibile al vento: anche quando è forte ti pieghi ma non ti spezzi.»

Com'era possibile che un tizio comparso dal nulla che mi aveva tenuto la mano mentre mi siringavano un ginocchio capisse cose di me che nemmeno chi mi conosceva da tutta la vita capiva?

Mi sentivo strana e in difficoltà, ma nello stesso tempo come attratta da una forza magnetica irresistibile.

Mi sembrava di conoscerlo da sempre.

Mi portò in un'ex zona industriale fuori città.

Vecchi capannoni abbandonati e deserti.

«Che facciamo qui?» gli chiesi preoccupata. Magari mi ero sbagliata per l'ennesima volta a giudicare le persone, e Nic era un serial killer.

«Tieni!» mi disse porgendomi una bomboletta che tirò fuori dallo zaino. «Divertiti!»

«Ma io non sono capace!»

«Certo che sì! Ti ho vista.»

Mi cinse la vita con un braccio e mi portò davanti a una porzione di muro rimasto bianco.

Poi prese la mia mano che teneva la bomboletta e cominciò a disegnare qualcosa, curve, cerchi, macchie, niente che potessi capire, finché cominciai a intravedere un gatto come quello di Alice nel Paese delle Meraviglie, che rideva seduto sul suo ramo.

Pescò un'altra bomboletta dallo zaino e insieme colorammo il gatto di viola e poi di rosso e blu e verde finché diventò uno splendido micione colorato con un sorriso gigante e un sacco di baffi.

«Adesso esprimi un desiderio e lui lo realizzerà!»

Mi misi a ridere.

«Non è possibile» gli dissi restituendogli le bombolette.

«Tutto è possibile per il magico gatto del Cheshire!» mi disse indignato.

«Okay, allora esprimo un desiderio.»

Chiusi gli occhi e pensai intensamente a me libera e felice in un parco insieme a Filippo, circondata da affetti veri.

Poi aprii gli occhi.

«Okay, fatto» dissi.

«Brava!» mi rispose e mi abbracciò di slancio.

Senza che quell'abbraccio c'entrasse niente, ma nello stesso tempo come se fosse tutto.

Mi riportò a casa che era quasi mezzanotte.

Scese dal motorino, si tolse il casco e di nuovo mi accarezzò la guancia.

«È stata una bellissima serata, Marina» disse con gli occhi che brillavano.

«Anche per me» risposi. «Bellissima davvero e... inaspettata.»

Il mio cellulare squillò nella tasca nel momento meno adatto della lista dei momenti meno adatti.

E naturalmente non poteva che essere Dario.

Alzai la testa per scusarmi con Nicholas, ma era già sparito.

«Che vuoi, si può sapere?» gli urlai seccata.

«Non essere stronza!» rispose lagnoso. «Mia mamma mi ha segregato in casa e ho finito le sigarette! Ti prego, portami un pacchetto di Camel Blu.»

«Dario, puoi morire!» risposi riattaccando.

Rimasi un momento a guardare l'unicorno in pied de poule e sorrisi.

Forse anche Nicholas era un folletto.

13

Dormii un sonno agitato quella notte.

Vivevo in uno stato di inquietudine costante, alimentata dall'insicurezza sul mio futuro.

Se avessi avuto la possibilità di pensare solo a me stessa, e fossi stata sostenuta dalla mia famiglia, sicuramente sarei volata da qualche parte a studiare seriamente disegno, a imparare dai grandi maestri, per poi diventare illustratrice e lavorare per le case editrici, gli stilisti, i pubblicitari.

Se chiudevo gli occhi riuscivo a immaginarmi in un altro mondo, lontana da tutta quell'ansia, da quella paura costante di sbagliare e di essere sbagliata, ma era proprio quello il grosso problema: una voce nel profondo mi ripeteva che qualunque cosa avessi fatto avrei sbagliato e tutti si sarebbero accorti, presto o tardi, che ero un'incapace. Come mi era stato insegnato.

E quando mi assaliva questo pensiero ossessivo, il mio cervello non era in grado di smentire questa convinzione.

Era come se mi avessero convinto di non avere le gambe ripetendomelo di continuo, e alla fine avevo smesso di usarle.

Sapevo in fondo in fondo che non era vero, ma la mia voce piccola e sola non bastava a demolire questo mostro enorme, quest'orco che mi teneva la testa schiacciata sotto il suo stivale.

E ogni volta che provavo a fare un progetto diverso, alla fine vinceva sempre la voce che diceva: "Lascia perdere, tanto non ci riesci, tanto non puoi correre".

C'erano stati anche dei nonni molto tempo prima, ma erano morti tutti e nessuno si era mai veramente intromesso nel rapporto fra i miei a causa di quella famosa frase idiota che recita: "Tra moglie e marito non mettere il dito", che mi aveva fatto subito capire quanto fossi spacciata.

Avrei potuto urlare aiuto quanto volevo, ma nessuno sarebbe corso a salvarmi.

E invece il dito andava messo eccome, anzi: bisognava entrare a gamba tesa in una relazione tossica e malata come quella dei miei, e salvare il salvabile, non rimanere a guardare le fiamme bruciare tutto dicendo: "Tanto non sono affari miei".

Avrò avuto cinque anni quando mio padre per la prima volta diede uno schiaffo a mia madre nel garage della casa del mare.

Non so perché fossi scesa anch'io fin là sotto, era un posto umido e buio che mi faceva paura anche di giorno, il tipico nascondiglio dell'Uomo Nero, e non so cosa credevo di fare, ma forse pensavo che la mia presenza sarebbe bastata a calmarlo. I bambini si inventano un sacco di espedienti per non sentir gridare, anche quelli che non dovrebbero conoscere.

Si chiama istinto di sopravvivenza.

E osservai quella scena con il mio prendisole bianco, le scarpine e le trecce, come fosse stato un film in televisione, senza sapere cosa fare, ma con la consapevolezza assoluta che quella a cui stavo assistendo era la fine definitiva della mia infanzia.

Non avrei mai più potuto fidarmi di nessuno, né di mio padre che era capace di perdere la testa per una parola detta male, né di mia madre, che non era capace di proteggere nemmeno se stessa.

E la sensazione di aver perso il guscio per sempre fu così netta che mi fece provare un freddo sconfinato.

Un freddo che non avevo mai più smesso di sentire.

Ginevra mi mandò un messaggio a colazione con scritto: "Io questo me lo sposo!".

Risposi con un po' di faccine e un anello.

Non avevo voglia di indagare oltre.

Passai poi una buona mezz'ora chiusa nel bagno del bar finché Sandro non venne a bussare per dirmi che Christo era uscito.

Sandro aveva dei metodi drastici, ma devo dire efficaci. Dopo le prime due mattine in cui non avevo fatto altro che agitarmi, ora me ne stavo tranquillamente seduta sul water a fumare aspettando che venisse ad aprirmi.

«Com'era?» gli chiesi spegnendo la sigaretta sotto l'acqua.

«Sempre il solito straccione.»

«Dài, Sandro, è un look da artista!» risposi.

«Se mi fossi conciato così sai quanti calci mi avrebbe dato mio padre?»

«Ne ho una mezza idea!»

«Ma si può sapere che ci trovi in quello?» disse passandosi la mano sulla barba.

«Non te lo so spiegare» risposi guardando la porta nella speranza di vederlo tornare indietro. «È proprio una questione di pelle, e poi hai visto com'è bello?»

«Tanto voi donne se non vi trattano male non siete contente!» chiosò sistemando le brioche sui vassoi.

Dario, in negozio, tenne il muso tutto il pomeriggio, sua madre l'aveva strapunito impedendogli di uscire se non per andare a lavorare fino a nuovo ordine e sabato c'era una festa che non avrebbe perso nemmeno se lo avessero arrestato.

Avrei voluto raccontargli della bella serata che avevo passato con Nic, ma era talmente di cattivo umore che mi era passata la voglia.

«Che facciamo, stiamo muti tutto il giorno?» gli dissi guardandolo seria con i pugni sotto il mento.

«Devo trovare il modo per scappare di casa.»

«Calandoti dal terzo piano con le lenzuola annodate?»

«Se è necessario sì.»

«Ma dài, è solo una festa, ce ne sono ogni settimana!» cercai di farlo ragionare.

«Vice Is Nice è LA festa, c'è un sacco di bella gente, non me la voglio perdere!»

«Ma se ogni volta mi dici che ti sei rotto le palle e che queste feste sono tutte uguali?»

«Oddio che ritardata che sei a volte, intanto se non ci vai non puoi sapere se ti sei perso la festa del secolo e comunque è una questione di principio, mia madre non mi può tenere in punizione a ventidue anni.»

«E la soluzione è...?» dissi con la mano all'orecchio.

«La soluzione è che o l'ammazzo, sì scusa vabbè, hai capito che era una metafora, o trovo il modo di scappare.»

«Io sono la persona meno adatta a darti questo genere di consiglio, mi hanno sempre beccata quando ho tentato la fuga.»

«Lei si addormenta sempre davanti alla televisione, e io a quel punto sgattaiolo fuori, ma il problema è il rientro, perché mette sempre il paletto.»

«Dario ti prego, ripensaci, fallo per la tua amica, unica e migliore, rinuncia e basta!»

«Te l'ho detto, è una questione di principio.»

«Io però non voglio farti da complice, o stavolta finisce che mi licenzia!»

«Okay, mi inventerò qualcosa da solo, non preoccuparti» disse strafottente.

«È ovvio che mi preoccupo, so già che farai una cazzata, non so perché ma è il mio sesto senso!»

«Peccato per te, ma se avessi un invito in più ti ci porterei, sfortunatamente l'invito è strettamente personale!»

«Oh come mi dispiace, guarda, stavo già lustrando le Louboutin!», e mi abbassai per schivare la sua manona in arrivo.

Il murales accanto al mio cancello si stava ampliando.

Ora, insieme allo gnomo e all'unicorno dalle lunghe ciglia, c'era una magnolia con un sacco di fiori bianchi e su ogni petalo c'era scritto: "Make a wish".

Chiusi di nuovo gli occhi, sorrisi, ed espressi un desiderio.

Piccolino.

Poi salii in casa e l'atmosfera mi sembrò subito tesa.

Mio padre e Ilenia non si parlavano.

Che fatica, pensai salendo silenziosamente in camera mia.

Le relazioni dovrebbero essere un'oasi di pace, non la Striscia di Gaza.

Presi un foglio e disegnai due sposi che si baciavano sulla torta nuziale: lei teneva dietro la schiena un bouquet che nascondeva un mitra e lui sotto il cappello a tuba nascondeva una molotov.

Scesi a cena.

Mangiammo nel mutismo totale, con le bocche cucite, senza che a me e Filippo fosse dato sapere quale fosse il motivo del litigio.

Mentre sparecchiavo, mio padre mi disse che c'era una busta per me sul tavolo d'ingresso, e poi che se quei pirla non avessero smesso di scarabocchiare il muro del cancello avrebbe fatto mettere le telecamere.

Mio padre era uno dai rimedi soft.

Una volta, invece di potare un salice molto grande che perdeva tante foglie sulla strada, preferì cospargergli le radici di acido muriatico e aspettare che crepasse.

Aprii la busta e trovai dei dépliant di corsi di disegno serali che tenevano a una scuola di fumetto.

Girai la lettera per vedere se ci fosse una firma, ma tutto quello che trovai fu un "tentar non nuoce" scritto piccolo in un angolo.

Sì, Nic era decisamente un folletto.

Più tardi, quando lo accompagnai a letto, Filippo mi chiese: «Mari, puoi leggere una lettera che ho scritto?».

«Certo!»

Aprì un foglio a quadretti stropicciato, lo lisciò con le mani e me lo consegnò.

"Cara Alice" diceva, "anche se non ti piaccio più, e mi dispiace tanto, io ti aspetterò sempre. E se avrai bisogno di me dovrai solo chiamarmi, perché questo è quello che fanno le persone domestiche. Ti voglio bene. Filippo."

«È perfetta!» gli dissi emozionata. «E se non si scioglie con una lettera così, vuol proprio dire che Alice è senza cuore.»

Si mise a letto tutto serio, ma soddisfatto.

Mi rintanai in camera e diedi un'occhiata al sito della scuola.

Facevano una quantità di corsi, uno più interessante dell'altro.

Ma anche se avessi frequentato i corsi serali, a cosa sarebbe servito? Non mi potevo permettere stage non retribuiti negli studi dei professionisti.

Era un gatto che si mordeva la coda.

L'arrivo di un messaggio mi distrasse dai miei pensieri.

"Guarda com'è bello!!!!!" mi scrisse Ginevra mandandomi un selfie di lei e Tommaso.

"Molto!" risposi sinceramente.

Ci vediamo sabato? Tommy è via
Non vai alla festa?
Ho l'invito ma non ho voglia, sempre la solita gente, tu vai?
Io no, ci va Dario se riesce a fuggire di casa
Allora vieni a cena da me che ce la raccontiamo un po'!
Ok porto vino e patatine
No, le patatine no che sono a dieta ☹
Ancora?
Sì da ieri. Ho preso un chilo, troppe cene fuori!
Ti amerà lo stesso!
Meglio non sfidare la sorte!

Mi dispiaceva un po' non vederla più tanto spesso, ma ero abbastanza abituata ai suoi periodi di fidanzamento spinto, dove bruciava tutte le tappe col nuovo arrivato nel giro di due settimane e poi, stufa, si incamminava con lui sul viale del tramonto e lo spingeva senza rimpianti giù dalla rupe.

Per questo sapevo che era solo questione di tempo, ma lo stesso mi dispiaceva essere usata come tappabuchi.

La settimana passò lenta ed estremamente noiosa, l'unica oggettiva nota di colore era il murales che cresceva a vista d'occhio.

E che faceva incazzare moltissimo mio padre.

Sabato sera, uscendo dal negozio, salutai Dario con una punta d'apprensione.

Era sovraeccitato. Troppo, per i miei gusti.

«Sei sempre dell'idea di andare?»

«Certo!»

«Bene!» risposi infilandomi la giacca. «Il tuo testamento l'hai lasciato al solito posto?»

«Spiritosissima!» rispose e uscì.

Mentre chiudevo la saracinesca ricevetti un messaggio da Ginevra.

Amorino scusami!!! Tommy parte domattina, mi ha chiesto se stasera ci vediamo. Ti dispiace??? Dài io e te facciamo settimana prossima una bella seratina tutta nostra!!!

Seguiva una serie di odiose faccine che mandavano baci.

"Non ti preoccupare divertiti" risposi fingendo indifferenza.

In realtà c'ero rimasta malissimo e promisi a me stessa che mai e poi mai avrei messo un fidanzato davanti alla mia migliore amica, nemmeno se Christo mi avesse chiesto di andare a cena con lui.

Oddio... certo che se Christo mi avesse invitato a cena... okay, ma siccome era un'eventualità impossibile non contava!

Una volta arrivata davanti a casa mia notai che lo gnomo ingessato aveva in mano una fetta di pizza filante.

Mi voltai a destra e a sinistra, ma non vidi nessuno.

Allora infilai la chiave nel cancello e una voce alle mie spalle chiese: «Hai fame?».

«Da morire!» risposi voltandomi, felice di vederlo.

«Pizza, allora!» esclamò.

Gli porsi le chiavi del motorino e poco dopo uscivamo da una pizzeria di Porta Romana con in mano due scatole di pizza caldissima e profumatissima, pronti per andare a Bellosguardo, dove la vista su Firenze era qualcosa di incredibile.

«Non amo molto i ristoranti, sai?» mi disse dando un morso gigante alla pizza e pulendosi con la mano. «A dirti la verità non amo proprio i luoghi chiusi, dovremmo vivere sempre all'aperto, camminare scalzi sui prati, stare sotto le stelle, respirare aria pura, prendere il sole, il vento, tuffarci nel mare...»

«Ti vedrei bene a fare il ranger» dissi. «Nei parchi in Canada con gli orsi, oppure lo skipper in giro per il mondo!»

«Mi piacerebbe un sacco» rispose con un grosso sorriso. «Quella è l'unica vita possibile, non imprigionati negli uffici davanti a un computer.»

«Scommetto che non hai nemmeno Facebook» dissi strappando la crosta con le dita.

«Non ho nemmeno il cellulare, se è per questo.»

«Noooo!» esclamai con gli occhi fuori dalle orbite, scioccata. «Ma tu sei un animale in via d'estinzione! Posso toccarti? Non ne ho mai visto uno in carne e ossa!»

«Le persone mi piace guardarle in faccia e parlarci» disse serenamente. «Fino a qualche anno fa si faceva così!»

«È vero, ma se qualcuno ha bisogno di rintracciarti come fa?» chiesi come se improvvisamente fossimo sbarcati sulla luna e la navicella spaziale stesse ripartendo.

«Mi lascia un messaggio in segreteria al telefono di casa, appena torno la ascolto e richiamo, non sono un chirurgo, e non credo che qualcuno debba dirmi qualcosa di così importante che non possa aspettare il mio rientro» disse con gentilezza.

Riflettei sulla quantità di messaggi inutili che scrivevo a Dario e Ginevra e sul tempo che perdevo cazzeggiando su Facebook: mi sentii in colpa per tutta la vita che sprecavo su degli stupidi social network.

«La vita è questa qui» disse porgendomi la sua fetta di pizza, «e va masticata!»

Lo guardai per un attimo negli occhi. Un attimo molto lungo.

Nicholas era una boccata di ossigeno puro, un'anima incontaminata, senza pregiudizi, una rarità assoluta, che mi faceva intravedere un futuro possibile oltre il muro che mi circondava.

Se ci avessi creduto, avrei pensato che fosse un angelo mandatomi da mia mamma.

«Mi piace il tuo piercing» mi disse sfiorandolo con il dito. «Ti sta molto bene.»

«Grazie» risposi, giocandoci. «Non piace quasi a nessuno. A mio padre specialmente.»

«È fico invece, come se raccontasse qualcosa di te, come

se dicesse: "Ehi voi! Io non ho paura del dolore"» imitò la voce di un cowboy.

«Be', paura ne ho eccome del dolore, ma quello fisico mi spaventa di meno, è quello emotivo che temo davvero, perché quello non lo superi con niente. Una volta che ti si è annidato dentro aspetta solo il momento migliore per venirti ad azzannare, specialmente quando sei più vulnerabile. Un po' come l'herpes.»

«Sì, lo capisco» disse pulendosi le mani sui jeans. «Ci sono sere in cui, così dal nulla, comincio a piangere come uno scemo e non riesco a smettere. Un attimo prima stavo ridendo ed ero sereno e un attimo dopo sono a pezzi. Non riesco ancora a trovare un equilibrio sopra le cose. Sopra la sua morte.»

«Quanto tempo fa è morta?»

«Due anni fa» disse. «Tumore» aggiunse.

«Sì, anche la mia» dissi con un groppo in gola.

«Okay, basta» disse andando a buttare in un cestino i cartoni delle pizze. «Non voglio che tu mi associ a quello che ti porta fuori e poi ti fa diventare triste!»

«D'accordo» dissi scendendo dal muretto. «Prossima tappa?»

«Santo Spirito!» esclamò. «Ci sediamo sulle scale della chiesa a bere una birra e chiacchieriamo.»

Mi piaceva il suo modo di fare, questo suo scortarmi su una specie di cavallo bianco a vedere cose che non conoscevo.

Mi faceva uscire dal circolo vizioso dei miei pensieri.

«Ma la tua ragazza non è... sì insomma, non le scoccia se esci con me?» gli chiesi mentre camminavamo.

«Isabella? No, non è mai stata gelosa. Ci fidiamo l'uno dell'altra. Dopo tutto questo tempo, sai...»

«Sì, certo» risposi, un po' delusa che la sua storia andasse così a gonfie vele.

«Senti Marina, facciamo un patto» disse fermandosi, «non facciamoci domande. Non facciamoci nessuna domanda che possa riportarci a terra. Se la realtà entra nella poesia, la sfascia e non rimane più niente. Godiamoci solo questi attimi perfetti così come vengono, fuori dal mondo, vuoi?»

Dissi di sì. Che mi andava bene e che mi sembrava un'idea meravigliosa. Niente domande e niente risposte.

La vita era già troppo piena di domande e di spiegazioni che portavano solo ansia e preoccupazione, e non ne avevo bisogno.

Chiacchierammo tantissimo seduti sulle scale della chiesa, senza mai toccare argomenti che ci "riportassero a terra": parlammo dei nostri sogni, delle nostre passioni, delle nostre speranze, e di bei ricordi, di colori, disegni, musica e concerti, film, serie tv, battute, e in un attimo fu mezzanotte passata e me ne accorsi perché sentii squillare il cellulare che, per la prima volta dopo anni, avevo dimenticato di avere.

«A proposito di realtà pesante...!» dissi rispondendo.

«Mari dove cazzo sei?»

«Dario accidenti, vuoi mettermi un GPS? Che vuoi? È tardissimo!»

«Sono nei guai, guai grossi, devi venire ad aiutarmi» bisbigliò in tono concitato.

Mi alzai in piedi. «In quale centrale dei carabinieri ti hanno portato? Hai già chiamato un avvocato o aspetti quello d'ufficio?»

«Non scherzare!» mugolò. «Sono letteralmente nella merda, devi venire a casa mia, ma non devi suonare.»

«Ma scusa, non sei alla festa?»

«No, non... oddio Mari, mi sto cacando sotto» bisbigliò. «Volevo uscire dalla porta d'ingresso, ma mia madre si era messa a guardare la maratona di "True Detective", allora ho pensato di uscire dalla finestra di camera mia e calarmi dalla canna fumaria, ma ho fatto casino uscendo e mi si è impigliata la manica della giacca nella maniglia, ho dato uno strattone, la finestra si è chiusa e io sono bloccato qui sul cornicione.»

«E la canna fumaria?»

«La canna me la dovevo essere fatta io quando pensavo fosse possibile scendere...» disse disperato.

Presi un respiro profondo per poi urlare: «Ma quanto sei testa di cazzo!», e la mia voce riecheggiò nella piazza. «E ora che devo fare, chiamare i pompieri?»

«No! No! Basta aspettare fino a domattina alle 7, poi tu suoni da mia madre, le porti le brioche e corri in camera mia, mi apri e lei non si accorgerà di nulla.»

«Dario non dire cazzate, vado subito a suonare a casa tua.»

«No, no! Ti prego! Non la posso affrontare, davvero. Siamo ai ferri corti, rischio il linciaggio! Marina, ti prego, è l'ultimo favore che ti chiedo.»

«Fosse vero!» risposi. «E allora cosa devo fare?»

«Vieni qui e tienimi sveglio che se mi prende un colpo di sonno cado di sotto.»

«Forse sarebbe la soluzione migliore!» risposi durissima prima di riattaccare.

«Una botta di realtà?» mi chiese Nic.

«Già» risposi, «troppa e tutta insieme. Devo andare a vegliare il mio amico perché non si sfracelli al suolo, non chiedermi perché però, davvero, non me lo chiedere» dissi dirigendomi verso il motorino a passo di carica.

«Posso venire con te?»

«A tenere sveglio un coglione fino alle 7 di mattina? Non hai proprio niente di meglio da fare?» risposi arrabbiata.

«Ci vengo volentieri, e almeno ci diamo il turno, prima però passiamo a prendere un po' di caffè.»

Arrivammo sotto casa mia e salii per avvertire, con un biglietto, che sarei rimasta da Dario. Nessuno di solito mi faceva delle domande, ma se non fossi tornata a dormire senza avvisare avrebbero di nuovo cambiato la serratura.

Presi un plaid, le carte, un thermos di caffè, un pacco di biscotti, i fogli, le matite e scesi giù pronta per il bivacco.

Quel demente del mio migliore amico era rannicchiato sul cornicione e si abbracciava le ginocchia, vestito con un completo arlecchino.

Appena ci vide gli si illuminarono gli occhi e temetti che saltasse giù dalla gioia.

Gli telefonai.

«Allora, imbecille formato famiglia, hai scoperto che la tua vocazione è fare il trapezista?»

«Mari, quanto sono felice di vederti, non puoi capire!» bisbigliò ignorando la mia battuta. «Credevo fosse una cazzata, invece è un casino scendere da una grondaia. Chi è quello lì?»

«Lui è Nicholas, mi aiuterà a prenderti a sassate, da qui è

uno scherzo. Vestito così poi... ma il tema della festa qual era? Vestiti da cretino e vinci un weekend a Gardaland?»

«Ahahah! Sei simpaticissima amica mia! Aspetta che scendo poi vedi!»

Io e Nic ci sedemmo lungo il muro di fronte alla finestra di Dario avvolti nella coperta, bevendo il caffè e mangiando i biscotti, e chi perdeva a scala quaranta lo chiamava.

Sembrava di essere in gita o in campeggio, in quelle serate infinite, al mare, dove non vuoi mai andare a letto, perché sai che non ti capiterà mai più di stare lì seduta intorno al fuoco con il tipo che ti piace. E quel ricordo ti scalderà per tutto l'inverno.

Sì, in quel momento mi resi conto che Nicholas mi piaceva, perché era uno che le cose le faceva davvero invece di parlarne e basta o di pubblicare frasi di altri su Facebook col culo ben piantato sulla sedia.

E anche se sapevo che era fidanzato, era bello sapere che al mondo c'era qualcuno così.

«Mi scappa da pisciare» ci annunciò Dario verso le 3 e mezzo.

«Non ti azzardare!» dissi.

«Vuoi vedere?»

«No!» risposi coprendomi gli occhi.

«Lo sta facendo davvero?» chiesi a Nicholas appena udii un rumore sospetto di pioggia.

«Sì» mi confermò amaramente. «Lo sta facendo davvero.»

Ci riposammo a turno uno sulla spalla dell'altra, guardando le stelle, ridendo per quella situazione assurda e disegnando.

Nicholas era bravissimo, aveva un modo tutto suo di vedere le cose, onirico, leggero, mentre io ero più cerebrale e introspettiva, ma insieme i nostri disegni formavano un connubio esplosivo.

Era una sensazione bellissima, intima, quasi come fare l'amore.

O forse meglio.

«Vi siete dimenticati di me?» ci chiese Dario incazzatissimo dopo un'ora che non alzavamo neanche la testa.

«No, tranquillo, non ti dimentichiamo» gli rispose Nicholas, «ma Marina è talmente brava che mi fa perdere la cognizione del tempo!»

«Lo so che è brava» rispose con un tono leggermente stizzito nella voce. «La mia amica è molto speciale!»

Era raro che Dario mi facesse un complimento apertamente. Il fatto di non essere al centro dell'attenzione lo faceva impazzire.

«Sai che ficata se mi butto?» disse infatti alzandosi e camminando come un equilibrista.

Guardai Nicholas scuotendo la testa.

«Non mi sembra una ficata, Dario...»

«Invece guarda!» disse fingendo di perdere l'equilibrio.

«No! Cazzo fai, scemo!» urlai alzandomi e correndo lì sotto come se avessi potuto afferrarlo al volo.

«Dario, non fare l'idiota» gli disse Nicholas senza mezzi termini. «Sei stanco e come niente cadi giù e ti fai un volo di dieci metri, non c'è proprio niente da ridere!»

«Ma tanto non interessa a nessuno!» disse in tono drammatico.

«Eh no, Dario! Non m'incanti più col trip suicida!»

Nic mi guardò interrogativo.

«È una lunga storia» gli sussurrai. «Se ti butti e rimani paraplegico sono affari tuoi, non verrò mai a trovarti» proseguii calma.

«Mi avrai sulla coscienza!» disse dondolando un piede nel vuoto.

«Quanto sei stronzo, ma quanto sei stronzo» dissi a denti stretti.

«Non sarà il caso di chiamare qualcuno?» propose Nic.

«No, lui deve sempre fare cose estreme, deve sempre esagerare, finché non ci rimane davvero sulla sedia a rotelle, quell'imbecille» dissi a denti stretti. «Okay Dario! Vado su da tua madre, mi sembra l'unica in grado di farti ragionare, vedetevela voi, non mi interessa.»

«No dài, scherzavo!» rispose rimettendosi a cuccia.

«Ma perché fa così?» mi chiese Nicholas perplesso, tornando a sedersi.

«Perché è un'anima in pena, ha avuto tutto dalla vita e si

annoia, e poi è in conflitto con sua mamma da sempre e tutto quello che fa è minuziosamente progettato per provocarla» dissi girandomi il piercing nervosamente. «Ha distrutto non so quanti motorini e macchine, ha fatto esplodere un microonde dopo averci infilato una lattina di birra per vedere cosa sarebbe successo, ha bruciato una pelliccia di sua mamma con l'accendino... ne ho una sfilza di aneddoti simili, a scuola veniva quasi sempre sospeso per atti vandalici, l'hanno promosso per toglierselo dai piedi!»

«Conosco il tipo» disse, «ho diversi amici così. A volte le infinite possibilità sono un'arma a doppio taglio, e uno finisce per non avere più stimoli quando ha troppo a disposizione e comincia a girare a vuoto. Quando hai le idee chiare e molte difficoltà per realizzarle, hai solo voglia di riuscire e ce la metti veramente tutta.»

«Allora io sono destinata a diventare il primo presidente della Repubblica donna!» risi.

«Tu potresti fare qualunque cosa!» mi rispose. «Qualunque.»

Verso le 6, quando i vicini cominciarono a scendere per portare fuori il cane e la spazzatura, decidemmo che era il momento di agire.

Corsi in un bar lì vicino, presi delle brioche e suonai al campanello di Sonia con un terrore che mi mangiava viva.

«Chi è?» rispose assonnata.

«Sono Marina! Aprimi, ho portato i cornetti caldi!»

Se c'era una cosa a cui non poteva resistere erano i dolci: l'unico motivo per cui mi aprì prima che il suo cervello le suggerisse di fare domande lecite.

Corsi su pensando alla tragedia che si sarebbe consumata se qualcuno avesse visto Dario vestito come un pagliaccio sul retro del palazzo.

Sonia mi guardò stranita ancora in pigiama.

«Buongiorno!» le dissi buttandole le braccia al collo. «Mi sono alzata presto stamattina e ho pensato che sarebbe stato bello fare qualcosa di carino per le persone a cui voglio bene! Corro a svegliare quel dormiglione così facciamo colazione tutti insieme» cinguettai correndo verso camera di Dario.

Abbassai la maniglia, ma Sonia mi fermò.

«Guarda che Dario non c'è!» mi disse con nonchalance guardandosi le unghie.

«Ah no?» risposi con voce stridula.

«No, però al posto suo nel letto c'è un cuscino, con sopra una mia parrucca, e tu non ne sai niente, immagino!»

«Io no» risposi cacciandomi subito in bocca un cornetto.

Mi si avvicinò con i pugni sui fianchi, lenta, immensa e minacciosa.

«Tu non ne sai proprio niente di un cretino che ha dormito fuori dalla finestra, vero?»

Feci no con la testa a bocca piena.

«Lo sai di cosa sono capace io, vero?»

Annuii terrorizzata.

«Quindi ti conviene dirmi la verità, non credi?»

Inghiottii il boccone gigante.

«Voleva scendere dalla grondaia per andare a una festa ma gli si è bloccata la finestra e non è potuto rientrare e aveva paura di scendere allora mi ha chiamato perché lo tenessi sveglio e stamattina facessi questa buffonata!» dissi tutto d'un fiato. «Di cui mi scuso» aggiunsi con un inchino.

E mi precipitai fuori correndo come una matta, lasciando il destino di Dario in mano a sua mamma.

«Che è successo?» mi chiese Nicholas visibilmente preoccupato.

«Missione fallita!» gli dissi raccogliendo la coperta e gli avanzi della nottata senza aver il coraggio di alzare gli occhi verso Dario. «Fallitissima!»

«Ma... e lui?» mi chiese Nic scoraggiato, indicando la finestra.

Alzai gli occhi, Dario mi guardò interrogativo e poi si voltò verso la finestra che si stava aprendo, poi tornò a guardare me con un odio mortale.

Giunsi le mani e sillabai "scusa" con le labbra, ma lui per tutta risposta si passò il dito indice sotto la gola.

«Lo ammazza» dissi a Nicholas.

«Dici?»

«Non solo lo ammazza, lo scuoia e ci ricopre le Louboutin.»

Rimanemmo un attimo a guardare la finestra.

«Eppure io pagherei per avere un cazziatone da mia madre, sai?»

«A chi lo dici» risposi.

Ci guardammo negli occhi, assonnati e storditi dalla mancanza di sonno.

Poi Nicholas mi strinse a sé.

Fortissimo.

"Non mi addomesticare ti prego" pensai.

"Non mi addomesticare."

14

Due ore e mezzo dopo Filippo era già pronto e pettinato e mi aspettava sulla porta della camera.

Io invece ero uno straccio.

«Eccomi!» gli dissi rotolando giù dal letto e trascinandomi fino a lui sui gomiti. «Sono quasi pronta!»

«Scema!» mi disse ridendo. «Sei in ritardo!»

«Arriveremo in orario, te lo prometto, e poi la messa non può cominciare senza di te!»

Mi preparai in quindici secondi e uscimmo di casa, ma appena vidi il murales non potei fare a meno di fermarmi.

Accanto allo gnomo ingessato adesso c'era una buffa gnometta con delle carte da gioco e delle matite fra i capelli e l'unicorno a quadri bianchi e neri adesso era a colori e aveva gli occhi storti e l'aria ubriaca.

Presi per mano Filippo e corremmo fino alla chiesa, che per fortuna era a due passi da casa.

Durante l'omelia ebbi dei tremendi colpi di sonno, e non feci che sbadigliare, tanto che la signora accanto a me mi disse che la notte avrei fatto bene a dormire invece di andare in discoteca, ricordandomi di portare rispetto nella casa del Signore.

La ringraziai del consiglio e le promisi che non avrei mai più messo piede in una discoteca, o avrei venduto ancora il mio corpo per comprarmi la droga.

Si spostò.

«Pattinare!» gridò Filippo dopo la messa. «Voglio andare a pattinare!»

«Pattinare?» ripetei stravolta. «Ma non preferisci... non so... il planetario?»

«Che palle il planetario!» rispose. «Voglio imparare ad andare sui rollerblade!»

Sospirai.

«Da chi hai imparato a dire "che palle"?»

«Da te!»

«Giusto» ammisi, «però c'è una legge che ti vieta di dirlo prima dei diciotto anni, altrimenti sarai multato.»

«E chi me la fa la multa?» rispose furbetto.

«Io naturalmente!» gli dissi e cominciai a fargli una valanga di solletico.

Che musica per le mie orecchie quando rideva.

Ci incamminammo verso la fermata dell'autobus (o meglio, mi ci trascinai), vedendo sfumare ogni speranza di recuperare il sonno perduto, e mi immaginai di nuovo al pronto soccorso con un menisco in frantumi e Mario l'infermiere che mi dava la tesserina punti come a Nicholas.

Nicholas...

L'uomo del mistero.

Ripensai all'ultimo abbraccio, così vero, così intenso, così profondo. Mi vennero i brividi.

Chissà dov'era, cosa faceva e soprattutto chi era. Esisteva veramente o me l'ero inventato io?

Ma in fondo, aveva ragione lui: perché offuscare tutta la magia con la banale realtà fatta dalle solite cose e dai soliti problemi?

Era giusto crearsi una piccola oasi in un mondo fantastico, colorato con le vernici spray e abitato da gnomi e unicorni ubriachi.

La mia negazione assoluta per il pattinaggio fu evidente dopo sette minuti esatti, mentre Filippo sembrava fosse nato coi roller ai piedi.

«Dài, lentona! Prendimi!» mi gridava da dieci metri buoni.

«Vai pure avanti, Filippo» gli gridai alla terza caduta, «non preoccuparti per me, io ti aspetto su quella panchina» dissi arrancando con i piedi a papera e sedendomi come un sacco.

Mi fece una (meritatissima) linguaccia con spallucce, sdegnato, e continuò a pattinare come se non avesse mai fatto altro in vita sua.

Per tutta risposta io mi accesi una sigaretta e tirai fuori il cellulare.

"Allora?" scrissi a Dario.

Ma non vidi nessuna spunta incoraggiante, dato che, sicuramente, beato lui, stava dormendo.

E nemmeno Ginevra mi rispose, dato che sicuramente, beata lei, stava facendo un brunch con il suo uomo in qualche locale strafigo con terrazza.

«Guarda come sono bravo!» mi gridava Filippo di tanto in tanto, e io battevo le mani felice ed entusiasta.

Quanto fosse importante sentirsi dire "sei bravo" da piccoli era una lezione che avevo imparato presto, proprio perché mio padre non me lo aveva quasi mai detto e comunque non senza ricordarmi che ero scarsa in almeno altre dodici attività di ogni genere e natura: dal non sapere da quale parte andava la forchetta, all'inzuppare i biscotti nel latte facendomelo colare fino ai gomiti, al dimenticare tutta *La cavallina storna*. Attività "determinanti" nella vita di una persona...

Eppure quel "sei bravo" che costava talmente poco, era fondamentale per crescere con una buona autostima, invece a casa mia l'unica regola in vigore era sempre stata quella di umiliarti per rinforzare il carattere in modo da spronarti a fare meglio, sistema che non credo avesse mai dato nessun risultato neanche ai tempi di Sparta e Atene.

Forse ce l'avrei fatta a salvare Filippo, se fossi riuscita a demolire a colpi di amore, fiducia e positività quel muro di paura e insicurezze che ci avevano innalzato attorno.

«Tutta sola?» mi disse qualcuno planando accanto a me sulla panchina con lo skate.

Non credetti ai miei occhi.

«Allora mi segui!» gli dissi.

«Eh no! Questo è il mio territorio!» si difese alzando le mani sporche di rosso e verde.

«È vero!» risposi indicando i miei inutili pattini ai piedi. «Ho accompagnato una giovane promessa del pattinaggio, vedi?» dissi indicando il piccolo campione.

«È tuo fratello Filippo?»

«Già!» confermai facendogli cenno di raggiungerci.

Filippo venne verso di noi con totale disinvoltura.

«Ce l'ha nel sangue» mi sussurrò Nic all'orecchio, «e non è un buon segno!»

«Bello lo skate!» esclamò Filippo con gli occhi che brillavano.

«Vuoi provarlo?» gli chiese Nic.

«Magari!»

Nic mi porse galantemente la mano per aiutarmi ad alzarmi dalla panchina e andare a recuperare le nostre scarpe al noleggio pattini.

Cercai di simulare un minimo della disinvoltura di mio fratello, ma invano, e Nic scoppiò a ridere appena persi l'equilibrio e mi aggrappai alla sua spalla con tutta la mia forza trascinandolo giù con me.

«Decisamente riesci meglio a disegnare, ma credimi che s'impara!»

«Non credo!» protestai togliendomi i pattini e camminando scalza fino a destinazione.

Com'era prevedibile, Filippo diede prova di innata capacità anche come skater.

Ma quello che non potevo prevedere era che si trovasse così bene con Nicholas, tanto da dimenticarsi di me.

Sembrava avesse trovato un fratello maggiore, qualcuno di affidabile a cui chiedere consigli e cose da maschi.

E siccome i bambini, come gli animali, hanno un istinto innato che non sbaglia quasi mai, questa loro improvvisa intesa mi riempì il cuore di tenerezza.

Dio sa quanto avesse bisogno di una guida.

Rimasi a guardarli tutto il pomeriggio dimenticandomi quasi di quanto ero stanca. Il sorriso di Filippo era la più grande ricompensa che potessi mai chiedere.

Dario riemerse dal coma verso le 3.

Ti credevo un'amica
Invece non lo sono?
Mi hai mollato lì...
Forse hai sbagliato numero, stai scrivendo a quella cretina che ha passato la notte sotto la tua finestra
Sì ma ve ne siete andati
Ah scusa volevi fare colazione tutti insieme???
Potevi parlarci
Per dirle cosa? Che sei un idiota? Già lo sa
Non posso uscire per un mese e mi permette di usare il telefono solo due ore al giorno

"Non so che dirti, questa volta le do ragione, mi stai sul cazzo quando ti comporti così" scrissi mentre guardavo Nicholas spiegare a Filippo come fare le curve.

Dario lo conosceva da quando era nato, ma il massimo che gli aveva mai detto era: «Oh, grande, batti cinque!». Non si era mai occupato o preoccupato di nessun altro a parte se stesso e neanche dava segno di voler cominciare, ma finché continuava a comportarsi come un teenager in cerca di attenzioni nessuno si sarebbe mai fidato di lui, tantomeno sua mamma.

"Sì vabbè hai rotto ciao" chiuse lui come ogni volta che la conversazione gli risultava scomoda.

«Gelato?» proposi ai due campioni.

«Sììì!» esultò Filippo con un po' troppa foga: perse l'equilibrio e volò col mento per terra.

Subito io e Nicholas corremmo a soccorrerlo.

«Oddio ti sei fatto male?» gli gridai nel panico.

Nicholas lo sollevò per guardargli bene il mento senza perdere un attimo la calma e senza mai agitarlo.

Filippo si mise a piangere, ma Nic lo tranquillizzò spiegandogli che quelle erano cadute classiche per gli skater e che quello era il suo battesimo. Poi gli mostrò la galleria delle sue cicatrici, che Filippo osservò più ammirato che davanti ai dinosauri della Specola.

Cercai un fazzoletto di carta, lo inumidii con dell'acqua e

glielo appoggiai sul mento, ma Filippo me lo prese e pronunciò un eroico: «Faccio io!».

Tre minuti dopo era di nuovo a imparare acrobazie.

«Hai un ascendente incredibile su di lui» dissi a Nicholas piena di ammirazione.

«Ci so fare con i ragazzini» rispose. «Ho un sacco di fratelli, sì, insomma, sai... famiglia allargata» sorrise.

«Sì, so cosa vuoi dire» risposi.

Lo guardai osservare Filippo con una voglia matta di fargli un milione di domande. Avrei voluto sapere tutto di lui, ma un patto era un patto, e comunque l'unica cosa che purtroppo contava veramente era che lui fosse fidanzato, e questo bastava per metterlo nella lista degli intoccabili.

Ci accompagnò fino alla fermata dell'autobus e Filippo gli fece promettere di insegnargli ancora, impegno che lui fu ben felice di accettare, anche se in cuor mio le promesse mi facevano sempre stare in ansia. Se anche lui lo avesse deluso, mio fratello avrebbe finito per non fidarsi più di nessuno.

Ci guardò partire salutandoci con la mano e poi sfrecciò via col suo zainetto in spalla, arruffandosi i capelli e sparendo fra le macchine.

«Ti sta simpatico Nicholas?» chiesi a Filippo, già certa della risposta.

«Tantissimo!» mi disse raggiante. «È il mio amico!»

«Già!» risposi, sempre con una punta d'ansia nel cuore.

«Quando lo rivediamo?» mi disse tirandomi la manica.

«Be', non lo so» risposi sinceramente. «Uno di questi giorni, penso.»

Si rabbuiò un poco.

Temevo che anche lui, come me, diventasse come i cani salvati dal canile, che si attaccavano morbosamente alla prima mano caritatevole.

«Lo chiamiamo, ok?» risposi senza avere la minima idea di come avrei potuto fare.

Annuì non troppo convinto.

«Ti fa male il mento?»

«No, per niente» rispose spavaldo.

«Sei stato coraggiosissimo» gli dissi dandogli un bacio.

«Niente baci in pubblico!» mi ammonì. «Adesso sono uno skater!»

Giunti davanti casa, nel nostro murales ora compariva anche uno squalo che faceva una piroetta su uno skate.

«Guarda! È per me! È per me!» esultò.

«E chi sarà stato?» dissi domandandomi come avesse fatto Nicholas a ricordarsi anche di quello.

«Non lo so! Ma è per me!»

«Allora sarà stato un maghetto!» risposi inginocchiandomi accanto a lui e abbracciandolo.

Corse in casa felice come una pasqua per raccontare a tutti del suo pomeriggio.

«Ho imparato ad andare sullo skate!» urlò a nostro padre entrando in salotto.

«Bravo, Filippo! E chi ti ha insegnato?» chiese lui abbassando il giornale.

«Un amico di Marina!» disse. «Si chiama Nicholas, è ganzissimo! Mi ha insegnato i *trick*!»

«I cosa?»

«I salti, le acrobazie, dice che sono bravissimo!»

Guardavo orgogliosa il mio ometto tutto pieno di quella sana euforia. Era il momento perfetto per un "sono fiero di te" e un abbraccio, invece sentii solo un: «Cos'hai fatto al mento?» da parte di Ilenia.

«Oh niente, solo un graffietto, è caduto» minimizzai.

«Fammi vedere!» disse lei alzandosi e andando a controllare di persona nonostante le proteste di Filippo, che se n'era completamente dimenticato e aveva solo voglia di raccontare cosa aveva fatto.

«È da disinfettare, c'è ancora la terra dentro. Vieni, andiamo in bagno!» disse prendendolo per l'avambraccio.

«No!» protestò Filippo divincolandosi. «Non ci voglio andare in bagno con te!»

«Su, non fare i capricci, altrimenti ti viene un'infezione!» fece eco mio padre che era tornato al suo giornale.

«Un'infezione?» chiesi io allibita. «Ma non si è fatto nulla, è una cosa da niente, i bambini cadono in continuazione!»

«Filippo non cade mai quando è con me!» si intromise Ilenia, facendomi sentire sopraffatta da un'ondata di rabbia.

Possibile che non fossero semplicemente capaci di condividere con gioia la bella esperienza di un bambino di nove anni, ma dovessero rovinare tutto con le loro ansie deludendolo per l'ennesima volta? Ma chi erano quei due mostri?

«Vieni, tesoro, ti porto io in bagno!» dissi strappandolo a Ilenia senza complimenti, e intercettando la rapidissima occhiata che lei lanciò a mio padre che immediatamente disse: «Questo amico tuo non è affidabile, non voglio che lo veda più».

A Filippo si riempirono gli occhi di lacrime e il suo labbro inferiore cominciò a tremare.

«Adesso cerchiamo un cerotto con Topolino!» gli dissi per distrarlo prendendolo in braccio in fretta e salendo su per le scale, prima però mi voltai verso Ilenia per incenerirla con lo sguardo.

Lo stomaco mi si era annodato, avrei potuto strangolarla con le mie mani e costituirmi senza nessun rimpianto, se non che poi Filippo sarebbe stato cresciuto da quello psicotico di mio padre e dalla nuova fiamma di turno.

Filippo era frastornato, in lui leggevo delusione e senso di ingiustizia, che non riusciva a spiegare a parole ma che io avevo provato un milione di volte prima di lui: era arrabbiato, impotente e frustrato e l'essere stato trattato così freddamente da quelli che avrebbero dovuto essere i suoi adulti di riferimento aveva avuto l'effetto di una doccia fredda.

«Dài, raccontami bene questa cosa dei *trick* che io non l'ho capita» gli dissi soffiandogli dolcemente sul mento.

Ma l'entusiasmo si era ormai spento, e si mise a spiegare solo per far piacere a me.

Lo portai a letto e gli raccontai alcune delle mie cadute epiche da bambina che erano state veramente innumerevoli, tanto che mia mamma aveva temuto che soffrissi di qualche forma di neuropatia.

Cadevo in continuazione come un sacco di patate e mi massacravo le ginocchia: una volta in bicicletta avevo sbattuto contro un albero senza riuscire a frenare e mi si era conficcato un pezzo di corteccia enorme nel ginocchio, ma urlavo così tanto per la paura dei punti che il medico lasciò fare alla natura e mi rimandò a casa con un po' di cerotti e un gelato.

Filippo rideva, così io rincarai la dose.

Gli raccontai di quella volta che ero caduta col culo sul ghiaccio, quella in cui ero inciampata nell'orlo dei pantaloni e infine della volta in cui avevo sbattuto la fronte contro la vetrina di un negozio, e finalmente cominciò a ridere di gusto.

E piano piano si addormentò.

Scesi di sotto e dissi a Ilenia: «Tu fallo piangere un'altra volta e te ne pentirai».

L'indomani mattina il murales non c'era più.

15

Cara mamma.

Ti chiedo di spiegarmi un po' di cose, perché io sinceramente non sono in grado di capirle.

Sono più di tre anni che te ne sei andata, e questo mi fa ancora molta rabbia, perché mollarci così è stato vile da parte tua, ma non è la cosa che mi fa stare peggio in questo momento.

Sono certa che mi hai desiderata e che mi hai amata e tutto il resto, ma ti voglio dire una cosa: non basta.

Non basta mettere al mondo i figli e poi sperare che le cose per loro vadano meglio di quanto non siano andate per te. Non basta scaraventarli nella follia del mondo senza un paracadute e augurarsi che se la cavino in qualche modo, senza un insegnamento, un consiglio, un esempio. È criminale non dotarli di un kit di sopravvivenza anche minimo, di quelli che ti vendono ai semafori e che non servono a nulla in caso d'incidente, ma almeno ti forniscono un paio di cerotti e una garza per arrivare fino al primo ospedale.

La vita è maledettamente difficile, e dal momento in cui un adulto se ne rende conto, deve essere strasicuro di se stesso quando decide di riprodursi.

Quello che sto dicendo è che non si fanno i figli se non si ha la più pallida idea di come tirarli su, giusto per rispondere a un istinto, o perché la società prevede la formula "matrimonio + 2 figli = felicità".

E soprattutto si sta molto attenti alla persona con cui si fanno questi figli, perché ti do una notizia bomba: la metà dei cromosomi che questi ereditano sono suoi e, se tu puoi liberartene facendo le valigie, loro non potranno mai farlo. Mai. Si guarderanno allo specchio per il resto della vita odiando quelle parti di sé che ricordano il genitore cattivo, e se poi tutti e due i genitori erano cattivi vorrà solo suicidarsi.

Io adesso sono qui da sola e sono nella merda e in gran parte grazie a te, che mi hai consegnata a uno psicopatico e te ne sei lavata le mani, rimanendo seduta in disparte con la testa bassa, senza mai decidere di trovare una soluzione o chiedere aiuto. Senza mai proteggerci, senza mai difenderci. Sperando che le cose si risolvessero da sole perché tu non eri capace di affrontarle.

Non hai fatto niente quando eri in questo mondo, e ora dubito fortemente che tu possa venirmi in soccorso, ma in questo momento sono talmente fuori di me che sono quasi disposta a credere che le mie parole possano scavare la terra e arrivare a te.

E se puoi fare qualcosa, cara mamma, ecco, questo è il momento adatto per farlo.

16

«Come sta andando l'isolamento?»

«Ho deciso di non tornare più a casa» rispose senza guardarmi.

«Grande idea!» esclamai. «Non so come tu non ci abbia pensato prima! Dammi il cinque!» scherzai alzando la mano destra, che non colpì.

«Non sono in vena di battute. Ho preso una decisione definitiva.»

Mi schiarii la voce.

«Scusa Dario, lungi da me l'intenzione di volerti sciupare l'idea, ma non credi che sarebbe davvero meglio se tu andassi a vivere per conto tuo? Non vi vedreste più e tornereste ad avere un rapporto normale.»

«Troppo facile, e poi te l'ho detto, con quello che prendo qui non me lo posso permettere un affitto.»

«Non un loft di duecento metri quadri con vista su San Miniato» specificai con le mani aperte, «ma una casa normale la potresti anche trovare, come tutti!»

«Io in un buco in periferia non ci vado a vivere.»

«Ci sono anche le vie di mezzo» tentai ancora, «se non ti metti a cercare come puoi sapere che non c'è nulla, le possibilità sono infinite! E poi sono certa che Sonia ti aiuterebbe.»

«Non lo voglio il suo aiuto.»

"Che strazio" pensai. "Quanto tempo ed energie sprecate."

«E dove vorresti andare?»

«Non te lo dico perché glielo andresti subito a raccontare.»

«Ah certo, mi ero dimenticata che adesso io sono il nemico» commentai sistemando la vetrina.

«Ti ho vista tutta *pissi pissi* col tuo amico graffitaro l'altra sera.»

«Aaaaah! Ecco, finalmente sputi il rospo!» risposi, voltandomi con un gran sorriso. «Quindi TU saresti geloso!»

«Macché geloso!» rispose con una scrollata di spalle. «Sai che me ne frega di quello, però non sei stata leale!»

A quelle parole sentii le unghie spingere per spuntare fuori e conficcarsi negli occhi di Dario.

«Che stai dicendo?» gli chiesi avvicinandomi a lui non troppo certa di aver capito bene.

«Che se non c'era lui non saresti scappata.»

«Io non sono scappata!» risposi, stupita di come avessi ancora la forza di stare ad ascoltarlo. «Me ne sono andata dopo una nottata assurda e inutile che avrei dovuto passare nel mio letto e ancora non so perché mi sono lasciata convincere.»

«Per quello che sei servita potevi anche non venire!»

«EH?» esclamai con la mano all'orecchio. «Ma se mi hai telefonato terrorizzato che non sapevi cosa fare, solo perché volevi andare a una festa del cazzo!»

«Sì vabbè... terrorizzato» minimizzò con un gesto della mano.

Cominciò a salirmi la rabbia. Prepotentemente.

Un'altra cosa che mi faceva infuriare e che era un'arma che mio padre usava spesso contro di me era modificare gli eventi a suo vantaggio, fingendo che le cose fossero andate diversamente e che io mi fossi inventata tutto.

Mia madre gli diceva spesso: «Manderesti in galera un innocente», e sono certa che ci sarebbe riuscito.

Convinceva prima di tutto se stesso, come un attore consumato, poi ti guardava come fossi un visionario, e con voce gentile, nel tono in cui ci si rivolge ai matti, ti diceva con un sorriso dolce: «Guarda che ti sbagli, le cose non sono andate così, sei tu che le stravolgi».

E io cominciavo a sentirmi mancare la terra sotto i piedi e a dubitare di me stessa, dei miei occhi e delle mie orecchie.

Un genitore che non crede a quello che dici ti uccide.

«Non ci provare con me, Dario, non fare questo giochino che non mi piace, lo sai che non mi piace» gli intimai puntandogli il dito contro. «Sono la tua unica amica, perché sei un insopportabile viziato nullafacente, e ti conviene tenermi buona, perché non hai nessun altro alleato.»

Deglutì e indietreggiò.

«Non ho bisogno di te» disse guardandomi con aria di sfida. «Non ho bisogno proprio di nessuno.»

«Perfetto!» dissi. «Allora credo che con questo ci siamo detti tutto.»

«Sì, credo anch'io!» rispose.

E non ci parlammo più per l'ora successiva, quando chiudemmo e ognuno andò per la sua strada.

«Ti giuro che ha perso la testa!» dissi a Ginevra più tardi.

«Ma che gli è successo? Siete sempre stati come fratello e sorella!» disse facendo spazio sul tavolino per appoggiare le birre.

«Credo sia geloso di Nicholas.»

«Io dico che Dario è innamorato di te.»

«Ma no, non in quel senso, lui è possessivo come i bambini, i giochi sono suoi e non li vuole condividere con nessuno, lo faceva sempre, e lo fa anche con me.»

«E invece che mi dici di questo Nicholas?» mi stuzzicò.

«Di lui non voglio parlare» risposi. «È una cosa strana, compare sempre quando non me lo aspetto, lui è... non lo so, davvero è un mistero, e poi è fidanzatissimo!»

«Ah, ma quello non è un problema!» disse lei bevendo dalla bottiglia. «Le coppie si dividono in continuazione.»

«Sì, lo so, ma non in questo caso. Lui è innamoratissimo!»

«Te l'ha detto lui?»

«Non in questi termini, ma quando ne parla si capisce. Stanno insieme da un sacco di anni.»

«Mmh... dettaglio interessante!» disse dandomi un pizzicotto.

«Oh insomma Gi, non mettermi in testa idee strane! Sai che io mi incasino sempre quando si tratta di ragazzi, lasciami stare così!» risposi bevendo.

«E il brasiliano?»

«Sparito nella nebbia. Sembra che ogni ragazzo che incrocia la mia strada sia destinato a qualcosa di meglio» dissi delusa.

«Arriverà anche per te, tesoro» mi disse accarezzandomi i capelli.

«Cioè, con questo "anche per te" mi vuoi dire che il "vecchio" non è uno dei tuoi soliti passatempi, ma è amore vero?» le chiesi stranita tirandomi su sui gomiti.

«Non chiamarlo vecchio!» rise. «È molto più giovane di me per un sacco di cose.»

«Per esempio cosa?» le chiesi. «Ti batte a Candy Crush Saga?»

«Ma no scema! È che non ha più bisogno di costruirsi una carriera, le cose importanti le ha già fatte ed è molto meno ansioso di me, per questo mi è di grande aiuto.»

«Sono impressionata dalla sua maturità, signora» le dissi prendendola in giro, ma sentendomi sempre più tagliata fuori dalla sua vita.

Adesso lei poteva dedicarmi una sera a settimana, e sempre se non c'erano cambi di programma dell'ultima ora.

«Tommaso ha un amico che vorrei presentarti» disse.

«Grazie del pensiero, ma io non voglio uscire con i quarantenni, qui l'unico problema davvero urgente è Ilenia, che sta cercando il modo migliore per eliminarmi.»

«Ma no dài, esageri, non è così male!»

Mi irritai subito.

«Vuoi dirmi che ci sei caduta anche tu nella sua rete di lusinghe?»

«No, direi che va tenuta a bada, ma che non mi sembra così pericolosa!»

«Lei vuole cacciarmi fuori e per farlo deve convincere mio padre, così sarà riuscita a fare terra bruciata intorno a lui eliminando ogni traccia del passato. Filippo è ancora piccolo e non rappresenta certo un ostacolo. L'unico vero ostacolo sono io!» sbottai.

«Dici?»

«Ginevra, l'amore ti ha fottuto il cervello?» alzai la voce, esasperata che nessuno mi credesse mai quando dicevo qualcosa. «Hai bisogno di prove? Di telefonate registrate? Non ti basta la mia parola?»

«Certo che mi basta!» rispose. «Calmati! Solo che Ilenia non mi sembrava una strega!»

«Ah no? Ma se odia anche te!»

«Me?» esclamò come a dire "assurdo". «E cosa dice di me?»

«Dice che sei grassa!»
«Ma brutta puttana! Quando la facciamo fuori?»

Tornando a casa vidi una cosa meravigliosa ad attendermi: un nuovo, splendido murales.

Uno squalo sorridente scivolava con lo skate su un arcobaleno dai colori ancora freschi che colavano macchiando un gruppo di pecore con l'orecchio incollato al cellulare e, vicino a loro, lo gnomo e la gnometta facevano un girotondo insieme al lupo.

Non vedevo l'ora di vedere la faccia di mio padre.

Entrai di soppiatto in camera e lo dissi a Filippo.

«Davvero?» disse sedendosi di scatto. «Lo posso vedere?»

«Domani mattina, altrimenti quei due danno di matto e sono capaci di chiamare i vigili!»

«Allora quando Ilenia mi porterà a scuola farò finta di non saperlo!»

«Bravo ometto! Dobbiamo essere cauti!» gli dissi piano.

Gli piaceva l'idea di mantenere dei segreti, il mistero lo emozionava.

Si addormentò sognando il suo squalo nuovo di zecca.

Più tardi mi chiamò Sonia.

«È con te Dario?» mi chiese.

«No» le risposi. «Non è a casa?»

«No» disse inquieta, «e qui sul tavolo di cucina c'è un biglietto che dice: "Non mi cercare".»

Respirai. Perché doveva essere ogni volta così drammaticamente coglione?

«Prima in negozio mi aveva detto una cosa del genere, ma non pensavo l'avrebbe fatto davvero.»

«Quale cosa?» mi incalzò subito.

«Che non sarebbe più tornato a casa, ma sai com'è fatto...»

«Sì, lo so com'è fatto. Purtroppo l'ho fatto io!»

«Vengo da te, ci facciamo venire un'idea» le dissi.

Se avessi continuato a perdere sonno per colpa sua avrei finito per farlo fuori con le mie mani.

Sonia mi aprì visibilmente preoccupata, ma più che altro mi sembrò sfinita dai continui dispetti e capricci di Dario.

Il dialogo fra genitori e figli era evidentemente qualcosa che esisteva solo nelle miniserie di Rai1.

Ci sedemmo in cucina, mi versò un bicchiere di Coca e sparse diverse scatole di biscotti sul tavolo.

«Che ti ha detto esattamente?» mi chiese.

«Abbiamo litigato» dissi semplicemente. «Mi ha detto che voleva andare via, gli ho risposto che mi sembrava una cazzata, ha detto che ormai aveva deciso, e che non mi voleva dire dove andava.»

«Quindi è da qualcuno.»

«Penso di sì, ma non so chi sia, Dario conosce un sacco di gente, potrebbe essere ovunque.»

Si appoggiò alla sedia.

«Dove ho sbagliato?» chiese al muro.

«Non lo so Sonia, forse gli hai dato troppo» dissi piano.

«Anche tua mamma me lo diceva sempre. Diceva che lo viziavo, che non dovevo dargli sempre tutto quello che chiedeva.»

«Ah be', i miei in questo erano dei professionisti...»

«È facile giudicare finché sei un figlio» disse accendendosi una sigaretta e porgendomene una. «Credi sempre che sarai il genitore perfetto, che farai il contrario di quello che hanno fatto i tuoi con te, e che tuo figlio rimarrà sempre l'angioletto che ti regala i disegni, ti abbraccia e ti dice che ti vuole bene e ti fa sciogliere esattamente come a tre anni. Poi invece cresce, smette di parlarti, ti odia, ti considera una stronza, ti dà contro per partito preso, e tu non sai più con chi hai a che fare. E qualunque cosa fai sbagli.»

Non sapeva cosa fare, e sperava che potessi aiutarla.

Ma purtroppo non ne avevo idea, sebbene fossi la persona più vicina a Dario.

Provammo a chiamarlo a turno e a mandargli tutta una serie di messaggi gentili e pieni d'ansia, ma Dario, come prevedibile, non ci rispose.

«Vai a casa, Marina» disse poi. «Se c'è qualcosa ti chiamo.»

«Okay, anch'io ti faccio sapere se lo sento.»

Tornai a casa con un senso di vuoto dentro. Qualcosa che non sapevo come colmare.

Come se avessi dovuto percorrere un lungo cammino nella giungla che non sapevo dove mi avrebbe portato, ma che di certo era pieno di pericoli e brutte sorprese.

Quando finalmente riuscii a prendere sonno, sentii il suono di un messaggio WhatsApp.

L'istinto mi suggerì di ignorarlo, ma pensai a Sonia e allungai la mano verso il telefono per leggere: "Bella Marina dove sei?".

Non ripresi mai più sonno.

Rimasi ipnotizzata a osservare lo schermo considerando l'ipotesi di non rispondere.

Ma figuriamoci se ci riuscii.

Lasciai trascorrere una ventina di strategici minuti: era l'una passata, doveva essere ovvio che stessi dormendo, ma dato che mi chiedeva dove fossi preferii fargli credere che avessi qualcosa di meglio da fare.

"Cena con amici" risposi telegrafica.

Ed eccolo subito online, che stava scrivendo...

Mi sei mancata...
Davvero?
Sì ti ho pensata molto...

Che cazzo significavano quei puntini di sospensione?
Poi dicono che sono le donne a essere ambigue e complicate!
Non risposi di nuovo.

Dove sei finita? Non ti ho più vista al bar.

Volevo rispondere: "Chiusa nel cesso per evitare di lanciarti altre paste", ma optai per un "Sono stata molto occupata con l'altro lavoro".

Mi sentivo molto forte e, per una volta, con il coltello dalla parte del manico, così continuai a fare la dura e fingere che sentirlo non mi facesse nessun effetto e non che ero in un bagno di sudore con il cuore in gola.

Ho voglia di vederti
Difficile, ho molto da fare
Sei occupata anche per me?
Sono occupata per tutti! (Bella risposta!)
Allora non ti piaccio più...

Qui la risposta si faceva difficile, perché se avessi detto "mi dispiace ma no", probabilmente sarebbe sparito di nuovo e per sempre; se avessi detto di sì, sarei sembrata veramente patetica, una poveraccia che si strugge nell'attesa.

Decisi che "dipende" fosse una risposta sufficientemente adeguata alla situazione.

Dipende da cosa?
Dipende da te...

E ora i puntini erano d'obbligo.

Misteriosa Marina...

Che odio! Poteva parlarmi normalmente invece di fare il gioco dei mimi?

Erano già quasi le 2 e mi sarei dovuta alzare dopo cinque ore, io non avevo un'installazione a cui pensare fra una birra e l'altra.

Come sta la tua ragazza?
Non ho una ragazza
Mi era sembrato
Sei gelosa?
No
Mi era sembrato...

Mi stava stringendo all'angolo.

Dal suo punto di vista lui mi aveva beccata a baciare Dario e poi al bar gli avevo lanciato un budino di riso in testa: in effetti i due eventi avevano poca attinenza se considerati separatamente, ma se pensava anche solo per un secondo al perché lo avessi fatto, era logico che fossi gelosa. Ma insomma, che modi! Andare a letto con una ragazza e poi farsi vedere in giro con un'altra. Che poi vista da fuori era la stessa cosa che avevo fatto io... ma no! Non era la stessa cosa, io non sarei mai andata alla Leopolda se Ginevra non mi avesse obbligato.

Allora se non mi vuoi più ti lascio dormire...

Questa era una mossa da furbo.

Evidentemente era abituato a vedere abboccare l'esca rapidamente, non era bravo sulla lunga durata.

Ci devo pensare

Non rispose più.

E ci rimasi malissimo.

Ora avrei voluto dirgli tutto quello che avevo dentro, che mi aveva fatto sentire di merda, che mi aveva presa in giro, che meritavo più di così, ma improvvisamente mi resi conto che a lui interessava solo portarmi a letto a rotazione come tutte le altre con cui usciva una volta ogni due settimane, e chissà quante eravamo.

Però anziché provare indignazione e rifiuto nei suoi confronti, provai rabbia e voglia di rivalsa.

Mi sentii di nuovo abbandonata e dimenticata e non lo potevo sopportare.

"Sei ancora lì?" scrissi.

Passarono molti minuti.

Sì bella Marina

E capii che mi aveva fregata di nuovo, e che il coltello ora ce l'aveva lui.

Fissammo per vederci a casa sua la sera dopo.

Dario non aveva dato segni di vita e la cosa iniziava a farsi pesante.

Chiamai Sonia per sapere cosa dovevamo fare per il negozio e lei mi disse che avrebbe coperto lei le ore del mattino e io sarei stata sola il pomeriggio.

Dario me l'avrebbe pagata.

Sentii Ilenia a colazione lamentarsi con mio padre per l'apparizione del nuovo murales.

Io e Filippo ci lanciavamo occhiate d'intesa.

La soluzione del tenente nazista fu naturalmente quella di installare delle telecamere.

Proposi anche del filo spinato ad alta tensione, ma nessuno rise.

«Quand'è che ti decidi a prendere la patente?» mi chiese Ilenia.

«Mai» risposi, «non ho bisogno di una macchina, sarebbe una spesa inutile e una grandissima perdita di tempo in parcheggi, col motorino mi muovo benissimo.»

Sapevo perché me lo chiedeva, si era stufata di portare Filippo a scuola.

«Perché?» la stuzzicai. «Avete voglia di regalarmi una macchina?»

«A vent'anni girare in motorino sotto la pioggia è una follia, e poi se ci fosse un'emergenza tu non potresti guidare!»

«Che genere di emergenza? Non vedo future partorienti qui.»

«Che ne sai?» mi rispose con un lampo di perfidia negli occhi.

Mi prese alla sprovvista.

Quel pensiero mi si conficcò nel cervello.

Ci mancava solo che Ilenia rimanesse incinta.

Bucai un paio di semafori mentre andavo al lavoro. Se avessi continuato così, non ci sarebbe stato bisogno di prendere la patente perché tanto me l'avrebbero tolta il primo giorno.

Sandro mi vide arrivare e indovinò subito il mio stato d'animo.

«Cos'è successo?» mi chiese allarmato.

«Tutto, credo!» risposi togliendomi il casco. «Il mio amico è scomparso, la mia matrigna è una strega, e prima che tu mi chiuda nel cesso sappi che il rasta mi ha cercata e stasera andrò a letto con lui che 99 su 100 mi scaricherà di nuovo domani. Altre domande?»

Il povero Sandro non aprì più bocca. Quando entrò Christo si limitò a guardarmi con aria mite e a chiedermi se ero sicura. Gli risposi di sì e gli preparai il cappuccino, come se non fosse successo mai niente.

«Non mi lanci un'altra pasta in testa quando esco, vero?»

«Dipende da te, te l'ho detto...» risposi senza guardarlo, ma sorridendo lusingata.

«Ah Marina, Marina, mi farai diventare pazzo», e ora ero davvero lusingatissima. «Ti aspetto dopo cena» mi disse andandosene.

Mi avrebbe fatto piacere anche cenare con lui, fare due

chiacchiere, ridere, quelle cose che facevo con Nic, ma a quanto pare con lui era solo "arriviamo al sodo".

E a me non andava bene, ma me lo facevo andare bene lo stesso. Perché non c'era alternativa.

Il pomeriggio da sola in negozio fu interminabile, tra l'altro Sonia mi aveva lasciato una quantità infinita di incombenze di cui tecnicamente avrebbe dovuto occuparsi Dario nei due anni precedenti, ma che ovviamente aveva trascurato perché era troppo occupato ad aggiornare il suo profilo Instagram.

Dovevo fare l'inventario, sistemare i registri, spolverare le lampade, lucidare il parquet e se, oltre a quello, fossero entrate anche delle clienti, sarei morta.

Fortuna che al solito entravano solo a dare un'occhiata e poi sparivano.

Mandai l'ennesimo "Mi manchi stronzo" a Dario, che visualizzò senza degnarsi di rispondere.

In fondo era la prova che era vivo e quando avesse deciso di smetterla di fare la star, sarei stata pronta a perdonarlo.

O forse no, pensandoci bene.

Tornai a casa distrutta e l'idea di uscire con Christo mi sorrideva solo a metà.

Ero stanca, di cattivo umore e con la faccia stravolta.

E il cervello continuava a vorticare su se stesso.

A cena cercai di intercettare segnali sospetti, osservai mio padre e Ilenia per capire se si comportavano diversamente, ma non mi parve, segno che probabilmente Ilenia aveva solo fatto una battuta di pessimo gusto.

Ma stavo sulle spine.

Più tardi salii in camera a prepararmi. Spalancai l'armadio, poi mi sedetti sul letto e rimasi lì a guardare quella montagna di vestiti neri, senza nessuna voglia di cambiarmi.

Christo mi piaceva ancora e tanto, ma mi sentivo in pericolo con lui.

Non ero una tipa da una botta e via, non ero come Ginevra che giocava con gli uomini e si divertiva, io non avevo questa disinvoltura, per me il cuore era sempre inestricabilmente legato alla pelle e all'anima, e mai alla mente.

Non ero tipo da mezze misure, ma il fatto di saperlo non mi metteva al sicuro.

Nel momento in cui mi sentivo di nuovo voluta, diventavo come un'eroinomane, dovevo andare a prendere la mia dose. Anche se, dopo, l'astinenza mi avrebbe annientata.

Scesi a prendere il motorino e mi sentii toccare una spalla.

Sobbalzai.

«Ma perché mi tendi sempre degli agguati? Sei in libertà vigilata, per caso?» strillai spaventata e anche un po' irritata.

«Scusami, ero... io... passavo di qua» rispose grattandosi la testa.

«Tu passi sempre di qua!» dissi continuando a slegare il motorino.

«Stai andando da qualche parte?» mi chiese sorridendo.

«Sì» risposi secca.

Non disse niente e abbassò la testa affondando le mani in tasca, imbarazzato.

Nicholas era l'ultima persona che avrei voluto incontrare in quel momento e mi fece sentire colta sul fatto.

Come se fossi andata a rubare.

Uscivo per andare da uno che la cosa più carina che aveva fatto per me era stata darmi metà del suo bicchiere d'acqua del rubinetto. Ma nonostante quello non avevo abbastanza forza di volontà o rispetto di me stessa per dirgli di no.

«Ah... okay, perché volevo portarti a...»

«Non mi devi portare da nessuna parte!» tagliai corto mettendo in moto. «Né ora né mai!»

E partii.

Era così carino con quei capelli biondi arruffati, e quello sguardo limpido...

Ma vaffanculo, perché diavolo continuava a ronzarmi intorno se non era libero?

Arrivai da Christo e lo trovai in tuta da ginnastica, ciabatte da piscina e calzini, e la solita sigaretta arrotolata in mano.

È vero che con quella faccia poteva permettersi di indossare qualunque cosa, ma se ne stava effettivamente approfittando.

Non aveva l'aria di quello che mi stava aspettando anche

se, appena mi vide, mi abbracciò forte dicendomi: «Finalmente, bella Marina, sei proprio incredibile».

Non chiesi cosa volesse dire.

Entrai in casa, era solo, nell'aria le note di un pezzo brasiliano malinconico che non conoscevo.

«Vuoi un caffè?» mi chiese.

Accettai per rompere il ghiaccio.

Per la prima volta mi guardai bene intorno. La cucina era come tutte quelle delle case abitate dagli studenti e mai ristrutturate dagli anni Cinquanta: il pavimento con le piastrelle a macchie nere, la lampada con la luce al neon che rendeva tutto ancora più vecchio e squallido, il tavolo con la tovaglia di plastica a fiori, le sedie di ferro, i mobili in finto legno con le ante che cadevano a pezzi.

E a coronare il tutto una pila di piatti nel lavandino e il sacchetto della spazzatura pieno.

Mi chiese se volessi del latte e risposi di sì solo per vedere lo stato del frigo, che era completamente vuoto se non per qualche cartoccio di formaggio mezzo aperto, qualche vaschetta di prosciutto cotto e un limone ammuffito.

Mi sedetti al tavolo aspettando che il caffè uscisse.

La conversazione era veramente ai minimi storici. Mi chiedevo che cosa ci stessi facendo lì, mi ero immaginata qualunque scenario, ma mai uno così deprimente.

«Come sta andando all'Accademia?» gli chiesi.

«Bene! Mi hanno proposto una borsa di studio a Milano.»

Ebbi un tuffo al cuore, non solo lui faceva quello che avrei voluto fare io, ma lo pagavano anche e, non ultimo, se ne sarebbe andato.

«Ah!» risposi cercando di simulare entusiasmo. «E quando partiresti?»

«Non so, non ho ancora deciso, ma penso a settembre.»

Versò il caffè nelle tazze e si sedette.

Era uno spirito libero, non gliene fregava niente di nessuno e non c'entrava niente con me, ma allo stesso tempo proprio il fatto che fosse sfuggente me lo faceva desiderare così tanto.

Avrei voluto che mi dicesse: "Non parto perché voglio rimanere qui con te".

Ero una stupida.

Finì il caffè e si alzò. Lo seguii in camera sua e mi misi a guardare i modellini, i libri, i disegni in quel casino immane.

Prese la chitarra, si sedette sul letto ancora sfatto e cominciò a suonare un pezzo molto dolce.

«La conosci questa?»

«No» risposi.

«È di Chico Buarque, s'intitola *O que será que será*: lui è uno dei miei cantanti preferiti, un gigante, ha avuto una vita intensissima.»

Lo disse con quelle esse che si scioglievano come un sorbetto al sole e rimasi ad ascoltarlo, suonare e cantare, completamente rapita, immaginando di essere sdraiata con lui su un'amaca a guardare le stelle e indovinare le costellazioni, e lui che si inventava una canzone per me e me la cantava e mi chiamava con nomignoli buffi e accarezzava il mio profilo alla luce della luna.

Posò la chitarra, mi prese la nuca con una mano e mi baciò forte sulla bocca.

Poi mi infilò le mani sotto la maglia, nelle mutande, ovunque. Mi pizzicò forte un capezzolo, mi tirò i capelli e mi chiese con una voce pesante se mi piaceva e no, non mi piaceva, ma gli dissi lo stesso di sì, e poi mi disse di muovermi di più e più velocemente e altre cose in portoghese che non capivo e alla fine mi disse di fargli un pompino.

Non fu dolce nemmeno un secondo. Non fu gentile nemmeno un secondo. Fu squallido e triste e anche brutale.

Mi rivestii in silenzio, e uscendo, nonostante tutto, sperai che mi dicesse qualcosa di carino, almeno che avrebbe voluto rivedermi.

Invece si limitò alla solita mano aperta in segno di saluto sulla porta di casa.

Piansi per tutta la strada fino a casa.

Mi sentivo da schifo, e avevo solo voglia di farmi una doccia.

E a peggiorare le cose, se mai fosse stato possibile, adesso lo gnometto era seduto triste sotto un fungo, mentre la gnometta ballava da sola.

17

La mattina dopo entrai al bar senza dire una parola e andai a chiudermi volontariamente in bagno.

Sandro non mi chiese niente, ma quando vide arrivare Christo lo pregò di andarsene.

«Non mi puoi cacciare, ho tutto il diritto di stare qui!» protestò.

«È vero» rispose lui, «ma non sei una persona gradita e se non vuoi che ti sputi nel cappuccino ogni mattina ti conviene girare i tacchi e andare altrove.»

Christo borbottò un paio di imprecazioni in portoghese e se ne andò.

Aprii la porta del bagno e uscii con la testa bassa.

«Grazie» gli sussurrai guardandomi le scarpe.

«Figurati!» rispose. «Mi è sempre stato sul culo quello straccione, rubava anche le gomme, ma non te l'ho mai detto perché ti piaceva tanto, ora però non ne voglio mai più sentir parlare.»

«Te lo giuro» dissi, «mai più.»

E quella volta sentii che era vero.

Sonia al negozio era fuori di sé. Dario mancava da tre giorni interi e non aveva dato notizie.

«Voglio chiamare la polizia.»

«Si è allontanato volontariamente ed è maggiorenne, temo sia un suo diritto» risposi.

«Non mi interessano i suoi diritti, non so dov'è finito ed è comunque mio figlio!»

«Gli avrò mandato settecento messaggi, non mi ha mai risposto, ma almeno li ha letti, è già qualcosa.»

«Anch'io ho provato a chiamarlo continuamente, lo fa apposta a non rispondermi, ma ora gliela faccio passare io la voglia di fare i giochini» disse chiamandolo di nuovo e riattaccando furiosa.

Rimasta sola gli scrissi che Sonia aveva intenzione di avvisare la polizia e che era almeno il caso che la informasse che stava bene perché ci aveva fatti preoccupare abbastanza.

Ma lui, come al solito, si dimostrò troppo genio per rispondere.

Alla chiusura del negozio Ginevra mi chiamò per dirmi che avevamo un problema.

Arrivata a casa sua mi aprì verde di rabbia.

Il profumo dei fiori non riusciva a coprire un odore di barbone che mi accorsi subito provenire da Dario seduto su una sedia (Ginevra gli aveva proibito tassativamente di sedersi sul divano).

«Parlaci tu!» mi ordinò. «Io non ci ragiono!»

«Dario!» gridai correndogli incontro e andando ad abbracciarlo, pentendomene subito. «Ma dove sei stato? In una fossa biologica?»

Fece una smorfia e non mi rispose.

«Almeno sei vivo!» dissi battendo le mani. «Sonia è iper preoccupata, mi sta massacrando, ha detto che chiamerà la polizia, hai fatto bene a tornare!»

«Non sono tornato per farmi vedere da mia madre!» rispose.

«Vuole stare da me!» strillò Ginevra. «Capisci? Qui da me!»

«Ma è un bilocale, non ha neanche una camera in più!»

«È quello che gli ho detto, ma a quanto sembra non ha così tanti amici come credeva!»

«Non mi va di stare coi fricchettoni che dividono una casa lurida in cinque.»

«Sì... ti capisco...» dissi dopo aver visualizzato un fotogramma della cucina di Christo.

«Non sarà per molto, solo il tempo di organizzarmi!» cercò di convincerla.

«Non si può fare!» rispose. «E ti prego, fatti una doccia perché puzzi come un maiale, e dopo pulisci tutto, che io non vengo ad asciugare per terra come fa tua madre.»

Dario si alzò di scatto e andò in bagno.

«Sei stata un po' dura» bisbigliai.

«Mi esaspera!» rispose agitando le mani. «Sono tre ore che ci parlo e cerco di vagliare ogni soluzione possibile, potessi gli pagherei un albergo io, ma lui mi fa gli occhi dolci e dice che non mi accorgerò nemmeno della sua presenza, ti pare possibile? In un bilocale non accorgersi di uno che non esce mai di casa? Almeno andasse a cercarsi un lavoro, visto che quello di sua madre non lo vuole!»

«Sta passando un brutto momento, è confuso e non sa cosa fare» lo giustificai.

«Nemmeno noi lo sappiamo bene, ma almeno facciamo qualcosa!» mi disse a un centimetro dalla faccia. «E questo continuare a proteggerlo non lo aiuta, te lo garantisco!»

Rimanemmo in silenzio ascoltandolo cantare sotto la doccia, allegro e spensierato, e ci mettemmo a ridere.

Dopo mezz'ora uscì sorridente con un asciugamano legato in vita e una sigaretta tra le labbra.

«Ah, ragazze che goduria, ora sì!» esclamò stiracchiandosi. «Birra ce n'è?»

Ginevra lo fissò con un lampo omicida negli occhi.

«Lo so che mi ami, Gine.»

«Ti odio invece! Ti odio immensamente.»

«Peccato che sei fidanzata, perché una bottarella...»

Chiusi la porta sul "vaffanculo" che Ginevra gli lanciò insieme ai cuscini e mi premurai di mandare un messaggio a Sonia per avvertirla che suo figlio stava bene e che era sempre il solito inaffidabile imbecille.

Quando tornai a casa mio padre e Ilenia erano ancora in salotto.

«Senti un po', ragazzina!» mi apostrofò lui tagliente, nel modo che mi faceva tremare fino alla punta dei capelli. «Cos'è questa storia che mi sta dicendo Ilenia che torni sempre più tardi o non torni proprio a dormire?»

«Dario ha un po' di problemi... e Sonia mi ha chiesto di andare a parlarci» spiegai.

«Non mi piace questo viavai e non è buon esempio per tuo fratello, vedi di decidere cosa hai intenzione di fare, perché a queste condizioni è o dentro o fuori!»

Non ce la facevo a infilarmi in altri inutili scontri, mi sentivo sfinita e scoraggiata, come se stessi franando a valle insieme a tutta la montagna.

Annuii dicendo: «Certo, scusate», e salii in camera dove scoppiai in singhiozzi disperati.

Stavo impazzendo.

L'indomani mattina mi diedi malata.

Mi dispiaceva per Sandro, ma non per Dario, non potevo fare tutto io e non avevo più neanche la forza per alzarmi.

La gente se ne approfittava all'infinito, davi un dito ti prendeva un braccio, senza chiedersi quale sacrificio ti costava.

Il mondo si divideva in due categorie: i furbi e gli scemi. E se nascevi dalla parte sbagliata c'era poco da fare.

Scesi in cucina e a metà della rampa sentii Ilenia parlare al cellulare, pensando evidentemente di essere sola.

«Sì, le ha dato l'ultimatum!» la sentii dire. «Esatto... era ora!» rise.

Mi fermai per ascoltare meglio e capii che stava parlando con la figlia Susie, la favolosa Susie.

E sembrava si divertissero un sacco alle mie spalle.

Avrei dovuto arrendermi? O combattere?

Ma combattere come? E con quali armi? Ma soprattutto perché dovevo combattere in casa mia?

Decisi che era meglio aspettare che uscisse senza farle sapere che avevo ascoltato la telefonata.

Non riuscivo a spiegarmi perché mi odiasse così tanto, era solo il fatto che esistessi? Si poteva essere così cattivi, così gratuitamente cattivi? Sì, credo di sì.

Dopo la morte di mia mamma, dopo la storia dei tagli, cominciai a piangere ininterrottamente. Mi mancava troppo e non riuscivo a farmene una ragione. Ero inconsolabile.

Allora Sonia mi trascinò da una psichiatra che per precauzione mi imbottì di psicofarmaci che mi stesero come un cavallo.

Iniziai a dormire e non pensare più. Dormivo un sonno

vuoto, che non mi riposava, che non mi portava in nessun altro universo e in cui non sognavo.

Un sonno necessario a ristrutturare i miei pezzi distrutti, una specie di coma vigile.

Finché non presi a disinteressarmi di tutto quello che mi circondava, la pioggia, il sole, la vita, la morte, non erano un problema mio, volevo solo rimanere lì, nel mio limbo fatto di lenzuola mai cambiate, rannicchiata in una posizione fetale fuori tempo massimo.

Poi un giorno mi accorsi che non mi interessava niente neanche di Filippo.

E allora smisi di prendere tutto.

Cominciarono a tremarmi le mani, avevo vuoti di memoria, disegnavo morti suicidi, e non riuscivo a mangiare, ma sapevo che dovevo tenere duro, che sarebbe passata, che dovevo riappropriarmi dei miei sentimenti, e che provare dolore era meglio che non provare niente.

Adesso invece non ne ero più tanto sicura, adesso avrei voluto vegetare, galleggiare e disinteressarmi di quello che mi circondava, perché non vedevo più una via d'uscita. Perché tutto sommato la morte di mia madre non era la cosa peggiore che sarebbe potuta capitarmi.

Quando uscii di casa per comprare le sigarette, mi accorsi che il murales era fermo e questo mi provocò un grande dispiacere.

Ma non potevo sperare che dopo la mia scenata isterica Nicholas sarebbe stato ancora disposto a venirmi a cercare.

Era il mio destino quello di attirare persone orribili e cacciare quelle belle.

E oltretutto non avevo nessun modo di rintracciarlo per scusarmi.

Avevo preferito passare una squallida serata con uno che di me se ne fregava invece che con qualcuno che almeno era interessato a essermi amico.

E realizzai quanto mi mancava.

La mia intera vita era una costellazione di buchi neri, stelle che a un certo punto erano cadute, esplose o semplicemente erano state risucchiate dal vuoto.

Ignorai volontariamente tutti i messaggi e le chiamate di Dario, che chiedeva il mio aiuto per convincere Ginevra a ospitarlo, e quelli di Sonia che pretendeva che le dicessi dov'era.

Tutta quella insistenza cominciò a soffocarmi.

Dovevo sfilarmi da quel triangolo folle, erano madre e figlio e se la dovevano sbrigare per conto loro. E avrei dovuto al più presto trovarmi un altro secondo lavoro per il mio bene.

Tornai a casa e mi misi a disegnare.

Alberi in balia della tempesta, onde che abbattevano case, meteoriti. Poi strappai tutto e ricominciai.

E disegnai me con in mano un cannolo gigante che sparavo panna e canditi addosso a Christo che scappava con la chitarra in mano, Dario che si faceva la barba nel bagno di Ginevra fischiettando mentre l'acqua gli arrivava alle ginocchia e lei che in salotto, su una scialuppa di salvataggio, cercava di salvare i fiori.

E poi ancora: Ilenia che teneva in braccio un bambino con tatuato 666 sulla fronte e mio padre col fucile in spalla che montava di guardia su una torretta sopra il cancello circondato dal filo spinato.

Mi resi conto che disegnare fumetti mi faceva stare molto meglio di quando disegnavo solo quello che avevo nella pancia perché non erano mai cose buone, ma sempre un riaffiorare di cadaveri dal fondo dell'anima.

Più tardi scesi in cucina e mi misi a preparare una torta per Filippo, dando così prova di buona volontà, visto che Ilenia stava cercando di dipingermi come una pericolosa criminale.

Forse avrei dovuto tatuarmi una lacrima sulla faccia come le detenute ispaniche.

Non ero un talento in cucina, ma l'idea era quella di preparare una torta al cioccolato, e a giudicare da tutti i programmi che facevano anche un neonato ne sarebbe stato capace. Solo che alla fine della cottura la torta non era lievitata e questo avrebbe significato altre battutine da parte di mio padre e Ilenia, altre risatine e sguardi di intesa.

Non sei capace, poverina.

Scesi in pasticceria.

Dario mi chiamò di nuovo.
«Dov'eri finita?»
«Sto male, ho la febbre e ho dormito tutto il pomeriggio» mentii. «Qual è il problema stavolta?»
«Che io non voglio tornare a lavorare da mia madre e lei è stata lì da sola tutto il giorno, non è che poi si stanca troppo, poveraccia?»
«E allora vai ad aiutarla, no?»
«No, è una questione di principio.»
«Dario caro, io non ho più risposte. Tutto quello che mi dici mi suona strano e senza senso e cominciano a mancarmi i giorni in cui non ti sentivo e ti credevo morto.»
«Ma io cosa devo fare?» si lagnò.
«Non chiedermelo, ho un sacco di problemi miei, che tu ignori! Fatti una birra e cammina sul parapetto dell'Arno, di solito ti aiuta, no?»
E riattaccai.
Poco dopo ricevetti un messaggio da Sonia: "Domani torni, vero?".

Filippo fu felicissimo di trovare una torta al cioccolato in frigo (da cui avevo tolto la scritta "Sacher" perché troppo sospetta) e anche mio padre apprezzò moltissimo e ne mangiò di gusto due fette dicendomi: «Brava». Ilenia invece non l'assaggiò nemmeno con la scusa della dieta, ma il modo in cui si passò la mano sulla pancia mentre diceva: «Peccato, non posso» mi fece sorgere sospetti sempre più fondati sulla probabile gravidanza.
Filippo più tardi in camera mi chiese di Nicholas.
«Quand'è che lo vediamo?»
«Non lo so» risposi accarezzandogli i capelli. «Non so dove abita.»
«Ma se domenica torniamo alle Cascine?»
«Possiamo provare» dissi, «magari lo incontriamo lì.»
Lo speravo fortemente, era la mia unica speranza.
Ginevra mi scrisse di nuovo.

Non lo sopporto più, io e Tommaso facciamo sesso in macchina ti rendi conto?
Ma non avevi detto che ha una casa in Costa San Giorgio?
Sì, ma sta ristrutturando il bagno e ultimamente veniva lui da me
Diglielo e basta
Lo sai come fa Dario, con quella faccia da gattino bagnato, e mi dispiace
Allora l'unica soluzione è questa...

E le inviai il numero di telefono di Sonia.

Lasciai che la natura facesse il suo corso.

Un'ora dopo Dario mi scrisse: "Mi hai venduto al nemico! Stronza io mi fidavo di te!".

"Non è vero, non ti fidavi e un giorno mi ringrazierai" risposi e spensi il telefono.

Domenica pioveva e Filippo ci rimase male.

«Non possiamo andare a pattinare, vero?»

«Con questo tempo come facciamo?» risposi guardando fuori dalla finestra. «Il Museo Galileo? Che ne dici?» buttai là.

Fece spallucce.

«Se vuoi...»

Ce lo portai con pochissimo entusiasmo, anche se una volta lì si divertì un sacco a esplorare le macchine e le invenzioni.

Nel pomeriggio il tempo migliorò e decidemmo di tentare la sorte.

Anche se, a dire la verità, fui io a insistere.

Noleggiai un paio di pattini per Filippo e lo lasciai andare da solo. Si vedeva lontano un miglio che non si divertiva nemmeno un quarto dell'ultima volta, ma io purtroppo ero talmente incapace sui pattini che gli sarei stata solo d'intralcio.

Mi sedetti sulla stessa panchina dove avevo incontrato Nic, ma di lui non c'era traccia.

Lo cercavo fra i pochi coraggiosi che avevano sfidato il maltempo, però nessuno era lui.

"È venuta sua mamma a riprendterselo, credevo gli staccasse un orecchio, una scena pietosa, neanche a 12 anni" mi scrisse Ginevra.

Hai fatto bene a chiamarla, che se la vedano loro
Stasera finalmente vedo Tommy non vedo l'ora, ha detto che ha una sorpresa per me
Vi sposate?
Chissà!
Ti piacerebbe?
Io lo amo
Che palle Gi
Vedrai quando capiterà anche a te
Uccidimi ti prego!

«È libero questo posto?»

«Nicholas!» gridai fra la gioia e lo spavento.

«Niiiic!» gridò Filippo pattinando come una scheggia verso di lui e gettandosi contro le sue gambe.

«Che accoglienza!» esclamò. «Devo venire più spesso!»

Ero senza parole, quello era davvero un dono del cielo.

Filippo lo prese per mano e lo requisì letteralmente, Nic si lasciò trascinare via con un sorriso.

Ero così emozionata, così insensatamente emozionata.

«Oggi ti insegno un *ollie*» gli disse.

«Sììììì!» esultò Filippo.

Guardai in su, e sorrisi, così per sicurezza, non volevo sembrare ingrata nel caso non fosse stato casuale.

Passarono tutto il pomeriggio a provare salti, senza praticamente degnarmi di uno sguardo.

Se non quando Filippo voleva mostrarmi qualcosa di nuovo.

Me lo meritavo, non potevo aspettarmi che lo gnometto tornasse a sorridere da un momento all'altro.

Andai a prendere delle Coche e dei gelati e glieli portai.

Filippo era sudato da strizzare, e anche Nic era stravolto, ma nonostante il sudore e la stanchezza era proprio bello.

Non so se lo fosse diventato dal momento in cui lo avevo mandato via, o semplicemente non lo avessi mai notato prima offuscata com'ero dalla visione di Christo (che insomma era bello parecchio!). Nicholas era uno che sorrideva alla vita e la vita di conseguenza non poteva fare altro che sorridergli di rimando e aprirgli le sue braccia cariche di doni.

È così: se ami la vita lei ti riama, altrimenti è meglio lasciar perdere.

Si sedette accanto a me a mangiare il gelato senza perdere d'occhio Filippo che provava a saltare con la tavola.

Mi piaceva la peluria bionda sulle sue braccia, i braccialetti di cuoio e l'anello al pollice.

Mi piaceva il suo profilo, il nasino dritto e le sopracciglia chiare, le ciglia lunghe e gli occhi nocciola.

Mi piaceva il suo sorriso, e quel modo di mordersi il labbro e strizzare gli occhi quando si concentrava.

Mi piaceva come si scompigliava i capelli con le mani mandandoli in tutte le direzioni.

Mi piaceva un sacco e non me ne ero ancora accorta.

Mi piaceva un sacco ed era fidanzato.

Che sfiga.

«Allora, ti sei divertita l'altra sera?» mi chiese.

«Quale sera?»

«Quando sono passato da te.»

«Ah certo!» risposi imbarazzata. «Scusami ancora se sono stata scortese, avevo litigato con tutti e stavo andando da Dario, ti ricordi? Il mio amico del cornicione.»

«Ma non abita vicino a casa tua?»

«Sì.»

«E tu eri in motorino.»

Porca miseria, che idiota, certo che ero in motorino.

«Andavo a comprargli le sigarette!»

«Però non sei più tornata» disse masticando il cono e guardandomi con la coda dell'occhio. «Sono rimasto più di un'ora a disegnare il murales e non sei tornata.»

Oddio, un'altra spia russa.

«Okay, va bene» mi arresi a malincuore, maledicendomi per essere una così pessima bugiarda. «Sono uscita con... insomma, avevo un appuntamento.»

Del resto lui stava con un'altra, tanto valeva che sapesse che anch'io avevo una vita sociale.

«Ah!» rispose un po' sorpreso. «Sono contento per te.»

«Già» dissi io.

E rimanemmo in silenzio.

Molto silenzio.

«E ti tratta bene?» mi chiese dal nulla sempre guardando Filippo.

Quella domanda mi uccise.

Era la domanda più dolce e terribile che potesse farmi.

Non "da quanto state insieme", "come vi siete conosciuti" e "dove", ma "se ti tratta bene", cioè se ti rispetta, se ti ama, se ti protegge.

«No» risposi, «non mi tratta bene, è uno con cui sono uscita tre volte, credevo di piacergli, ma non voleva molto altro da me.»

«Ahia!» esclamò. «E sei innamorata di lui?»

Sospirai.

«Non credo che l'amore sia questo» risposi, «ma non ne conosco altro, ecco perché mi infilo sempre in queste situazioni assurde.»

«Non devi mai farti mancare di rispetto da nessuno!» mi disse voltandosi e guardandomi dritto negli occhi. «Sei una persona preziosa, ed è facile approfittarsi di qualcuno come te, che si fa in quattro per aiutare un amico, che si preoccupa per il fratellino, e fa due lavori e non può seguire i suoi sogni. È veramente facile, e tu non lo devi permettere, devi farti trattare come una principessa, devi pretendere un tappeto rosso ai tuoi piedi, e non te lo devi dimenticare.»

Sorrisi timidamente, sentendomi avvampare.

Io non ero una principessa, la sua ragazza era una principessa per come l'avevo vista quell'unica volta al pronto soccorso, bella, alta, disinvolta e sicura di sé. Io invece non ero niente di tutto ciò, principesse si nasceva, non lo si diventava.

«Mi prometti che lo molli se ti tratta male?»

«Oh, è già finita, stai tranquillo, davvero non era niente di che» minimizzai.

«Vieni qui» mi disse.

E mi avvolse con il suo braccio, come fanno gli amici quando non hanno parole, ma vogliono farti sentire che ci sono.

«Sei stata alla scuola di fumetto?»

«No.»

«E perché?»

«Perché è come per l'Accademia, poi mi affeziono all'idea e ci rimango male.»

«Ti aiuto io a trovare una soluzione, sono bravo a risolvere i problemi degli altri!»

«Non mi sembri uno che ha montagne di problemi.»

«Oh, credimi» rispose, «ho la mia quota.»

E si alzò per andare da Filippo a mostrargli altri *trick*.

Quando fu ora di andare, ci accompagnò di nuovo alla fermata dell'autobus.

Tenevamo Filippo per mano, come fossimo una coppia. Era davvero una sensazione strana.

«Capito, allora?» gli diceva. «È il *pop* la chiave di tutto, devi schiacciare forte la tavoletta con un piede per farla saltare, ma soprattutto devi farti regalare delle scarpe adatte!» disse strizzandogli un occhio.

«Sentito, Mari? Glielo chiedi tu a papà che mi compri le scarpe da skate?»

«Certo!» risposi sorridendo, contagiata dal suo buonumore. «Ci penso io.»

Abbracciò Filippo e poi abbracciò me.

«Mi raccomando, ricordati quello che ti ho detto: tu sei una principessa!»

Annuii e lo guardai sparire all'orizzonte, mentre ci salutava con la mano.

"Aiutami a trovare una via d'uscita da tutto" pensai.

«Guarda che splendore!» urlò Ginevra mostrandomi la mano.

«È un brillante enorme!» le dissi prendendole il dito per vederlo meglio.

«È bellissimo, vero? Non riesco a smettere di guardarlo!»

«E quando te l'ha dato?»

«Ieri sera dopo il dessert, se l'è messo in tasca e mi ha abbracciata stretta, e quando ho sentito questa cosa dura in tasca... lì per lì ho pensato che avesse veramente preso il Viagra!» Rise come una scema. «Poi quando ho sentito che era un cofanetto ho cominciato a urlare di gioia!»

«Sono felicissima, amica mia!» le dissi sinceramente. «E quindi questa è una promessa di matrimonio, se non sbaglio.»

«Esatto!», e gli occhi le scintillarono. «Questione di qualche mese, appena riesce a sistemare il lavoro!»

«Wow...» esclamai. «È proprio una cosa seria!»

«L'avresti mai detto?»

«No!» risposi con una faccia un po' malinconica.

«Non sei felice?» mi chiese intristendosi anche lei.

«Da morire!» dissi. «Sono felice da morire per te, e anche un po' invidiosa, ma non importa, quello che conta è che tu abbia trovato l'uomo della tua vita... o il vecchio della tua vita!», e scoppiai a ridere.

«Dài, smetti!» rise anche lei.

«L'hai già presentato ai tuoi?»

«Non ancora!»

«Ah no? E cosa aspetti? Di mandargli le partecipazioni?»

«Volevo aspettare ancora un po', sai come sono loro, pensano sempre a un Corsini o un Antinori!»

«Il buon partito» commentai. «Poi si stupiscono perché crediamo ancora alla favola, secondo loro dovremmo trovare uno giovane, bello, ricco, libero, sano di mente e senza precedenti penali, ma è fantascienza!»

«E il tuo misterioso writer?»

«L'ho visto domenica, ha insegnato a Filippo ad andare sullo skate.»

«Carino!» disse alzandosi per cercare un accendino. «Anche Tommy è molto sportivo, lui fa stand up paddle.»

«Pagaiare in piedi sul surf? Non è mica uno sport quello!» obiettai ridendo.

«È molto movimentato invece!»

«Solo se si cade in mezzo a un branco di meduse!»

Ma lei non rise.

Ebbi la sensazione che fosse risentita.

Negli anni avevamo riso di tutti, specialmente dei tipi con cui uscivamo.

E che non si potesse ridere di un anziano che solcava il Tirreno in piedi su una tavola con un remo in mano, allora voleva dire che il mondo stava per finire.

Ovviamente avrei disegnato lo sportivissimo Tommaso appena tornata a casa, circondandolo di pinne di squali.

«Come sta andando la tua fragranza?» le chiesi per cambiare argomento.

«Sto un po' trascurando il lavoro, ti confesso, ora che Tommy è in città lo sto vedendo praticamente tutte le sere e sono rimasta un po' indietro con le ricerche. Ma appena parte per Seattle a fine mese giuro che mi metto sotto. Ci sono due fiere che non posso assolutamente perdere.»

Era una mia sensazione o la mia amica era entrata nell'ottava dimensione? Ogni mio tentativo di conversazione finiva per ruotare attorno a Tommy, cominciavo a odiarlo.

Feci un ultimo tentativo.

«Sabato c'è il concerto di Hozier, perché non prendiamo i biglietti?»

«Mmh, mi sa che...»

«... Devi andare con Tommaso a una cena, festa, varo di una nave, riunione massonica, sacrificio satanico...»

«C'è questo evento a Montecatini... me l'aveva detto settimana scorsa...»

«E non potete mancare, certo, scusami tu!» dissi un po' offesa.

«Ma no dài, settimana prossima stiamo insieme, promesso.»

«Certo, ma comunque chiamo la tua segretaria per conferma» risposi sarcastica.

Mi accarezzò una guancia.

«Dài, Mari, sarai mica arrabbiata.»

«Arrabbiata no, delusa sì» dissi seria.

«Ma noi siamo state insieme anni, se per una volta esco con un altro non ti devi offendere.»

«No, hai ragione, come si dice, *ubi maior*...» le dissi alzandomi.

«Mari, dài...»

«Vado a casa, sono in astinenza da veleno ed è l'ora della mia dose» le dissi sorridendo e ricambiando la carezza. Uscii da casa sua con un gran senso di amarezza.

Era naturale, ognuno pensava a se stesso in primis, ma io non riuscivo ad abituarmi, a non leggerlo come un abbandono, come un tradimento.

Arrivai a casa in tempo per cena e vidi mio padre e Ilenia in cucina che si abbracciavano.

«Oh, eccola!» esclamò lei entusiasta. «Prendo i bicchieri!»

Mio padre tirò fuori dal frigo una bottiglia di Berlucchi, felice come non lo vedevo da tempo, e disse: «Abbiamo una notizia stupenda da darti!».

Mi si fermò il flusso di sangue al cervello.

«Abbiamo finalmente coronato il nostro sogno, ci provavamo da un anno!» aggiunse lei porgendogli i bicchieri. «Per me solo un goccio, grazie!»

Ecco, adesso era fatta, la nuova famiglia era pronta, il resto doveva solo adattarsi.

«Chiamo anche Filippo?» chiesi.

«No, meglio di no» disse lei. «Sono cose da grandi.»

«Lui non lo deve sapere?» domandai.

«Lui è piccolo, non gli cambierà molto.»

Mi andò di traverso lo spumante.

«Ne siete proprio sicuri?»

«Ma certo» disse lei stupita dalle mie domande. «Filippo avrà solo i vantaggi, i sacrifici sono i nostri.»

«Con "nostri" state includendo anche me?»

«Noi contiamo su di te, tu ci sai fare coi bambini, ora potrai ricominciare ad accompagnarlo a scuola!»

«Ah certo, così io divento la baby-sitter a tempo pieno e senza nemmeno i contributi!»

«Cosa stai farneticando?» intervenne mio padre già scuro in volto. «Possibile che tu non possa mai essere contenta per qualcun altro?»

«Sono contenta per voi, ma sono scelte vostre che ricadono pesantemente su di noi, non capisco come vi aspettiate dell'entusiasmo.»

«Sei veramente ingrata, lo sai?» mi disse sprezzante. «Non riesci proprio a condividere un momento di gioia in famiglia? Credi che tutto debba sempre ruotare intorno a te? Ma perché non te ne vai se sei tanto infelice?»

«State per avere un altro figlio!» ribattei, resa coraggiosa dall'alcol. «E secondo voi questa cosa non è un grosso cambiamento per noi?»

«Chi ha detto che stiamo per avere un altro figlio?» esclamò mio padre stranito. «Abbiamo fondato una società immobiliare, così Ilenia non dovrà più stare alle dipendenze di qualcun altro e io potrò sostenerla con la mia esperienza e le mie conoscenze.»

«Ah» dissi imbarazzata, «direi che ho frainteso.» Sollevai di nuovo il bicchiere schiarendomi la voce: «Allora congratulazioni per la nuova società, ehm... quindi è una femmina!» risi nervosamente.

«Maschio!» disse Ilenia ridendo con le mani sulla pancia. «È un maschio.»

18

Mio padre e Ilenia discussero per tutta la notte.

Non sembrava neppure lui entusiasta all'idea di un altro figlio, non alla sua età e non in quel momento.

Lei sembrava non rendersi conto delle difficoltà a cui sarebbe andata incontro con una nuova società, un sacco di lavoro e una gravidanza in corso, per non parlare di quando il bambino sarebbe nato. Ma lei continuava a minimizzare, dicendo che pensare che una donna non fosse in grado di portare avanti una carriera e allo stesso tempo diventare madre era un discorso medievale.

Per una volta ero d'accordo con mio padre, quel figlio avrebbe stravolto un equilibrio già pressoché inesistente, la nostra convivenza era precaria e basata su debolissimi attimi di tregua subito spazzati via dall'uragano cieco della sua rabbia.

Se gli avessero anche tolto il sonno non so come avrebbe potuto reagire.

Ma a lei cosa importava? Ilenia voleva tutta la torta e questo era il metodo più antico e collaudato per legare un uomo a sé.

Non la biasimavo, per quello che mi riguardava potevano farne anche una squadra di figli, purché lasciassero liberi me e Filippo.

Avrei voluto Nic lì con me a tenermi il braccio sulla spalla.

«Grande! Allora? È tantissimo che non ci vediamo!» mi disse Dario vedendomi entrare in negozio.

Automaticamente mi voltai indietro per vedere se stesse parlando con qualcun altro.

«A cosa devo questo inaspettato buonumore? Ecstasy di primo pomeriggio?» ironizzai andandomi a cambiare.

«Ho parlato con mia mamma, è tornata la calma, ci siamo chiariti, ci siamo anche un po' abbracciati, va tutto bene adesso!» disse passandosi la mano sui capelli, che erano già ricresciuti di un centimetro buono.

«Be', ma è ottimo!» risposi. «Vedi? Bastava parlare, invece di scatenare tutto quel casino! Lei vuole solo che tu sia felice, in fondo.»

«Sì, lo so, è che a volte mi rompe proprio le palle. Abbiamo parlato del mio futuro, le ho detto che mi piacerebbe aprire un locale, era contenta.»

«Un locale?»

«Sì, mi ci vedo bene a fare il pr, ci so fare con la gente e poi esco tutte le sere, conosco tutti, almeno così guadagno anche.»

«Mi sembra perfetto» dissi entusiasta, anche se mi chiedevo se avesse chiara la differenza tra "andare in un locale" e "lavorare in un locale", ma magari mi sbagliavo io, magari (e lo speravo) aveva avuto l'illuminazione giusta.

Ridemmo tutto il pomeriggio come ai vecchi tempi, e lui trattò bene anche le tre clienti che entrarono.

Verso sera ci fumammo una sigaretta fuori.

«Sai che Ilenia è incinta?»

«La matrigna? No cazzo! Io darei di matto se mi nascesse un fratello adesso!»

«A chi lo dici... e invece...» dissi tirando una boccata. «... Ma magari lei e mio padre si calmano, magari ignoreranno completamente me e Filippo, si dimenticheranno di noi e io potrò resistere ancora nove anni e poi me lo porto via.»

«E dove lo porti?»

«Non lo so ancora. Ma lontano da qui.»

Sul muro di casa, lo gnometto stava sotto un fungo e si riparava da una pioggia di coccinelle rosse insieme alla gnometta, e questo mi fece sorridere così tanto da farmi male la faccia.

Perché non lo potevo chiamare? Perché non potevo parlarci?

Avevo veramente bisogno di un consiglio.
Avevo veramente bisogno di lui.

L'indomani accompagnai Filippo a scuola, perché Ilenia aveva un'ecografia da fare.

In autobus, gli chiesi cosa ne pensasse dell'idea di avere un fratellino.

«Che schifo» rispose.

Guardai fuori.

«Però avresti qualcuno con cui giocare» tentai.

«Non mi serve qualcuno con cui giocare, io sono grande e poi ci sei tu e c'è Nic.»

Che altro potevo aggiungere?

Comunque glielo avrebbero dovuto dire loro.

Non era compito mio.

«Fermati qui, che io entro da solo» mi disse a cento metri dalla scuola.

«Okay» risposi. Cercai di abbracciarlo ma mi scivolò via dalle braccia per correre in classe.

Non resistetti e lo seguii a distanza: lo vidi andare da Alice che era insieme a un altro bambino e regalarle la sua merendina.

Era troppo mio fratello.

Arrivai al bar e Sandro mi guardò con aria inquisitoria.

«Non ho fatto nessun danno, te lo giuro!» gli dissi alzando le mani.

Sorrise e mi diede una bottiglia vuota con dentro un foglio arrotolato.

«*Message in a bottle!*» mi disse. «Da un certo Nicholas che è passato di qui mezz'ora fa.»

«Nicholas?» strillai. «Nicholas è stato qui?»

«Bravo ragazzo, non come quel sacco di pulci che ti piace tanto» commentò.

Tirai fuori il foglio, lo srotolai e vidi il disegno di Gnometto e Gnometta che tenevano per mano Squaletto e lo portavano al parco avventura. Accanto c'era un calendario con una crocetta su domenica, un orologio che segnava le 11.30 e uno smile.

«Non mi dire che questo è muto!» mi chiese Sandro mettendosi le mani nei capelli.

Scoppiai a ridere.

«No, è il nostro modo di comunicare, è un writer, sta disegnando un murales accanto al mio cancello che sta facendo impazzire mio padre.»

«Solo per questo già mi piace!» commentò.

«Piace anche a me, ma è fidanzatissimo.»

«Davvero? E allora come mai...»

«Forse deve fare servizio civile e mi considera un caso disperato!»

«O forse gli piaci e basta» disse tornando ai suoi caffè. «Niente guerra di pasticcini però, almeno non nel mio bar!»

«Ho smesso con le armi improprie per un po'.»

Presi il foglio, lo girai e disegnai Gnometta e Squaletto che saltavano felici, poi lo infilai di nuovo nella bottiglia e consegnai il tutto a Sandro.

«Ecco, se dovesse tornare quando non ci sono.»

Dario era eccitatissimo all'idea di diventare gestore di un locale, si immaginava in camicia bianca aperta e jeans sulla porta a far entrare tutte le ragazze carine e lasciare fuori gli uomini con le scarpe da ginnastica.

«Sai quanta fica avrò per le mani?» mi disse con la faccia quasi incredula.

«Sì, però sono gli uomini che pagano di solito, qualcuno lo dovrai pure far entrare.»

«Farò entrare solo bella gente, sfigati e truzzi vadano da un'altra parte!»

«E lo stai già cercando?»

«Ci sta pensando mia mamma, ha degli amici che gestiscono dei locali e possono darmi delle dritte.»

«Sì, ma se è lei che lo sceglie e lei che ci mette i soldi, poi è normale che sia lei a comandare, a quel punto è inutile che tu ti incazzi e dia di matto.»

«Stavolta è diverso, siamo su un piano collaborativo paritario, una società, io la mente, lei il braccio.»

«L'importante è che non sia lei che paga e tu che bevi.»
«Guarda che se continui a scassarmi non ti faccio entrare.»
«Non so come farò» dissi fingendo di piangere.
«Magari ti faccio lavorare da me, non so, al bar se vuoi, oppure al guardaroba.»
«Un terzo lavoro? Sei veramente un amico.»
«Di sicuro potresti lavorare qui a tempo pieno, e con una paga più alta. Io non potrò più venire in negozio, se sto in piedi tutta la notte poi di giorno devo dormire.»
«Sì, forse potrei prendere il tuo posto, lasciare il bar e fare una vita un po' più regolare, anche se alla fine sarò quella che assiste alla realizzazione dei sogni di tutti tranne che dei propri.»
«Dài! Lamentosa!» mi disse dandomi una pacca sulla spalla così forte da lussarmela. «Quando divento ricco e apro un secondo locale lo faccio gestire a te, sei contenta?»
«Da morire, credimi!» ironizzai. «Non vedo l'ora di stare sulla porta di una discoteca tutta la notte vestita con un fazzoletto a dire "tu sì, tu no", è proprio il mio sogno.»
«E qual è il tuo sogno allora?»
«Vivere di disegni insieme a mio fratello, niente di più.»

La sera, a casa, annunciai a Filippo dell'invito di Nic per domenica al parco avventura.
«Sìììì!», prese a saltare sul letto. «È tutta la vita che ci voglio andare! Che ficata!»
«Non lo diciamo al babbo però, sai che non gli piace Nicholas.»
«A lui tanto non piace mai niente e nessuno...» commentò smettendo di saltare.
«È che si preoccupa di tutto e allora pensa che, facendoti stare in casa, scamperai a tutti i pericoli.»
«Mari, ma cosa sono i pericoli?»
«Vedi, per alcune persone la vita è un pericolo, hanno paura di tutto, di attraversare la strada ed essere investiti, di prendere le malattie se toccano la maniglia di una porta, di cadere dal motorino e morire, di incontrare persone che gli faranno del male...»

«E come fanno a vivere queste persone?»

«Fanno un sacco di fatica inutile, perché comunque non possono evitare che le cose accadano, ma in più stanno anche tutto il tempo a pensarci e a immaginare il peggio, e così alla fine non vivono per niente.»

«È da scemi!»

«Esatto, anche perché più ti convinci che succederà qualcosa di brutto e più farai in modo che succeda.»

«E perché il babbo è così?»

«Non lo so perché, di preciso» dissi piegando una felpa. «Ma credo che sia stato trattato male da bambino.»

«E se uno è stato trattato male da bambino poi da grande deve trattare male gli altri?»

Avrei voluto abbracciarlo.

«Non dovrebbe, ma certe persone sono così, non riescono a superare il passato e cercano per tutta la vita di cambiare gli altri e se sono i loro figli li puniscono se la pensano diversamente.»

«Ma dobbiamo rimanere con lui per sempre?»

«No, non per sempre. Dobbiamo solo avere un po' di pazienza.»

«Mari, ma la mamma secondo te dov'è andata?»

La domanda delle domande.

«Ti rispondo sinceramente» dissi sedendomi davanti a lui e prendendogli gli indici in mano. «Nessuno sa esattamente dove vanno le persone dopo che sono morte. Qualcuno crede all'inferno e al paradiso, qualcuno che l'anima si reincarna in altre persone, animali o cose, altri ancora che la nostra energia si rigenera, la verità è che nessuno lo sa perché nessuno è mai tornato a dircelo. Per questo bisogna essere gentili finché siamo qui, perché la vita è l'unica vera certezza che abbiamo. Cosa succede dopo chi lo sa? Ma quello che so per certo è che la mamma ci ha voluto molto bene.»

Aggrottò la fronte.

«Io a chi somiglio, Mari?»

«A nessuno, tu sei unico.»

Mi sorrise e mi strinse forte.

Ci alzammo per scendere a cena.

«Senti un po'» gli chiesi, «da chi hai imparato a dire "ficata"?»
«Da te.»
«Ecco, non dirlo alle maestre possibilmente!»

19

Domenica non stavo più nella pelle all'idea di trascorrere una giornata con Nic.

E anche Filippo passò tutta la messa a chiedermi che ore erano.

Alle 11.30 in punto eravamo davanti a casa, vestiti come giovani marmotte. Per fortuna Ilenia e mio padre erano usciti, così non fummo costretti a nasconderci dietro la siepe.

Nic arrivò a bordo di una vecchia Polo blu, felice e sorridente, scese e mi abbracciò, poi si inginocchiò davanti a Filippo.

«Allora capo, sei pronto per la grande avventura?»

Filippo gli si gettò al collo di slancio, come faceva solo con me o con suo padre le rare volte che non era di umore nero.

Mi preoccupò questa sua improvvisa fiducia, io stessa ero incapace di dare alle persone il loro giusto valore, e se fosse sparito da un momento all'altro anche lui?

Ma se tentavo anch'io di proteggerlo dalla vita, avrei fatto lo stesso gioco malato di mio padre e ne avrei fatto un infelice.

Salimmo in macchina e ci dirigemmo fino allo splendido parco di Villa Demidoff.

Era una giornata meravigliosa, calda e soleggiata, e mi sentivo felice e in pace, come non mi capitava da molto tempo.

Il campo avventura era immerso in un bosco di pini secolari dove erano stati creati percorsi di arrampicata tramite funi, corde e carrucole che ti facevano camminare sospeso a metri da terra e volare letteralmente da un albero all'altro.

Filippo impazzì, non sapeva nemmeno da che parte cominciare, era tutto un gridare: «Facciamo quello e quell'altro!» tirando Nicholas per la mano.

Io camminavo dietro di loro e mi godevo la pineta profumata di resina e la vista del mio ometto felice, cercando di tenere a bada il cuore per non affezionarmi troppo a Nicholas.

Cosa del tutto impossibile talmente era carino, magro magro, con i pantaloni che gli scendevano sui fianchi e la maglietta nera con un Pacman.

Passammo la giornata ad arrampicarci come scimmie, a scalare, a scivolare a testa in giù con le carrucole, ridendo come matti e dimenticandoci di mangiare finché Filippo si sdraiò per terra fingendosi morto.

Ci sedemmo a un tavolo sotto un grande albero e Nicholas tirò fuori dallo zaino dei panini al prosciutto e formaggio che aveva preparato per noi.

Trovai la cosa commovente.

Avevo un mare di domande da fargli, ma non potevo, perché ognuna di esse verteva su di lui e la sua ragazza e che razza di relazione avessero.

Tutto il resto non mi interessava.

Allora presi un tovagliolino di carta e una penna e disegnai noi tre appesi con la coda a testa in giù e dei turisti che ci lanciavano banane e noccioline.

Si mise a ridere. «Ma tu sei troppo brava!» mi disse strizzandomi le guance. «Scommetto che non sei ancora andata a informarti alla scuola di fumetto!»

Feci una smorfia.

«Ancora no!»

«Ti ci dovrò trascinare io, ho capito!» disse con la bocca piena. «E guarda che lo faccio!»

«Ci vado, te lo prometto.»

«Quando?»

«Non lo so, appena ho tempo!»

«Dimmi una data!» mi provocò.

«Mercoledì! Sei contento?»

«Di che anno?»

«Questo mercoledì, parola di scout!»

«Non puoi infrangere una promessa, lo sai?» mi disse porgendomi la mano.
«Lo so» risposi stringendogliela.
Ero fregata, dovevo andarci per forza.
Più tardi, attraversando un ponte di corda molto instabile, Nicholas, che camminava davanti a me, si girò e mi sorrise.
«Stai bene?» mi chiese con quegli occhi limpidi.
Feci sì con la testa.
«Me lo diresti se ci fosse qualcosa che non va?»
Feci di nuovo sì con la testa, in una maniera un po' stupida e fiduciosa, ma molto sincera, e nell'emozione misi male un piede e scivolai giù.
Nicholas si precipitò ad afferrarmi per il braccio.
Fu un istante, un secondo, un infinito.
Nic era lì che mi diceva: «Stai tranquilla, ti tengo io».
«Lo so» risposi guardandolo negli occhi assolutamente sicura. «Non ho paura.»
Ed era vero.
Anche se ero imbracata, sotto c'era la rete e non rischiavo nulla, con lui che mi sorrideva e le sue braccia forti che mi sorreggevano non avevo più paura di niente.
E in quell'istante preciso, in quell'istante esatto, purtroppo successe l'inevitabile.
Mi innamorai perdutamente di Nicholas.
Inutilmente, stupidamente, inevitabilmente.
E per il resto della giornata mi sentii su una nuvola di zucchero filato e dentro un frullatore a quattro lame.
Ogni cosa che diceva o faceva mi faceva rotolare il cuore da una parte o dall'altra, ogni sua battuta, ogni sua parola, il modo in cui rideva o mi prendeva in giro, era tutto perfetto e nello stesso tempo pericolosissimo e sbagliato.
Forse avrebbe dovuto lasciarmi cadere.
Tornammo a casa la sera stremati e felicissimi.
Filippo si addormentò sul sedile posteriore, io guardavo Nicholas che guidava nel tramonto resistendo all'impulso di prendergli la faccia, girarlo verso di me e baciarlo.
Arrivammo sotto casa mia.
«È stata una giornata incredibile. Grazie» dissi.

«Grazie a te, Marina. Mi sono divertito un sacco, è sempre bello stare con te.»

«Anche... con te» risposi sentendomi di nuovo scivolare il cuore da qualche parte.

Mi avvicinai per dargli un bacio sulla guancia e girammo il viso dallo stesso lato sfiorandoci il naso e le labbra.

«Scusa» ci dicemmo in coro, impacciati.

Scesi ad aprire lo sportello posteriore e svegliai Filippo, che salutò Nicholas con la manina mentre entravamo dal cancello.

Di nuovo mio padre aveva passato una mano di bianco sul murales, ma Filippo era così stanco che non ci fece caso.

Guardai ripartire Nic, desiderando ardentemente stare con lui. Per sempre.

Entrammo in casa e Filippo non resistette alla voglia di raccontare quello che avevamo fatto.

Solo che nella foga si dimenticò del nostro patto.

«Siete andati in macchina con questo Nicholas che non conosco?»

«Ha ventitré anni ed è un ragazzo in gamba, mi fido di lui.»

«Di chi ti fidi tu non mi interessa, io non lo conosco e ti avevo proibito tassativamente di continuare a frequentarlo.»

Filippo aveva gli occhi lucidi.

E io ero stanca morta. Di tutto.

«Ma porca miseria!» sbottai. «Non puoi almeno stare a sentire cos'ha da dirti Filippo? Ha passato un bellissimo pomeriggio, era felice, devi per forza rovinargli la festa tutte le volte?»

Su questa mia uscita fu preso in contropiede, e cercò di rimediare, ma il danno era fatto.

«Filippo, lo sai che mi preoccupo per te, ti ho sempre detto che non si deve salire in macchina con uno sconosciuto, è solo per il tuo bene.»

«Nic non è uno sconosciuto, è un mio amico e tu vedi sempre pericoli!» rispose arrabbiato.

Mio padre guardò prima lui, poi me.

«Dài» proseguì fingendo di essere tranquillo e accomodante. «Raccontami di questo parco avventura.»

«Non mi va più!» rispose secco.
«Allora ci porterai il tuo fratellino quando sarà più grande!» intervenne quella maledetta di Ilenia del tutto fuori luogo.
Ci girammo tutti a guardarla. Spiazzati.
Filippo mi rivolse uno sguardo smarrito e confuso.
E io rivolsi a Ilenia lo sguardo più incazzato che potesse mai pensare di ricevere in tutta la sua stupida vita.
Presi Filippo per mano e lo portai in bagno.
Gli lavavo la schiena con la spugna e lui non mi parlava. Stava seduto curvo nella vasca guardando la schiuma, senza dire niente.
Quanto avrei voluto avere fra le mani la testa di Ilenia da tenere sott'acqua per dieci minuti.
«Mi dispiace che te l'abbia detto così.»
Fece spallucce.
«Vuoi che ne parliamo?»
«Quando nasce?» chiese.
«Non so di preciso, forse a gennaio.»
«E io dove andrò?»
«Come dove andrai? Starai qui, naturalmente.»
«E dovrò dargli i miei giochi?»
«No. Lui avrà i suoi.»
«E devo volergli bene?»
«Solo se vuoi.»
«Ma tu mi volevi quando sono nato?»
«Io ti volevo anche da prima che nascessi, chiedevo sempre un fratellino, e alla fine sei arrivato.»
«Ma io non lo voglio un fratellino.»
«Non pensarci adesso» dissi come se fosse possibile, sciacquandogli i capelli. «Ci penseremo quando sarà il momento.»
Mi chiedevo cosa fosse quella smania di fare nuovi figli quando già non si riuscivano a gestire quelli vecchi. Forse era l'idea della novità, resettare tutto e ricominciare da capo e vedere se questa volta riuscivano ad avere quello perfetto. Come con le palline con la sorpresa dentro, dove continuavi a infilare le monete finché non arrivava quella col regalo che volevi. Ignorando però che il vero problema era la loro inca-

pacità di essere degli adulti decenti, e delle persone risolte e in pace con se stesse che avrebbero continuato a fare gli stessi errori anche avessero fatto duecento figli.

La mattina dopo io e Filippo non scendemmo a fare colazione con loro, che comunque continuarono a discutere ininterrottamente.

Mio padre doveva partire per lavoro e Ilenia ne avrebbe approfittato per andare da sua madre.

Almeno saremmo stati soli un paio di giorni.

Il murales era di nuovo al suo posto, uno squalo che faceva skate su una corda fra due alberi mentre la gnometta si appendeva alla sua pinna e lo gnomo era aggrappato al piede della gnometta.

Filippo sorrise e mi lanciò uno sguardo d'intesa.

Era bello avere dei segreti.

La sera, dopo il lavoro, aggiunsi io qualcosa al murales, dato che era l'unico modo che avevo di contattare Nic.

Disegnai con un pennarello una gnometta disperata davanti alla porta del bar che teneva in mano una bottiglia con dentro un biglietto, e sperai che lo vedesse.

L'indomani mattina, appena arrivai al bar, Sandro mi disse che Nic era passato e aveva chiesto di me.

Mi disse anche che gli aveva domandato più volte se stessi bene, e che nel dubbio aveva detto di sì. Aggiunse che quel ragazzo gli piaceva proprio tanto e dovevo fare in modo di mettermi con lui.

Cercai di non pensarci per tutta la mattinata, ma inutilmente, perché continuavo ad alzare la testa per vedere se entrava.

Possibile ci fosse stata una vita senza il cellulare? Come faceva prima la gente?

In negozio Dario era raggiante, si sentiva già il re della notte ed era impossibile contenerlo.

«Abbiamo trovato il locale!» urlò sopra la musica di sottofondo che sarebbe stata alta anche in un negozio a Ibiza.

«E dove?»

«Lo saprò stasera, mia mamma ha parlato con un tipo amico suo, e ha detto che è un affare! È fatta, sorella!» mi gridò battendomi il cinque.

«Fantastico allora!»

«Sono stracontento! Ho già in mente un sacco di idee, serate a tema, feste, eventi, ospiti vip, spettacoli, il privè, ne parleranno tutti, diventerà il locale più trendy di tutta Firenze!»

Ero senza parole. Il mio amico pareva aver trovato davvero la sua vocazione, non l'avrei mai detto. Eppure era bastata una litigata furiosa e una furiosa riappacificazione per fargli scattare quel qualcosa dentro, e far aprire la scatola magica.

«Venerdì andiamo a ubriacarci, voglio festeggiare.»

«Ma ora sei un imprenditore, non ti puoi più ubriacare!»

«Hai ragione, d'ora in poi solo coca di quella buona!»

Non gli dissi di Nicholas né di quello che stavo passando in famiglia per la stessa ragione per cui non ne parlavo con Ginevra: erano tutti e due troppo assorbiti da se stessi per ascoltarmi anche con un solo orecchio.

Finivano per dirmi "maddài" o "mi dispiace" oppure "e ora come fai?" guardando il telefono, e mi facevano sentire ancora più sola.

Raccontare le proprie cose è qualcosa di veramente intimo e bisogna farlo solo con qualcuno che si merita la tua confidenza, che può accogliere i tuoi dolori e le tue preoccupazioni quasi come un dono, condividerli con te e alleggerirti di un peso.

Solo Nic mi capiva al volo, solo lui mi dava la sensazione che ci fossero soluzioni e non solo difficoltà.

Eppure non sapevo niente di lui, né dove abitava né che lavoro faceva, sentivo solo che mi potevo fidare e affidare.

Tornai a casa, aspettai una decina di minuti nella speranza di vederlo, poi aprii il cancello, e nell'attimo in cui infilai la chiave eccolo dietro di me.

«Ho fatto prima che ho potuto!»

«Perché non ti compri un cellulare?»

«Superman non ce l'aveva e salvava comunque tutte quelle vite!» rispose dandomi due baci sulle guance. «Dimmi tutto!»

Sembrava il genio della lampada, come la strofinavo lui compariva dicendomi: "Sono ai tuoi ordini!".

«Ecco» esordii, «Filippo ha ricevuto la notizia dell'arrivo di un fratellino in modo parecchio brutale e c'è rimasto malissimo, e pensavo, visto che domani sera i miei non ci sono per un paio di giorni, che tu potessi parlarci un po', sai, tu sei un maschio... e io no e lui è così triste. Insomma ho pensato a te, ma magari ho fatto male, e se ti sembra una cazzata dimmelo, nessun problema!» dissi sentendomi scema.

«Ma certo che vengo!» mi rincuorò mettendomi le mani sulle spalle. «Dov'è il problema?»

«Che tu hai la tua vita, ma ecco, non so a chi altro rivolgermi, tu sei la persona che lui stima di più... e... ecco, anch'io ti stimo... un botto» borbottai.

Si mise a ridere.

«Sono molto lusingato che tu mi stimi un botto!» sorrise. «Tu invece come l'hai presa questa notizia?»

Scrollai le spalle.

«Un altro fulmine a ciel sereno. Ci sono abituata ormai.»

«Non ti abbattere proprio adesso. Lo so che sembra facile detto da me, ma è proprio in questi momenti che devi tenere duro, e rimanere concentrata e ottimista, ma soprattutto positiva. A cadere ci vuole un attimo, il difficile è stare in equilibrio sul filo, come l'altro giorno.»

«Infatti sono caduta...»

«Solo un attimo, perché ti eri distratta, e ti ho sorretta io.»

«Tu non ci sei sempre, e poi perché ci dovresti essere?»

«Perché mi va, perché te lo meriti, perché ci voglio essere.»

Ecco, il prossimo tatuaggio che mi sarei fatta era quello.

«Stai tranquilla, domani ci parlo io con Filippo, ora devo scappare sennò ti portavo a bere una birra in un posto bellissimo.»

Lo guardai salire in bici e sparire nella sera senza capirci assolutamente niente, sentendo solo il rumore sordo del mio cuore che rideva e rideva.

"Mari emergenza!" mi scrisse Ginevra la mattina dopo. "Vieni a cena da me."

Non posso stasera
Cos'hai da fare?

Esitai un attimo. Non glielo volevo dire, ma se avessi inventato delle scuse mi sarei incastrata in una rete di balle infinita, lei mi avrebbe fatto ottocento domande e alla fine avrei ceduto.

Viene Nicholas da me
Chi il writer?
Sì
Naaaaa
☺
Allora scopi stasera!
Sei una bestia Gi sul serio!
Ma io ti devo vedere lo stesso, solo 5 minuti, ti devo parlare è importante
Non posso, vado a prendere Filippo a scuola perché Ilenia non c'è, faccio la spesa e scappo a casa
Mari, non te lo chiederei se non fosse super importante
Che palle che sei. 5 minuti
Ti amo
Vaffanculo

Mi accordai con Dario per uscire un paio d'ore prima, in modo da passare da casa di Ginevra e fare tutto il resto.

Ovviamente il veto di portare Filippo in motorino era stato revocato tramite un editto emanato da me.

Il caldo di giugno cominciava già a farsi sentire, l'umidità saliva vertiginosamente, e l'odore di fiori macerati in casa di Ginevra aveva dell'inquietante.

«Eccomi» dissi con la mano sulla bocca per non respirare. Dopo aver salito tre piani di corsa, ero in un bagno di sudore. «Che succede?»

«Sono incinta» sparò nell'aria nauseabonda del salotto.

«Che cazzo dici?» risposi sconvolta.

«Guarda!» disse sbattendomi in faccia il test.

«O merda, anche tu?» esclamai prendendolo in mano e guardandolo meglio controluce, nella speranza che accanto alla parola "incinta" comparisse un enorme NON.

«In che senso anch'io?»

«Ilenia aspetta un maschio. Sarà mica qualcosa nell'acqua?»

Non rise e crollò sul divano.

«Che si fa?» le chiesi sedendomi accanto a lei.

«Non lo so» mi rispose incrociando le braccia sulla testa, preoccupata e in ansia.

«Gliel'hai detto?»

«Non ancora.»

«Quando pensi di dirglielo?»

«Stasera dopo cena, passa da me.»

Rimasi in silenzio una buona decina di minuti per elaborare le informazioni.

La mia migliore amica incinta a ventun anni. Che cosa mai avrei potuto consigliarle?

«Come ti senti?» le chiesi.

«Strana» disse.

«Ma la nausea, i giramenti di testa, tutte quelle cose là...»

«Non riesco a sentire l'odore dei fiori, è un disastro!»

«Ti assicuro che si sentono, sto per vomitare da quando sono entrata!»

Si strinse nelle spalle, mi sembrava piccolissima.

«Pensi che lui voglia dei figli?»

«Non ne abbiamo mai parlato, ma tutte le volte che vede dei bambini impazzisce, l'ex moglie non poteva averne, a lui piacciono molto, e questa sarebbe la nostra opportunità.»

«Dopotutto vi siete fidanzati, è un impegno, no?»

«Esatto!» rispose convinta.

«Poi se lo fate senza precauzioni prima o poi succede, si chiama calcolo delle probabilità!»

«Ma la pillola mi fa ingrassare!»

«Certo, e lui è allergico al lattice...»

Fece una faccia colpevole.

«Quindi divento zia e sorellastra nello stesso momento» dissi per sdrammatizzare. «Chissà che cosa cerca di comunicarmi il destino.»

«Tu fai la mamma da sempre a Filippo.»

«Già, posso darti qualunque dritta eccetto che per il parto!»

Ci abbracciammo.

«Mi raccomando stasera» mi disse. «Stai attenta col writer!»

«Oh, non ti preoccupare» risposi uscendo. «Il mio motto è: se non hai un preservativo, io non ho una vagina!»
«Mi ci farò una maglietta!»
«Troppo tardi ormai!»

Mi precipitai a casa con la testa che girava vorticosamente.
Ilenia incinta lo potevo capire, ma Ginevra mi scioccava. Non era una tipa da figli, lei era uno spirito libero, io lo sapevo bene anche se adesso giocava a fare la fidanzata dell'anno, le piaceva pensare di poter prendere un aereo in ogni momento, era una festaiola nata e non aveva mai nemmeno preso un pesce rosso perché era troppo impegnativo.
Davvero l'amore ti cambiava fino a questo punto?
Andai a prendere Filippo a scuola: era felicissimo di poter venire di nuovo in motorino con me.
«Anche questo è un segreto, ricordatelo, se lo sa il babbo mi ammazza!»
Fece segno di cucirsi la bocca e partimmo per andare a casa.
Una volta arrivati diede un'occhiata al murales, ma non vide niente di nuovo a parte la mia aggiunta.
«Che vuol dire?» mi chiese.
«Non ne ho idea!» risposi con un sorriso.
«Ma l'hai fatto tu, riconosco lo stile!»
«È una sorpresa» gli dissi. «Fidati.»
Entrammo in casa e tempo dieci minuti squillò il campanello.
«Vai tu ad aprire!» dissi a Filippo mentre apparecchiavo per tre.
Corse alla porta e lo sentii urlare di gioia.
«Niiiiic!»
Sospirai di sollievo, almeno una cosa era andata per il verso giusto, almeno di una persona mi potevo fidare.
Entrò in cucina con Filippo sulle spalle, e mi dovetti appoggiare al tavolo per non andare giù come una pera.
Aveva una maglietta grigia con disegnata una bomboletta spray e una vaschetta di gelato in mano.
Ed era semplicemente perfetto.
Tagliai della focaccia e misi in tavola prosciutto, formaggio

e birra, mentre loro giocavano a braccio di ferro, e mi sembrò tutto così giusto e bello e normale.

Tanto che scossi la testa per riavermi.

«Sai quanti fratelli ho io?» chiese Nicholas a Filippo.

«No.»

«Cinque, e da tre mamme diverse. Mio padre si è risposato tre volte.»

Filippo guardava nel suo piatto, allibito.

«E vuoi bene a tutti uguale?»

«Uguale uguale no» rispose addentando la focaccia. «I gemelli sono i miei preferiti, ma voglio bene a tutti, e sai perché?»

Fece di no con la testa.

«Perché quando sei il primo, hai una grandissima responsabilità nei loro confronti, sei il più saggio, il più grande, conosci un sacco di cose, mentre loro non sanno fare niente, sono piccoli e hanno bisogno di una guida e loro ti guardano con ammirazione e rispetto. Tu per il tuo fratellino sarai quella guida!»

Filippo sorrise impercettibilmente.

«Tu sei un uomo ormai, non hai bisogno di farti cantare la ninna nanna, quindi non devi avere paura di nulla!»

«E se mi viene paura?»

«Hai tua sorella come punto di riferimento, se hai dei dubbi chiedi a lei, oppure a me!»

Volevo piangere, sposarlo e piangere.

Sorrise, come se fosse riuscito a risolvere un difficile compito di matematica in due semplici passaggi.

«Ma tu e mia sorella siete fidanzati?» chiese Filippo con cognizione di causa.

«Volete il gelato, ragazzi?» dissi per evitare un imbarazzante silenzio.

«No, io e Marina non stiamo insieme» gli rispose dolcemente. «Io sono fidanzato con un'altra ragazza, ma voglio molto bene a Marina e anche a te.»

Coltellata in pieno cuore.

Morta sul colpo.

Non state nemmeno a chiamare il 118.

Ora del decesso: 21.34.

Servii il gelato nelle coppette e lo diedi ai ragazzi.

"I miei ragazzi" pensai ingenuamente.

Filippo e Nicholas giocarono ancora un po', poi lo accompagnammo a letto.

Lo vidi davvero felice, finalmente era rilassato e sereno insieme a persone che non lo manipolavano, non cambiavano umore ogni tre minuti, non gli inculcavano storie assurde nella testa e non gli insegnavano la paura e l'ansia.

Come dovrebbe essere la vita normale.

Gli leggemmo la storia della buonanotte e poi lo lasciammo dormire.

«Ti va un caffè?» proposi a Nic per non vederlo subito andare via.

«Volentieri!» disse seguendomi in cucina.

Mi sentivo in fibrillazione, ero innamorata cotta e quindi incapace di mettere insieme un discorso coerente e logico. Avrei potuto esprimermi più facilmente in lappone.

Aprii la finestra della cucina e mi appoggiai per fumare una sigaretta e far calare la tensione.

«È molto che fumi?»

«Almeno quattro anni.»

«Non dovresti» disse. «Ti fa malissimo!»

«Lo so, ma adesso non è il momento di smettere.»

«E qual è il momento giusto?»

«Quando sarò tranquilla, per la prima volta nella mia vita, e le cose andranno finalmente bene, forse quando avrò novantotto anni!»

Si alzò e venne verso di me, mi prese la sigaretta dalle dita, diede un tiro e la schiacciò nel portacenere.

«Non c'è momento migliore di questo per smettere di fare una cosa.»

O di cominciarla, pensai mordendomi la lingua.

Mi prese il mento fra le mani. «Ti prometto che ce la faremo a liberare gli ostaggi» disse. «Dobbiamo solo trovare la maniera migliore per portare avanti le trattative di pace.»

Baciami, baciami, baciami, riuscivo solo a pensare, e mi odiavo perché puzzavo di fumo.

Baciami finché non mi viene un infarto.

«Devo andare!» disse interrompendo brutalmente il mio film con la pubblicità di una macchina.
«Okay!» risposi avviandomi verso la porta.
Ci guardammo.
«Grazie del gelato e tutto quanto.»
«Grazie a te di essere come sei.»
Come sono?, mi chiesi chiudendo la porta.
Mi lavai i denti e andai a letto. Appena presi sonno il cellulare squillò.
«Mi ha lasciato» disse Ginevra. «Quello stronzo mi ha lasciato.»

20

Per quanto sappiamo subito come andranno veramente le cose, c'è sempre una parte di noi che si ostina a voler credere alle favole.

Quando mia mamma si ammalò, ci convincemmo che non fosse niente di grave, che dopo la prima operazione sarebbe guarita e poi anche dopo la seconda.

Continuammo a credere ostinatamente che sarebbe passato tutto e che avremmo ripreso la nostra vita di sempre, senza sale d'attesa degli ospedali, senza infermiere che venivano a casa, senza chemio e senza dolore. Ma nonostante le nostre ingenue convinzioni, le nostre preghiere e i nostri occhiali rosa, mia madre morì lo stesso.

Nella mia breve esperienza di vita, le cose andavano esattamente come volevano loro, e questo voleva dire quasi sempre molto male.

Ginevra mi aprì la porta in un mare di lacrime, disperata, smarrita e piccola.

Tutta la sua spavalderia era svanita nel giro di poche ore, la donna di mondo che ero abituata a conoscere si era nascosta dietro a una bambina spaventata.

«Se n'è andato, Mari, mi ha detto di non cercarlo mai più.»

Cercai di abbracciarla, ma era una massa di capelli e lacrime buttata sul divano.

«Raccontami esattamente tutto dall'inizio.»

«È venuto qui» cominciò tirando su col naso, «era carino e dolce come sempre, mi diceva che saremmo andati a Ponza settimana prossima, che quest'estate voleva portarmi in Sardegna, poi quando gli ho detto che dovevo dirgli una cosa importante si è rabbuiato. Mi ha risposto: "Mica sarai incinta, vero?". E me l'ha detto in maniera cattiva. E quando gli ho detto di sì ha dato di matto, ha detto che ero un'incosciente, che lui di figli non ne voleva, che avrei dovuto stare attenta, che lui si fidava e che tanto non mi avrebbe dato un euro.»

Intrecciai le dita con le sue.

«Ma che stronzo» mormorai.

Annuì.

«Non mi sarei mai aspettata una cosa simile da lui. Mai» disse ricominciando a piangere a dirotto.

«E ora dov'è?»

«L'ho chiamato mille volte, ma non mi risponde, ha staccato il telefono.»

«Mio fratello sarebbe stato più maturo.»

«Non so cosa fare, Mari, sono disperata.»

«Vuoi parlarne con i tuoi?»

«No, con loro no. Rimarrebbero troppo male, la loro bambina che si fa mettere incinta da un quarantenne che sparisce? Non è così che mi hanno educata, li ucciderei.»

«Cosa pensi di fare, Gi? Io ti appoggerò comunque, lo sai.»

«Voglio abortire, non me la sento di portare avanti una gravidanza, non me la sento proprio.»

«Ma credi che se abortisci lui tornerà?»

«Forse. Magari quando avrà sbollito la rabbia.»

«Ma tu lo rivorresti? Insomma, dopo quello che ti ha detto...»

«Io lo amo, Mari, lo amo da morire.»

Non sapevo cosa dire, non sapevo come consigliarla. Era tutto troppo grande per me. Cercavo di mettermi nei suoi panni, ma non ci riuscivo.

Ginevra aveva scherzato col fuoco e si era bruciata, aveva giocato a fare la donna adulta, quella che conosceva gli uomini e la vita, ma non lo era, era comunque poco più di un'adolescente.

E io e lei da sole non eravamo certo in grado di gestire una situazione simile.

«Non ne vuoi parlare con qualcuno? Magari la mamma di

Dario, lei è una donna molto in gamba che dà sempre ottimi consigli, mi ha aiutata tanto in passato.»

«Non ho voglia di parlare con nessuno. Voglio soltanto Tommaso, cercalo tu per me, chiamalo, prova a parlarci, per favore.»

E me lo chiese con una tale disperazione negli occhi che non riuscii a dirle di no.

Presi il cellulare e lo chiamai.

Mi batteva forte il cuore.

Rispose.

«Pronto, Tommaso, scusa se ti disturbo, non ci conosciamo, sono un'amica di Ginevra» dissi guardandola.

«Senti un po' bella, non è che adesso mi fa chiamare da tutte le sue amiche, vero? Ho già detto a lei quello che avevo da dire, non voglio più rotture di coglioni né da te, né da lei, né da nessun altro», e riattaccò.

Guardai Ginevra col telefono in mano e mi sentii mortificata.

«Forse ha bisogno di un po' di tempo» le dissi, «e anche tu ne hai bisogno.»

Ginevra scoppiò a piangere di nuovo, poi si alzò e andò alla finestra. «Non ce la faccio, non ce la faccio senza di lui.»

«Sì invece» risposi triste. «Ce la facciamo sempre.»

Uscii da casa sua in uno stato di tremenda angoscia, non ero riuscita a darle conforto e la voce di Tommaso mi risuonava ancora nelle orecchie.

Aggressiva, prepotente, arrogante.

Io ero meglio equipaggiata di lei ad affrontare le avversità e i comportamenti irrazionali degli altri, non avevo mai conosciuto il rispetto e la fiducia, ed ero sempre diffidente, ma lei, che era stata amata e coccolata da tutti, aveva confuso l'attrazione di questo tizio per la sua giovinezza con il vero amore.

E quando il nuovo giochino si era rotto, lui l'aveva buttato via.

Chissà cosa le avrebbe detto Nic.

Lui avrebbe senza dubbio trovato qualcosa di profondo da dirle.

Entrai in negozio da Dario e, al posto dell'atmosfera da festa del giorno prima, mi accolse con un muso così lungo che stentai a riconoscerlo.

Mi prese una voglia incredibile di scappare in un altro continente.

Con Nicholas.

«Che succede?» chiesi.

«Non ne voglio parlare.»

«Okay, come vuoi» risposi ignorandolo.

«Quella non capisce un cazzo.»

«Speravo tu non ne volessi parlare» commentai sistemando delle magliette su uno scaffale.

«È una cretina.»

«Sì, l'ho capito, vuoi darmi altri indizi o devo inventarmi il resto?»

Aveva l'espressione del ragazzino che non ha vinto il giocattolo che voleva al luna park e piange perché la mamma glielo compri.

«Il locale» disse. «Fa schifo.»

«Non è come lo volevi?»

«Non è come lo volevo, e non è dove lo volevo!» rispose stizzito.

«Troppo piccolo?» tentai.

«È una tavola calda all'Osmannoro, capito? Con tabaccheria e ricevitoria del lotto! E mia madre è entusiasta dell'affare, dice che è una zona piena di uffici, che a pranzo si lavora moltissimo, così la sera alle otto potrei chiudere!»

Cercai di trattenere una risata.

«Sì, effettivamente è un po' diverso dall'idea di club che ti eri fatto tu, sei sicuro di essere stato chiaro con lei su quello che volevi?»

«Certo che sì! Ma tanto lei fa sempre di testa sua!»

«Il senso degli affari non le manca, forse non è una cattivissima idea.»

«Ma che cazzo dici, Mari!» mi urlò. «Vacci te a fare la barista laggiù in culo al mondo!»

«Sì, capisco che non è glamour come intendevi tu» cercai di sdrammatizzare, «ma per ora è tutto sulla carta, spiegale meglio quello che vuoi.»

«Ci ho discusso fino alle tre di stanotte, ha deciso lei, o quello o niente!»

Sentivo la frustrazione attorcigliarsi intorno alla gola.

Era il problema di voler fare le cose coi soldi dei genitori, a quel punto non avevi possibilità di negoziazione, e come si dice, a caval donato...

La giornata era cominciata malissimo, e minacciava di finire anche peggio.

Mio padre e Ilenia sarebbero tornati in serata e la cosa non mi sorrideva affatto.

Essere a casa da soli era una vacanza, non dovevamo stare in tensione costante, non dovevamo misurare le parole, fare attenzione agli sguardi, e aspettarci comunque che si scatenasse una tempesta.

L'unica cosa positiva era che Filippo sembrava rincuorato dalle parole di Nicholas, era abituato a adattarsi alla realtà delle cose, ma quella spiegazione gli aveva dato un po' di conforto.

Gli piaceva sentirsi responsabilizzato, gli piaceva sentirsi grande, e vedeva quella come un'occasione per dimostrarlo.

Ilenia tornò prima di nostro padre e si chiuse in studio a telefonare.

Io e Filippo cercammo di dare una parvenza di normalità preparando la cena e la tavola come avevamo fatto la sera con Nic, ma ovviamente non c'era confronto.

Eravamo già sulle spine, aspettando la penitenza.

«Se becco chi è quel delinquente che continua a imbrattare il muro lo faccio arrestare» fu la prima cosa che disse mio padre entrando in casa.

Guardai Filippo con le sopracciglia alzate per ricordargli di tenere l'acqua in bocca e lui mi rassicurò facendomi l'occhiolino.

«Novità?» chiese.

«Nessuna» risposi pensando a Ginevra e Dario, e sentendomi per una volta sollevata di non essere nei loro panni.

Ci sedemmo a tavola.

«Ho dovuto tenere una riunione di quattro ore e mezzo a quegli incapaci della sede di Torino. Non avevano capito niente, errori madornali. Mi hanno fatto delle domande che nemmeno Filippo farebbe. Quando me ne sono andato ho ricevuto cinque minuti di applausi e mi hanno detto che nessuno gli aveva mai spiegato le cose così chiaramente.»

«Bravo!» gli disse Ilenia carezzandogli il braccio.

Filippo e io annuimmo sorridendo al piatto.

«E voi? Lavoro? Scuola?»

«Io ho fatto i triangoli» disse Filippo fiero.

«Ah i triangoli, certo, allora dimmi un po' che differenza c'è fra il triangolo isoscele e l'equilatero.»

Filippo si mosse nervosamente sulla sedia.

«Il triangolo isoscele...»

«Dài, è facile» lo incalzò.

«Due lati sono... su, Filippo, concentrati.»

«Uguali» disse aggrottando la fronte.

«Bravo, e l'equilatero? Dài, questo è ancora più facile.»

«Due lati diversi?»

«Ma no!» esclamò deluso. «Sono tutti uguali, "equo" in greco significa uguale.»

«In latino» mormorai.

«Come hai detto, scusa?» mi chiese infastidito.

«Niente, credo sia latino» risposi.

Si pulì la bocca stizzito.

Mi ero dimenticata che lui era "primo in tutto" e non andava mai contraddetto.

«Io invece ho preso contatti con una prestigiosa residenza storica nel Chianti, a cui ho proposto di cedermi l'esclusiva per vendere i loro nuovissimi appartamenti di lusso!» disse Ilenia.

Mio padre la guardò ammirato, ma con un inizio di allarme-competizione già in atto.

«Ti sei fatta dare tutti i documenti, i dati catastali, la planimetria, le informazioni sulla conformità degli impianti...»

«Certo!» rispose lei seccata. «Non sono scema.»

«Non ho detto che lo sei» rispose lui già impercettibilmente soddisfatto della sua provocazione, «so benissimo che conosci il tuo lavoro, volevo solo verificare che non avessi dimenticato niente, poi adesso nelle tue condizioni...», e lasciò in sospeso.

«Sono incinta, non ho l'Alzheimer!» rispose lei, tagliente.

Come gli fosse venuto in mente di aprire una società insieme era qualcosa che andava al di là della mia comprensione. Lavorare con un uomo come mio padre era una cosa già complicata se non eri un suo parente, ma diventava drammatica se sciaguratamente lo eri.

Ilenia si alzò per sparecchiare e mio padre mi lanciò subito un'occhiata torva.

«Dalle una mano, avanti!» mi ammonì.

Mi affrettai ad alzarmi e radunare i piatti sporchi, mentre Ilenia prendeva il gelato dal frigo e ce lo serviva nel silenzio.

«Era più buono quello che ci ha portato ieri Nic» si lasciò scappare Filippo.

Sperai che mio padre non avesse sentito.

Ma il silenzio glaciale che ne seguì mi confermò che il messaggio era stato recapitato a dovere completo di spunte blu.

Odiavo quando rimaneva zitto e ti fissava, era una tortura subdola degna di un carcere di massima sicurezza.

Aveva letto una quantità di manuali di persuasione e conosceva tutti i trucchetti da venditore per spingere gli altri a fare quello che voleva lui.

Ti ficcava quegli occhi in faccia e aspettava che tu parlassi, perché sapeva che più di tanto non avresti resistito.

E funzionava sempre.

«Vado in camera mia» dissi, «ho un po' di cose da fare.»

«Tu non ti alzi di qui!» mi disse puntandomi il dito contro.

Mi spaventai.

Filippo mi prese la mano sotto il tavolo. Gliela accarezzai per tranquillizzarlo.

«Chi è venuto qui a casa quando non c'eravamo?»

«Nessuno.»

«Non mi dire bugie.» Poi, rivolto a Filippo: «Chi è venuto qui ieri?».

Filippo mi guardò perduto.

Gli misi un braccio intorno alle spalle.

Possibile creare un dramma simile perché un amico (fra l'altro fichissimo) era venuto a casa a cena?

I miei amici del liceo facevano feste continuamente a casa dei loro genitori, anche se io non ero mai potuta andarci, e si ubriacavano tutti, si facevano di canne e pasticche, scopavano come ricci e vomitavano sui tappeti, ma il gelato a quanto pare era pericolosissimo.

«Ho invitato Nicholas a cena qui ieri» dissi cercando di sostenere il suo sguardo.

«Ti avevo detto che non volevo» mi intimò.

«Lo so, ma mi sembrava non ci fosse niente di male.»

«Se permetti a casa mia decido io chi entra e chi no!»

«Ma qui non entra mai nessuno, tu non vuoi nessuno» dissi più agitata di quello che intendevo essere.

«Io non voglio balordi in casa mia.»

Ilenia continuava a caricare la lavastoviglie fregandosene completamente.

«Non è un balordo» dissi.

«Qui non ci deve mettere piede. Chiaro?» intimò.

Abbassai lo sguardo.

«Sissignore» mormorai.

«Mi stai prendendo per il culo?»

«Nossignore» risposi, consapevole che lo stavo sfidando di nuovo, ma senza sapere cos'altro dire.

«Se lo rivedi vai fuori da questa casa, e per adesso non esci più dopo cena fino a nuovo ordine. Ora levati dalle palle, non ti voglio più vedere!» mi liquidò.

Salii in camera mia.

Mi scendevano le lacrime.

Ogni volta che mi attaccava minacciava di cacciarmi di casa, e ovviamente non potevo che cedere. Non c'era mai un confronto, un insegnamento, una spiegazione, solo urla e intimidazioni.

Presi un foglio e disegnai Hitler in cucina che faceva il saluto nazista e io, Filippo e il neonato col pannolino che camminavamo col passo dell'oca, mentre Ilenia metteva in lavastoviglie strumenti di tortura.

Mi sentii meglio per un momento.

Filippo entrò e corse a buttarsi su di me.

«Scusa Mari, sono stato scemo!»

«Non ti preoccupare!», gli spettinai i capelli. «Succede, eri sovrappensiero.»

«Ma lui ti ha messo in punizione!»
«Se non era per quello era per qualcos'altro, e comunque le sue regole sono assurde!»
«Perché non possiamo invitare Nicholas?»
«Perché ha deciso che non gli piace e se decide che qualcuno non gli piace non cambierà mai più idea, ha sempre fatto così!»
«Io lo odio!» disse.
«È nostro padre» risposi. «È andata così, ma poteva andarci molto peggio. Almeno un tetto sopra la testa ce l'abbiamo e non ci mandano a rubare, quello era peggio no?»
«Sì» ammise. «Quello è peggio, ma anche che lui si arrabbia sempre per tutte le cose che facciamo non è giusto!»
«Lo so, tesoro, non è giusto. Tante cose non sono giuste, ma noi proveremo a cambiarle.»
«Posso dormire con te?» mi chiese.
«Solo se non fai le puzze!» gli dissi facendogli il solletico.
«Ma così le faccio!» rispose ridendo fortissimo.
«Ora zitto che sennò ci sente e urla: "Non potete ridere in casa mia!"» dissi imitando la voce di mio padre. Ci addormentammo abbracciati.

L'indomani mattina chiamai Ginevra.
«Come stai tesoro?»
«Male» mi disse con un filo di voce. «Lui non mi vuole più», e si rimise a piangere.
Com'era possibile che un uomo che diceva di amarti riuscisse a scaricarti dall'oggi al domani?
E come si faceva a lasciarsi alle spalle tutto quel dolore? Come si faceva a darsi una spiegazione? A smettere di soffrire così tanto?
«Gi, che posso fare?»
«Vieni a dormire da me, non mi lasciare sola.»
«Sono nei guai con mio padre, ha scoperto che è venuto Nicholas a cena e se lo rivedo devo fare le valigie e andarmene. Devo rimanere segregata per un po'.»
«Quanto?»
«Chi lo sa? Mi andrò a scusare come sempre strisciando ai

suoi piedi e ammettendo che sono una povera stupida, allora mi dirà che tutto quello che fa è per il mio bene, e mi darà cento euro.»

«Come fai a vivere così?»

«Per Filippo. Solo per Filippo.»

Dovevo trovare il modo di dire a Nicholas che non potevo uscire la sera.

Scrissi "M.I.B. 2" accanto al murales, e poi al bar lasciai il *message in a bottle*, in cui spiegavo quello che era successo, alle premurose cure di Sandro.

Quando Nic lo avrebbe letto, sarebbe venuto in mio soccorso, o almeno ci speravo.

Dario era intrattabile, non gli si poteva stare vicino ed era ancora più odioso con le clienti.

«Mi ha detto che si fa così e basta, che l'affare non lo vuole perdere e o così o niente!» mi disse.

«Se proprio non vuoi andare in trattoria puoi sempre tenerti questo lavoro» risposi. «Non sarà così eccitante, ma almeno sei in centro!»

Il solito «Che cazzo dici» mi attraversò rapidamente il cervello da un orecchio all'altro.

«Questo lavoro mi fa cacare e quell'altro di più! Quella merda di donna non vuole che io sia felice, ha la mentalità dell'Ottocento per cui devi lavorare come uno stronzo tutta la vita, andare in pensione quando non ti si rizza più e poi morire a casa dei tuoi figli che ti odiano e non vedono l'ora che schianti per prendersi l'eredità! Io piuttosto mi ammazzo!»

«Allora perché non vai a lavorare in un locale che ti piace e piano piano cominci a conoscere l'ambiente, e ti metti in società con qualcuno?»

«Perché ho la possibilità di mettermi in proprio, ma quella stronza non capisce!»

Tutto sommato avrei preferito rimanere chiusa in casa, almeno avrei evitato conversazioni come questa.

Riuscii a vedere Ginevra per una mezz'ora prima di tornare a casa.

La trovai immersa in una confusione spaventosa, che di certo rappresentava il caos che aveva dentro.

I fiori erano marci, l'odore era nauseabondo, lei non mangiava e stava solo a letto a piangere o a cercare di telefonare a Tommaso.

«Ciccia, non puoi stare così, io sono preoccupata» le dissi. «Chiamiamo tua mamma, o un dottore, non so, mi stai spaventando.»

«No Mari, non chiamare nessuno, non chiamare nessuno ti prego, stai solo qui con me.»

Rimanemmo un po' abbracciate, poi la convinsi a bere un tè e mangiare qualche biscotto.

Era una maschera di dolore, non si lavava da giorni, aveva gli occhi e il naso gonfio, e si era mangiata l'interno del pollice fino a sanguinare, come faceva solo quando era stressatissima.

«Almeno la tua ginecologa la devi vedere.»

Annuì.

«Quello stronzo! Si meriterebbe che facessi il bambino e poi glielo lasciassi davanti alla porta di casa.»

«Sarebbe orribile da parte tua» risposi mettendomi dalla parte dei bambini non voluti. «Non te lo permetterei.»

«Non lo farei mai, ma se lo meriterebbe.»

«Se non lo vuole non lo vuole» risposi. «E non lo obbligherai a volerti bene incastrandolo. Solo nei film funziona, anzi no, nemmeno lì.»

«Non so cosa fare, Mari, sto malissimo.»

«Cerca di stare tranquilla e riposarti, e parla con qualcuno che ti possa dare un buon consiglio.»

La lasciai dormire e me ne andai. Ero preoccupata da morire, e cercavo di farmi venire in mente a chi avrei potuto chiedere aiuto.

Purtroppo di Nic, con mia immensa delusione, non ebbi notizie.

Il mio Superman si era perso la chiamata.

21

Il giorno dopo torturai Sandro perché mi dicesse se aveva visto Nic ogni volta che mi allontanavo cinque minuti.

Ero abituata a vederlo comparire appena pensavo a lui e quei due giorni di silenzio erano troppo strani.

E se, così com'era venuto, fosse sparito per sempre?

Cominciai a provare quel vuoto pieno di ansia, quella paura di aver perso di nuovo qualcuno di importante.

Cercai di farmi coraggio, dopotutto non poteva essere veramente ai miei ordini.

Ma sarebbe stato bello poterlo sentire ogni volta che ne avevo voglia, scrivergli su WhatsApp, mandargli le foto, le faccine...

Sandro mi guardava sciacquare la stessa tazza da cinque minuti buoni mentre mi avvitavo nei miei pensieri.

«La vuoi consumare?» mi chiese.

Lo guardai senza capire.

«La tazza, sta venendo via la scritta Illy...»

Mi misi a ridere.

«Sei innamorata come una pera!» mi disse scuotendo la testa.

«Non è vero!» negai decisa.

«Non è veeero!» mi fece il verso.

«Oddio forse un po' sì...» ammisi. «È grave?»

«È sempre grave!» rispose sorridendo.

Passai di corsa a casa di Ginevra prima di andare in negozio per portarle un panino, ma non mi rispose.

Cominciò a salirmi un'ansia atroce.

La chiamai e il telefono squillava a vuoto.
Le scrissi, ma non visualizzava.
Suonai al campanello ancora e ancora, e poi mi feci prendere dal panico.
Cosa dovevo fare, chiamare i suoi? O chiamare i pompieri?
Un'immagine terribile di Ginevra con i polsi tagliati nella vasca da bagno mi si conficcò nel cervello.
E mi venne in mente che avevo in memoria il numero di Tommaso. Forse era con lui.
Mi tremavano le ginocchia mentre contavo gli squilli.
Ma non rispose.
Mi sedetti sul gradino ad aspettare fissando il cellulare, dieci, venti lunghi minuti, finché la vidi svoltare l'angolo.
«Cretina, dove sei stata? Sono morta di paura!» le urlai senza mezzi termini andandole incontro.
Mi guardò e ricominciò a piangere. Mi pentii immediatamente di aver alzato la voce.
«Non sai cos'è successo, Mari...»
«Dimmelo!» la esortai.
«Sono andata a casa sua, perché volevo assolutamente parlarci, ma sembrava che non ci fosse, allora ho deciso di aspettarlo, so che va a mangiare a casa tutti i giorni, ma non pensavo certo di vederlo arrivare in macchina con moglie e due figli!»
Mi misi le mani nei capelli.
«Non potevo credere ai miei occhi! Capisci che razza di bugiardo?»
«E tu che hai fatto?»
«Non ci ho pensato due volte, ho attraversato la strada, sono andata da lei e le ho dato il mio test di gravidanza!»
«Che hai fatto?»
Fece sì con la testa e nuove lacrime le caddero dagli occhi.
«E lui?»
«Lui è rimasto impietrito, e io sono scappata via, per fortuna ero in macchina. Mi sta chiamando ininterrottamente da un'ora e non fa che insultarmi via messaggio, non lo riconosco più, Mari.»
«È sposato con figli e a te aveva detto che era divorziato e che l'appartamento era in ristrutturazione?»

«Sì... sono una scema.»
«Che ti aspettavi da uno che fa stand up paddle?» dissi.
Riuscì a ridere. «E che tutte le mattine prende la papaya e la sera si mette la crema contorno occhi?»
«Sarebbe l'uomo perfetto per Ilenia.»
«Come ho fatto a non accorgermi che mi stava usando?»
«Non potevi, tu sei innamorata, e quando uno è innamorato non ragiona più» dissi pensando che io mi ero presa una cotta pazzesca per uno che non aveva nessunissima intenzione di mollare la sua fidanzata storica.
«Mari, io ci ho pensato bene, non lo voglio un figlio da lui, e non me la sento di diventare madre.»
«Tesoro, la decisione spetta a te. L'importante è che tu sia sicura e non faccia niente che non vuoi.»
Ci abbracciammo strette.
«Ti voglio bene.»
«Ti voglio bene anch'io» le dissi, poi corsi in negozio.
Per questo ero così rigida sul sesso sicuro.
Ci voleva un attimo a trovarsi in una situazione del genere, un "non ti preoccupare, sto attento" in un momento di debolezza ed eri davvero nella merda.
Una volta avevo avuto un ritardo, e mi ero spaventata così tanto che mi ero ripromessa che mai e poi mai sarebbe ricapitato.
Perché per i ragazzi tanto, alla fine, era sempre un problema nostro.
Arrivata in negozio mi accorsi di aver ricevuto un messaggio: "Di' alla tua amica che se si avvicina di nuovo alla mia famiglia è peggio per lei".
Decisi di non dirglielo.

Dario stava spulciando con l'iPad un sito di affitti, convinto di trovare un locale notturno a un buon prezzo.
Adoravo quando s'incaponiva su qualcosa senza avere la più pallida idea di quello che stava facendo.
Adesso voleva dimostrare a sua mamma che era capacissimo di portare avanti una trattativa di affari tutto da solo.
«E che ci vuole? Basta proporre un prezzo!»

«Ma sono sempre soldi di Sonia!» gli feci notare.

«Dettagli!» disse continuando a cercare, ignorandomi.

Ritornai nella mia cella di isolamento a sera, constatando che non c'erano state modifiche al murales.

Nic era proprio sparito.

E io non ero ancora andata alla scuola di fumetto come gli avevo promesso.

Mi sentivo davvero scoraggiata.

Dovevo trovare una soluzione, una scappatoia.

Non potevo andare avanti così per sempre, a vivere in casa di mio padre, in quell'atmosfera tossica e molesta, a fare due lavori senza sbocco perdendo ogni opportunità che la vita poteva offrirmi.

Ma non potevo aspettare dieci anni perché Filippo diventasse maggiorenne, né potevo sopportare un clima così pesante. Stavo perdendo tempo, un sacco di tempo.

Indossai le cuffie, mi sdraiai sul letto e cercai i Foo Fighters, che mi mettevano sempre di buonumore.

Insomma, se Dave Grohl era riuscito a rimanere ottimista anche dopo i Nirvana, potevo farcela anch'io.

Canticchiavo disegnando a caso: Ginevra con una pancia piena di fiori e Dario con i pantaloni a zampa tipo John Travolta ne *La febbre del sabato sera*, che ballava sotto una palla stroboscopica.

Poi mi alzai per fumare una sigaretta. Aprii la finestra e urlai con tutto il fiato che avevo in corpo quando vidi Nic seduto sul davanzale.

«Che ci fai qui???» strillai sentendo i brividi dell'adrenalina salirmi lungo la schiena.

«Mi sono arrampicato sulla grondaia come avrebbe voluto fare Dario l'altra notte, ma tu stai al primo piano, è facilissimo!»

«Lo so, sono entrati i ladri quattro volte» risposi sconvolta. «Da quant'è che eri lì?»

«Dieci minuti, ho bussato, ma tu eri tutta presa... è un piacere guardarti lavorare!»

Era come avere Babbo Natale nella propria camera, un misto fra "tu cosa ci fai qui" e "non andartene mai più".

«Ci ho messo un po' a capire che M.I.B. 2 voleva dire *second message in a bottle*, mi hai sopravvalutato! Pensavo a *Men in Black*!»

«Non potevo scrivere: "Mio padre ti odia, e io ho il coprifuoco fino a nuovo ordine, passa da me al bar!". Ma se tu avessi un telefono tutto ciò sarebbe semplicissimo!»

«Hai ragione» disse, «ma come vedi sono qui!»

Eh già, era lì in camera mia. MIA.

Si sedette sul letto e io mi appoggiai al tavolo.

«Dunque tuo padre mi odia!»

«Mio padre odia tutti, ma si è concentrato su di te perché Filippo ti nomina di continuo e ho la sensazione che sia geloso, quindi, come suo costume, elimina le persone dalla sua vita per ripristinare il suo paranoico ordine cosmico!» dissi mimando un universo con le mani.

«Cosa stavi disegnando?»

«Oh, niente di che!» risposi girando i fogli dall'altro lato.

«Dài, fammi vedere!» insistette con quel sorriso adorabile a cui non si poteva dire di no.

«Ma fanno schifo!» mi lamentai.

«Zitta, tu non puoi giudicare!» rispose voltando i fogli.

Vide i disegni di Ginevra e Dario e sorrise.

«Ginevra è incinta?» chiese.

Annuii con un'espressione triste.

«E il padre?»

«È già sposato e ha due figli, ma non gliel'aveva detto e adesso non la vuole più vedere.»

Scosse la testa contrariato.

«Uomini di merda. A volte mi fa schifo la mia categoria.»

«Eh, insomma...» mi lasciai scappare.

«E lo tiene?»

«Credo di no.»

«Mi dispiace tanto» disse. «Spero non se ne debba pentire un giorno, è successo a una mia amica, è stata male tanto tempo. Psicologicamente, intendo.»

«È molto arrabbiata, spaventata, delusa, e piena di dolore. Non se la sente di avere il bambino. Un po' la capisco. Io stessa non so come affronterei una cosa del genere.»

«Se dall'altra parte ci fosse un uomo con le palle, sarebbe diverso» disse. «Se il tuo ragazzo per esempio ti dicesse: "Teniamolo, io ci sono, e ti starò sempre vicino, non avere paura" ci penseresti due volte prima di abortire, non credi?»

«Sì, credo di sì» ammisi.

E pensai che, con uno come Nic, sarebbe stato facile anche farsi dare l'ergastolo e dire: "Ma sì, dài, c'è di peggio!".

Cambiava tutto quando c'era l'amore.

Valeva la pena vivere, buttarsi, rischiare, e farsi tenere per un braccio a sei metri d'altezza.

«Te l'ho già detto che sei veramente brava?» disse scrutando meglio il disegno.

«Sì, me l'hai detto» arrossii.

«Posso vedere altri tuoi lavori?»

Mi piaceva che li chiamasse "lavori", gli conferiva un valore, uno spessore, e diventavano qualcosa di importante, qualcosa di diverso da un gioco.

Mi abbassai sotto il letto e tirai fuori un ammasso di fogli di tutte le dimensioni.

«Ecco... divertiti!» sorrisi.

Lì dentro c'era tutto di me, c'erano il mio passato, i miei ricordi, i miei dolori, i miei sogni, le mie speranze, la mia rabbia.

Si mise a guardarli pieno di curiosità e di attenzione, uno a uno, quasi avesse bisogno di una lente di ingrandimento.

I miei disegni erano sempre molto affollati, come quei tatuaggi sovrapposti di chi ha molto da ricordare e poco spazio sulla pelle.

Perché era la mia testa a essere troppo zeppa di pensieri, di domande, e di dubbi, e non mi ero mai potuta concedere di fare nulla di neanche lontanamente incosciente o stupido.

Non c'erano mai state feste con gli amici, vacanze in campeggio, compleanni alcolici, concerti con party nel backstage.

Dovevo stare a casa sempre, perché fuori "c'erano i pericoli" e "non sei tu, ma il mondo a essere cattivo".

Ma in realtà ero proprio io quella di cui mio padre non si fidava, perché incapace e troppo scema, e in questo modo era facile tenere tutto sotto controllo.

Tutto quello che avevo fatto di incosciente o stupido alla fine lo avevo fatto per lenire il dolore e non era servito a niente.

«Sei un talento vero, Mari.»

Era la prima volta che mi chiamava Mari e mi vennero i brividi.

«No, dico davvero. Me ne intendo di queste cose, potresti fare lavori interessantissimi, potresti fare la grafica, la scenografa, illustrare libri, riviste, creare loghi pubblicitari... hai idea di quanto ampio sia il margine in questo settore? Praticamente senza limiti, per non parlare del tuo talento coi fumetti, le vignette ti vengono così, spontanee, di getto, e sei velocissima, i giornali ne hanno un bisogno incredibile e poi l'animazione, potrebbe piacerti anche quella...»

«Certo, oppure potrei disegnare gli identikit dei malviventi...»

«Perché no? Dark lo sei!»

Sorrisi e, come sempre, abbassai lo sguardo.

«Dico davvero Marina, devi partire da qui, è questo il tuo futuro, non il bar e nemmeno il negozio. Sei sprecatissima!»

Come ogni volta che mi sentivo con le spalle al muro, non sapevo cosa rispondere.

Era facile dire: perché non fai il cantante, il chirurgo o l'astronauta? Ma come facevi se non c'era nessuno che ti sosteneva anche economicamente?

«Servono un sacco di soldi!»

«Puoi pagare a rate!»

«Serve un sacco di tempo!»

«Sono due lezioni a settimana, per tre anni, e puoi anche ottenere una borsa di studio, se tu fossi passata alla scuola lo sapresti!»

«Nic, ti prego...» lo scongiurai mettendo via tutto. «È impossibile!»

Mi sorrise e inclinò la testa da un lato.

«*The sky's the limit... the sky's the limit!*» canticchiò.

«Senti, perché non parliamo un po' di te invece? Chi sei, cosa fai, da dove vieni, dove vai...»

«Ah!» disse alzando una mano. «C'è un patto fra noi... niente domande!»

«Ma tu sai tutto di me e io niente di te, non è giusto!»

«È vero, non è giusto, ma credimi, è meglio così. Molto meglio» rispose, e si alzò per uscire dalla finestra, come Robin Hood.

«Te ne vai?» dissi un po' triste.

E senza baciarmi soprattutto?

«È tardi, devo scappare, sai, poi la bicicletta mi si trasforma di nuovo in zucca! Però se non ti dispiace prendo qualcuno dei tuoi disegni.»

«Fai pure» risposi facendo spallucce.

Li arrotolò e se li infilò nei pantaloni.

Mi abbracciò e poi mi prese il mento fra le mani.

«Vai. A. Quella. Dannata. Scuola. Domani!»

E mi diede un bacio sul naso, per poi sparire giù dalla grondaia.

Forse me lo ero sognato, ora mi svegliavo, era mattina, andavo a lavorare e non era mai successo niente.

Eppure no. Nic era veramente venuto da me sfidando tutto e tutti.

E io lo amavo. Ma lui no.

Aprii la porta di camera mia, e mi trovai davanti Ilenia piantata come un secondino. Sobbalzai.

«Che c'è?» chiesi.

«Chi c'era in camera con te?»

«Nessuno!»

«Bugiarda, ho sentito una voce di uomo.»

«Parlavo con Dario, col vivavoce.»

«Da quando in qua?»

«Da quando hanno scoperto che fa male stare troppo al cellulare, dovresti saperlo... nelle tue condizioni» chiosai.

«C'era Nicholas?»

«Tu lo vedi per caso?» dissi spalancando bene la porta e anche le ante dell'armadio.

Entrò e si guardò intorno. Controllò anche sotto il letto.

«Sarà scappato dalla finestra, guarda se lo vedi!» dissi aprendola e sperando ardentemente che fosse già in strada.

«Tu non mi prendi in giro carina, io ti tengo d'occhio!»

«Fai tutto quello che ti rende felice» dissi con un sorrisetto teso, e andai in bagno a sciacquarmi la faccia per calmarmi.

Rientrai in camera, e abbracciai il cuscino per sentire se era rimasto il suo odore da qualche parte.

Immaginai di fare l'amore con lui nel mio letto e che lui sarebbe stato dolcissimo e tenerissimo e se per qualunque ragione biblica fossi rimasta incinta avrei tenuto il bambino perché insieme a lui avrei potuto affrontare qualunque cosa.

Poi arrivò un messaggio sul mio cellulare.

Dove sei bella Marina?

E spensi il telefono.

22

Essere coerenti significa rimanere saldi nelle proprie opinioni e convinzioni, ed era una qualità che ammiravo moltissimo negli altri, solo che ne avevo avuta sempre poca intorno.

Cambiare idea era un classico in casa mia, specialmente sulle persone, un amico poteva essere il migliore e uno stronzo nel giro di un paio di mesi.

E questo mi disorientava parecchio.

Si poteva volere o non volere qualcuno a seconda di come ci si alzava la mattina?

Così, quando vidi entrare Christo al bar, mi sentii fortemente in difficoltà.

«Puoi uscire un secondo? Non ti faccio niente!» disse con le mani alzate a me e a Sandro che teneva casualmente lo scopettone in mano.

Guardai Sandro, che gli diede un'occhiata torva e poi mi fece cenno con la testa di andare.

Uscii dal bar a disagio, con le mani in tasca.

Poi alzai seria gli occhi su di lui.

«Mi sei mancata!» mi disse.

«Perché?» risposi.

«Perché non ti sei più fatta sentire.»

Mi strinsi nelle spalle.

«Dovevo?»

«Ti ho fatto qualcosa di male?»

Ci pensai un momento.

Certo che mi aveva fatto qualcosa di male, mi aveva usata

e buttata via, era stato sgradevole ed egoista, ma poiché ero stata consenziente e non gli avevo detto nulla, dal suo punto di vista doveva essere tutto normale. Gli ero tornata in mente e aveva voglia di fare di nuovo sesso con me. Punto.

«No» risposi, «non mi hai fatto niente di male. Anzi, ripensandoci non mi hai fatto proprio niente. Ma non ho più voglia di vederti.»

«Dài bella Marina» disse intrecciando le mani con le mie, «sei arrabbiata con me?»

«No» risposi.

«Allora ci vediamo stasera?»

«Non posso, mi dispiace» dissi sorpresa dalla mia fermezza, quando soltanto qualche settimana prima avrei pagato per uscire con lui.

«Ti vedi col tuo fidanzato?»

«Sì» risposi, «mi vedo col mio fidanzato.»

Parve sorpreso.

«Ah! E come si chiama questo fidanzato...?» chiese dubbioso.

Voltai lo sguardo e, in quel preciso istante in fondo alla via, vidi Nicholas che mi guardava con in mano lo skate.

«Nic!» urlai sciogliendo le mie mani da quelle di Christo e cominciando a corrergli dietro come una centometrista, ma girato l'angolo era sparito. Volatilizzato.

Tornai tristemente verso il bar, dove Christo si stava fumando una sigaretta insieme ad alcuni ragazzi appena incontrati.

Lo ignorai ed entrai, e Sandro mi accolse scuotendo la testa.

«Tanto finché c'è di mezzo quel barbone ci saranno solo guai.»

«Non ci esco più, stai tranquillo.»

«Donne...» rispose lui dando lo straccio per terra.

Passai una giornata tristissima in negozio, con l'umore sotto terra, chiedendomi come avrei potuto far capire a Nic che non stavo con quel deficiente.

A Dario non piaceva quando ero di cattivo umore, perché solo lui poteva avere l'esclusiva.

E ogni venti minuti alzava la testa dall'iPad per chiedermi: «Che c'hai?» per poi riabbassarla subito.

«Rispondi a una domanda, se puoi» dissi approfittando del suo minuto di attenzione. «Perché voi ragazzi se vi cerchiamo non ci volete e se non vi cerchiamo più vi manchiamo?»

Guardò un punto indefinito in aria, poi disse: «Perché quando è troppo facile non ce ne frega niente», e tornò a quello che stava facendo.

La sera, a casa, andai nello studio di mio padre per scusarmi di aver "osato" invitare Nicholas a cena senza il suo permesso, nella speranza di ripristinare un minimo di pace e soprattutto riacquistare il diritto a uscire di casa la sera.

Mi sedetti di fronte alla sua scrivania: la sua sedia era molto più imponente e alta rispetto all'altra, in modo da dominarti e farti sentire un microbo.

Mi fissò con sguardo severo e rimase in silenzio molti minuti, il suo rancore era gelido come l'inverno.

«Non capisco perché tu sia così ostile. Fai di tutto per rendere la vita difficile agli altri. A me, a Ilenia e anche a Filippo. Se per te è così impossibile stare alle mie regole, non capisco cosa ci fai ancora qui.»

Non lo sapevo neanch'io, ma come facevo a scappare senza Filippo?

«Ti comporti malissimo con Ilenia che, poverina, non sa più come prenderti. Le ha provate tutte con te, ma tu sei sempre astiosa e maldisposta, e ti permetti di invitare gente a casa mia quando non ci sono e quando ti ho vietato di farlo solo per provocarmi. Stai tirando troppo la corda, alla prossima che mi fai te ne vai fuori di qui.»

Annuii.

«Mi dispiace» dissi, «non volevo mancare di rispetto a nessuno, a Filippo piace molto Nicholas, e pensavo di fare una cosa carina.»

«Quando starai a casa tua inviterai chi ti pare, a casa mia no.»

«Sì, ho capito di aver sbagliato, non si ripeterà più.»

La faccenda era molto più complessa del previsto.

Era ancora irritato, e per niente soddisfatto dalle mie scuse, solo che non poteva pretendere di più da me, quindi cercava un altro appiglio.

«Sono molto deluso e amareggiato, pensavo fossi una ragazza matura, invece vedo che ti ostini a comportarti come un'irresponsabile.»

«Irresponsabile non direi, faccio due lavori e mi occupo di mio fratello» dissi con un filo di voce.

«Nessuno ti ha mai chiesto di farlo, sei tu che hai deciso così, e comunque se ti comportassi come una persona normale non avresti bisogno di fare tutte queste scene.»

Mi stava provocando.

"Comportarsi come una persona normale" significava dire sempre di sì, non avere mai un'opinione personale, sottostare ai suoi sbalzi d'umore, ai ricatti morali e alle umiliazioni senza mai replicare, aspettando che passasse, facendosi scivolare addosso ogni insulto e poi fare come se nulla fosse.

Che poi era quello che mi aveva insegnato mia madre.

E che non poteva essere normale.

Dovevo scusarmi per quella che ero?

Ammettere di essere sbagliata? Storta, fallata?

«Farò del mio meglio» risposi, sperando bastasse.

«Vai a scusarti con Ilenia» mi impose di nuovo.

«Ma che c'entra Ilenia ora?» replicai.

«Questa è anche casa sua, se manchi di rispetto a me manchi di rispetto anche a lei.»

Ecco qual era la punizione che mi avrebbe fatto reintegrare.

Aveva capito che era una cosa che odiavo fare e godeva immensamente a umiliarmi.

Andai in cucina e trovai Ilenia appoggiata al lavandino, strizzata in una camicetta bianca e gonna a tubino, con appena un accenno di pancia, che chattava con l'iPhone.

Mi fece un mezzo sorrisetto stizzito che voleva dire: "Cosa vuoi, non vedi che sono occupata?".

Inghiottii la bile.

«Mi devo scusare con te per aver invitato Nicholas l'altra sera a cena.»

«Ah, e invece per averlo invitato in camera tua no?»

«Non so di cosa parli» dissi a disagio.

«Certo. Non lo sai» rispose a labbra strette.

«Se accetti le mie scuse bene, altrimenti non so cos'altro fare» risposi seria.

Mugolò qualcosa che non capii e mi misi ad apparecchiare in silenzio.

Infilai in forno un avanzo di torta salata e tirai fuori dal frigo dei formaggi e il melone.

«Io stasera sono fuori a una cena di lavoro» disse lei distrattamente.

«Okay» risposi, e rimisi il suo piatto nella credenza.

Terminai di preparare e chiamai Filippo.

Scese e si sedette al suo posto.

Poi arrivò mio padre. Salutò Ilenia con un bacio prima che uscisse.

Era raro che rimanessimo noi tre a cena.

Filippo era ancora a disagio dall'ultima volta.

Si riteneva responsabile di essersi fatto scappare della cena con Nic e ora era sempre in tensione.

Detestavo che anche lui si sentisse così, doveva essere libero e spensierato, avrebbe avuto tutta la vita per preoccuparsi di cosa dire o non dire agli altri.

Questa era l'età in cui gli altri avrebbero dovuto occuparsi di lui.

Con mio padre per evitare casini bisognava tenere la conversazione su un piano più neutro possibile, e la cosa più facile era farlo parlare di sé e rimanere, ammirati, in silenzio.

Così gli domandai del lavoro e lui ci deliziò con una specie di conferenza di quarantacinque minuti, in cui continuai a incalzarlo e a meravigliarmi per le sue intuizioni, la sua bravura e il suo innato senso degli affari, chiedendogli dettagli.

E lui sembrava un bambino a cui è stato chiesto di raccontare in classe del suo cucciolo di cane, e non la finiva più di spiegarci le tecniche di vendita.

Quando fu ora di andare a letto, mi disse con un gran sorriso: «Se hai bisogno di consigli di qualunque genere, puoi sempre contare su di me».

«Grazie» risposi senza crederci nemmeno un minuto, ma crogiolandomi nell'effetto che avrebbe fatto quella frase se fosse stata vera.

L'indomani disegnai sul murales una gnometta che correva dietro a un punto interrogativo su uno skate.

Poi andai in un negozio di telefoni e comprai un Samsung che lasciai a Sandro da dare a Nic insieme al mio numero di cellulare.

Questa cosa doveva finire.

Ginevra era in uno stato di tristezza infinita.

Sembrava uno spettro.

Tommaso aveva continuato a chiamarla per insultarla e poi aveva smesso, e neanch'io lo avevo più sentito.

Prima aveva recitato il ruolo del fidanzato perfetto, mentendo a se stesso, a Ginevra, a sua moglie e ai suoi figli, poi quando le cose si erano messe male aveva respinto Gi nascondendosi proprio dietro la gonna della moglie, magari dopo che lei aveva minacciato di lasciarlo.

Possibile che Ginevra non si fosse mai accorta di niente? Che lui non si fosse mai fatto scappare niente della sua doppia vita? Una telefonata, una foto...

Poi mi venne in mente Christo: in fondo anch'io mi ero fatta trattare come una scarpa vecchia e, se non mi fossi presa una cotta tremenda per Nic, non era escluso che sarei tornata da lui.

Il problema era che chiunque poteva comprarci con un abbraccio.

«Ho preso l'appuntamento dalla ginecologa» mi disse, «prima mi tolgo il problema meglio è.»

«Sei sicura?» le chiesi, ripensando alle parole di Nic.

«Sì. Sono sicura. Non voglio più pensarci.»

«Vuoi che venga con te?»

«Sì, ti prego» mi disse, «non lasciarmi sola.»

«Non ci penso nemmeno.»

Un altro dramma che si consumava nelle nostre brevi e fragili vite.

Tre sere dopo trovai Nic sotto casa mia con in mano la scatola col cellulare. Non l'aveva nemmeno aperta.

«Ti ringrazio, ma non posso accettarlo» disse ridandomelo.

«Perché?» protestai. «Fai conto che sia un regalo di compleanno, davvero, ti prego, prendilo!»

«Non posso proprio» insistette porgendomi la scatola. «Davvero.»

Ero delusissima.

E lui era molto distante, non mi aveva nemmeno dato un bacio sulla guancia.

Stavamo in piedi l'uno davanti all'altra.

Guardandoci senza dire niente.

«Vieni con me!» disse improvvisamente, prendendomi di mano le chiavi del motorino e andando a metterlo in moto come fosse suo.

Salii dietro di lui e lo abbracciai stringendolo forte.

Non mi disse niente e guidò fino al Forte Belvedere.

Le giornate si erano fatte decisamente estive, calde, lunghe e con quei tramonti infiniti che potevano far sperare solo cose belle.

Parcheggiammo sotto le mura, entrammo nel parco della villa e andammo a sederci sul prato che sovrastava Firenze.

Non mi aveva ancora detto una parola.

«Marina» mi disse dopo un po' giocherellando con un filo d'erba, «io non ti parlo mai di me non perché io sia scappato di galera, o perché mi piace avere dei segreti, ma perché sono in una situazione veramente complicata e non voglio che tu ci entri in nessun modo. Da quando ti ho conosciuta non smetto di pensare a te e questo è un problema bello grosso, perché, come sai, sono fidanzato da una vita e non sono uno che fa i giochetti. Ho provato a starti lontano, a toglierti dalla testa, ma non ci sono riuscito. Passo continuamente sotto casa tua per vedere se mi hai lasciato un messaggio, mi arrampico sulla tua finestra, adoro tuo fratello, insomma è un guaio. Un guaio enorme, perché io... mi sono innamorato di te.»

«Ti sei...?» mormorai.

«E sai quando ne ho avuto la certezza assoluta?» continuò guardando l'orizzonte. «Quando ti ho visto mano nella mano con quel rasta, e non sono stato capace di fare altro che scappare, non ti volevo più vedere, mi ha dato troppo fastidio, poi però non ho potuto fare a meno di passare di nuovo sotto casa tua e...»

Fece una pausa e si voltò a guardarmi.

Mi si fermò il respiro e non riuscii a sostenere il suo sguardo.

Mi sollevò il mento con la mano.

Sorrise.

Si avvicinò lentamente e appoggiò le labbra sulle mie, stringendomi forte con quelle braccia che mi salvavano la vita ogni volta.

Sembrava fossimo nati per baciarci, non erano i baci di Christo, troppo passionali e invadenti, era un bacio infinito, intenso, caldo, assoluto e complice, di quelli che non puoi pensare che ci fosse una vita prima.

Di quelli che non riesci più a smettere, e vuoi solo che il mondo vada avanti senza di te, che hai di meglio da fare per occuparti di altro.

Come se le nostre labbra fossero state progettate per baciare solo le nostre bocche e le nostre lingue per scivolarsi intorno come in una danza.

Aprivamo gli occhi per guardarci un istante, respirare e rituffarci in fondo al nostro mare fatto di passione, meraviglia e desiderio.

E in quel momento esatto scoppiarono i fuochi d'artificio, che illuminarono a giorno il cielo sopra di noi e ci fecero sobbalzare e ridere e baciarci ancora con le luci proiettate sui nostri visi.

Rimanemmo abbracciati stretti a guardare i fuochi, e io espressi in silenzio un desiderio dietro l'altro.

E se anche se ne fosse realizzato solo uno, sarei stata la persona più felice dell'universo.

Mi riaccompagnò a casa tenendo la mano appoggiata sulla mia gamba, stringendomi ogni tanto il ginocchio e accarezzandomi la mano.

Davanti al cancello mi baciò di nuovo senza riuscire a smettere, continuando a dirmi ogni volta: «Okay, è l'ultimo!».

«Sei sicuro che non vuoi il telefono?» gli dissi tirandolo fuori dal bauletto e porgendoglielo un'ultima volta.

«No, davvero. Non ne ho bisogno, non voglio messaggini e foto con te, ti voglio vedere in faccia» disse toccandomi la bocca con le dita. «Ma tu sai che non sono libero, e io non sono uno stronzo. Anche se a volte vorrei esserlo, esattamente come il tipo della tua amica, che prende quello che vuole senza farsi problemi, quindi no, preferisco non sentirti al telefono. E non posso nemmeno più vederti» disse con amarezza.

Sentii una fitta al cuore.

Capivo cosa voleva dirmi: gli piacevo, ma non voleva tradire la sua ragazza e mi sembrava giusto. Quello che non mi sembrava giusto era che non fossi io la sua ragazza.

«Okay» dissi non avendo alternative, e ci stringemmo un'ultima volta con infinita malinconia.

Mi voltai per andarmene, e quando fui sul cancello mi voltai di nuovo.

Mi stava ancora guardando, triste.

«Nic, perché eri venuto a cercarmi al bar?»

«Ho portato i tuoi lavori alla scuola di fumetto. Sono piaciuti moltissimo.»

23

Non avevo mai creduto alla storia dell'anima gemella.

Al fatto che due persone fossero predestinate a stare insieme per sempre fra milioni di altre.

Eppure quella notte, che passai a fissare il soffitto nel buio, cominciai a crederci.

Non era possibile che ci fosse una sintonia così forte fra due persone che si conoscevano appena, un bisogno incredibile di sentirsi, di toccarsi, di guardarsi negli occhi, di baciarsi, di respirare la pelle, affondare il viso nel collo dell'altro e rimanere lì come un uccellino nel nido.

Protetto e al sicuro.

E Nicholas mi aveva detto di essere innamorato di me.

Di me.

Continuavo a farmi girare quelle parole nella testa, scomponendole e ricomponendole.

Era tutto quello che avrei mai potuto desiderare, la felicità era lì a un passo da me, ma di nuovo c'era un ostacolo.

E adesso non avrei più potuto vederlo e mi mancava il fiato.

Non dopo stasera, non dopo quello che c'era stato.

Avevo bisogno di lui più di ogni altra cosa al mondo.

Avevo bisogno di lui adesso.

L'indomani al bar Christo tornò all'attacco.

Ero perplessa. Sandro era stato chiaro promettendogli di sputargli nel cappuccino se si fosse avvicinato ancora a me, ma evidentemente aveva deciso di sfidare la sorte.

«Marina, Marina, non posso stare senza di te» canticchiò entrando.

Io non sapevo cosa dire, se da una parte ero lusingata dall'altra ero in totale imbarazzo.

Non lo volevo più, anche se non avrei mai creduto fosse possibile.

Non lo volevo perché adesso riuscivo a vedere quanto fosse zotico e inaffidabile, e poi sembrava sì quel figo di Marlon Teixeira, ma in versione straccione.

E il pensiero delle sue mani su di me, di lui dentro di me, ora mi infastidiva moltissimo.

Avrei voluto non esserci mai andata a letto, non se lo meritava, invece ero arrivata ad aspettarlo sotto casa sua e saltargli praticamente addosso, dopo che era stato con un'altra.

Mi odiavo per come ero riuscita a buttarmi via, per l'illusione di una briciola di affetto.

Ma più lo ignoravo, più lui insisteva.

«Non sei più innamorata di me?» mi chiese. «Perché mi vuoi spezzare il cuore?»

«Tu non hai il cuore!» risposi continuando a lavare tazzine.

Si mise entrambe le mani sul petto.

«Vuoi sentirlo?»

«No grazie, ho di meglio da fare.»

«Riuscirò a farti innamorare di me» disse con espressione drammatica.

E uscì.

«È scemo, vero?» disse Sandro avvicinandosi.

«È solo furbo!» risposi guardandolo uscire.

Improvvisamente era diventato difficile fare le solite cose, perché non riuscivo a smettere di pensare a Nic.

Ogni volta che ripensavo a lui si fermava il mondo e il cuore mi faceva una capriola nel petto.

Ma la cosa peggiore era che nell'emozione della sera prima non gli avevo detto quanto io fossi innamorata di lui.

E adesso non avrei più potuto dirglielo.

«Allora stasera si esce!» mi disse Dario di nuovo su di giri.

«Dove andiamo?»

«C'è una degustazione itinerante fra i vinai del centro, portati un bicchiere e dillo anche a Ginevra.»

«Ginevra ha la febbre!» risposi subito.

«Ah, che palle, avremmo fatto a gara a chi reggeva di più.»

«Sicuramente lei!»

Passai a trovarla.

Era raggomitolata sul divano a guardare la televisione, robe di malattie e torte.

Ormai l'odore era insostenibile.

«Gi, i vicini cominceranno a lamentarsi se non cambi l'aria.»

Fece spallucce.

«Fanculo i vicini, non ho voglia di alzarmi.»

Mi sedetti accanto a lei.

«Hai avuto novità da Tommaso?»

«Non mi ha più cercata.»

«Che pezzo di merda.»

Possibile che non ce ne fosse uno normale in giro?

Noi ragazze volevamo solo innamorarci e vivere una bella storia con un bravo ragazzo, condividere le cose di ogni giorno e fidarci, mentre loro volevano solo portarci a letto e tanti saluti.

Solo che molti di quelli che volevano solo portarci a letto si travestivano da bravi ragazzi.

E allora come facevamo a distinguerli?

Rimasi accoccolata vicino a lei cercando di farle capire che comunque io c'ero, anche se non potevo comprendere fino in fondo quello che stava passando.

Tornai a casa nel pomeriggio un po' prima del solito e sentii Ilenia parlare al telefono dallo studio. Come sempre, mi misi a origliare.

«No, senti, ma sì che ne sono sicura. No, non riattaccare ancora ti prego!»

Ma evidentemente il suo misterioso interlocutore riattaccò perché la sentii lanciare un sonoro: «Vaffanculo!».

Diedi un colpo di tosse per annunciarmi. Lei uscì dallo

studio e mi salutò col solito sorrisetto tirato, asciugandosi una lacrima.

Non l'avevo mai vista piangere in vita mia.

Titanic la faceva sbadigliare e anche i cuccioli di labrador dopo cinque minuti diventavano fastidiosi. Si emozionava di più per una nuova cover dell'iPhone.

Doveva essere qualcosa di grosso.

Qualcosa di grosso che mi avrebbe fatto comodo scoprire.

Mi preparai e uscii per andare alla degustazione con Dario, che arrivò sotto casa mia di ottimo umore.

«Grandissima, allora sei pronta?» mi disse facendomi cenno di salire sul suo scooter.

«Yey!» dissi facendo un "viva" con le dita non troppo entusiasta, dato che ogni minuto che passavo senza Nicholas era un minuto sprecato dei milioni di minuti che avrei dovuto passare con lui.

Arrivammo alla prima enoteca di piazza del Mercato e Dario salutò tutti come sempre, sparendo nella mischia e lasciandomi lì a guardarmi intorno con un bicchiere di vino rosso in mano.

Fui avvicinata da un ragazzo giapponese che evidentemente mi credeva una straniera, e prese a parlarmi velocissimo in inglese del progetto di scambio culturale di cui faceva parte con la sua università, e io annuivo afferrando una parola su tre.

Ci versarono altro vino fra i canti goliardici di tutti i presenti e finalmente una ragazza mi chiese una sigaretta, dandomi la possibilità di smarcarmi dal giapponese.

Dario stava tenendo banco con cinque americane col suo inglese a caso, ma sufficiente per abbordare, e appena mi vide urlò il solito: «Grandeeee!», dandomi la consueta pacca sulla spalla che avrebbe fatto partire un cavallo al galoppo. «*This is my friend Marina, my best friend, how* si dice "sorella"?»

«*Sister*» sussurrai.

«*Yes, sister! My sister! Yeah!*»

Le ragazze sorrisero e mi strinsero la mano presentandosi.

«Adesso dobbiamo cambiare posto!» ci annunciò come una guida turistica cocainomane, alzando il braccio e scortandoci fuori dalla folla in direzione della seconda enoteca in programma.

Nel frattempo aveva già puntato un'altra ragazza, lasciando a me le americane che volevano sapere tutto su ogni monumento che incontravamo, dalla Basilica di San Lorenzo, alle Cappelle Medicee, al Duomo, senza ovviamente ascoltare nemmeno una parola di quello che inventavo. Si divertivano molto di più a entrare in tutti i negozi coi bicchieri in mano per farsi dei selfie col bastone.

Il centro era pieno di turisti e ragazzi che avevano solo voglia di lasciarsi alle spalle l'inverno, l'atmosfera era elettrizzante e questo mi faceva mancare ancora di più Nic, sapevo che si sarebbe divertito.

Alla sosta dal terzo vinaio, ero ufficialmente ubriaca e non avevo nessuna idea di dove fosse Dario.

Il giapponese mi trovò e continuò a tormentarmi con le sue storie di progetti e fondi da stanziare e il suo nuovissimo Nexus che prevedeva il futuro.

Non sapevo come arrivare in fondo alla serata.

Più che mai avrei voluto stare sul divano con Nic a guardare film scemi, mangiare gelati e baciarci e ridere.

Forse stavo diventando una rammollita, o forse ero solo innamorata.

La quarta tappa era vicino a piazza Pitti, e ormai sudavo vino rosso.

Dario insegnava alle americane le mitiche canzoni di Riccardo Marasco, e loro ridevano senza capire nulla e al suo cenno facevano il coro gridando: «Teresina 'un ti ci porto più!».

Mi sedetti sui gradini della chiesa di Santa Felicita e mi fumai una sigaretta.

A Nic non piaceva che fumassi, ma non era davvero il momento di smettere.

Era l'unico piacere che mi era rimasto, ora che lui era andato via da me.

«Nooooo! Grandissimooooo!» sentii urlare Dario, che prese a sbracciarsi. «Oh Mari!» mi gridò. «Guarda chi c'è!»

Alzai la testa e la riabbassai subito.

No, cazzo. Chiunque ma non Christo, non lì, non adesso.

Si avvicinò al gruppo con la solita aria da messia che benediceva la folla, camminando lentamente e distribuendo sorrisi e strette di mano ai fedeli.

Dario gli mise il braccio sulla spalla e lo accompagnò da me.

«Guarda chi ti ho portato, eh?»

«Ciao!» feci con la mano.

«Bella Marina!» esclamò sedendosi accanto a me. «Questa sì che è una sorpresa, anzi, questo sì che è il destino.»

«Il destino, già» risposi giocherellando con la sigaretta.

«Ma ti sto così antipatico?» mi disse venendomi vicino. «Che ti ho fatto?»

«Niente, davvero, non parliamone più, mica eravamo fidanzati, no?» dissi mostrandogli i palmi delle mani.

«No, ma...»

Non disse più niente nemmeno lui, e rimase lì accanto a me a rollarsi una sigaretta.

«Ho davvero pensato a te in questi giorni, non scherzo.»

«E perché?»

Era una domanda davvero spiazzante dopo una frase del genere.

Mi appoggiò la mano sul ginocchio.

«Mi piaci davvero tanto, Marina.»

Anche lui era bello da non crederci, ma mi rendevo conto che non bastava più. Che era solo un biglietto da visita vuoto.

«Le tue amiche sono molto più belle di me» risposi.

«Ma tu sei tu, sei dolce, tenera, paziente...»

Mi stava descrivendo come un cane e questo solo perché l'avevo aspettato senza chiedergli niente e poi me ne ero sempre andata via, obbediente e silenziosa.

«E quindi ora saresti fidanzata?» mi chiese.

«Sì...» risposi in un tono veramente poco convinto.

«Sì? O "sì"...?» disse mimando le virgolette.

«Okay, non "fidanzata fidanzata", diciamo che però mi piace molto qualcuno!»

«E perché non state insieme?»

«Perché lui sta con un'altra!» risposi troppo in fretta e per colpa del vino rosso.

«Ah bella Marina, ecco perché a me non piacciono i fidanzamenti, perché bisogna godersi la vita, e cogliere l'attimo, non si può stare solo con una persona!»

«Invece a me i fidanzamenti piacciono proprio per quel motivo lì» dissi con la rabbia alcolica che saliva, «perché la persona che scegliamo è una e una soltanto, ed è speciale e bisogna esserle fedeli e amarla e non solo quando ne abbiamo voglia, quando non abbiamo niente di meglio da fare, o quando va tutto bene. Amare qualcuno significa prendersi il bello e il cattivo tempo, stargli vicino anche quando ci respinge, quando non ci dice cosa c'è che non va, quando abbiamo paura che ci abbandoni» gli buttai in faccia, «perché la persona che ci addomestica è unica, ma tu che vuoi saperne? Tu vivi in vacanza, per te Firenze è come una pasticceria, scegli quello che ti piace e quello che non vuoi lo butti, poi magari ti dimentichi il sapore di quel determinato cioccolatino e decidi di riassaggiarlo un'altra volta. Ma io non sono così. Io voglio altre cose, non voglio essere scopata su un letto con le lenzuola sporche e dimenticata, voglio essere amata, cazzo, è chiedere troppo?», e mi accorsi che le lacrime cominciavano a scendermi.

Christo mi guardò sconvolto.

Senza sapere cosa dirmi.

«Scusa» dissi, «tu non c'entri niente, non c'entri proprio niente!»

«Invece sì» rispose prendendomi il viso fra le mani. «Tu sei piena di passione, di vita e di rabbia, ed è questo che mi piace in una donna, tu lotti, ti incazzi, reagisci, ti fai il culo, la vita non ti ha regalato niente, come non ha regalato niente a me, e non la dai per scontata, te la sei meritata, cerchi di meglio, e non vuoi solo sopravvivere!»

«Esatto!» gli gridai in risposta. «È tutto troppo breve, mia madre è morta che aveva appena quarantacinque anni, e non si è goduta nulla, non ha visto nulla, non vedrà nemmeno me e Filippo crescere, e io non posso buttarmi via con gente come te, che se ne frega del prossimo, che prende tutto alla leggera, io non sono così, io sono pesante, e triste e cupa, e non ho bisogno di una scopata per distrarmi, ho proprio bisogno di amore, di tenerezza, e soprattutto ho bisogno di fidarmi!»

Christo mi guardò come avesse visto la Madonna. Quella vera.

«Hai ragione, Marina, è esattamente quello che voglio anch'io. Una persona e una soltanto.»

E poi mi baciò.

Così, dal nulla.

«Che fai?» gli dissi staccandolo da me.

«Ti bacio, non lo volevi anche tu?»

«No cazzo! Ti sembrava che avessi voglia di essere baciata? Ma che c'hai nella testa, noci di cocco? Non hai ascoltato nemmeno una parola?»

«Certo che sì» cercò di rimediare. «Vuoi qualcuno che si occupi di te!»

«E saresti tu per caso?»

«Sì Marina, tu mi piaci tanto!»

«Smettila!» dissi allontanandolo. «Smettila con questi giochetti, mi hai rotto! Siete tutti uguali cazzo, ma non capite che noi non siamo delle cretine?»

Mi alzai sperando di trovare Dario. Fortunatamente era in piedi su una cassa di legno e decantava i soliti quattro versi della *Divina Commedia* che sapeva a memoria e facevano impazzire le straniere.

«Io vado via!» gli urlai camminando decisa verso la piazza dei taxi.

«Signore, buonanotte a tutte!» lo sentii gridare alla folla e cominciare a corrermi dietro. «Che succede?» mi disse raggiungendomi.

«Ne ho piene le palle di essere trattata come un niente, lo capisci?» gli gridai continuando a camminare. «No che non lo capisci, perché anche tu sei come Christo, passi la vita a giocare, giochi con i sentimenti, con le ragazze, non te ne frega veramente niente di nessuno, per te è solo un passatempo, peccato che dall'altra parte si creino delle stupide aspettative, che ogni volta vengono deluse, e ogni volta dobbiamo farcene una ragione, analizzare cosa è andato storto, scusarci per quello che siamo, capire che non eravamo abbastanza, farcela passare e andare oltre, ti pare possibile vivere così?»

«No, Mari, no» mi disse correndomi dietro. «Hai ragione, però non so cosa dirti!»

«Lo so che non lo sai, ti conosco da sempre, e ti sopporto da sempre, e non sei diverso dai ragazzi che ho avuto, tutti uguali, tutti coglioni, tutti superficiali, e guai a far sapere che uscivamo insieme!»

«Ma Mari, io e te non siamo mai usciti insieme!»

«E ci mancava solo quello!» esclamai bloccandomi di scatto. «Ma sei scemo? Non sto parlando di noi due, sto parlando del vostro atteggiamento così stupido verso la vita, come se non vi doveste fermare mai perché ci potrebbe essere una più fica che spunta all'orizzonte e guai a perdersela!»

«Eh, ma sai...»

«Ma sai cosa? Vuoi arrivare a cinquant'anni con la Porsche, il colletto alzato e i pantaloni rossi?»

«Ma... oddio...»

«Basta, prendo un taxi!» gridai fuori di me.

«No dài, ti accompagno io, sei troppo arrabbiata.»

«Certo che sono arrabbiata, ti pare un mondo possibile?»

Arrivammo sui Lungarni e Dario, al solito, salì sul parapetto.

«Scendi per favore, non ho nessuna voglia di chiamare i pompieri per recuperarti nel fiume.»

«Ma no, lo sai che mi piace, e che mi schiarisce le idee camminare quassù.»

«Dario, per cortesia...»

«No, davvero, dimmi cosa c'è che non va» mi disse con le braccia aperte per mantenere l'equilibrio.

«Niente, va tutto meravigliosamente bene, il problema è che voi maschi memorizzate un ottavo di quello che vi diciamo e quell'ottavo lo interpretate a vostro comodo. Forza, cosa ti ho detto finora?»

«Che sei arrabbiata con gli uomini.»

«Esatto, e perché?»

«Perché ci piace la fica!»

«Sei talmente basico che faresti pena a una medusa!» risposi facendo cenno a un taxi.

«Ma ti riporto io in motorino!» mi urlò.

«Figurati, non ci penso proprio» risposi continuando a marciare verso il taxi.

«Dài Mari!» disse saltando giù. Prese in pieno un signore, travolgendolo e facendolo cadere.

«Che cazzo fai?» disse quello.

«Oh calmo, sono inciampato!» rispose Dario.

«Calmo un cazzo!» rispose il tipo, e gli assestò un pugno sul naso.

Feci cenno al tassista di attendere un attimo, che forse avremmo avuto bisogno di lui.

Dario si piegò su se stesso coprendosi la faccia mentre l'altro se n'era già andato imprecando.

«Mi ha rotto il naso!» si lamentò.

«Gli sei saltato addosso, sei stato fortunato che non ti ha fatto di peggio, hai visto quant'era grosso?»

«Lo denuncio!»

«Ma chi denunci, scemo?» gli risposi. «Vieni, andiamo a casa che è meglio.»

Salimmo in taxi.

Dario si teneva un fazzoletto sul naso.

Io guardavo fuori mentre il tassista commentava il monologo di un dj alla radio.

«Perché sei incazzata?» mi chiese Dario.

«Perché sono stanca e basta» risposi, rendendomi conto che era impossibile per lui e molti altri come lui condividere un punto di vista femminile, semplicemente perché non ci arrivavano, al massimo ripetevano frasi che si passavano fra loro come facevamo noi con i consigli su "Cosmopolitan": "Ehi, se la vedi triste magari ha le sue cose!", "Se ti dice 'sto bene', non è vero", "Ogni tanto regalale dei fiori" e luoghi comuni del genere.

Sempre di più mi chiedevo come fossimo fatti per stare sullo stesso pianeta.

Ma la verità è che la mia rabbia aveva un nome. Non quello di Christo, ma quello di Nic. Perché il pensiero che non l'avrei più rivisto mi annientava. Ora senza di lui sarei tornata nel buio.

Arrivammo a casa, pagai la corsa e accompagnai Dario alla porta.

«Sei sicuro di stare bene?»

«Mmh sì» rispose, «forse non è rotto, è solo la botta.»

«Mettici il ghiaccio» gli consigliai, e gli diedi un bacio sulla guancia.

Tornai davanti a casa mia, guardai bene il murales e poi tirai fuori dalla tasca il pennarello. Disegnai una gnometta che spezzava un cuore come fosse una brioche e ne dava metà a Nicholas.

Mentre chiudevo il pennarello due mani mi si appoggiarono sulle spalle.

«Io non ce la faccio a stare senza di te» mi disse la voce.

«Nemmeno io» risposi senza voltarmi.

Poi mi girai e lo abbracciai con tutta la forza che avevo.

«Lo so che è troppo presto per dirlo ed è assurdo, ma io ti amo» mi disse lui.

«Anch'io ti amo» risposi senza capire più niente, con l'unica certezza che fosse proprio il non capirci più niente a definire l'amore.

Qualcosa di mai provato prima e di assolutamente naturale che usciva dalle nostre bocche e dai nostri cuori.

Ci abbracciammo e ci baciammo come se il mondo avesse i minuti contati, con le lacrime di gioia che mi scendevano lungo le guance.

«Tienimi con te, ti prego. Tienimi con te.»

«Non ti lascerò mai andare. Ti giuro. Non ti lascerò mai.»

24

Nuotavo in un oceano di gioia, volavo al di sopra del cielo e della terra, trasportata dall'onda di un'emozione infinita.

Non potevo descrivere come mi sentivo, ed ero spaventatissima dalla potenza di quei sentimenti che non credevo nemmeno esistessero.

Mi sentivo come rinata, piena di ottimismo, e per una volta cominciavo a pensare che ci fosse una speranza, che avrei potuto cambiare vita, che sarei stata felice.

Felice. Io!

E sorridevo, sorridevo in maniera esagerata, come se avessi scoperto di colpo di avere dei muscoli in faccia.

Ero innamorata pazza di Nic, di un amore totale e incondizionato.

La spessa corazza che mi avvolgeva il petto si era disintegrata e sotto batteva un cuore nuovo, puro e indifeso.

Almeno è così che lo disegnai.

Non avevo paura di mostrarmi a lui per quella che ero, con i miei timori e le mie insicurezze, sapevo che mi avrebbe rispettata, amata e protetta.

Non avevo nessun dubbio.

Anche se sapevo che era pericoloso affidarsi a qualcuno in maniera totale, era come se fossi sotto un incantesimo.

Un bellissimo incantesimo.

Nic mi aveva detto che avrebbe trovato una soluzione e io gli credevo.

Era onesto, glielo leggevo negli occhi quanto soffriva per quella situazione.

Non mi aveva comunque mai parlato di Isabella, e quella era l'unica cosa che mi dava fastidio. Ma quando era con me mi faceva sentire così viva e speciale che sentivo che avrei potuto affrontare qualsiasi ostacolo.

E Dio sa se nella mia vita ce n'erano, di ostacoli.

Quella domenica dopo la messa Nic ci venne a prendere per portarci al lago di Bilancino.

Un bellissimo lago artificiale fra le colline verdi del Mugello, attrezzato come una vera spiaggia.

Il miglior compromesso cittadino con il mare.

Era una giornata perfetta, di sole caldissimo, il lago azzurro e sconfinato si apriva davanti a noi. Qualcuno pescava in barca e qualcun altro pagaiava con la stand up paddle.

Probabilmente Tommaso. Gli augurai di affogare.

Ci sistemammo sulla spiaggia sotto le palme, vicino al bar.

Mi spogliai e rimasi in costume.

Nic mi guardò e sorrise mordendosi il labbro come faceva sempre quando si intimidiva un po'.

Era la prima volta che mi vedeva mezza nuda e mi sentii in imbarazzo.

E poi ero bianca come una mozzarella.

Lui indossava dei pantaloncini lunghi fino al ginocchio a righe bianche e verdi, assolutamente adatti a lui e al suo fisico asciutto.

Ci mangiavamo con gli occhi, seduti uno accanto all'altra sugli asciugamani.

Guardare i nostri corpi senza poterci toccare era buffo ed eccitante.

Ora capivo quelli che venivano beccati a fare sesso negli ascensori o nei bagni.

Come facevi a resistere quando ne avevi così tanta voglia?

E baciarsi davanti a Filippo ovviamente era fuori discussione.

Ci sdraiammo vicini e Nic intrecciò furtivamente la sua mano con la mia.

Guardavamo il cielo immenso sopra di noi, cullati dai nostri respiri leggeri, mentre il vento ci accarezzava la pelle, e la musica del bar si diffondeva tutto intorno.

Voltò il viso verso di me, i nostri occhi erano vicinissimi.

Le nostre bocche anche.

«Come faccio a stare qui appiccicato a te e non poterti baciare?» bisbigliò.

«È stata una pessima idea venire al lago!» mormorai.

«Decisamente!» rispose passandomi un dito lungo la fronte, il naso e le labbra.

Chiusi gli occhi e volai via. Via con lui, in un altro mondo, un mondo possibile.

Un mondo d'amore, libertà e giustizia.

Nic prese una rivista di skate, la mise davanti alle nostre facce come un paravento e mi baciò sulla bocca.

Gli accarezzavo i capelli, il viso, ci mordicchiavamo le labbra e il collo. Era come se volessimo assorbirci, entrare l'uno nell'altra, diventare una cosa sola.

«Mari guarda, ho fatto un castello!» urlò Filippo.

Ci alzammo a sedere di scatto battendo le mani e gridando: «Bravo!».

«Sarà durissima oggi!» sussurrò Nic ridendo. «Sarà meglio andare a fare un giro in pedalò.»

«Ma io non so nuotare!» si lamentò Filippo preoccupato.

«Ti insegno io, come ho fatto con tutti i miei fratelli!» gli disse Nic prendendolo in braccio e portandolo in acqua per farlo salire sul pedalò senza che dovesse nuotare.

Filippo non amava l'acqua, e non voleva mai andare al corso di nuoto in piscina.

Nic pedalò veloce verso il centro del lago, dove l'acqua era più alta.

Filippo non diceva più una parola.

Ci fermammo.

E Nic si tuffò di testa, poi riemerse scuotendo il ciuffo con uno scatto della testa, molto sexy.

«Vieni, Filippo!»

«Non ho i braccioli» obiettò.

«Non ne hai bisogno, te lo assicuro, nuotare è un istinto,

staremo aggrappati qui al pedalò finché non ti sentirai tranquillo. Non ci sono nemmeno le onde!»

«Ho paura!»

«Lo so, ma la faremo passare, la prenderemo a calci e la manderemo a riva! Avanti, buttati, ci sono io.»

Che era una frase bellissima.

Filippo si buttò a corpo morto su Nicholas e subito cominciò ad annaspare con la bocca chiusa cercando di tenere la testa fuori dall'acqua.

Nic non si perse d'animo nemmeno un momento, evidentemente era abituato a gestire questo genere di cose.

Lo fece aggrappare al suo braccio tenendosi al pedalò e parlandogli tranquillamente gli insegnò a battere i piedi nella maniera giusta.

Filippo sembrò calmarsi a poco a poco, ancora un po' diffidente ma sempre più sicuro di sé.

E piano piano cominciò a nuotare tenendo la mano di Nic.

Applaudivo fino a spellarmi le mani.

Era una cosa che nostra mamma non aveva avuto il tempo di fare, come molte altre.

Aveva insegnato a nuotare a me, un'estate al mare, tenendomi le mani e facendomi battere i piedi nell'acqua, e poi mi aveva insegnato a fare il morto a galla e la verticale.

Ma Filippo piangeva sempre quando cercavano di bagnarlo.

Come se l'acqua non fosse il suo elemento.

Ora invece beveva e tossiva, ma ci stava provando e ci stava riuscendo.

Ero incredibilmente emozionata e fiera, ed ebbi come la sensazione che la mamma stesse sorridendo da lassù.

Mi tuffai anch'io, per il puro piacere di sentire la pelle di Nic contro la mia e intrecciare per un attimo le mie gambe con le sue, lo desideravo da impazzire.

Riportammo Filippo a riva e ai suoi tranquilli castelli di sabbia, poi Nic mi prese di peso e mi ributtò in acqua.

Qualunque scusa per toccarci era buona.

Mi faceva salire sulle sue spalle per farmi tuffare, ci schizzavamo, ridevamo, era un sogno che non volevo finisse mai.

«Sto troppo bene con te» mi disse.

«Anch'io» risposi toccandogli un piede con il mio mentre nuotavo. «Un po' troppo bene, e ho paura che tutto questo finisca da un momento all'altro.»

Nic sospirò guardando davanti a sé.

E non disse niente.

E questo mi fece battere forte il cuore.

Ma di paura.

Tornammo a casa in silenzio.

Sentivo una sorta di inquietudine nell'aria, c'erano cose che non sapevo e che non avrei voluto sapere.

Nic mi diede un bacio leggero sulle labbra e mi prese il mento fra le dita.

«Mi hai reso felice oggi.»

«Anche tu, non sai quanto.»

E aprì la bocca per dire qualcosa, ma si trattenne.

«Mi manchi già» gli dissi scendendo.

Sorrise e fece di sì con la testa.

Filippo lo abbracciò fortissimo.

«Ciao pesciolino!» gli disse. «La prossima volta facciamo i tuffi di testa!»

Entrammo in casa alla chetichella.

«Ti prego, non ti far scappare nulla questa volta!» gli dissi.

«No, no, sto zitto!» rispose. «Te lo giuro, sto zitto!»

«Dove siete stati?» chiese mio padre nel silenzio del salotto.

«In piscina!» risposi salendo le scale per andare in camera.

«E siete andati voi due soli?»

«Sì» dissi cominciando a sudare freddo. «Siamo andati in autobus.»

Il suo silenzio come al solito mi gelava le vene.

«Ilenia non c'è?» domandai per cambiare argomento.

«È andata all'aeroporto a prendere Susie.»

«Susie?» chiesi, sperando di aver capito male.

«Sì, viene qui una settimana.»

Oddio. No.

Non poteva capitarmi anche questa.

Ero circondata.

Circondata da stronzi.

Quando aprii la porta mi sembrò di accogliere Kris Jenner e Kim Kardashian dalla quantità di bagaglio che si era portata dietro, e mi venne il dubbio atroce che si sarebbe fermata per sei mesi.

Susie aveva sedici anni, ma ne dimostrava trenta e parlava un italiano sapientemente mescolato ai termini inglesi che non aveva voglia di tradurre.

Entrò in casa con un paio di scarpe dal plateau altissimo – probabilmente le famose Louboutin da settecento dollari –, un minuscolo vestitino giallo, occhiali da sole e una bottiglia di succo di aloe in mano.

«*Hi,* Marina» mi disse dandomi un bacetto distratto. «Sono così stanca, voglio solo andare a dormire. Avete wi-fi qui, vero? Mamma, *I need the password.*»

Ilenia corse a darle il biglietto col codice e Susie si buttò sul divano col naso nell'iPhone per aggiornare il suo profilo Twitter da 33.000 contatti, con una sfilza di hashtag inutili come #me #Florence #iheartitaly #jetleg #partygirl.

Mio padre le portò le valigie in camera, e lei non fece nemmeno il gesto di alzarsi per aiutarlo. Si limitò a prendere la sua bottiglia e salire le scale.

Filippo uscì dalla sua camera per salutarla e lei gli diede un buffetto sulla guancia, poi si chiuse nella stanza degli ospiti.

«È stanca, poverina» la giustificò Ilenia.

Mi chiedevo se avrei dovuto fare Cenerentola anche per la sorellastra, oltre che per la matrigna.

Susie non scese a cena, così io e Filippo fummo esonerati dalla conversazione.

Più tardi in camera finalmente lui mi poté raccontare quant'era contento di aver quasi imparato a nuotare.

«Nic è troppo fico, e sa fare tutto!»

«È vero» risposi con un certo orgoglio. «È veramente fico!»

«E sei innamorata di lui?»

«Mi piace tanto» risposi, «però siamo amici.»

«Ma prima vi baciavate, gli amici non si baciano sulla bocca!»

«Che ne sai che ci baciavamo, spione!» gli dissi facendogli il solletico.

Si mise a ridere come un matto.

«Smetti, Mari! Smetti per favore!»

La porta si aprì e una Susie con una maximaglietta con scritto "The blonde salad" e una mascherina per gli occhi sollevata sulla fronte ci disse con poco garbo: «*Can you guys shut the fuck up?*».

Io e Filippo ammutolimmo.

«Che ha detto?» mi chiese.

«Lo saprai quando sarai abbastanza grande per guardare "South Park".»

Che la convivenza non fosse cominciata sotto i migliori auspici ce ne accorgemmo la mattina dopo a colazione.

Susie era già in piedi per andare a correre dopo aver bevuto solo acqua e succo di limone biologico.

«Fa benissimo, depura l'organismo ed è pieno di vitamine» fece eco Ilenia. «D'ora in poi lo berremo tutti.»

«Certo» risposi, spalmando il mio solito panino con tre etti di Nutella, fra sguardi di assoluta disapprovazione.

Mio padre bevve il suo caffè e uscì, Ilenia infilò gli auricolari e sparì a fare le sue telefonate e io e Filippo rimanemmo beatamente soli al tavolo.

«Ti va di fare le bolle nel caffellatte?»

«Sììì!» gridò lui, e corse ad aprire un cassetto per prendere le cannucce di plastica.

Per i successivi cinque minuti, le nostre tazze diventarono una specie di vasca idromassaggio piene di schiuma e di schizzi.

Nessuno dovrebbe mai davvero smettere di essere bambino.

Quando raccontai a Dario dell'arrivo di Susie, la sua domanda immediata fu: «È fica?».

«È bionda, alta, magrissima, e ha gli occhi azzurri!» risposi. «Immagino che lo sia, per i tuoi standard!»

«Quando ci usciamo?»

«Non so se avrà mai voglia di uscire con noi, credo che ci consideri degli sfigati.»

«Sfigata sarai tu che ti vesti sempre come un becchino» precisò. «Io, se permetti, ho stile!»

Lo stile comprato coi soldi della mamma era qualcosa che trovavo sempre toccante, ma evitai di commentare.

Gli dissi che avrei provato a invitarla, se lui mi avesse promesso che non avrebbe camminato sul parapetto o fatto cose con i coltelli.

Giurò.

Più tardi andai da Ginevra.

L'appuntamento era per l'indomani.

La trovai nervosa e agitata.

«Dove hai preso appuntamento?»

«In una clinica privata. Almeno non devo aspettare troppo» disse.

Non parlammo più. Rimanemmo lì sedute nella penombra delle persiane accostate tenendoci la mano.

Tornando scrissi sul murales "M.I.B. 3" sperando riuscisse a passare al bar. Francamente sarei stata molto più contenta se avesse accettato il mio Samsung in regalo.

Dormii molto male, preoccupata per Ginevra, con Susie che continuava a parlare su Skype con i suoi amici oltreoceano, ridendo e ripetendo continuamente: «*No fucking way!*».

A un certo punto sentii Ilenia bussare alla sua porta e lei, incurante dell'ora, le parlò come se fossero state in centro a mezzogiorno.

Era il mio momento.

Aspettai che chiudessero la porta per avvicinarmi furtivamente, poi mi sedetti per terra in corridoio davanti al bagno, in modo da avere un'alibi se Ilenia fosse uscita improvvisamente.

Non riuscivo a sentire niente, parlavano pianissimo, ma ero sicura che ci fosse qualcosa di grosso nell'aria perché la It Girl a un certo punto esclamò: «*Fucking shit*, ma non gliel'hai mica detto, vero?».

«Shhhhh!» la zittì Ilenia. «Parla piano! No che non gliel'ho detto, sei pazza? Dopo sai che casino?»

Lo dovevo sapere, dovevo capire cos'era successo.

Mi avvicinai ancora di più. Avevo paura che potessero sentire il battito del mio cuore come lo sentivo io amplificato nelle orecchie.

«Ma se ti fa fare il test del dna?»
«E perché dovrebbe? Il bambino mica nascerà mulatto!»
Susie rise. «Mamma, *you're a bitch!*»
Avevo capito bene?
Il bambino non era di mio padre?
«Sai quanti figli illegittimi ci sono in Italia? Almeno 1 su 10!»
«Ma Francesco lo sa?»
«Da quando gliel'ho detto si nega.»
Bingo! Francesco era il suo capo.
Lo sapevo, lo sapevo, lo sapevo!
Avevo una bomba in mano.
Adesso dovevo solo capire quando sarebbe stato il momento giusto per farla esplodere.

La mattina dopo passai in fretta al bar per consegnare a Sandro il messaggio da dare a Nic e poi andai alla clinica, dove aspettai Ginevra fumandomi tre sigarette in dieci minuti.
Arrivò in taxi, pagò, scese e mi sorrise appena.
Era dimagrita tantissimo e i riccioli biondi erano spenti e opachi.
«Andiamo, dài» mi disse, «fuori dall'incubo.»
Firmò delle carte in segreteria, poi un'infermiera ci disse di attendere il nostro turno in sala d'aspetto.
Alle pareti avevano stupidamente appeso foto di bambini di Anne Geddes, quelle coi neonati nei fiori, che trovai decisamente fuori luogo in un momento come quello.
Ginevra mi prese la mano stringendomela fortissimo.
«Ho paura, Mari!» mi disse in un soffio.
«Lo so, Gi. Lo so. Siamo sempre in tempo ad andarcene se vuoi, lo sai.»
«Lo so. Ma non me la sento, non posso proprio, io non sono pronta per essere madre, non ce la faccio, ma mi sento lo stesso morire dentro.»
«Perché sei umana, Gi, e sei buona, e non ti doveva capitare di innamorarti di quel pezzo di merda, non te lo meritavi.»
Le scesero due grosse lacrime sulle guance, nel momento esatto in cui l'infermiera chiamò il suo nome e le chiese di seguirla.

«Andrà tutto bene!» le dissi dandole un ultimo abbraccio.

Mi sorrise con tristezza e uscì.

Aspettai tre quarti d'ora e mi feci un sacco di domande sulla maternità, quella desiderata, quella casuale e quella dolosa di Ilenia. E sempre più mi convincevo di quanto sia enorme la responsabilità di chi decide di diventare genitore. Non dovrebbe mai essere una cosa scelta con leggerezza, per debolezza, per ricatto o per tenere qualcuno legato a sé, ma dovrebbe succedere solo quando ci sono i presupposti giusti, quando c'è amore e rispetto, e soprattutto quando si è pronti.

Ginevra uscì accompagnata dalla stessa infermiera, che le raccomandò di riposare molto e prendere degli antidolorifici e di chiamarli se ci fosse stata qualunque complicazione o dubbio.

Ginevra annuì, sembrava improvvisamente piccolissima.

Feci chiamare un taxi e tornammo a casa sua.

Lei non parlò per tutto il viaggio.

Salimmo in casa, l'accompagnai a letto e rimasi lì seduta ad accarezzarle i capelli finché non si addormentò.

Mezz'ora dopo sentii suonare il campanello.

Mi affacciai alla finestra.

Era Nic.

«Sei venuto!» esclamai aprendo la porta.

«Ho fatto un po' tardi perché mi sono fermato da un amico» disse mostrandomi un trasportino con dentro un gattino bianco.

«Un gatto?»

«Sì. Alla mia amica fece molto bene avere qualcuno di cui occuparsi dopo...»

«Sei un angelo, lo sai?»

«Ma no, figurati» mi disse baciandomi.

Entrò in casa e si tappò il naso con le dita.

«Oddio, ma è morto qualcuno qui dentro?»

«È un po' che Ginevra non pulisce e i fiori che aveva lasciato a macerare sono marciti ormai.»

Nic si mise le mani sui fianchi.

«Dobbiamo fare qualcosa, e subito!»

Passammo il pomeriggio a pulire la casa, buttando via i

fiori, gli avanzi di cibo, i fazzoletti, i brutti ricordi, il rancore, la rabbia e il dolore.

Quando Ginevra si svegliò e venne in salotto, credeva di stare sognando.

La stanza brillava, i divani erano in ordine, non c'era più un granello di polvere, la luce della sera rimbalzava sui mobili etnici, le boccette dei profumi erano allineate sulle mensole, e il gattino dormiva acciambellato su uno dei cuscini indiani.

«Ma... tu... e... lui...»

«Sono Nicholas» si presentò stringendole la mano. «E lui è Ruggero ed è venuto a farti compagnia.»

Ci guardò stranita e poi andò verso il gattino. Lo sollevò e se lo mise contro il petto con tenerezza sussurrandogli qualcosa all'orecchio.

Il micio le si infilò fra il mento e il collo e cominciò a fare delle fusa fortissime strofinandole il musetto sulla guancia.

Ginevra ci guardò con le lacrime agli occhi.

«Sono proprio fortunata» disse.

L'abbracciammo tutti e due insieme e lei iniziò a piangere disperatamente, senza sosta, e senza respiro, come se tutto il dolore che aveva trattenuto fino a quel momento fosse esploso.

«Domani andrà un po' meglio, vero?» mormorò fra le lacrime.

«Sì Gi, domani sarà un giorno nuovo e tu piano piano tornerai a sorridere.»

«Sei stata forte» le disse Nic, «forte e coraggiosa. Nessuna donna dovrebbe mai passare attraverso un dolore del genere, soprattutto da sola. Mi dispiace tanto che tu abbia incontrato uno stronzo simile, non siamo tutti così, te lo giuro.»

«Io non lo potevo tenere da sola, lo capite, vero? Non ce la potevo fare!» Piangeva con un suono profondissimo e lugubre che veniva da qualche posto irraggiungibile e dolente della sua anima.

«Certo che lo capiamo, tesoro, non ti devi giustificare e non ci devi spiegare niente, è già tutto abbastanza triste così.»

«Sì, ma voi non pensate che sono cattiva, che sono un mostro, vero?» ci chiedeva con quegli occhi gonfi e pieni di sofferenza.

«Non sei né cattiva né un mostro, hai preso una decisione difficilissima che per te era quella più giusta, ed è solo questo che conta» le disse Nic con dolcezza.

L'accompagnammo di nuovo a letto e poi andammo in cucina per prepararle qualcosa da mangiare.

«Se ci capitasse...» mi disse Nic mentre tagliava il pane, con un moto di commozione nella voce. «... Se capitasse a noi, giurami che non lo faresti, perché non ti posso immaginare in un ospedale da sola a rinunciare a nostro figlio. Io ci sarei. Io ci sarò sempre.»

«Non lo farò mai. Te lo giuro. Mai.»

25

Due giorni dopo, una bottiglia con un nuovo messaggio mi aspettava tra le mani di Sandro.

«Se te lo lasci scappare sei veramente pessima!»

Srotolai il messaggio e invece dei disegni questa volta c'era un invito in piena regola.

"Sabato vorrei portarti in un posto stupendo, appena fuori Firenze. Ti piacerà tantissimo e ci divertiremo. P.s. Divento matto se non passo la notte con te."

Il cuore fece un tuffo.

Avremmo finalmente passato la notte insieme, avremmo fatto l'amore e l'idea mi faceva impazzire di gioia.

Un conto era sognarlo, un conto era trovarsi davvero sola con lui, con le sue mani, con la sua pelle.

Dovevo prepararmi psicologicamente, e pure fisicamente.

Avevo bisogno urgente di una ceretta e di un intimo carino.

Un intimo da prima notte.

Perché era un po' così che mi sentivo, come se fosse la prima volta.

Christo non smetteva di passare davanti al bar e salutarmi con la mano aperta.

Io ricambiavo con un mezzo sorriso, ma il più delle volte lo ignoravo.

Mi dava sui nervi la sua insistenza, possibile non se ne facesse una ragione? Non gli ero mai piaciuta veramente, ero stata solo un capriccio, o peggio ero stata quella che gli si era infilata nel letto, che motivo aveva di tormentarmi adesso? Era una scommessa con gli amici? O un altro progetto di fine corso?

Chiesi il permesso a Sandro di uscire prima e mi feci un giro in centro fra i negozi.

Mi piaceva l'idea di rendermi speciale per qualcuno che amavo, per qualcuno che meritava le mie attenzioni, qualcuno che le avrebbe apprezzate.

Comprai due completini, uno bordeaux con il reggiseno a balconcino e i bottoncini a forma di cuore, l'altro antracite di pizzo, e una crema corpo alla vaniglia.

Non stavo più nella pelle, più ci pensavo e più avevo voglia di lui, quei giorni sarebbero stati lunghissimi.

«Allora, quando usciamo con l'americana?» mi chiese Dario nel pomeriggio.

«Organizza tu, ti do il numero.»

«Ecco brava, dille che la chiamo e le faccio passare la più bella serata della sua vita.»

«Lo farò senz'altro!» gli dissi, sperando solo che non ci fossero ostacoli fra me e la più bella serata della mia vita.

E la cosa non era scontata.

Ginevra si stava riprendendo.

L'idea del gattino era stata geniale.

Passava molto tempo a casa a fare ricerche ed esperimenti ed era totalmente concentrata sul suo lavoro.

Non voleva distrazioni, non aveva voglia di uscire e meno che meno di ripensare a Tommaso, il cui ricordo la faceva ancora stare molto male.

Le si leggeva in faccia quando gli tornava in mente, lo sguardo le si appannava e non seguiva più la conversazione. Erano pochi istanti, ma sembrava che davanti agli occhi le fosse passata l'eternità.

L'amore poteva uccidere se non stavi attento.

A casa Ilenia e Susie erano sempre insieme a confabulare, scambiarsi vestiti e chiacchierare a macchinetta come le due protagoniste insopportabili di "Una mamma per amica".

Mai avrei voluto che mia madre mi fosse amica, avrei voluto solo che fosse una mamma. Che mi appoggiasse, mi consigliasse, non mi lasciasse sola, mi proteggesse, ma non avrei mai voluto scambiarmi le app o la piastra con lei.

A ogni cena adesso si era aperta una gara all'ultimo sangue fra chi faceva cose più fiche.

E mio padre pativa la concorrenza, perché non aveva abbastanza materiale giovane per competere.

Non conosceva i social, non sapeva cosa fosse Periscope e difficilmente capiva il sottotesto, tantomeno l'inglese, quindi doveva costantemente riportare l'attenzione su di sé alzando sempre più il tiro.

Mentre io e Filippo, totalmente ignorati, potevamo tranquillamente ridere delle nostre cose senza il rischio di essere interrogati sulla geometria.

E per noi era una specie di vacanza.

Sentivo il chiacchiericcio intorno a me, gli "wow" di Susie e la tossetta stizzita di mio padre che sottolineava il suo disappunto, ma io ero lontana e totalmente concentrata su me e Nic e la nostra notte.

Che nessuno ci avrebbe tolto.

Per esperienza sapevo di non dover chiedere con troppo anticipo il permesso di dormire fuori: o lo facevo e basta sperando non se ne accorgessero, o non dovevo chiederlo più di venti ore prima, altrimenti avrei dato l'occasione a mio padre di rimuginarci su abbastanza a lungo da dirmi di no.

E cambiare la serratura.

Ma questa volta era diverso, volevo essere tranquilla, non volevo stress, non volevo avere l'ansia del rientro e di quello che avrebbero potuto dirmi, e forse Susie avrebbe potuto distrarli abbastanza da non farmi notare.

«Susie, ti andrebbe di uscire con un mio amico sabato?» le chiesi più tardi.

«Chi è?» mi rispose dandosi lo smalto sui piedi.

«Dario, è il mio migliore amico, è forte.»

Mi squadrò rapidamente da capo a piedi, e il suo sguardo significava solo: "Dubito che i tuoi amici siano forti".

Dovevo giocarla sul glamour.

«Sua mamma ha due negozi di abbigliamento e accessori

dove tiene solo le marche che vedi su "Vogue". Quel vestito per esempio lo vendevamo la scorsa stagione.»

Ebbi l'impressione che le si fossero drizzati i peli dietro la schiena.

«Questo?» rispose imbarazzata. «In effetti... l'ho comprato a una svendita... un outlet...»

Credevo aggiungesse: "Ti prego non dirlo a nessuno".

«E poi sta per aprire un locale... sai, lui conosce veramente tutti, lo invitano a tutte le feste e... ecco, essere qui a Firenze e non conoscere Dario è un peccato, ma se hai di meglio da fare, come non detto!» dissi e mi voltai per andarmene.

«No, aspetta!» mi richiamò camminandomi dietro col pennellino in mano e le dita dei piedi allargate come una papera. «Dagli il mio numero, digli di chiamarmi!»

«Okay!» risposi senza girarmi. «Glielo dirò, sempre se non ha da fare...»

Com'era facile...

Quando Dario seppe che la principessina aveva acconsentito a uscire con lui, cominciò a fregarsi le mani.

«Guarda che è minorenne!» gli ricordai.

«Vabbè che c'entra, sono tutte minorenni, poi te la sbattono in faccia!»

«Anche se te la sbatte in faccia tu non la prendere, grazie.»

«Una pomiciatina?»

«Al massimo. Poi lei riparte e non la vedi più, devi solo intrattenerla!»

«Ma tanto ci sarai tu a tenermi a bada, no?»

«Eh no, io sabato non ci sono.»

«Cos'hai da fare?»

«Ho da fare» minimizzai cercando di ignorarlo.

«Sì, ma cosa?» insistette.

Dario conosceva alla perfezione i miei spostamenti, le mie abitudini e i miei amici, ed era impossibile tenergli nascosto qualcosa.

«Avrei un... appuntamento!»

«NOOOO! GRANDISSIMA! E con chi?» chiese tutto infervorato. «NO, NO, ASPETTA! Lo indovino da solo, il writer!»

Ero tentata di dirgli di sì, ma non volevo che ne facesse un caso di Stato e ne parlasse da ubriaco a qualche sconosciuto dicendo cose del tipo: "Oh ragazzi, la mia amica si tromba un writer!".

Come se non fosse mai successo.

Volevo proteggerlo. Volevo proteggerci.

«No, non è lui, è...»

«IL RASTONE? No dài, non ci posso credere! Ti piace ancora quello lì?»

«Eh! Che ci vuoi fare, l'amore è l'amore...»

«Boh, vabbè, contenta tu... non fare cazzate però, eh? E se hai bisogno chiamami!»

«Promesso!»

E anche questa era fatta, ora dovevo solo avvertire *en passant* la famiglia che l'indomani avrei dormito da Ginevra e se qualche santo aveva voglia di proteggermi forse ce l'avrei fatta.

«Domani vi porto a Siena e San Gimignano!» esordì mio padre a cena.

«Palle...» borbottò Susie.

«Potremmo fare un salto a The Mall invece!» intervenne Ilenia.

«Io purtroppo lavoro e poi mi vedo con Ginevra, gliel'ho promesso, dormo da lei.»

Dato il ritiro degli alleati, era ovvio che la sfuriata dovesse ricadere su di me.

«Tu devi sempre essere la solita asociale, vero? Non riesci per una volta a non pensare solo a te stessa e passare una giornata in famiglia?»

«Anche Susie ha un impegno a cena, vero Susie?» le chiesi.

«Sì, esco con Dario.»

«Con Dario?» esclamò mio padre. «Quel buono a nulla?»

Ecco che la mia copertura era definitivamente smantellata.

«Ma se ha due negozi e un locale, e poi lo conoscono tutti!» insistette lei.

«I negozi sono della madre» rispose Ilenia, «e lo conoscono tutti perché ogni sera si ubriaca e si fa cacciare da qualche bar.»

Susie mi guardò con odio.

E io mi sentii morire.

«Di dormire da Ginevra non se ne parla!» dichiarò. «E fine della discussione.»

No, non poteva averlo detto davvero.

Non poteva farmi il solito ricattino morale perché gli altri non volevano fare quello che voleva lui.

Non poteva proibirmi di passare la notte fuori, la mia notte con Nic.

Ma avevo visto talmente tante volte questo giochetto perverso e crudele da sapere che senza l'appoggio di qualcuno di esterno non ce l'avrei mai fatta a fargli cambiare idea. Perché, se non poteva tenere in pugno gli altri, doveva tenere in pugno me.

«Susie, mi devi aiutare!» la supplicai più tardi.

«*Forget it!*» mi rispose. «Volevi farmi uscire con uno sfigato!»

«Non è sfigato per niente, è solo uno che ama divertirsi e che, sì, tende a fare parecchio casino, ma immagino che tu ci sia abituata, no?»

«Cosa mi dai in cambio?»

Sospirai.

«Una borsa Prada. A tua scelta.»

Strizzò gli occhi per soppesare la mia proposta.

Poi lanciò indietro i capelli biondi come se stesse facendo un enorme sacrificio.

«Mmh, okay» disse finalmente, «ma solo per questa volta.»

Cagna maledetta.

Tirai un sospiro di sollievo. Se lei non fosse stata a casa non c'era ragione perché ci rimanessi io.

Ma c'era ancora la notte da risolvere.

Mai che una cosa andasse per il verso giusto a casa mia.

Ogni volta ostacoli creati da mio padre, ogni volta cattiverie, dispetti, ingiustizie.

Avrebbe meritato che finissi sotto un ponte a bucarmi, almeno avrebbe potuto veramente dire che ero una figlia inutile.

E tutta quest'agitazione mi stava facendo perdere di vista la magia che volevo creare per noi due.

Andai a prostituirmi, come al solito.

E mi facevo schifo.

«Scusa se te lo chiedo di nuovo, ma Ginevra ci tiene davvero che io rimanga da lei a dormire.»
«E perché? Non potete parlare abbastanza prima?»
«Non è quello, è che usciremo e faremo tardi, e non mi va di prendere il motorino e guidare fino a casa.»
Quello era il momento in cui di solito si impuntava, si rendeva conto che la mia era una richiesta normale e che la sua risposta era irragionevole, ma voleva a tutti i costi rimanere sulle sue posizioni per non perdere credibilità, e insisteva a dare un peso esagerato a tutta la faccenda, aggrottando la fronte e scuotendo la testa in maniera drammatica come se avessi chiesto una Porsche rosa battendo i piedi.
Purtroppo sapevo bene che a ogni mio tentativo di persuasione sarebbe quasi sicuramente seguito un "no" secco, e se avessi tentato la carta del "ho più di diciannove anni" mi avrebbe risposto: "Accomodati, quella è la porta".
Ci sarei morta lì dentro un giorno o l'altro.
«Ginevra non sta passando un bel momento» tentai.
«Mi dispiace per lei, ma non vedo il motivo di passare la notte fuori casa.»
"Si chiama amicizia" volevo dirgli, ma che ne sapeva lui, che non aveva mai avuto un amico in vita sua.
Decisi in quel momento che non sarei tornata a dormire e basta.
Lo psicodramma lo avrei affrontato il giorno dopo.
Avrei passato la notte con Nic. Punto.
«Mi raccomando, Dario» gli dissi l'indomani, «ho cercato di sponsorizzarti al meglio che ho potuto, ma non hai molti sostenitori in casa mia e Susie è abituata a uscire con gente che mangia solo lattuga e spirulina, e che non le dà pacche sulle spalle o gomitate, anche perché è così magra che la faresti volare in mezzo alla strada.»
«Fidati di me!» mi disse, «ci penso io!»
Che era la cosa che mi preoccupava di più.
«Non mi basta, Dario, è troppo poco, devi darmi delle garanzie!»
«Vuoi metterle il sigillo di sicurezza?»
«Non sarebbe un'idea malvagia!»

«Parola di scout! Di più non posso!»

Mi feci bastare la parola di scout, nonostante Dario non lo fosse mai stato.

E finalmente mi concentrai sulla serata che avrei passato con Nic, l'unica cosa che contava davvero.

Mi venne a prendere sotto casa, saltai in macchina e gli chiesi di portarmi lontano e di non farmi pensare più a niente.

«Non chiedo altro!» mi disse, e sfrecciò via.

Ci dirigemmo verso il Chianti: le colline al tramonto erano uno spettacolo di luci e colori, guidavamo piano godendoci il vento dai finestrini aperti e Damien Rice in sottofondo.

«Vedrai che posto da favola, ci sono stato per un matrimonio e mi sono ripromesso di tornarci prima o poi, e con chi se non con te?»

Con la tua ragazza, pensai per un attimo, e poi scacciai quel pensiero.

Evidentemente le cose non andavano così bene fra loro.

Attraversammo un viale di cipressi e poi si aprì davanti a noi la villa, una magnifica dimora storica con un giardino immenso pieno di magnolie, orci di terracotta con alberi di limoni, gazebo con i tavolini di legno, l'altalena e una splendida piscina.

E tutto intorno colline a perdita d'occhio in un'oasi di pace lontana dal mondo.

«Ti piace?»

«È stupendo!» dissi incredula.

Una signora con uno splendido sorriso, gli occhi scintillanti e un grembiule da cucina ci venne incontro con in mano un coltello e un pomodoro e una sigaretta in bocca, accompagnata da un labrador che prese ad annusarci.

«Buonasera ragazzi, io sono Lilla» ci disse con una voce melodiosa e leggermente roca, da fumatrice, che mi piacque subito. «Scusate se non vi do la mano, ma sto finendo di preparare la cena, stasera ci sono l'arista con le patate, la pappa al pomodoro e i fagioli in umido, voi mangiate tutto?»

«Sì!» dicemmo in coro.

«Bravi! Allora perché non vi fate un bel bagno in piscina? Vi chiamo io quando è pronto! Vi ho messo nella camera dei Lecci, vi piacerà!» disse, dandoci le chiavi che teneva nel grembiule.

Non ce lo facemmo ripetere due volte e corremmo a cambiarci.

La stanza era veramente bellissima, con le luci soffuse di un ocra caldo, un letto matrimoniale immenso con la testata imbottita e una zanzariera che lo avvolgeva morbidamente.

Corsi in bagno a mettermi il costume, senza pensare che tecnicamente non avrei dovuto vergognarmi di lui, ma in quel momento non mi sentivo ancora abbastanza rilassata da spogliarmi davanti a Nic con disinvoltura.

E lui fu così carino da non farmelo notare.

Poco dopo eravamo in piscina appoggiati al bordo col viso sul dorso della mano e le gambe distese che galleggiavano mollemente, guardandoci senza dire nulla.

«Potrei viverci in un posto così» dissi.

«Io dico che ti annoieresti dopo un po'.»

«Forse dopo un po', ma per ora no» risposi allungandomi per dargli un bacio.

I nostri visi erano vicinissimi, e le sue labbra bagnate erano ancora più vellutate e morbide.

«Non so se resisto fino a dopo cena!» disse.

«Devi, perché io muoio di fame e non ho intenzione di rinunciare all'arista con le patate!» dissi tirandomi su e sedendomi sul bordo.

Nic appoggiò il viso sulle mie gambe in modo che potessi accarezzargli i capelli.

«Sì, hai ragione, penso che potrei viverci anch'io in un posto così!»

Poco dopo Lilla si affacciò nel giardino: «Fra un quarto d'ora è pronto!» ci gridò.

Uscimmo dall'acqua, ci avvolgemmo negli asciugamani e corremmo in camera.

Rimanemmo in piedi uno davanti all'altra con gli asciugamani addosso, e i capelli che gocciolavano acqua per terra.

Nic si mordeva il labbro inferiore, e mi guardava negli occhi, io ricambiavo lo sguardo respirando piano, cercando di non dare a vedere quanto fossi nervosa.

«Adesso ci cambiamo e scendiamo, ho una fame pazzesca anch'io!» disse.

Sorrisi, entrai in bagno, feci una doccia veloce, mi spalmai sulla pelle la crema alla vaniglia e indossai il completino bordeaux.

Se fossi uscita dal bagno così, non avremmo mai mangiato né l'arista né il dolce, e nemmeno la colazione del giorno dopo.

Misi un vestitino nero, un paio di ballerine, mi asciugai i capelli in fretta e uscii.

«Sei un incanto!» disse Nic guardandomi. Si infilò in bagno e poco dopo ne uscì con una maglietta blu scuro con un lampo sopra.

Mi baciò ancora sulle labbra, mi diede il braccio e disse: «Principessa! Dopo di lei!».

Scendemmo nella sala da pranzo, con il soffitto a volta, i mattoni a vista e le vetrate a mosaico, e Lilla ci indicò il nostro tavolo.

Non eravamo soli, c'erano altre coppie e un paio di tavolate di amici, questo rendeva la cosa meno ufficiale, e meno "seriosa".

Nic versò il vino rosso nei bicchieri, alzò il calice e disse: «A te, Marina, per avermi reso così felice come non lo sono mai stato».

Mi emozionai.

«Tu mi rendi felice, tu mi dai la forza e il coraggio di alzarmi la mattina e affrontare tutto il resto» dissi con gli occhi lucidi.

Mi prese la mano.

«Troveremo un modo, te lo prometto» mi disse sicuro.

«Non parliamone stasera, ti prego» gli dissi. «Stasera è la nostra serata, la nostra notte, dev'essere perfetta.»

«Hai ragione!» disse lui. «Allora brindiamo al pronto soccorso e a Mario l'infermiere che mi ha dato il tuo indirizzo!»

«Okay!» sorrisi. «A Mario!»

Lilla venne a chiederci se andava tutto bene, forse intuendo che per noi era una serata speciale.

«L'arista più buona che io abbia mai mangiato!» disse Nic.

«La pappa al pomodoro è squisita!»

«Sono ricette semplici, le cose che preparava mia madre,

ma più sono semplici più sono buone, e qui facciamo tutto in casa, anche il pane.»

A Nic piaceva parlare con le persone, era curioso delle vite degli altri, ed era capace di attaccare bottone anche con il casellante.

«Ma fa tutto lei da sola?»

«No, no, e come farei?» Sorrise. «Mi danno una mano i miei figli e le mie amiche, a tutti quelli che passano di qui troviamo sempre qualcosa da fare, non si finisce mai, ma siamo come una grande famiglia!»

Sia io che Nic rimanemmo un attimo in silenzio, eravamo tutti e due sensibili all'idea di famiglia unita perché era una cosa che ci mancava.

Lilla si accorse di aver toccato un tasto delicato.

«Vedete le signore che servono agli altri tavoli? Sono tutte amiche mie, quando saremo vecchie abbiamo deciso di andare insieme in un bell'ospizio, e finalmente potremo riposarci e fare le parole crociate!»

«Sarete una bella banda!» disse Nic.

«Ora vi porto una fetta di torta di mele, la fa mia figlia, è speciale!» disse sorridendo.

Rimanemmo a guardarci negli occhi.

Era bello incontrare persone forti, coraggiose e circondate d'amore.

Dopo cena Nic mi prese per la mano e mi portò fuori in giardino.

C'era della musica in filodiffusione, un pezzo jazz. Nic mi strinse a sé e ballammo un lento sotto le stelle.

Senza pensare a niente, senza pensare al domani.

Solo noi e le stelle.

Poi finalmente salimmo in camera.

Di nuovo soli, di nuovo noi due.

Mi tolsi le scarpe, abbassai la lampo del vestitino che cadde ai miei piedi e rimasi col mio completino bordeaux con i bottoncini a forma di cuore.

«Sei da togliere il fiato» mi disse venendomi vicino.

Mi adagiò sul letto con grande delicatezza, e si stese accanto a me dopo essersi tolto la maglietta.

Mi scostò la frangia dagli occhi, mi passò una ciocca ribelle dietro l'orecchio, mi sfiorò le labbra, il piercing, il collo, e poi baciò ogni singolo punto della mia pelle senza trascurarne nessuno.

Con dedizione, con passione, con tenerezza, continuando a guardarmi negli occhi, continuando ad accarezzarmi, a sfiorarmi, a baciarmi i seni, e toccando ogni parte di me con cura e amore, come fossi una cosa preziosissima e bella e unica.

«Io ti amo» mi disse nell'attimo esatto in cui scivolò dentro di me.

«Ti amo anch'io» risposi chiudendo gli occhi per un istante e riaprendoli quando fui in paradiso.

Rimanemmo abbracciati nella penombra.

Il silenzio fuori era assoluto. Non potevo pensare di passare anche un solo giorno lontano da lui.

Non adesso. Non più.

Ora avevo capito la differenza tra fare sesso e fare l'amore, ora sapevo che il cuore, una volta coinvolto, amplificava ogni sensazione, e ti faceva volare.

E non era "la botta e via" sul letto sfatto di Christo o con chiunque altro prima di lui, questa volta era qualcosa che mi aveva toccato l'anima nel profondo, e niente poteva più essere come prima.

Nic si era addormentato. Guardavo i suoi occhi chiusi, le sue labbra che mi avevano baciata ovunque. Lo amavo, lo amavo davvero.

Mi alzai, mi rivestii e scesi a sedermi sull'altalena per fumare una sigaretta.

Poco dopo vidi Lilla uscire dalla cucina sul retro.

La raggiunsi e mi sedetti sul gradino accanto a lei.

«Che stanchezza!» disse passandosi il dorso della mano sulla fronte. «E domani si ricomincia!» sorrise.

«Dev'essere bello occuparsi di qualcosa che si ama profondamente, che rappresenta le proprie origini, la propria storia, e farlo insieme alla propria famiglia.»

«Questa era la casa dei miei genitori» rispose con la sua voce profonda. «E come vedi è molto grande e impegnativa, quando poi loro sono morti ci siamo riuniti tutti e abbiamo deciso che venderla sarebbe stato un peccato e ci siamo buttati in questa pazzia. Ogni tanto mi chiedo chi me l'ha fatto fare, ma il più delle volte sono soddisfatta!»

Pensai a una riunione del genere a casa mia, in cui mio padre decideva tutto col pugno di ferro senza ascoltare l'opinione di nessuno.

E ogni volta che mi parlavano di democrazia, credevo mi parlassero di fantascienza.

«Ma dimmi un po' di te» disse dando una boccata alla sua sigaretta. «Sei venuta a festeggiare l'anniversario col tuo ragazzo?»

«A dire la verità no» risposi un po' in imbarazzo. «Io e Nicholas ci frequentiamo da poco.»

«Sembrava di più!» esclamò. «Avrei detto almeno tre anni!»

Evitai di dirle che non era nemmeno libero, perché non volevo ci giudicasse, avevo bisogno di essere considerata una brava ragazza, almeno per quella sera, per quella sera perfetta.

«È importante trovare una persona a cui voler bene» disse. «È importante avere una famiglia. Vedo questi ragazzi che si perdono dietro alla televisione, al successo, ai soldi, ma se non hai delle fondamenta forti, delle basi, dei principi, come fai ad andare avanti?»

Rimasi un attimo in silenzio.

«Tu ci credi al destino, Lilla?» le chiesi abbracciandomi le ginocchia.

Ci pensò su un attimo.

«Io sì, ci credo. Ma credo che il destino vada un po' aiutato. Altrimenti uno pensa di meritarsi quello che gli è toccato in sorte e si arrende, invece le strade da scegliere sono molte e non ti devi fermare alla prima difficoltà.»

«Ma quando le difficoltà sono tante e non dipendono da te?»

«Allora cerca aiuto fuori, ma non rimanere mai sola, e non avere mai paura. Lotta per le cose a cui tieni, creati una famiglia specialmente se la tua non è stata un granché, ma non farti abbattere da quello che ti dicono, sai quante ne hanno dette a me? Fatti scivolare tutto addosso e vai avanti, che tanto se hai il cuore buono poi le cose e le persone giuste le attiri.»

L'abbracciai di slancio.
Non so perché, mi venne così.
Pensai che era una cosa che avrebbe potuto dire mia mamma se fosse stata una persona più coraggiosa, e se fosse stata lì.
Tornai in camera da Nic che ancora dormiva.
Mi accoccolai vicino a lui. Mi abbracciò come se fossi stata il suo cuscino preferito.
«Mmh... hai fumato...» mormorò nel sonno.
«Ti giuro che smetto. Non oggi, ma smetto.»

La mattina dopo a colazione eravamo due persone nuove, due persone sigillate da un'intimità tutta nuova e speciale.
Unica, e solo nostra.
Lilla ci regalò un sacco di marmellate fatte in casa e mangiammo torta di mele fino a scoppiare.
Salutarla fu un po' triste, come lasciare una vecchia amica, di quelle che incontri una sola volta nella vita, ma mi ripromisi di tornare alla villa.
Magari per il mio matrimonio.

La strada per il ritorno fu malinconica.
Tenevo la mia mano appoggiata sopra la sua sul cambio, e sapevamo che non ci sarebbe stato un domani o un immediato futuro per noi.
Mi accompagnò a casa.
E mi accarezzò la guancia con gli occhi improvvisamente diventati tristi.
«Non dirlo!» lo pregai appoggiandogli le dita sulla bocca. «Non dirmi che troverai una soluzione.»
Improvvisamente, non so perché, non ci credevo più neanch'io.

Aprii la porta di casa e fui investita da un vento siberiano.
Non ero tornata a dormire e sarei stata punita.
Ma al momento era l'ultimo dei miei problemi.
Ero stata bene, ero stata felice da scoppiare, ed ero innamorata, il resto erano dettagli.
Niente che non avessi già conosciuto e affrontato.

«Dove sei stata?»
«Da Ginevra» risposi.
«Non è vero, l'ho chiamata» disse Ilenia.
«Hai chiamato Ginevra?»
«Certo.»
«Perché?» le chiesi.
«Per sapere dov'eri.»
«Quando mai ti frega di sapere dove sono?»
«Tuo padre lo voleva sapere!»
«Ah, e in occasioni come queste diventate i genitori perfetti?»
Mio padre non diceva niente, era seduto sul divano col telecomando in mano a guardare lo schermo nero.
Presi il telefono, non c'erano chiamate da parte di Ginevra e lei il gioco me lo reggeva di default.
Era la mia migliore amica.
Stavano bluffando.
«Guarda un po'!» disse mio padre. «Guarda un po' con chi è stata.»
Premette un bottone sul telecomando e apparve un'immagine che non misi immediatamente a fuoco.
Poi realizzai.
Era Nic che dipingeva il murales.
Aveva fatto davvero installare le telecamere, quello psicopatico.
Mi chiedevo se avesse già provveduto a mettere il telefono sotto controllo.
«È Nic!» urlò Filippo.
«Ah! Quello che non voglio che entri in casa è lo stesso che mi imbratta il muro e con cui esci quando dici di dormire da Ginevra?» disse facendo avanzare velocemente il filmato e fermando l'immagine su di me che entravo in macchina con lui la sera prima.
Mi sentivo male.
L'abitudine di quell'uomo a mortificare e umiliare era talmente malvagia e perversa che mi venne il vomito.
Nessun genitore di nessun mio conoscente avrebbe mai fatto una cosa simile.

Se un giorno fossi diventata così mi sarei impiccata, fu il mio primo pensiero.

«Ma io quello lo conosco!» disse Ilenia dopo un po'. «Manda indietro.»

Mandò indietro il video e lo fermò.

«Quello è Nicholas, il figlio di Neri Rosai Strozzi, quello a cui devo affittare gli appartamenti della dimora storica. L'ho conosciuto l'altra settimana, mi ha detto che il figlio sta per sposarsi.»

La mia testa si spense.

Non recepì più alcun tipo d'informazione.

Ero morta.

26

Quando il cervello subisce un forte trauma psicologico, entra in uno stato di stress molto intenso e crea dei meccanismi di difesa per garantirsi la sopravvivenza e contenere il dolore.

Uno di questi meccanismi è la dissociazione: il cervello finge che quell'esperienza non gli sia mai capitata e cerca di negarla, di dimenticarla, di nascondere i frammenti dei ricordi sotto il tappeto della coscienza.

Mi successe quando morì mia mamma.

Non riuscivo a credere che fosse accaduto davvero, la mia mente si rifiutava di credere che se ne fosse andata per sempre e per un po', prima di crollare, continuai a fingere che fosse tutto normale.

Che lei fosse in vacanza con le amiche in un posto senza telefoni.

Stavo bene in quello stato, non soffrivo, non piangevo, non urlavo, non mi tagliavo, non sentivo assolutamente niente.

E adesso mi stava ricapitando la stessa cosa.

Ero così stordita dalla notizia del matrimonio di Nicholas che non sentivo niente, non era successo a me.

Forse non lo avevo mai neanche conosciuto, era capitato a qualcun altro e me lo avevano raccontato.

Ma man mano che le ore passavano, la coscienza cominciava a risvegliarsi dal torpore, e una voce sadica mi ripeteva in loop la frase "sta per sposarsi".

Nicholas stava per sposarsi e non me l'aveva detto.

Avevo creduto che fosse in crisi con la sua ragazza, che non l'amasse più, che non fosse facile lasciarla perché le voleva bene, ma mai e poi mai che il problema fosse doverla sposare.

E così mi aveva mentito.

La persona che amavo di più al mondo, che mi aveva fatto credere che valesse la pena vivere, che nel mondo non ci fossero solo aguzzini e opportunisti, ma anche persone belle, generose e vere, mi aveva mentito più di tutti, approfittando della mia buona fede.

Scesi in cantina a prendere la vernice bianca e questa volta fui io a cancellare il murales una volta per tutte.

Non volevo più vedere gnometti che ballano e stronzate simili.

Presi il pennarello nero e scrissi a caratteri cubitali: "Cosa aspettavi a dirmi che ti sposi?".

Per la prima volta ero ben contenta di non avere il suo numero di cellulare, altrimenti gli avrei scritto molte cose orribili.

Rientrai in casa, presi un paio di vecchi sonniferi da un cassetto e mi buttai sul letto vestita.

La mattina dopo aprii gli occhi e per un istante mi sembrò che non fosse mai successo niente.

Nell'attimo che precedeva il risveglio dei sensi, in cui il cervello era intorpidito e annebbiato, sentii ancora il sapore della nostra notte.

Sentii distintamente il corpo di Nicholas contro il mio, le nostre bocche che si baciavano, il profumo della sua pelle, le sue mani intrecciate alle mie, le mie gambe attorcigliate alle sue, i nostri corpi uniti, i nostri sussurri, i nostri gemiti.

E poi la realtà mi franò addosso con uno scroscio violentissimo di acqua gelata, lasciandomi senza fiato.

L'idea di alzarmi e affrontare la lunga giornata di lavoro mi era insopportabile. Boccheggiavo.

Mi alzai senza nemmeno cambiarmi e scesi a colazione, dove constatai che tutto era uguale a sempre: mio padre, Ilenia e Susie chiacchieravano del più e del meno, nella loro vita non era successo niente, nessun trauma, nessuna dissociazione. Solo un tizio con cui ero uscita un paio di volte che si sposava.

E forse questa era l'idea a cui avrei dovuto aggrapparmi se avessi voluto sopravvivere alla catastrofe.

«Il tuo amico è veramente *cool*!» mi disse Susie.

Annuii versandomi il caffè.

«*What a crazy night*, quasi meglio che a Los Angeles!»

«Mi fa piacere» dissi senza guardarla.

Rimasero tutti in silenzio, infastiditi e contagiati dal mio malumore.

Poi mio padre si alzò.

«Coraggio, morto un papa se ne fa un altro!» riuscì a dirmi prima di andare al lavoro.

Il fatto che soffrissi senza nemmeno avermi dovuto punire evidentemente lo aveva rallegrato.

Quando accesi il telefono trovai un messaggio di Dario.

Susie è completamente fuori di testa!

Al bar sbagliai ogni singola ordinazione, feci cappuccini normali al posto di quelli di soia, caffè macchiati al posto dell'orzo, spremute d'arancia invece di pompelmo.

Sandro mi prese da parte.

«Se vuoi farmi chiudere dimmelo, che diamo fuoco a tutto!» mi disse sorridendo.

«Scusami!» gli dissi frastornata, prima di cominciare a piangere a dirotto fra le sue braccia.

Il povero Sandro era spiazzato, continuava a darmi dei colpetti sulla spalla dicendomi: «Dài, su che ora passa, non è niente» senza sapere neanche cosa avessi. «Esci a prendere un po' d'aria, fai un giro, fumati una sigaretta, non preoccuparti che qui ci penso io, tanto peggio di così!» Rise.

Lo ringraziai, presi la mia borsa e uscii, ma appena percorsi dieci metri Nicholas girò l'angolo.

Rimasi impietrita, tutte le parole si affastellarono nella mia mente cercando di scavalcarsi come se volessero raggiungere l'uscita di sicurezza per fuggire a un incendio.

«Io... te lo volevo dire, ma non ce l'ho fatta!» esordì con gli occhi più tristi che avessi mai visto.

Non dissi niente, continuai a fissare per terra, mentre ripetevo il mio dialogo interno, convinta che lui potesse sentirmi.

Mi prese i polsi.

«Io e Isabella stiamo insieme da una vita, io non la amo più e nemmeno lei, ci vogliamo un sacco di bene, sì, ma questo non basta. Le nostre famiglie sono molto ricche e da sempre hanno deciso che ci saremmo sposati. Unirebbero i patrimoni, hanno moltissime società in comune, proprietà immobiliari, investimenti, è una cosa enorme. E io mi preparo a questo da tutta la vita. Me lo sento ripetere da quando ho l'età di Filippo che un giorno prenderò il posto di mio padre, e lui non aspetta altro da sempre, ha dei grandissimi progetti, vuole aprire una catena di alberghi con sedi in tutto il mondo, vuole che viaggi, e che gli dia degli eredi. Che io sia felice non è mai stato un suo problema. È un uomo d'affari, non gli interessa altro che il dio denaro. Poi sei arrivata tu e hai scombussolato tutti i piani, e mi hai fatto capire che quella non è la vita che voglio, che non mi interessano gli affari, il patrimonio, le azioni e il matrimonio combinato, voglio una vita normale, semplice, senza feste e barche, e senza incontrare sempre le stesse facce di cui non mi interessa niente. Mia mamma era come me, soffriva moltissimo a vivere quella vita di plastica, e mi diceva sempre: "Sposati solo per amore" e io all'epoca non capivo cosa intendesse quando diceva che me ne sarei accorto quando l'amore vero sarebbe arrivato, che lo avrei sentito, ma ora lo so. Ora so cosa voleva dire. Io amo te da quando ti ho incontrata al pronto soccorso. E so che sei la persona con cui voglio passare il resto della vita. Ma ne ho parlato con mio padre, e lui sai cosa mi ha detto?»

Scossi la testa.

«Ha detto: "Il matrimonio è un contratto come un altro, basta che salvi le apparenze e poi sei libero di fare quello che vuoi". Solo che io non sono così, non sono come lui, non la potrei vivere una vita del genere. Ecco perché ho continuato a ripeterti che avrei cercato una soluzione.»

«Solo che non c'è...» dissi con un filo di voce.

Rimase in silenzio un attimo, sempre tenendomi le mani.

«Troverò un modo...» disse piano.

«No, Nicholas, non lo troverai perché non esiste. È già tutto scritto.»

E lo dissi con una voce così triste e affranta che lo vidi vacillare.

Tentò di abbracciarmi, ma lo allontanai.

«Ti prego» gli dissi, «non toccarmi più, non cercarmi più, non passare più sotto casa mia. Dimentichiamoci. In fondo fino a qualche mese fa nemmeno sapevamo l'uno dell'esistenza dell'altra, non sarà difficile cancellare tutto, no?»

«Non dirlo nemmeno per scherzo!» disse serio. «Io non ti posso dimenticare, tu sei una parte di me, non posso pensare di non vederti più.»

«Tu non sei uno stronzo, ricordi? Me lo hai detto tu, quindi vai verso la tua nuova vita. Credimi, alla fine abbiamo molte più risorse di quello che pensiamo.»

«Non mi lasciare» disse con gli occhi lucidi.

«Non siamo mai stati insieme, Nic» dissi indietreggiando.

«Marina...» mormorò provando ad avvicinarsi.

«No, resta lì!» risposi sollevando una mano all'altezza del suo petto. «Non entrare più nella mia vita, non varcare più la soglia del mio cuore, mai più.»

Mi voltai e piangendo mi allontanai per sempre da lui.

Dario non disse niente quando mi vide entrare in negozio. La mia faccia parlava da sola.

Ero distrutta, se mi fossi fermata un momento a pensare sarei crollata in mille pezzi, l'unica soluzione era quella di non fermarsi, di diventare iperattiva, sconfiggere il cancro dei ricordi che si mangiava tutto il resto.

«Che hai fatto, Mari? Ti hanno picchiata?» chiese Dario, allarmato.

«Sto benissimo, anzi mi sembra la giornata perfetta per pulire tutto!» risposi andando a cambiarmi e mettendomi in faccia un sorriso dolorosissimo.

«Sei sicura che stai bene?»

«Ho detto di sì!» gli risposi secca. «Non parliamone più.»

Non mi chiese altro, si limitò a seguire i miei ordini, e fummo così gentili e affabili con le clienti che facemmo le migliori vendite degli ultimi tre mesi.

«Raccontami di Susie» gli dissi in pausa sigaretta, per non rimanere nemmeno un secondo in balia dei miei pensieri.

«Io pensavo di essere uno che esagera, ma quella mi batte 10 a 1! A parte il fatto che vive di Redbull e vodka, ma per farla andare a dormire ho quasi dovuto abbatterla, siamo tornati alle sette meno un quarto.»

«E poi io non potevo passare la notte fuori...» mormorai amaramente, buttando la cicca.

«È fissata a girare video con Periscope, ha continuato ad aggiornare Twitter e Instagram ogni dieci minuti facendosi selfie in ogni locale dove l'ho portata, ha abbordato ogni uomo sotto i trenta, ha voluto per forza la pizza anche se stavano chiudendo e poi non ha mangiato niente. Credimi, sono sfinito!»

«Ha detto che sei *cool*!» dissi. «Hai fatto colpo.»

«Ma anche no!» rispose con le mani alzate. «È la prima volta che ne faccio volentieri a meno.»

«Come?» esclamai sorpresa. «Neanche una pomiciatina?»

«Me la voleva dare dopo il primo mojito in Santo Spirito. Ma io non sono un uomo oggetto! Io seleziono!»

«In questi anni ti ho visto selezionare ben poco.»

«Vabbè, che c'entra, è la legge dei grandi numeri» rispose tirando fuori il telefono dalla tasca. «Oh eccola! Mi chiede se usciamo anche stasera! Credo che mi darò malato.»

Tornare a casa era la parte più dura.

Non riuscivo a non pensare a Nic, non riuscivo a togliermi quel magone orrendo dal fondo dello stomaco, quella voglia di piangere e urlare con tutte le mie forze, quell'agonizzare come un pesce morente, contorcendomi sul letto per il troppo dolore, pregando di non vivere più perché avevo capito che tanto la mia vita sarebbe stata una perdita continua.

Non riuscivo a disegnare, guardavo i fogli bianchi e non riuscivo a riempirli, tutto era bloccato dentro, le emozioni non venivano trasmesse dal cuore alla carta, c'era un ammutinamento in atto, ogni parte del mio corpo si chiedeva perché e non trovavo nessuna risposta.

Filippo era l'unico che capiva il mio stato d'animo.

«Sei triste, Mari?»

«Sì» risposi.

«Per Nic?»

Annuii.

«Perché si sposa?»

«Già.»

«Ma perché non si sposa con te?»

«Perché deve sposare un'altra ragazza.»

Aggrottò la fronte pensieroso.

«Ma tu l'hai addomesticato.»

Sorrisi.

«Credo di sì.»

«Allora tu sei la sua rosa, e lui può voler bene solo a te, non può voler bene ad altre rose.»

«Lo so, ma a volte è un po' più complicato di così» risposi sistemandogli le coperte. «A volte non possiamo fare quello che vorremmo. A volte non possiamo scegliere.»

«È molto brutto!» disse girandosi su un fianco.

«È vero.»

«Io posso volere ancora bene a Nic?»

«Certo che puoi!» risposi con un tuffo al cuore. «Anche lui te ne vorrà sempre.»

«Ma non lo possiamo vedere più?»

«No, tesoro. Non possiamo.»

Si rannicchiò sotto le coperte.

«Spegni la lucina, voglio dormire» mi disse con la vocetta triste.

Mi si spezzò definitivamente il cuore.

Passarono altri giorni tutti uguali e tutti ugualmente tristi e difficili.

Aveva cominciato a piovere ogni giorno, come fossimo in un Paese tropicale, grossi temporali violenti si abbattevano sulla città senza preavviso, accompagnati da un vento fortissimo che spezzava i rami.

Era esattamente il mio stato d'animo.

Cupo, agitato, pieno di rabbia repressa.

E nessun bel tramonto all'orizzonte.

La mia vita andava avanti senza una vera ragione, continuavo a ripetere le stesse cose, sforzandomi di non pensare a lui. A noi.

A quello che poteva essere e che non sarebbe mai stato.

Più di tutto mi feriva il fatto di averci creduto come una stupida, di aver creduto a quella cazzata che alla fine sarebbe arrivato il principe sullo skate e mi avrebbe salvata, perché in fondo un po' ci avevo sperato.

Invece no, tutto quello starmi vicina, tutto quell'essere presente, quel farmi le sorprese... per cosa? Per chi? Per sentirsi meno in colpa? Per scaricarsi la coscienza? O per divertirsi prima di darmi la mazzata finale?

Si era comportato anche peggio di Christo. Perché che Christo fosse un deficiente era chiaro fin dall'inizio, da lui non mi aspettavo certo l'anello, ma Nicholas si era travestito da bravo ragazzo, aveva finto di essere la mia anima gemella, e perché poi? Per dirmi alla fine: "Scusa, ma non ho il coraggio di affrontare mio padre, mi devo sposare, ciao".

Mi aveva preso il cuore, l'aveva accarezzato, cullato e protetto e poi sul più bello lo aveva scagliato contro il muro.

Che schifo l'amore, che schifo il mondo.

«Ora è il mio turno di starti vicina» mi disse Ginevra quando entrai in casa sua. «Avanti, dimmi cos'è successo.»

Le lacrime si buttarono a capofitto verso l'uscita, ma inghiottii fortissimo e impedii loro di cadere giù. Era una questione di principio.

Piangere non serviva a niente, non mi faceva stare meglio, non risolveva, non mi dava sollievo, mi lasciava solo spossata, stravolta e con un mal di testa infernale.

Mi sedetti sul divano e Ruggero mi saltò sulle gambe facendo le fusa.

Anche il gatto mi ricordava Nic, e mi vennero in mente le sue parole: «Se succedesse a noi...».

Perché si era spinto tanto in là, perché mi aveva fatto credere nell'amore?

«Mi sono innamorata di quello sbagliato» le dissi accarezzando il gatto.

«Per una volta mi sembrava quello giusto» mi rispose con tenerezza.

«Anche a me, invece ho saputo che si sposa.»

«CHE?» esclamò. «Come, si sposa?»

«Già. Matrimonio combinato, unione dei patrimoni, un sacco di cose in ballo.»

«Oddio aspetta un attimo...»

Si alzò, aprì un cassetto e ne estrasse una busta, l'aprì.

«Cazzo, ma allora è lui!» disse con la mano sulla bocca porgendomi il biglietto.

Era una partecipazione di nozze in cui i genitori di Isabella Von Ankerfeld Tornaquinci e Nicholas Rosai Strozzi invitavano Ginevra alla cerimonia che si sarebbe tenuta nella chiesa di Ognissanti il 14 luglio e al ricevimento con parenti e amici a Villa San Michele.

E questa volta le lacrime non ne vollero sapere di stare dentro gli argini.

«Scusa tesoro, scusa» mi disse. «Non era questo il modo in cui volevo esserti vicina, non avevo realizzato finché non me lo hai detto. L'ho ricevuta due giorni fa, ero in classe con lei alle medie, ma non potevo immaginare che il suo fidanzato fosse il tuo Nic!»

Leggere quelle righe nero su bianco mi confermò che era tutto vero, che si sarebbe davvero sposato e che fra noi era proprio finita.

Niente più messaggi in bottiglia, niente più giri in motorino, baci al Forte Belvedere, risate, skate, piscina.

Quel biglietto era la prova della fine.

27

Mancavano tre settimane al suo matrimonio.

Immaginavo i preparativi sontuosissimi, la wedding planner di grido, Isabella in un vestito Vera Wang, Nicholas con il tight e la cravatta con il brillante, una Rolls Royce bianca, damigelle vestite di rosa, regali da ogni parte del mondo, e una torta a forma di skate che lei gli avrebbe appositamente fatto fare da Ernst Knam.

Ne avrebbe parlato "La Nazione", avrei insistito con Ginevra per vedere le foto anche se lei non avrebbe voluto e mi sarei fatta dire se, secondo lei, quando lui baciava la sposa aveva l'aria felice.

Facevo un sogno ricorrente.

Correvo in un labirinto. Ogni volta che svoltavo un angolo ero sicura che avrei trovato l'uscita, e correvo, correvo finché non mi trovavo un muro davanti. E allora tornavo indietro e ricominciavo a correre alla cieca, sperando di avere maggior fortuna, convinta che, se la volta prima avevo sbagliato a svoltare a destra e poi a sinistra, questa volta facendo l'opposto sarei riuscita a uscire.

Ma immancabilmente mi trovavo davanti a un muro.

Ed era quello che avevo cominciato a disegnare: labirinti, come quelli che si vedono nelle foto dall'alto dei giardini delle ville.

Un groviglio interminabile di svolte, cunicoli e corridoi, molti dei quali non portavano da nessuna parte.

«Usciamo io e te stasera? Ne ho bisogno, l'americana mi ha sfinito, e io ormai c'ho un'età e non posso fare le 6 tutte le mattine» mi disse Dario.

«Okay, io e te, qualche birra e nessuno intorno!»

«Non chiedo di meglio!»

«Sai se Dario ha qualche problema col telefono?» mi chiese Susie a cena.

«Non so, non mi ha detto nulla, perché?»

«Perché non mi risponde, visualizza ma non mi risponde, *don't know why...*»

«A volte lo fa, e poi oggi in negozio abbiamo lavorato moltissimo, vedrai che più tardi ti risponde» dissi, sapendo che quando Dario entrava in modalità "fuori dalle palle" non avrebbe cambiato idea nemmeno se glielo avesse chiesto Maria De Filippi in diretta nazionale.

L'unica cosa positiva, dalla sera della telecamera, è che nessuno mi diceva più niente.

Come se fossi malata, o mutilata, o invalida: non c'era più bisogno di infierire su di me, soffrivo già abbastanza, non rispondevo più a tono, non avevo sguardi di sfida, me ne stavo nel mio angolo rispondendo con educazione e poi sparivo.

Alla fine ero diventata la figlia perfetta, quella che non si sente, un pesce in un acquario che non crea problemi, e non fa drammi.

Perché i drammi li tenevo gelosamente custoditi dentro, tappezzavano il mio cuore come una soffitta polverosa, piena di bauli di vecchie foto, bambole rotte e cavalli a dondolo.

Ovunque mi girassi vedevo polvere e vetri infranti, e sentivo odore di muffa.

Muffa e morte.

Nessuno mi chiedeva più dove andavo quando uscivo e se sarei tornata a dormire, ero la povera cretina che si era innamorata del ricco rampollo che l'aveva presa in giro per scoparsela e poi sposarsi un'altra.

Almeno questo era ciò che Ilenia diceva a Susie quando confabulavano nella sua stanza.

«*What a loser*» aveva commentato Susie.
Che perdente.
Aveva ragione.

Dario mi portò al bar del Giardino dell'Orticoltura a sentire un concerto jazz.

Nessuno dei due era in vena di parlare o di intrattenere l'altro.

Era anche questo il bello di essere amici da tanto tempo: non dover per forza riempire gli spazi vuoti con parole inutili.

Il suo telefono sul tavolino continuava a vibrare.

«Madonna che palle questa, mi sta scassando veramente la minchia!» esclamò leggendo il messaggio.

«Dille che sei partito per una crociera-studio sulla fauna a rischio estinzione in Alaska, ma non la mollare così, ti assicuro che è una cosa veramente insopportabile!»

Sbuffò e mimò una corda intorno al collo.

«Vabbè cazzo, ma ora mi vuoi dire che esci una volta con una ed è per tutta la vita?»

«Boh, magari per tutta la vita no, ma quello che uccide noi ragazze è che prima di portarci a letto ci fate dei monumenti, vedete solo noi, volete solo noi, siete sempre lì a mandarci messaggini e faccine e poi dopo è come se non ci aveste mai viste! Anzi no, peggio! Ci avete viste ma ci disprezzate! Siamo roba usata!»

Scrollò le spalle.

«Siamo fatti così.»

«Troppo facile!» gli dissi puntandogli la cannuccia contro. «È una scusa del cazzo. A noi quando interessa un ragazzo pensiamo sempre a lui, ci piace cosa dice, cosa pensa, come si veste e se poi qualcosa non ci piace riusciamo a farcela piacere, non chiedermi perché, ma è così, e dopo che ci siamo andate a letto comincia tutto. Per voi invece finisce tutto!» gridai quasi. «Ti sembra normale?»

«Boh! Mari, non t'incazzare! Io che ne so, so solo che a me dopo passa la voglia e basta!»

«E allora lasciatelo dire: fate schifo!» urlai così forte che il bassista mi fece cenno con la mano di abbassare la voce.

Rimanemmo in silenzio.
«Ma sei così incazzata perché Nicholas non ti chiama più?»
«No, sono così incazzata perché Nicholas si sposa. Ma roba da nulla, non ti preoccupare!»
«Cazzo!» rispose. «Cazzo, cazzo!»
Poi si girò verso la cameriera e disse: «Due gin tonic, belli forti, grazie!».
Finimmo a tirare sassi contro le lattine vuote seduti sulle scale di San Miniato.
Io ero ubriaca fradicia e lui peggio di me.
«Io non ci voglio andare a lavorare all'Osmannoro» mi disse per la trentaquattresima volta.
«Fai quello che ti pare, Dario.»
«Non voglio una tavola calda, voglio un locale trendy!» piagnucolò.
«E allora aprilo! Ma non mi rompere più. Per come sto messa ora non avrei nessun problema a lavorarci io all'Osmannoro!»
«Ti prego, diglielo tu a mia mamma!»
«Okay glielo dico io!» dissi tirando un sasso nel vuoto. «Basta che non ne parliamo più.»
«Mari?» mi disse voltandosi verso di me. «Perché io e te non ci siamo mai messi insieme?»
«Perché siamo come fratello e sorella.»
«Ah... è vero» rispose giocherellando col suo sasso. «Ma se smettessimo di essere fratello e sorella?»
«Vorrebbe dire che uno di noi due è morto.»
«Ah!» rispose cercando di capire. «Quindi... io e te... niente?» provò di nuovo prendendomi un mignolo.
«Niente di niente!» risposi dandogli un pugno sulla spalla.
«Non sai che ti perdi» disse.
«Penso di sì.»

Qualche mattina dopo Susie partì per Los Angeles.
Aveva la faccia di una che aveva pianto tutta la notte.
"Benvenuta nel mio mondo" pensai.
«Il tuo amico è una merda!» mi disse addentando il quarto biscotto al cioccolato.
«Credevo non mangiassi carboidrati» le feci notare.

«Questo non è cibo, è *comfort food*. Non conta» disse.

Mi chiesi se nella sua app contacalorie ci fosse anche la voce "chilo di gelato mangiato in seguito a delusione d'amore".

«Mi dispiace. Sai, Dario... non lo so, io non so com'è Dario. Non so com'è lui e non so come sono gli altri.»

Le venne giù una lacrima.

«Mi sembrava di piacergli, ci eravamo divertiti, avevamo riso tanto, cosa ho fatto di male?»

Già, esattamente quello che avevo pensato dopo la notte passata con Christo.

La guardai meglio.

Sembrava una bambola, era vestita come una modella e la maggior parte del tempo trattava gli altri come merda fresca, ma era veramente una bambina, piccola, sola e confusa come qualunque altra, solo caricata di molte più aspettative.

«Sei bellissima, Susie, e sei una ragazza speciale. Non hai fatto niente di male, solo che a volte, fra persone, non ci incastriamo» dissi mimando un ingranaggio con le mani. «E non ti devi buttare giù perché uno non ti ha più cercata, devi solo dirti: "Okay, abbiamo passato una bella serata e se non è scattato nulla ciao, anzi, meglio: almeno non perdiamo tempo a cercare di far funzionare qualcosa che non funzionerebbe". Che poi, se ci pensi bene... sei proprio sicura di voler stare con uno come Dario? Con quella faccia, e quelle manone?»

Mi guardò con quegli occhioni tristi e scosse la testa.

«Ecco, appunto. Devi capire cosa vuoi e poi concentrarti solo su quello, il resto lo devi scartare. Non è tanto più difficile di così. Se vuoi qualcuno che ti chiami la mattina, ti faccia delle sorprese, non si vergogni ad andare in giro tenendoti la mano e ti riempia di complimenti, ecco, devi cercare quello, e invece appena incontri qualcuno che ti fa divertire la sera e l'indomani sparisce, allora quello lo devi dimenticare subito. Senza rimpianti. Capito?»

Salvo che a volte, quella persona, quella stupenda unica meravigliosa persona che si incastrava perfettamente con te si sposava dopo quindici giorni con qualcun altro.

Fece sì con la testa e improvvisamente mi abbracciò.

«Grazie» mi disse. «*You're a good sister.*»

Rimasi senza parole e non la strinsi nemmeno da quanto ero sorpresa.

Ilenia scese in cucina.

«Andiamo tesoro, dài!» disse. «O faremo tardi.»

Susie riprese l'autocontrollo, l'acqua di aloe e l'iPhone e mi fece un saluto muovendo le dita della mano.

«*Byyyyye. Take care!*» cantilenò.

E uscirono, barcollando sui loro tacchi troppo alti, in bilico su sicurezze inesistenti.

Il giorno dopo Christo entrò al bar con una certa prepotenza, cosa che fece allertare Sandro che si armò di scopettone.

«Tranquillo, Shrek» gli risposi. «È innocuo!»

«Puoi uscire un momento con me?»

Guardai Sandro che mi fulminò.

«Cinque minuti, non uno di più» rispose.

«Lo hai sentito!» gli dissi.

«Sì okay, cinque minuti mi vanno bene!»

Uscii.

«Senti, Marina, ho bisogno di te per il progetto di fine anno.»

«Di me in che senso?»

«È una cosa concettuale, particolare, verresti qui stasera alle 11?»

«Perché dovrei?»

«Perché devo farti vedere una cosa.»

Sbuffai.

«Non ho voglia di uscire con te!» gli dissi chiaramente.

«*Por favor!*» esclamò a mani giunte. «È l'ultima cosa che ti chiedo.»

Ormai mi sembrava di avere a che fare con Dario, non sentivo nessuna attrazione fisica, nessuna voglia di saltargli addosso e di sbranarlo.

Lo vedevo per quello che era, una faccia tosta, una gran bella faccia tosta, d'accordo, ma pur sempre una faccia tosta.

«Okay» risposi, «alle 11 qui.»

Sandro mi aspettava sulla soglia del bar.

«Bisogna che ti parli, Marina», e me lo disse con una certa urgenza.

Non mi piaceva quando la gente mi diceva che doveva parlarmi, erano sempre cattive notizie.

«Senti, io ti considero praticamente una sorella minore, e ci tengo a te. Non sono uno molto bravo con le parole, ma è necessario che te lo dica seriamente: io non ti posso vedere insieme a quello là, non mi piace come ti ronza intorno e come ti piglia in giro, e non vorrei che, siccome è finita con Nicholas, adesso tu ci ricascassi!»

«No Sandro, te lo garantisco. Christo è proprio l'ultimo con cui ho intenzione di tornare, l'ultimo proprio!»

«Sei sicura? Guarda che lo so come vanno a finire queste cose, eh?»

«Sicura, sicura» risposi.

«Mi dispiace per Nicholas, mi piaceva tanto, pensavo fosse quello giusto per te. Non avrei mai immaginato che potesse finire così.»

«Lo credevo anch'io» risposi, e rimanemmo in silenzio.

«Tu meriti di meglio.»

«Sì, è una bella frase, me l'hanno detta spesso, ma non ho mai capito cosa volesse dire. C'è qualcuno che forse si merita di peggio? Nessuno si merita di stare male e incontrare gente che lo usa, ma succede di continuo, quindi, invece di pensare di meritarsi chissà cosa, sarebbe meglio accontentarsi, non credi?»

«No. Non credo proprio» rispose serio. «Il bar, per esempio. Non è un lavoro per te, poteva andare bene come lavoretto extra, ma non può essere la tua vita. Può essere la mia perché non so fare nient'altro e perché è il bar di mio padre, ma tu? Con il talento che hai e giovane come sei stai a perdere tempo a fare caffè? Mi dispiace ma non me lo spiego!»

Era la prima volta che mi parlava così schiettamente da quando lo conoscevo.

«Tu devi diventare qualcuno, devi fare quello che ti piace, non ha senso che tu viva così» insisteva.

«Va bene, te lo prometto, diventerò qualcuno» dissi sbuffando e feci per entrare, ma Sandro si mise fra me e la porta.

«Che fai?»

«Ti impedisco di entrare.»

«E perché?»
«Perché voglio che metti il culo sul motorino e vai a quella scuola di fumetto. Adesso.»
«E tu che ne sai della scuola di fumetto?» chiesi sorpresa.
«Me lo ha detto Nicholas, mi ha fatto vedere i tuoi disegni, sei troppo brava. Quelle mani devono fare altro che stare sotto l'acqua.»
Mi guardai le mani rovinate. «Io non...»
«VAI!» ordinò puntando il dito fuori.
Presi il motorino e guidai fino alla scuola.
Stavo ferma fuori dal portone e non mi decidevo a suonare il campanello. Indecisa se risalire sul motorino, tornare al bar e raccontare una scusa a Sandro.
Poi il portone si aprì e uscì un gruppetto di ragazzi che ridevano e scherzavano con le cartelle da disegno sotto il braccio.
E mi ricordai che avrei dato qualunque cosa per far parte di quella vita.
Un ragazzo mi tenne il portone aperto e non ebbi scelta se non entrare.
C'era un intenso viavai di studenti, che chiacchieravano e si scambiavano consigli, l'atmosfera era rilassata e amichevole.
Una ragazza con i codini rosa alla reception mi chiese se poteva aiutarmi.
«Mi piacerebbe avere qualche informazione sui vostri corsi» dissi un po' intimidita.
«Certo, se vuoi ti faccio fare un giro!» mi rispose alzandosi e facendomi strada. Le aule erano bellissime, con grandi tavoli attorno ai quali tanti studenti disegnavano, facevano illustrazioni, dipingevano e creavano fumetti, cartoni animati, tavole e storyboard. E i docenti dispensavano consigli.
Mi immaginai lì seduta insieme a quei ragazzi a disegnare tutto il giorno senza nemmeno accorgermi del tempo che passava, a scambiare idee, imparare tecniche nuove, avere nuovi amici con cui condividere la stessa passione.
Era la mia idea di paradiso. Non avrei voluto fare altro.
No, a dire la verità la perfezione sarebbe stata tornare a casa dalla scuola e vedere Nic tutte le sere di tutti i giorni del resto della mia vita.

Sentii una punta di dolore dentro da qualche parte e mi si bagnarono gli occhi.

«Stai bene?» mi chiese la ragazza.

«Sì» risposi tornando sulla terra. «È tutto bellissimo, davvero bellissimo.»

«Se mi lasci la tua mail ti inserisco nella newsletter, così riceverai gli aggiornamenti sui corsi.»

Gliela scrissi su un modulo, lei la lesse e poi mi guardò meglio.

«Scusa, ma io ti conosco?» mi chiese.

«No, è la prima volta che vengo qui.»

«Ma il tuo nome mi dice qualcosa...» disse pensierosa. Poi si voltò verso lo schedario, tirò fuori da una cartellina alcuni disegni ed esclamò: «Ecco dove l'avevo sentito il tuo nome, sei tu che hai fatto questi?».

Mi mostrò i miei disegni.

«Li ho fatti io, sì, ma...»

«Me li ha portati Nicholas l'altra settimana, mi ha detto che aveva un'amica con un talento straordinario e li ho fatti vedere ai docenti, sono rimasti tutti molto colpiti!»

Deglutii.

«Che aspetti a diventare dei nostri?» mi disse con un megasorriso.

«Io... ecco...» dissi grattandomi la testa. «Non so, devo sistemare un po' di cose, ho una situazione un po' complicata al momento.»

«Sì, ma non metterci troppo però, il talento non va sprecato.»

Uscii frastornata.

E mi mancava Nic prepotentemente.

Avrei voluto chiamarlo e raccontargli di quanto mi era piaciuta la scuola, ringraziarlo per aver portato lì i disegni e avermi dato il coraggio di entrare, volevo urlargli nelle orecchie che avevo visto quello che volevo fosse il mio futuro e quanto fosse stato bello sentirsi dire che avevo talento.

Ma non lo potevo fare.

Non lo potevo fare mai più.

Ora che Susie era partita, la casa era ripiombata nel silenzio.

Cenavamo parlando del nulla, sperando solo di far presto.

Ilenia era di nuovo fuori a cena – forse con il vero padre del bambino –, e io, Filippo e mio padre mangiavamo qualcosa di freddo.

«Era bello quando vedevamo Nicholas» disse Filippo per pura provocazione fra una forchettata di pasta e l'altra.

«Mmh!» lo liquidò mio padre come faceva sempre quando c'era qualcosa che lo disturbava. «Quel cretino meglio perderlo che trovarlo. Fortuna che ha smesso di disegnare schifezze là fuori.»

«Non erano schifezze!» disse Filippo serio. «Erano disegni per me. Per me e Marina.»

«Sì. Comunque meno male che non c'è più!» tagliò corto.

Continuavo a mangiare con la faccia nel piatto. Senza commentare.

«Tanto a te le cose belle ti fanno tutte schifo!» disse ancora Filippo con la rabbia dei bambini. Quella che ti fa tremare il labbro inferiore e picchiare i pugni.

«Non ci pensare!» rispose lui. «Devi farti degli amici della tua età, non devi frequentare dei balordi.»

Già, i balordi.

Quelle creature malvagie che cercavano di portarti sulla cattiva strada insegnandoti a nuotare e andare sullo skate.

«Tu sei mai stato bambino?» gli chiesi nel silenzio.

Lo vidi muoversi a disagio sulla sedia.

«Ai miei tempi, signorina, non c'era tempo per essere bambini, non c'erano soldi, c'era da lavorare, non avevamo tempo per fare i disegni sui muri o stare al telefonino.»

«Certo. Quindi è giusto continuare a vivere come se fossimo sempre in tempo di guerra.»

«Se voi non siete in grado di capire quali sono i veri pericoli non so cosa farci.»

«Vedere i pericoli dove non ci sono non è una soluzione.»

«Che ne sai tu della vita?» ebbe il coraggio di dirmi.

«Hai ragione. Ho solo perso una madre e lavoro tutto il giorno per non pesare su nessuno. È vero, non ne so niente, sono una stupida viziata che spende quattromila euro al mese.»

«Abbassa il tono, sai?» mi aggredì. «Che sei sul filo del rasoio.»

«Allora uccidimi!» dissi mollando le posate e alzando le mani. «Uccidimi e non parliamone più.»

Posò il bicchiere sul tavolo con un tonfo, per sottolineare il suo disappunto. Filippo scoppiò a piangere e corse in camera sua.

«È impossibile parlare con te, impossibile avere un'opinione, vuoi sempre e solo avere l'ultima parola» insistetti.

«Attenta a come parli. La mia pazienza ha un limite!»

«La pazienza per cosa?» gli dissi con il coraggio di chi non ha niente da perdere. «Se ogni volta urli, imprechi, ci metti le mani addosso e nessuno sa perché? Cosa vuoi insegnarci esattamente? Perché nessuno lo ha capito!»

La rabbia gli deformava i connotati.

«Farai meglio ad andare a letto perché stasera finisce male!» disse.

Sostenni il suo sguardo con grande difficoltà, poi mi arresi e andai in camera mia.

Che vita impossibile. Non aveva assolutamente più senso stare in quella casa.

Era come essere agli arresti domiciliari obbedendo a un secondino sadico a cui non potevi dire niente di diverso da quello che voleva. E anche quando glielo dicevi trovava lo stesso una ragione per punirti.

Dovevo cercarmi un lavoro. Un lavoro ben pagato con cui potermi permettere un affitto.

Uscii per andare all'appuntamento con Christo.

Non perché ne avessi voglia, ma solo perché non avevo nessuna intenzione di rimanere in camera a rimuginare.

Scesi, buttai un'occhiata al muro, cercai con gli occhi qualunque segno di un passaggio di Nicholas, misi in moto il motorino e andai.

Parcheggiai lo scooter davanti all'Accademia e mi sedetti sulla sella aspettando Christo.

Fino a poche settimane prima sarei stata in fibrillazione, emozionata e supereccitata all'idea di vederlo.

Chi era la ragazza col vestito vintage e le Louboutin carissime, emozionata come Cenerentola, alla festa dell'Accademia?

Non io, non era possibile.

Christo arrivò puntualissimo. Incredibilmente.

«Bella Marina, grazie di essere venuta! Vieni con me» mi disse scortandomi all'interno dell'Accademia, nemmeno fossi stata l'ospite d'onore alla cerimonia degli Oscar.

Camminammo lungo i corridoi deserti dal pavimento di cotto, sotto le volte secolari.

Attraversammo le aule di disegno, pittura, scultura.

Stanze che fino a poco tempo prima mi emozionavano solo a nominarle e che ora sentivo non appartenermi.

Salimmo una rampa di scale, la stessa della sera della festa, e passammo davanti all'aula dove Christo voleva tanto farsi una sveltina con me sulla cattedra.

Scossi la testa come a scacciare il pensiero. Come avevo potuto essere così scema? Così ingenua? Non lo vedevo che tipo era?

Camminava davanti a me, trasandato e in disordine, strascicando i piedi, con quei dreadlock che ospitavano qualunque specie di parassita, e chissà da quanto non si faceva una doccia.

E io ci ero andata a letto!

No vabbè, ero un'idiota.

Entrò in una stanza completamente vuota, c'era solo una porta di legno verde al centro.

«Ti piace?» mi chiese.

«Cosa?» dissi.

«La porta, l'installazione.»

Guardai meglio.

Era una porta che si apriva nei due sensi.

«È una porta!» dissi.

«Esatto! È il mio progetto di fine anno, e sai come l'ho chiamato?»

Scossi la testa.

«Marina!»

«Ah!» ripetei pensosa. «Marina.»

«Me l'hai ispirato tu» disse pieno di entusiasmo, saltando sul piedistallo e aprendo la porta per passarci attraverso. «Tu sei così, una porta chiusa ma che se si lascia aprire ti mostra mondi incredibili.»

«Io mondi incredibili?» risi. «Dài, esageri!»
«No, davvero! Vedi?» disse spingendo la porta. «Si apre in un senso e nell'altro, vuol dire che la realtà non la puoi interpretare solo in una direzione, ma in tutte e due, ed è una cosa che mi hai insegnato tu.»
«Io? E quando?»
«Sì. Sei stata gentile e carina e poi dura e rigida con me, i due lati della porta, e io devo scegliere quale lato aprire.»
«E quale hai deciso?»
«Quello in cui sei gentile e carina.»
«Ah ah, troppo facile!» dissi. «Ci vuole un'installazione che dovresti chiamare "cogli l'attimo", quella che passa solo una volta nella vita.»
Mi guardò con aria confusa, come stranito dal fatto che non trovassi geniale la sua creazione.
E si sedette ai miei piedi.
«Bella Marina, non vuoi stare con me stanotte?»
Sorrisi, mi accucciai sui talloni e gli presi il viso fra le mani.
Era bello oltre ogni dire, nonostante il look da deportato.
«Non ci penso nemmeno, Christopher» gli sussurrai in faccia prima di stampargli un bacio sulla bocca. «Non mi incanti più! Ma ti trovo adorabile.»
E me ne andai lasciandolo lì accanto alla porta che continuava a oscillare avanti e indietro.

28

E alla fine giunse quella maledetta domenica.

Soffiava un vento fortissimo, raffiche che sembrava volessero strapparti da terra con mani invisibili.

Mi chiedevo se avessero pensato a un piano B, immaginavo la wedding planner disperata che teneva d'occhio il cielo e Isabella che diceva: "Ti proibisco di piovere proprio oggi!".

Mi faceva male tutto.

Mi faceva male tutto dentro.

Mi mancava da morire Nic.

Non lo avrei mai più visto, sarebbe stato risucchiato da quella vita che non gli piaceva, avrebbe smesso di mettersi le magliette e i pantaloni larghi, si sarebbe abituato alla cravatta, non avrebbe più fatto graffiti e tutto perché non aveva avuto le palle di prendere in mano la sua vita come invece voleva che facessi io.

E piano piano si sarebbe dimenticato di me.

Io però non mi sarei mai dimenticata di lui.

Mai.

Sapevo che non avrei più potuto innamorarmi di qualcuno in quel modo.

Che c'era solo una possibilità nella vita e non poteva ricapitare.

E quella consapevolezza mi rese ancora più triste.

Vivere tutta la vita senza di lui, imparare a fingere che dentro non fossi a pezzi, andare avanti mettendomi una maschera di circostanza per salvare le apparenze.

Che senso aveva?

Filippo entrò in camera mia.

«Andiamo a messa?»

Guardai ancora qualche attimo fuori dalla finestra.

«Sì. Ma stavolta ti porto in una chiesa più bella. Alla chiesa di Ognissanti!»

Scendemmo e accesi il motorino.

«Che bello! Possiamo, adesso?»

«Veramente no!» risposi dandogli il casco. «Ma non ce la faremmo mai ad arrivare in tempo in autobus!»

Cominciai a correre per le strade spazzate dal vento. Dal cielo iniziò a cadere una pioggia pesante.

Le raffiche erano sempre più intense, come se un dio molto arrabbiato stesse rompendo cose nell'universo e ogni volta che agitava le braccia scatenava folate sulla terra.

Filippo si stringeva forte a me.

Pensavo a Nic. Non avevo intenzione di farmi vedere, sarei entrata un secondo, mi sarei messa in fondo e gli avrei augurato tutta la felicità del mondo. Per poi sparire per sempre.

Ma volevo vederlo in quell'ultimo minuto in cui era formalmente ancora non sposato.

Quell'ultimo minuto in cui avevo ancora il diritto di pensare che fosse un po' mio.

Non finii di formulare il pensiero che un grosso ramo si ruppe e cadde in mezzo alla strada.

E poi successe tutto al rallentatore.

Io che freno con forza, le ruote che scivolano sulla strada bagnata, il motorino che sbanda a destra e a sinistra e poi la lunga caduta sull'asfalto.

E il buio.

Dov'è Filippo, fu la prima cosa a cui pensai appena aprii gli occhi.

«Stai ferma!» dicevano le persone intorno a me. «Non ti devi muovere, ora arriva l'ambulanza!»

«Dov'è Filippo!» ripetei con violenza, divincolandomi mentre cercavano di farmi stare a terra.

Mi alzai e sentii una fitta lancinante al ginocchio, forse stavolta l'avevo rotto davvero. Il traffico si era fermato, e la gente continuava ad avvicinarsi, curiosi o persone che cercavano di dare una mano.

Notai un altro gruppo di persone radunate in cerchio attorno a qualcuno, e vidi che quel qualcuno era Filippo.

«Filippo!» urlai, e mi precipitai da lui.

Nell'impatto aveva perso il casco, e stava lì per terra con gli occhi chiusi, senza reagire, senza fare niente, senza sorridermi.

«È morto!» dissi schiacciandomi le mani sulla bocca. «L'ho ammazzato io!»

Intorno a me si fece un silenzio assoluto, o forse io non ero più in grado di provare niente. Non mi faceva più male il ginocchio, non sapevo dov'ero, non capivo perché Filippo non si stesse muovendo.

Mi ero dissociata. Di nuovo.

Poi una mano mi si posò sulla spalla.

«Vieni, è arrivata l'ambulanza, ti portiamo in ospedale.»

I paramedici corsero da Filippo: lo immobilizzarono e lo caricarono sulla barella.

«Io vado con lui» dissi soltanto.

«No, sei caduta, potresti avere una commozione cerebrale, hai perso i sensi, devi venire con noi!» mi disse un paramedico sopraggiunto con un'altra ambulanza.

«Io vado con lui, ho detto», e salii con Filippo.

Gli tenevo stretta la mano. Nessuno parlava. L'orrore si era impossessato di me.

Che avrei fatto senza Filippo?

Niente. Non avrei fatto niente.

Non avrei voluto vivere nemmeno un minuto senza di lui.

Questa era la mia unica certezza.

Sapevo di dover chiamare mio padre, ma ero terrorizzata.

Gli avevo disobbedito, e avevo ucciso mio fratello.

Alla fine aveva ragione lui a dire che il mondo era pieno di pericoli.

Presi il telefono e chiamai Ginevra.

«Abbiamo avuto un incidente in motorino» farfugliai confusa, «stiamo andando a Santa Maria Nuova. Ti prego, chiama tu mio padre.»

Mi sedetti in sala d'aspetto. Sola, accasciata su un sedia di plastica con il parka di mia madre a brandelli e il ginocchio gonfio che premeva sotto i jeans.

Mio padre spalancò la porta e venne dritto verso di me.

Mi tirò in piedi per il collo della giacca e mi colpì ripetutamente in testa e sulla faccia.

Ripetendomi: «Disgraziata, brutta disgraziata».

Aveva ragione.

Ero una disgraziata, solo una disgraziata, e se avesse colpito più forte forse mi avrebbe fatta fuori lui e così avrei terminato il mio stupido e inutile soggiorno in questo mondo, dove non mi ero mai sentita la benvenuta.

Poi qualcuno o qualcosa strattonò mio padre e portò la sua furia lontano da me.

«Brutto vigliacco ma che fai, picchi una ragazzina? Picchi tua figlia? Se la tocchi un'altra volta ti giuro che ti ammazzo io, ma te lo giuro!» gli disse sulla faccia.

Ginevra corse da me.

«Tesoro, stai bene?» mi disse non sapendo nemmeno come abbracciarmi, tanto ero ridotta male.

Facevo fatica anche a metterla a fuoco.

Così tanta fatica che mi sembrò che accanto a lei ci fosse Nic.

Ma non poteva essere lui. Lui era in chiesa a sposarsi. Lo sapevo con certezza.

«Tu sei in chiesa a sposarti» gli dissi confusa e disorientata.

«No, sono qui. Sono qui con te» rispose.

E poi fu la volta di Ilenia: entrò e prese a urlarmi contro.

«Sei veramente una cretina, senza rispetto per niente e nessuno, sei una nullità, un'irresponsabile, cos'altro ci si poteva aspettare da te? Paolo, lei a casa non ci torna, la butti fuori a calci, non la voglio mai più vedere!»

Guardai Ilenia, e guardai mio padre, poi guardai Nic e Ginevra.

E di nuovo Ilenia. E poi mio padre.

E gli dissi: «Il bambino non è tuo. È del suo capo».

Poi persi i sensi.

Mi svegliai molte ore dopo in un letto di una camera con altre tre persone.

Accanto a me c'erano ancora Nic e Ginevra.

«Come sta Filippo?» chiesi subito.

«Sta bene» mi disse Ginevra. «Ha preso un bello spavento e si è rotto un polso, ma sta bene, è in un'altra camera.»

Cercai di alzarmi ma la testa mi faceva malissimo.

«Stai giù, per l'amor di Dio» mi disse Nic preoccupato. «Tu non stai bene, hai picchiato la testa, devi stare ferma, sei ancora sotto osservazione.»

«Che ci fai tu qui?» gli dissi. «Eh? Che ci fai?»

«Io non ci potevo stare senza di te. E basta. Quando Ginevra mi ha detto che avevate avuto l'incidente non ci ho pensato un attimo e sono corso qui insieme a lei.»

«Scemo, ti staranno aspettando tutti, vai in chiesa!» gli dissi faticosamente.

«Non mi sposo, non mi voglio sposare, non con Isabella almeno.»

Mi vennero giù le lacrime.

«Non sei contenta?» mi chiese prendendomi una mano.

«Non lo dici perché i dottori ti hanno detto che sto morendo e non vuoi farmi agitare, vero?» sorrisi.

«Lo dico perché se c'è una che sposerò quella sei tu!»

«Sei bello con il tight.»

«Me lo strapperei di dosso! Odio questa roba!»

Nic rimase con me tutta la notte.

Era come se non fosse passato nemmeno un giorno.

Non sapevo che ne sarebbe stato della mia vita, ma in quel momento ero talmente felice da non osare chiedere altro. Riusciva a far sembrare romantico anche un letto di una camera d'ospedale.

Non aveva il telefono e nessuno poteva immaginare che fosse lì, e sicuramente lo stavano cercando per tutta Firenze, ma lui non si mosse mai.

Finché la mattina dopo fummo svegliati dall'arrivo di una ragazza bellissima e incazzata da morire.

«Isabella, che ci fai qui?» le disse Nic svegliandosi di scatto.

«Che ci faccio qui? Che ci faccio io qui?» urlò. «Mi hai lasciata all'altare come una cretina, sono lo zimbello di mezza Europa, mio padre e tuo padre ti vogliono uccidere e tu hai il coraggio di chiedermi che ci faccio qui?»

Lo colpì con la pochette.

Nic si alzò e uscirono dalla stanza.

«Peccato! Volevo sapere come andava a finire!» disse la signora del letto accanto.

Rimase fuori per più di mezz'ora, non riuscivo a capire bene quello che si dicevano, ma sentivo lei arrabbiarsi e piangere e ripetere spesso: «Ripensaci, ti prego».

Ma lui non ci ripensò.

Isabella venne da me, mi guardò malissimo e poi disse con disprezzo: «Siete proprio perfetti insieme!».

Il pomeriggio andammo a trovare Filippo.

Mio padre era da solo in camera con lui, alzò appena la testa quando mi vide e uscì.

Non so dire esattamente cosa lessi in quello sguardo.

Rabbia, avvilimento, tristezza, paura, sconforto... non lo so. Non mi aveva mai detto nemmeno una volta cosa provava e si era sempre vergognato di esprimere i suoi sentimenti.

Quindi non lo conoscevo. Lo temevo, ma non lo conoscevo.

Filippo ci vide e si mise a saltare sventolando il gesso.

«Guarda, Nic! Guarda! Ho il braccio rotto anch'io, è fichissimo!»

«Proprio fico» rispose spettinandogli i capelli.

«Filippo, mi dispiace tanto» gli dissi. «È stata tutta colpa mia, non ti dovevo portare in motorino.»

«È stata colpa del ramo, non tua, se ci cadeva addosso ci rompeva la testa.»

Piccolo angelo, sempre ottimista.

«Ma se ti sei sposato perché sei qui?» chiese a Nic candidamente.

«Perché non mi sono sposato!» rispose. «E non mi sono sposato perché voglio stare con tua sorella.»

Filippo fece un sorriso gigantesco.

E poi allargò il braccio sano e lo abbracciò.

«È permesso?» disse una voce alla porta.

Una signora e una bambina entrarono in camera.

«Alice!» gridò Filippo. «Guarda!» disse anche a lei mostrandole il gesso.

«Wow!» rispose lei con una certa ammirazione.

«Un albero enorme è crollato giù e ci è venuto addosso e mia sorella l'ha schivato, ma poi un'autobotte ci ha tagliato la strada, ed è andata a sbattere contro una macchina che è esplosa e noi siamo saltati in aria e abbiamo fatto un volo di mille metri!»

Io e Nic ci guardammo allibiti.

«E non ci ha messo nemmeno uno squalo!»

Tornammo a casa due giorni dopo.

Le cose di Ilenia non c'erano più.

«Dov'è andata?» chiesi a mio padre.

«Non mi interessa» rispose, e mi accorsi solo in quel momento di quanto fosse invecchiato, di quanto fosse stanco, e solo.

E non so come mi venne in mente, ma mi voltai e lo abbracciai.

Rimase immobile per dieci secondi, e io continuai ad abbracciarlo.

Poi sentii le sue braccia avvolgermi le spalle e stringermi forte e per un attimo tornai a essere la bambina della foto, che si succhia il pollice con l'accappatoio troppo grande, in braccio a lui. Protetta e sicura.

E ci mettemmo a piangere.

Lacrime, trattenute per troppi anni, lacrime antiche, lacrime dimenticate, lacrime in fondo al cuore.

Piangemmo per la mamma, piangemmo per esserci persi, piangemmo per la paura che avevamo avuto, piangemmo per il passato, per le ferite, per le brutte parole, per i rimpianti, le incomprensioni e le sfuriate, ma anche per la gioia di essere ancora vivi, di avere ancora tanto tempo per rimediare, parlare, capirci.

O almeno potevamo provarci.

Quella sera a cena ci divertimmo un sacco.

Mio padre preparò la pizza, io colorai tutto il gesso di Filippo e per una volta non ci fu la paura di dire qualcosa di storto.

Non che fosse tutto perfetto, ma almeno provavamo un po' d'armonia.

Provavamo a essere una famiglia.

Più tardi ci raggiunse Nic con il gelato.

«Non ho fatto nessun murales stavolta, glielo giuro!» rise stringendogli la mano.

«Sarà bene, o ti metto in conto la vernice!» rispose sempre un po' sulle sue, ma almeno aveva fatto una battuta.

Guardavo tutti, e mi chiedevo se fosse un miracolo.

Se alla fine tutto quel dolore fosse stato necessario perché adesso potessimo ridere di nuovo.

Guardai in su e sorrisi.

Più tardi mi telefonò Dario.

«Emergenza, ho fatto una cazzata un po' grossa!»

«Dove sei?»

«All'Osmannoro.»

«A quest'ora? E che ci fai?»

«Avevo pensato di dare fuoco alla tavola calda!»

«Che? Ma sei scemo?» urlai.

«Era un'idea geniale! Avrebbero creduto che era il racket dei cinesi e mia madre avrebbe abbandonato l'idea di comprare il locale, solo che mi hanno beccato i carabinieri e mi stanno portando in centrale e appena l'avvertono è finita.»

«Ma ti hanno beccato con le taniche di benzina?»

«Ma no, stavo solo facendo un sopralluogo, la benzina l'avrei portata dopo, solo che mi hanno visto gironzolare in maniera sospetta, mi hanno fermato e chiesto i documenti e poi mi hanno beccato l'erba.»

«Cazzo, Dario, sei veramente un genio!»

«Puoi venire qui? Così mi dai una mano a calmarla...»

Chiesi a Nic di accompagnarmi.

«Ma il tuo amico fa solo cose demenziali?»

«Da sempre! E se ne inventa sempre di peggiori, se gli avessero dato un euro a cazzata sarebbe milionario.»

Arrivammo in caserma e lo trovammo seduto in una stanzetta che faceva ballare nervosamente la gamba.

«Oh, meno male che sei arrivata prima di lei, ho paura che se mi dà una labbrata mi stacca la testa.»

«E farebbe bene!» disse l'appuntato alle nostre spalle.

Ci sedemmo lì con lui. Stava perdendo tutta la spavalderia e continuava a fare battute idiote e a ridere istericamente.

«Che mi fanno secondo voi?»

«Dipende da te» rispose Nic. «Sii collaborativo ed evita di provocarli. Magari te la cavi.»

«Dov'è quel cretino!» tuonò la voce di Sonia, che entrò in caserma su tutte le furie facendo preoccupare anche l'appuntato. «Che ha fatto questa volta eh? Ditemelo!»

«Detenzione di stupefacenti, e ha detto che è in trattativa per acquisire la tavola calda, ma non ha voluto dire che ci faceva in zona a quell'ora. Sospettiamo stesse spacciando.»

«Spacciare cosa? Eh, stupido?» disse dandogli uno scappellotto sulla nuca.

«Mamma, finiscila!» rispose lui, irritato.

«Signora, le mani addosso no, eh, sia gentile!»

«Le mani addosso no?» ruggì all'appuntato. «E ci provi lei a educarlo questo scemo, che passa la vita a farmi pentire di averlo messo al mondo! Gli ho dato tutto, un negozio, una casa, una carriera, esce quando vuole, gli sto anche comprando una tavola calda per farlo lavorare di giorno come tutti, e lui continua a cercare di farmi diventare pazza! Che farebbe lei al posto mio, eh?»

L'appuntato si strinse nelle spalle.

«In effetti... insomma, dovresti essere più gentile con tua mamma.»

«È una stronza, mi tratta come un coglione, non mi ascolta mai, fa solo quello che vuole lei, non ho mai voce in capitolo!» gli rispose Dario furioso.

«Vi lascio soli un attimo, almeno parlate» rispose l'appuntato capendo che non c'era peggior punizione che lasciarlo nella gabbia con la leonessa.

«Mi vuoi dire che ci facevi lì, eh?» lo incalzava dandogli delle pacche sul braccio.

«Non te lo dico, e smettila di darmi pacche.»

«Ecco da chi ha preso...» sussurrai a Nic.

«Ti sei messo a spacciare? Vuoi farti mettere dentro? Guarda che se è lì che vuoi andare non c'è problema!»

«Meglio stare in galera che stare con te!»

«Ah sì? Allora sai che facciamo? Vai a stare da solo, ti trovi un altro lavoro e non mi rovini più la vita, così se ti fai arrestare e mi chiamano a mezzanotte potrò rispondere che starai meglio in galera che con me!»

«Io non spaccio!»

«E allora che facevi, eh?»

«Volevo dare fuoco al bar!» le urlò. «Così avresti smesso di obbligarmi a fare cose che non voglio!»

«Che volevi fare?» gridò lei sbalordita. «Ma allora sei veramente un cretino, non c'è speranza per te, sei un fallimento, una rovina, non hai cervello, si può sapere perché mi fai questo? Si può sapere che gusto ci provi? Mi vuoi dire perché non sei un ragazzo normale?»

«Perché mi piace il cazzo, mamma!!!» urlò Dario.

L'eco di quelle parole continuò a rimbombare fra le mura della caserma per minuti.

«Puoi ripetere?» balbettò Sonia incredula.

«Mi piace il cazzo, sono gay, mamma, lo sono sempre stato e non voglio più vivere così, a far finta di farmi andare bene le tue scelte per compiacerti! Ci ho provato a farti contenta, ma io non ce la faccio più, sto esplodendo!»

L'appuntato, forse mosso a pietà, scelse quel momento per decidere che la permanenza di Dario nei loro locali poteva dirsi conclusa e lo congedò con un: «... E non far arrabbiare la mamma!».

Possibile che non me ne fossi mai accorta? Possibile che il mio migliore amico, quello che non pensava che alle donne, in realtà lo facesse solo perché era così terribilmente a disagio e così spaventato dalla reazione della madre da fingere di essere qualcos'altro?

E pensai che gli doveva essere costato una fatica mostruosa.

Lo abbracciai.

«Grazie di esserci sempre, Mari» mi disse. «Ho sempre pensato di dirtelo, ma poi non ce l'ho mai fatta.»

Gli diedi il solito piccolo pugno sul braccio.

«Sono fiera di te, amico mio. Proprio tanto fiera!»

Sonia era frastornata e non diceva una parola, per la prima volta Dario aveva fatto qualcosa che lei non poteva controllare, e doveva farsene una ragione.

«Dario è stato un grande» mi disse Nic prendendomi per mano e tornando alla macchina. «Servirebbe anche a me un po' di quel coraggio per affrontare mio padre. Dal giorno del matrimonio non mi rivolge più la parola.»

«I genitori non possono sostituirsi ai figli, né fare delle scelte al posto loro, nemmeno per il loro bene, non funziona mai, non può funzionare, arriva un giorno che impazzisci!»

«Esatto» mi disse e mi baciò sulle labbra, «e i nostri figli potranno fare quello che vogliono, noi li incoraggeremo, li ameremo, li appoggeremo e li aiuteremo sempre, senza imporgli mai niente.»

«E saremo dei genitori perfetti, proprio perché anche noi faremo un sacco di sbagli» risposi.

«Sei bella, intelligente e piena di talento, cos'altro c'è che non so di te?»

«Non sai quanto ti amo.»

«Sì, quello lo so.»

Ginevra lavorò sodo e creò una fragranza incredibile, qualcosa di totalmente nuovo, con un paio di ingredienti segreti che lei non rivelò mai, ma che io sapevo essere rabbia e rivincita.

Chiamò il suo profumo "Mai più" per ricordarsi sempre di non fidarsi di uomini come Tommaso.

Il padre di Nic si arrese al fatto che suo figlio non sarebbe stato colui che avrebbe unito i patrimoni e ci pensò personalmente, sposandosi una giovane ereditiera.

Nic cominciò a occuparsi di bambini disagiati, con il progetto di aprire un grande centro dove ospitarli, dargli un'istruzione e insegnargli che la vita non era solo quella che avevano visto fin lì, ma che poteva cambiare, a volte soltanto dando un piccolo aiuto al destino.

Christo vinse una borsa di studio a Milano con la sua installazione di fine anno.

Venne a ringraziarmi e augurarmi buona fortuna. Poi sulla porta del bar aprì la mano per salutarmi e sparì per sempre.

Dario smise di lavorare in negozio e ricominciò a studiare.

Si iscrisse alla facoltà di Psicologia e diede un esame dietro l'altro.

Sonia non alzò mai più la voce, né si arrabbiò mai più con lui. E non smise di tesserne le lodi con chiunque incontrasse.

Anche se gli fece promettere di non dire mai più: "Mi piace il cazzo, mamma".

Io mi iscrissi alla scuola di fumetto e cominciai nel giro di poco a collaborare con riviste e periodici, tanto che lasciai il bar e il negozio dato che non avevo più tempo per consegnare i lavori.

Sandro fu felicissimo il giorno in cui me ne andai, anche se era un po' triste di perdermi.

Mio padre non mi fece più la guerra.

Ogni domenica adesso andavamo al cimitero e facevamo un picnic insieme a mia mamma.

Non eravamo mai stati così uniti in tutta la nostra vita.

Non che fosse cambiato totalmente, che non fosse più burbero o non cambiasse umore ogni cinque minuti, ma almeno tentava di non lasciarsi trascinare troppo dal suo carattere e provava a controllare l'impulsività. E riusciva a prendersi un po' meno sul serio.

Nic e io decidemmo di andare a vivere insieme, una casetta deliziosa in Borgo San Frediano con una corte esterna piena di fiori e piante, dove sistemai un tavolo tondo per lavorare, e ogni weekend Filippo rimaneva a dormire da noi.

Alla fine, eravamo riusciti a scegliere la nostra felicità e a rifiutare tutto quello che ci faceva male, tutto quello che volevano farci fare per forza, tutto quello che non eravamo noi.

E forse, alla fine, *Cenerentola* non era proprio una storia così patetica, riflettei guardando Nic e Filippo che giocavano davanti a casa, e non potei fare a meno di pensare: e vissero per sempre felici e contenti.

Cara mamma,

ci ho messo un po' di tempo, ma alla fine ce l'ho fatta.

Me la sono presa con te, e con il destino avverso, ma alla fine ho capito che non potevi fare più di quello che hai fatto.

Mi hai voluto bene, hai cercato di proteggermi, mi hai insegnato le cose che sapevi e mi hai salvato la vita quando da piccola stavo per soffocare perché mi ero mangiata una foglia.

Questo è quello che fa una mamma, ma quando si è arrabbiati si ricordano solo le cose peggiori. E diventa tutto nero e senza speranza.

Però la speranza è una lucina che non si spegne mai del tutto ed è questa la lezione più importante.

Mai smettere di sperare e di credere che le cose andranno meglio, prima o poi. Che finché siamo qui possiamo fare ancora qualcosa.

E forse è necessario che a volte accadano anche cose orribili perché riusciamo ad apprezzare quello che verrà dopo.

Certo, sarebbe stato meglio che tu non te ne fossi andata, avrei voluto che conoscessi Nic, ti sarebbe piaciuto un sacco, è fantastico.

Ma mi piace pensare che me l'abbia mandato tu.

Che dopo la mia sfuriata dell'altra volta, tu abbia chiamato qualcuno e gli abbia detto: "Mia figlia ha bisogno d'aiuto, mandate un angelo!".

Sono felice che tu sia stata la mia mamma, non ne avrei voluta nessun'altra.

Ti voglio bene,

Marina

Quella notte la sognai.

Aveva un vestito bianco a pois rossi, i capelli sciolti ed era felice.

E ci abbracciammo forte.

RINGRAZIAMENTI

La maggior parte di noi, crescendo, sperimenta solitudine, confusione, paura, diversità e smarrimento, e quando la famiglia non è di supporto, ma ci mette il carico da novanta per farti sentire ancora più un alieno, allora le cose si possono fare davvero difficili da gestire.

La disperazione diventa una compagna inseparabile e la via d'uscita sembra inesistente.

Se c'è una cosa che ho veramente imparato, durante la mia infanzia prima e l'adolescenza poi, è stato sentirmi sbagliata, inadeguata e sola. L'unica certezza che avevo era che così com'ero non andavo bene, ma nessuno sapeva dirmi come avrei dovuto essere.

E sentirsi rifiutati credo sia la cosa più dolorosa al mondo, perché finisci per odiare il tuo stesso DNA, odiare tutto di te, e sei condannato a vagare per questa Terra cercando ogni volta di "andare bene" nella speranza di essere accettato, di essere amato e non più così disperatamente solo.

E quando si è disposti a tutto pur di mendicare briciole di affetto, si finisce per incontrare un sacco di gente che se ne approfitta.

Quello che ho capito diventando adulta è che non bisogna mai smettere di cercare la via d'uscita dal labirinto di specchi, perché l'uscita c'è sempre, a volte è a un passo da te, a volte ci vogliono anni per trovarla tentando tutte le strade possibili, altre volte basta un aiuto esterno, un amico, un mentore, o anche un buon libro. L'importante è non dire mai "è andata così", quello è il vero peccato mortale, perché se tu vai incontro alla vita, lei ti ricompensa sempre.

Il passato non molla mai la presa, ma si impara a lasciarlo chiuso in un baule in soffitta e a tirarlo fuori solo in rare occasioni, per constatare che è qualcosa di inutile, polveroso e pieno di tarme.

Voglio quindi ringraziare chi nella vita mi ha sostenuto e aiutato nei momenti più bui, dandomi moltissimo anche senza saperlo, e chi mi ha insegnato cose anche in maniera brutale, che mi sono comunque state utili un giorno.

Un grazie speciale a Lilla Landi e Giada Amadei, verso cui ho un grandissimo debito di gratitudine.

Grazie a Barbara Barbieri, Giulia Bernabè e Marta Treves, per l'ottimismo e l'entusiasmo incrollabile.

Carlotta Agostini, con cui ho fatto un bel pezzo di strada navigando a vista.

Gli studenti dell'Accademia di Belle Arti di Firenze, da cui ho preso libera ispirazione infiltrandomi una sera al workshop di Sislej Xhafa.

La mia famiglia, che mi ha reso la vita abbastanza difficile da farmi diventare quello che sono oggi e riuscire ad apprezzarlo ogni giorno di più.

P.s. E se quando arrivate a pagina 29 ascoltate a tutto volume *Sweet Disposition* dei Temper Trap, be', vi prometto che è proprio una ficata!